一世珍藏的

130篇

[升级版]

陈国恩等　选编

长江出版传媒　长江文艺出版社

图书在版编目（CIP）数据

一世珍藏的微型小说 130 篇（升级版） / 陈国恩等选编. -- 武汉 : 长江文艺出版社， 2010.10（2022.1 重印）
ISBN 978-7-5354-4668-8

Ⅰ. ①一… Ⅱ. ①陈… Ⅲ. ①小小说－作品集－世界 Ⅳ. ①I14

中国版本图书馆 CIP 数据核字(2010)第 178773 号

责任编辑：尹志勇　刘　青　　　　责任校对：毛　娟
封面设计：徐慧芳　　　　　　　　责任印制：邱　莉　胡丽平

出版：长江出版传媒 | 长江文艺出版社
地址：武汉市雄楚大街 268 号　　邮编：430070
发行：长江文艺出版社
http://www.cjlap.com
印刷：三河市百盛印装有限公司

开本：700 毫米×1000 毫米　1/16　印张：24.375
版次：2010 年 1 月第 1 版　　2022 年 1 月第 3 次印刷
字数：232 千字

定价：75.00 元

序

陈国恩

微型小说，也称小小说。这样称呼的理由，主要是它虽为小说，却篇幅特短，由于篇幅短而要在形式上遵循一般小说所不必兼顾的规则。

仅就篇幅短小而言，文学史上其实早就有了类似于微型小说这样的作品。中国古代的志怪小说、笔记小说，篇幅大多不长，不过它们用的是文言，不在现代小说的范围里。西方近代一些名家，如歌德、雨果、左拉、托尔斯泰、屠格涅夫多在创作宏篇巨著的同时，也写过一些篇幅超短的短篇小说，可视为微型小说的雏形。这些小说不是自觉地作为微型小说来创作的，而是作者在生活中偶有所得，或碰到印象深刻的小事，觉得颇有趣味，提笔一挥而就的作品，所以它们虽然篇幅短小，可仍像他们创作一般短篇小说那样采用叙事、描写、议论相结合的方法，看起来更像是缩短了的短篇小说，而不是现在意义上的微型小说。

真正作为一种独立文体来创作的微型小说，大致是在上个世纪70年代以后。它的集中出现，正好遇到现代社会生活方式的一次重要转型。在这个转型时期，经济高速发展，生活节奏大大加快，数字技术的进步使网络、电视、影像制品渗透到了生活的各个领域，文学的娱乐性功能被放大，它与生活的界限开始变得模糊，人们的文学观念和阅读习惯发生了重要变化，一般人已经没有空闲的时间和精力去专心阅读一本厚厚的长篇小说了，于是他们就从周边艺术化的生活方式中去寻找别样的文学性享受，于是电视娱乐节目、文学消闲杂志以及卡拉OK、MTV等艺术样式就获得了大发展的机会。这些艺术样式的共同特点，是文学与休闲、娱乐紧密相联，消费起

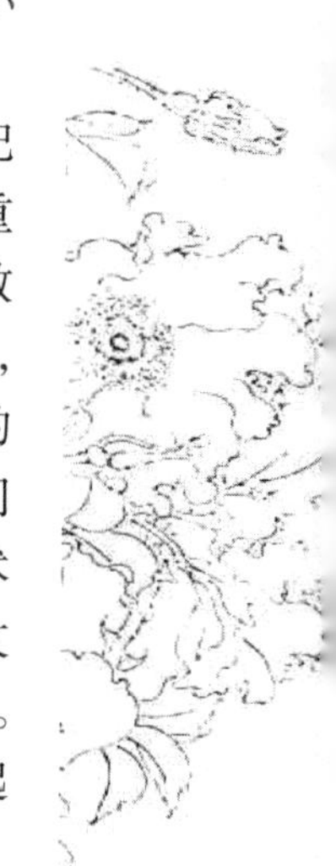

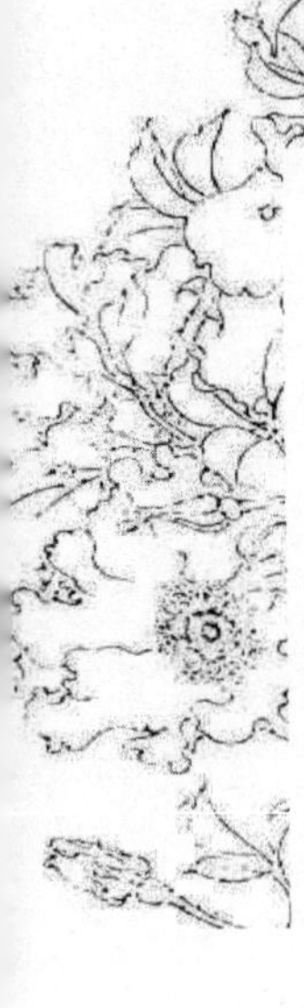

来不必占用太多的专门时间。在这种娱乐化的消费环境中，微型小说也得到了长足的发展，一方面是作者喜欢写，另一方面是读者喜欢读。这首先是由于它的篇幅短。篇幅短，写起来较为省力，读起来也不很累，花几分钟读完即可了解一段故事，经历一次悲欢离合，精神受到感染，思想得到启迪，读者喜欢读这样的作品也就在情理之中了。

可是要在几百上千字的篇幅中写到让读者喜欢的程度，也实在不是一件容易的事。如果仅以一般写短篇小说的方法来写，往往不容易写好。比如采用横断面的结构方式来描叙，加些铺排点缀，就不会讨读者的喜爱，因为读者读到一半还不明白你写的是什么，他就没有了阅读的兴趣。在这两难的情形中，包含的正是微型小说的叙事规则及其文体特点的秘密。

由于篇幅超短，所以微型小说要特别讲究叙事容量的适当，不能讲叙复杂的故事，不能纠缠于多重的人事关系，内容要单纯，人物关系要简洁明了。要做到这一点，就须提炼主题，使之集中明确，不牵扯太多的关系和问题。在具体的写法上，往往是开门见山，不啰嗦，不绕圈子，直接点明主题或提出问题，让读者很快产生兴趣，有所期待，到结尾出人意料却又在情理之中，让人有所回味、有所反思，产生一气呵成的整体感。文字的运用，则讲究简洁清晰，不用复杂的长句，以叙述为主，少来描写，间以适当的议论，务使风格轻盈明快，而不是臃肿沉重让人理不清头绪。

但说起来容易做起来难，单说要让读者一开始就产生兴趣、有所期待就不容易。这要求作者能以最简洁明了的方式提出新颖别致的话题。这决非把短篇小说截短了来写就行，而是一个牵涉到上述它的独特结构原则的问题。打个比喻，微型小说好像盆景，格局虽小，可体制却不能残缺，务要从一石、一叶、一径的精心搭配中展示出山势的起伏，景致的呼应，颇费心思却又自然天成，讲究的是构思的巧妙与运笔的灵动，一切恰到好处，方才能成为一个精品。不过好的微型小说，又不仅仅止于形式上的别致，更需要内容上的丰富。它篇幅虽短却关乎人情物理，要从细节上触动读者的敏感神经，唤起他们广泛的联想和深刻的记忆。这就要求在有限的篇幅中展现丰富的生命体验，在简单的故事里蕴藏深刻的人生哲理，艺术表现上则不能说透，要留有足够的空白让读者去展开广阔的想象，以收言有尽而意无穷的效果。

由于微型小说篇幅短而主题单纯，所以它的写作大多是倒过来的，即先有一个主题或一个结局，这个主题是要富有意味的，这个结局是要出人意料却又在情理之中的，然后再来构思故事的内容，只要把这个主题点明或把这个结局烘托出来即可。换句话说，写微型小说，关键是要凭借慧眼和细心从日常生活中找到这样有意味有特点的主题和结局，有了它们，即可保证创作的成功，其它一切枝叶的东西皆是为它们服务的，关系不大的尽可省略。如欧·亨利的《麦琪的礼物》，整个构思就建立在一个出人意料却又感人至深的结局上：一对贫困的年轻夫妻，为了给爱人买一份圣诞礼物，妻子卖掉她的一头秀发，给丈夫买了一根与他的金表相配的贵重表带，丈夫则卖掉了他惟一值钱的这只没有表带的金表为妻子买了一套她喜欢却买不起的玳瑁梳子，当两个人同时兴高采烈地拿出自己的礼物想让对方高兴时，却发现这两份礼物都用不上了：梳子失去秀发，表带失去了金表。可是这样的礼物见证了纯洁的爱情，给读者带来了无比的感动，让人懂得了在贫困之中，只要有纯洁的爱情就会有幸福。很明显，整个作品都是冲这最后的结局而去的。如果说《麦琪的礼物》篇幅稍为长了一点，那么马克·叶温的《我所发现的生活》则是不到千字的小小说，写了一个穷孩子在银行门口捡到一枚别针，银行家不但招他为女婿，还将自己的全部遗产留给了他。“我”在听了叔叔讲的这个故事后，也效仿那个男孩去银行门口捡别针，正当我期待奇迹发生时，别针却落进了银行家的口袋，银行家说：“别针是属于银行的，我是这银行的主人，而你这脏得要命的小东西应该滚远点，下次再见面，也许狗会来招待一下你。”显然，马克·吐温在这篇超短小说中表达了他对资本主义社会人与人关系的一种真切感受，他先有这样的感受，然后再想到要用一个童话一样的故事来对比，强化对现实的批判。他在这样简洁的结构里容纳了没有充分言说却很丰富的社会内容和人生体验。

如果说上文提及的欧·亨利和马克·吐温都还处于微型小说没有

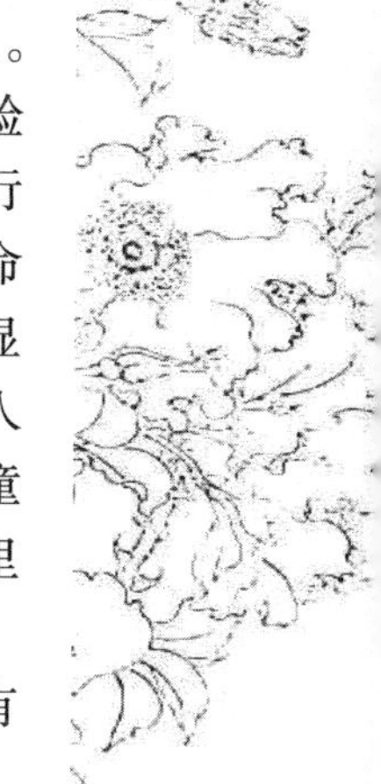

成为作家自觉追求的一种文体的时代，他们写这些超短小说可能仅仅是因为机缘巧合或受到题材和主题本身的限制，“无意识”地写得像微型小说，那么后来一些作家写的微型小说则更能说明其构思上的独特之处了。如台湾作家林清玄的《送一轮明月》，写一个山中修行的禅师碰到小偷光顾其茅舍，不仅不责骂，反而送他一件衣服，说：“你走老远的山路来探望我，总不能让你空手而回呀！夜凉了，你带着这件衣服走吧！”看着小偷的背影穿过明亮的月光，消失在山林之中，禅师不禁感慨地自语：“可怜的人呀！但愿我能送一轮明月给他。”第二天，禅师在阳光照耀下醒来，看到他披在小偷身上的外衣被整齐地叠好，放在门口，他喃喃地说：“我终于送了他一轮明月！”明月的寓意是非常清晰而且丰富动人的，那就是禅师以善心超度了小偷的灵魂。小说写得空灵跳脱，在算上标点还不足四百字的篇幅里，触及了贫穷、人性善恶和人性感化等重大的问题，包含了多少难以言说的人情温暖和人生哲理让读者去细细品味。香港作家海辛的《掌声》则写一个过气的女歌唱家在晚年要靠播放掌声的录音来支撑生命，没有掌声她就失眠生病，害得她的女儿只好不断地向不胜其烦的邻居道歉。作品以喜剧的形式表达了一种人生的悲凉意味。更绝的还在后面：每个星期日早上，必有一个白发高瘦的斯文老汉捧一束鲜花来到女歌唱家的门口按铃，照例很久没人来应声。他按了一次又一次，总要按出一个人来，如女歌唱家的长女、次女或女佣。她们跟他很熟，也表示同情，接过他的鲜花，却不许他进门，总说：“她还不肯原谅你，你走吧！”老汉只能叹口气，转身离去。原来这老汉就是这女歌唱家的丈夫，这个家的一家之主。只是因为吃不消妻子夜夜听她最后一场演出时观众的掌声喝彩声的录音，故意洗掉了录音带的大半，结果被妻子赶出家门，至今还没有得到她的原谅。小说虽然为了追求简洁鲜明的效果而写得有点夸张，但含义却是颇为耐人寻味的，表达的显然是在商业化社会中人们不会陌生的一种人生经验。与《掌声》的辛酸和苍凉有所不同，新加坡作家周粲的《梯子》表达了作者在商业化社会中对亲情和善良的怀念。作品写了一对父子在后花园放风筝，当风筝在墙头上缠住时，爸爸要儿子去搬来一架梯子。儿子爬上去取风筝，爸爸却要他先听一个故事再下来。爸爸说的故事是从前有一个父亲要站在高处的儿子跳下来，当儿子跳下来时，当爸爸的却让开了，让儿子摔了个差点屁股开花。故事中的爸爸的意思是要让儿子明白，当爸爸的话也不能全信。讲故事的爸爸要让儿子也演示一遍故事中的情景，命令儿子从梯子的高端跳下来，要让他明白以后别人的话不能轻信。可是当儿子被逼闭着眼睛跳下来时，爸爸却没有让开身子，而是挺身接住了儿子：

> 儿子虽然不曾受伤，但是他的神情，比刚才还要疑惑。张大了眼睛，他问："爸爸，你为什么要骗我？"
>
> 爸爸笑出声来，爸爸说："爸爸要让你知道：即使是别人的话，有时也是可以信任的，何况是爸爸的话呢！"

作品让人感动和觉得温暖的是其中的亲情和信义。在当今一切都可以商品化而且大多已经商品化的社会中，这种亲情和信义代表着生活的另一面，代表着人类的本真理想，或许它正是作者有意凸显出来要让读者领会的抵御商品化潮流侵蚀所不可或缺的精神信仰之所在。

选在这个集子里的作品，都是按照形式精致和内容丰富的标准精选出来的，或主题新颖，或意蕴动人，或构思精巧，或文字颇有余味。不少作品集众多优点于一身，至少是在一些方面有独到之处的。举凡过于直露、以形象图解观念、题旨一般化，或构思缺乏新意，语言缺乏灵气的一概不收。我们想给朋友们提供一个精美的选本，好让你在匆匆忙忙的生活中，忙里偷闲，花十几分钟时间读上几篇。读几篇，你就会发现它们各具特色的美，你在受到情绪感染和思想启迪的同时，也证明了自己的感觉依然敏锐，心灵还没有老去。总之，读一读这些精美的作品，你不会觉得浪费时光的。

需要说明的是，作品的编排采取了分国别且依时间先后的顺序。早期的作品大多写在微型小说的文体还没有被作家自觉意识到的时代，所以在艺术上可能反而不及后来的作品写得精致。不过艺术的高下与时间的先后是没有必然关系的，早期的名家所写的超短

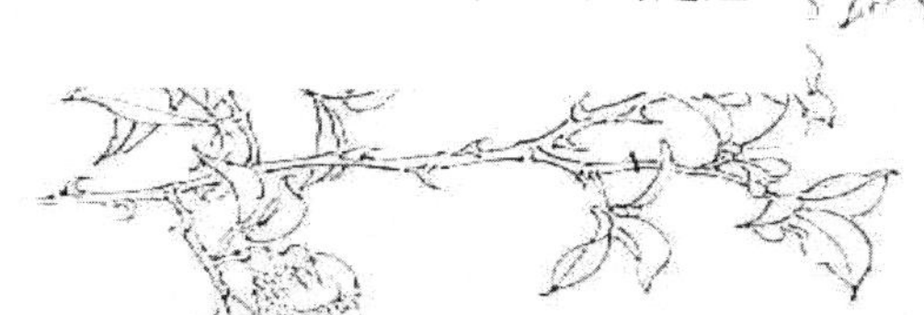

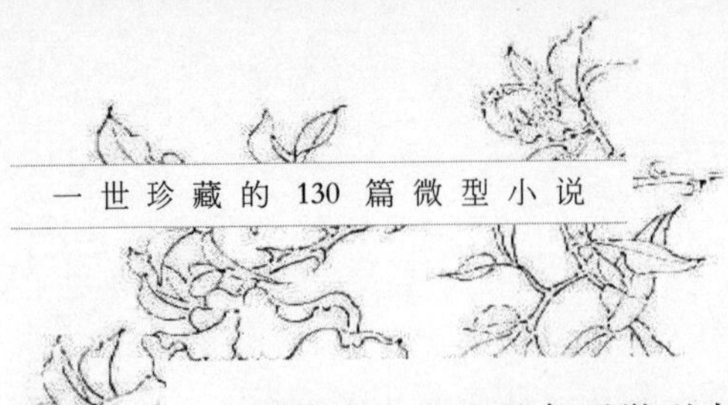

小说事实上已经具备了微型小说的特点和魅力，所以我们也把它们选进来，而且放在前面，让读者可以顺着读，看到微型小说成熟的过程。如果你想更直接地感受微型小说的特色，则不妨倒着从时间靠后的作品读起，因为这些作品是在微型小说的文体被作家自觉意识到的时代写的，一般更能体现微型小说的特色吧。

2007年8月21日

目 录

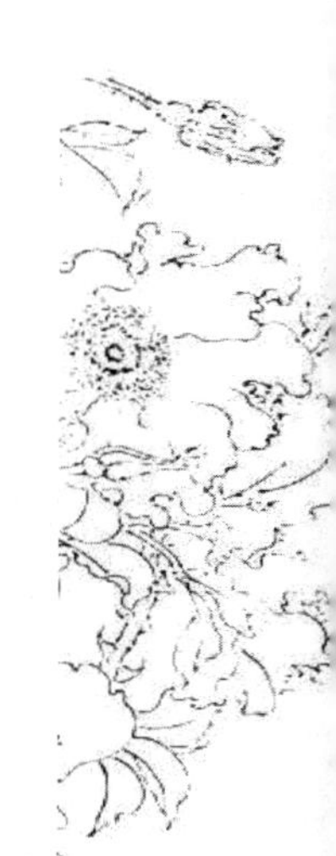

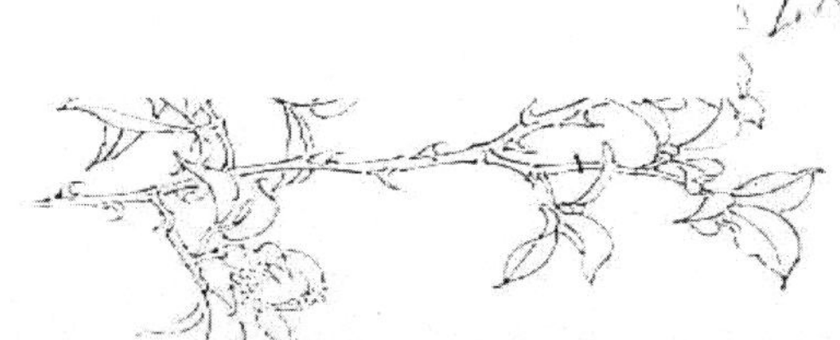

［法］ 雨果

沙 葬

勃尔登的海岸边，时常有个人——旅行或是捕鱼的人——乘潮落的时候，在离岸很远的沙滩上走。但他走了几分钟，忽然觉得有些不对劲。脚底下的海滩，好似胶水一般；鞋底上粘着的沙，也简直像糨糊一样。海滩上十分干燥，但是人走在上面，等到脚一提起，所印的脚迹，却已被水装满了。眼睛里也看不出什么变动，只见一片冷僻的平平的海滩；四周的沙都是一般样子，也分不出哪块沙土是坚实的，哪一块是不坚的。一簇海虫，在旅客的脚边飞舞着。旅客向前走去——向着岸边走——想走近岸边。他一点也不挂念。有什么挂念呢？他只觉有些不妥当，好像他脚下重量一步加重一步了。忽地里陷了下去，有二三寸深。他一想这不是一条可走的路，便站住脚想辨一辨方向。低下头去看他的脚，已经看不出了，埋没在沙中了。他把脚拔出，想旋转身子向原路上回去，但陷得更深，沙到胫上了，想极力挣扎脱出，才向左边一蹿，沙反涌到小腿；向右边一跳，沙齐了膝。于是他脸上现出说不出的恐惧，知道自己陷在流沙中。他的底下，便是人不能走的，鱼也不能游的可怕去处。他把肩上负的东西拿下来，好像遇险的船只想减去些重量。快得很，沙到膝上面了。

他高声喊救，扬着帽子、手帕，但是沙把他愈拖愈深了。沙滩这般荒凉，陆地离开这般远，滩又是著名危险的，近边又没有勇敢的人来救他，完了，他遭罚葬在沙中了。他受罚这可怕的、逃不掉的、残酷的、慢吞吞地不快不迟的埋葬。几点钟里，倒也不就结果他。也不妨碍他的自由，也不害他生病，只使他立着，把他的脚向

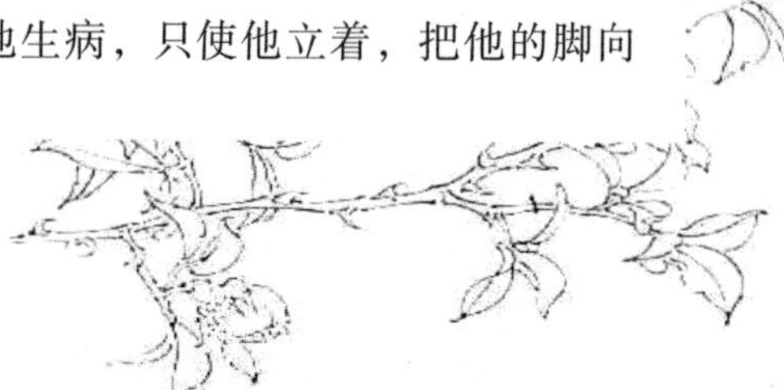

下抽去。随着他的挣扎叫喊，一步一步地引他下去。这正好像他要抵抗，反受加倍的刑罚。一边慢慢地拖他下去，一边却任他欣赏四周的风景，乡野里的树木、青草、村庄上的烟囱、海船上的帆、飞鸣的鸟和太阳、蓝天。

沙葬的一个坑，好比潮水，从地下涌上来的。渐渐地加高，一分钟也不停。那个可怜的人，想坐一下子，想横下去，想爬起来，一举一动，都使他反埋得更深了。立了起来，却又深入了好多。他知道是不好了，屈了两只手，高声向着老天求救，但却没有希望了。

他看沙齐了他的肚子，快到胸前，只剩下半个身子在外面了。他就放声哭起来，伸起两只手，狠命地向上挣，指爪向沙上乱抓。想拔出来。两只臂膊撑住了，想脱离这儿。沙上来了，齐了肩了，到颈上了，只剩了面孔还可以看得出。张开口大喊，沙塞满了，静默了。眼睛还睁着，沙遮盖了，乌黑了。后来额头渐渐下去了，只有几根头发在沙面上飘着。一只手露在外面，在沙面上乱挖，哆嗦着，颤动着，隐灭了。唉，这是一个人不幸的结果！

［法］ 都德

乳 酪 汤

这房间很小，而且是在六楼。但可以照到充足的太阳。当夜幕降临，就像此时这样，这间房便和整座屋顶一起，与无尽的黑夜和烈雨狂风融在了一起。不过房间舒适、温暖，让人觉得那的确是一个家，愈是风狂雨暴，这种感觉便愈强烈，这也稍微弥补了它面积小的缺陷。不过此时鸟巢是空的，房间主人不在家。算算时间也差不多该回来了。屋里的一切，好像都在盼他回来似的。有一只很小的锅子放在那座封好的炉子上，里面似乎还煮着东西，微微地响着一阵心满意足的声响。对于锅子来说，这夜太漫长了。尽管这锅子外边都烧黑了，似乎这已经不是它第一次熬夜了，可它仍不免显出焦急的模样，锅盖不时地掀起来，蒸汽便趁机争先恐后地往外钻，它们在房间里四面散开，变成了喷香的奶的味道，令人垂涎欲滴。

啊！香喷喷的乳酪汤……

炉子那边时不时地也闪一下，柴火上的灰烬掉落了，便燃起了小火，从炉门下边耀亮房间，虽然只是闪亮那么一下，但足以将屋里的一切检查一遍。啊！是的，一切都井然有序，主人是个很爱干净的人，窗上那简单素雅的窗帘将屋子遮得密不透风。床边舒适地挂着幔帐。一张大安乐椅摆在壁炉旁边。餐桌放在房间一角，餐具整整齐齐地摆放着，而且主人一定是个关心国事的人，因为在桌子边上有一大堆报纸。孤单的主人一定是一边看书一边用餐的……正如锅子被熏黑了一样，餐具的花饰也被水泡褪色了，报纸也只有上面几页是新的。房间里的摆设无法使人觉得舒服，因为东西又破又旧，而且少得可怜。人们觉得主人一定天天如此，深夜方归，进屋

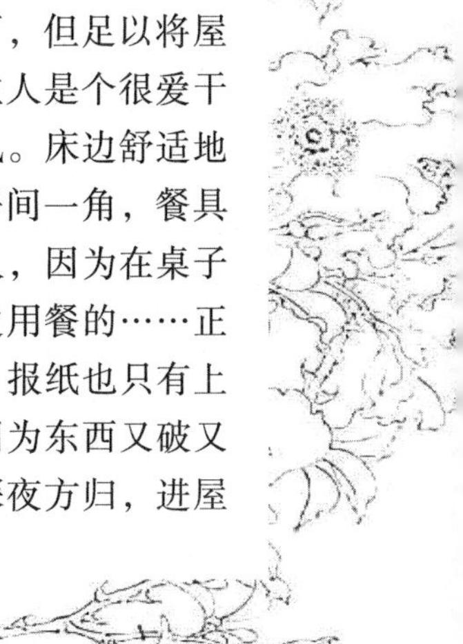

第一件事就是看看他那美妙的热汤。因为这大概是屋子里面惟一富有生命的东西。

啊！香喷喷的乳酪汤……

从房子的摆设与装饰，我想像主人一定是位职员，而且时间观念非常强，每天进行着忙碌而井然有序的工作。这样晚还没回来，那他一定是在邮局或电报局当差。我几乎看到他和同事们在寂静的大楼里面迅速而安静地工作，戴着绒帽，在分拣信件，盖邮戳，数着蓝色电报纸条上的字，为整个巴黎明天的邮电业务而忙碌。哎，不对，也许我猜错了。炉子里泄露出来一线火光，照亮了房间，也映出了墙上挂着的大相片。于是，从黑沉沉的暗影中，露出了奥古斯都皇帝、穆罕默德、罗马骑士、亚美尼亚统治者费利克斯等人威严的镶着金框的肖像。还有一顶顶王冠、战盔、教皇的三重冕、苏丹的头帕，在这些头冠下面始终是同一张脸，他神情严肃，并没因如此多的冠冕而乐得不能自抑，这就是这间房子主人的脸。炉子上嘟嘟翻滚的汤将成为这位先生的晚餐。

啊！香喷喷的乳酪汤……

看来他不是做邮差的活儿，而是皇帝，就是拥有对本国人民生杀大权的统治者，他们每天晚上演出，只消说一句："禁卫军，抓住他！"那个被抓的人只有几秒钟的自由时间了。此时，他正在河对岸他的宫殿里，为台下的观众卖力地演出，念诵着悲剧里的大段独白，似乎是在打发时间。的确，面对一排排的椅子来表演帝王将相，要提起兴趣的确挺不容易的。奥德翁剧场上演悲剧时，显得如此冷清……突然，似乎有什么东西让皇帝兴奋起来。他的鼻孔张开了，舌头忍不住舔了一下上嘴唇……他想起回家后，屋里暖融融的，餐具都已经摆好，灯盏已经上好油，家里的一切都收拾得井井有条。戏台上，他必须做一个举止过分张扬的角色，在私生活里，他便用整洁规矩来补偿……他仍旧在远处感觉乳酪汤的香味……

啊！香喷喷的乳酪汤……

此时，他打起了十二分的精神。新的活力似乎一下子被注入到了他的身上，大理石的台阶、柱廊的陡峭，都不能妨碍他大步行走。他用情地表演着他的角色，从普通的走步到高难动作，他都表演得非常到位。你想想，假若阁楼间的炉火熄了，情形会怎样？……随着时间消逝，他与香喷喷的乳酪汤，暖融融的小房间相距也越来越近，他的演出就更加生动、传神，这真是让人不可思议！前厅的那些戏迷，剧院的常客，一个个都来了精神，觉得这个马兰古演得出神入化，越看越带劲，不时会送出一声叫好。在那关键性的几场戏里，如手刃叛逆、公主出嫁等，皇帝的表情更是出奇的完美。虽说情绪如此激动，念了那么多的独白，但毕竟没有吃东西呀，可是他觉得已回到了自己的小阁楼里，得到了乳酪汤。他带着动人的微笑，注视着西娜和马克西姆两人，渐渐地，他们变成了香香的乳酪汤。第一勺汤汁进了肚子，那真是太美了。

［法］ 都德

知事下乡

知事先生出巡去了。驭者导前，仆从随后，一辆知事衙门的四轮轻车，威风凛凛地，一直奔向共阿非的地方巡视去。因为这一天，是个重要的纪念日，不比等闲，所以知事先生，打扮得分外庄严。你看他身披绣花的礼服，头顶折叠的小冠，裤子两旁，贴着银色的徽带，连着一把嵌螺细柄的指挥刀，闪闪地在那里发光，……在他的膝上，还安着一个皮面印花的大护书。

知事先生端坐四轮车内，面上堆着些愁容，只管向那皮面印花的大护书出神；他一路想，几时他到了那共阿非，见了那共阿非的百姓们，总免不了要有一番漂亮而动听的演说：

"诸位先生，诸位同事们……"

知事先生，把这两句话，周而复始地，足足念了二十余次：

"诸位先生，诸位同事们……"可是总生不出下文。

这两句话的下文，差不多断绝了……四轮车内的空气，热不可当！……那共阿非道上的灰尘，在正午的阳光下，兴奋奔腾地跳舞，甚至于对面的人，都被他障了……那道旁的树林，一齐遮着白灰，只听得整千整万的蝉声，遥遥地在那里问答……知事先生，正在纳闷的当儿，忽然之间，抬头一望，瞥见了一丛小的槠树林，在那山坡的脚下，招展着树枝，笑嘻嘻地欢迎他。

一丛小的槠树林，招展着树枝，在那里欢迎他，好像说：

"快来，快来，知事先生，你不是要筹备演说吗？那么何不请到我们这树林里来，包管你要强得多……"

知事先生，居然中了他的诱惑了。他一面把他的意思，吩咐给仆人们；一面就从四轮车里，跳了下来，径自走进那小的槠树林里，去筹备他的演说。

在那小的槠树林里，有成群的鸟儿，在头上唱歌；有紫堇花，在旁边发香；还有那无数的清泉在草地上流……他们瞧见知事先生，和他一条这样体面的裤子，一个皮面的印花的护书，登时大起恐慌。那些鸟儿们，一齐停止了歌唱；那泉儿，也不敢再做声了；那紫堇花们，更是急得低着头，向地下乱躲……这些小东西们，自从出世以来，从没有见过一个县知事，在这光景里，大家都私下地互通猜度：这样体面的裤子的主人，究竟是一位什么人物？

在一丛茂盛的叶子底下，聚集了一种极细微的声音，大家都在那里互相猜度，这样体面的裤子的主人，究竟是一位什么人物……知事先生，对于如此寂静而清凉的树林，心里着实赏识。他撩起了衣裳，摘下了帽子，在一块小槠脚的草地上，舒舒服服地坐下，随手把他的皮面印花的护书，张开了放在膝上，又向那护书里面，抽出一张四六开的大纸。

"这竟是一位美术家呀！"那秀眼鸟先开口说。

"否，否，"接着说的是一只莺鸟，"这哪里会是美术家，你不看见他裤子上的徽带吗？照我来看，十之八九，还是一位贵族哩。"

"十之八九，是一位贵族哩。"那莺鸟把自己的主张，重新复述了一遍。

"也不是美术家，也不是贵族，"一只老黄莺抢着来打断他们俩的辩论，他曾经在那知事衙门的花园里，足足唱了一个春天的歌……"只有我知道，这是一个县知事呀。"

这时那些细微的语声，不知不觉地渐渐地放纵起来了。

"这原来是一个县知事！这原来是一个县知事！"

一会儿，那紫堇花发问道：

"他可含有什么恶意？"

"一点儿也没有。"那老黄莺儿接着答复。于是那些鸟儿们，重新一个个地，去恢复他的唱歌；那些泉儿们，照常在草地上，汩汩地流，那些紫堇花们，也依旧放着胆去发他们的香气；好像那知事先生们没有在那里一般……

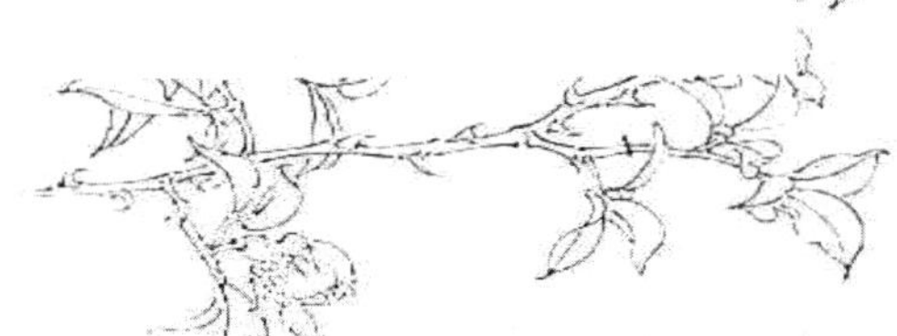

在这喧哗而又恬静的中间，知事先生，又起了念头，要继续去筹备他的演说了：

“诸位先生，诸位同事们……”

“诸位先生，诸位同事们……”知事先生，用一种极有礼貌的声音，发出这几个字……

不料霎时之间，从背后传来了一阵笑声，把他的文思又打断了。知事先生回头看时，只见一只黄绿色的啄木鸟，歇在他的帽子顶上，嬉皮赖脸地，向着他笑。知事先生，把肩胛一耸，露出不屑睬他的意思，刚想回转头来，继续去筹划他的大演说；哪知道那啄木鸟很不知趣，他笑的不算数，索性地大声喊将起来：

“这又何苦来！”

“怎么！这又何苦来！”知事先生,气嘘嘘地涨红了脸,一面随手做个手势赶开那顽皮的畜生;一面加上些气力,回头来重新干他的本行：

“诸位先生，诸位同事们……”

“诸位先生，诸位同事们……”知事先生，加了些气力，回头来重新干他的本行。

但是事有不巧，那啄木鸟方面的交涉，刚才结束，这里一丛小弱的紫堇花们，觑着知事先生意思缭乱的当儿，也一起翘起了他们的梗儿枝儿，和着一种甜而且软的语气，到他的面前来献殷勤了：

“知事先生，你可觉得香吗？”

于是一唱百和，那些泉儿们，登时就在他的脚下，潺潺地奏起一种文雅的音乐；那些秀眼鸟儿，也在他头顶的树枝上，使尽毕生的本领，唱出一阕怪美丽的调子来给他听；其余树林周围、上下左右一切的东西，没有一个不是效尤着，全体一致地来阻止知事先生演说的起草。

那树林周围的东西，全体一致地，来阻止知事先生演说的起草……知事先生，鼻孔里熏醉了香味；耳朵里充满了歌声；他未始没有意思，想摆脱这些妖媚的蛊惑，可是他办不到了。他偃仰在草地上，徐徐解去他华美的装饰，把他已成的演说，哎哎……哎哎地，从头又述了两三回：

“诸位先生、诸位同事……诸位先生、诸位同事……”

［法］ 左拉

侯爵夫人的粉肩

什么也无法将侯爵夫人从那华丽的床上拉出来，虽然阳光已透过窗户照在了她的幔帐上。经过一上午的斗争，她才决定要离开那个大温床。

卧室如春天般地暖和与舒适。严寒似乎不喜欢这个地方。在寒冷的天气里，这里无疑是一片乐土。温暖的空气里飘溢着香水的芬芳，令人心旷神怡。

侯爵夫人两眼盯着屋顶，思绪涌上心头。她掀开锦帐，按铃召唤女仆朱丽。

“我来了，夫人。”

“还是那么寒冷吗？”

她焦急地盯着朱丽，如果她听到了：“不！”一定失望极了。

她极希望得到自己想要的答案，虽然她并未感受到那天寒地冻的天气，然而穷人的茅舍陋室怎经受得了这肆虐的狂风。她没有与那些贫穷的人一起遭受寒风的侵蚀，但她也不愿看到人们披着一件单衣在街上无处可藏。

“街上雪化了吗，朱丽？”

女仆把锦衣在烧旺的壁炉上烘热，递给了她。“不，夫人，没有任何的好转，反而更加糟糕……已经有好几个人被活活冻死了……”

侯爵夫人像孩子一样欢欣雀跃，拍手叫道：“啊，这太好了！早餐后我滑冰去！”

朱丽尽量仔细地侍候着娇媚的侯爵夫人，因为她是那么的完

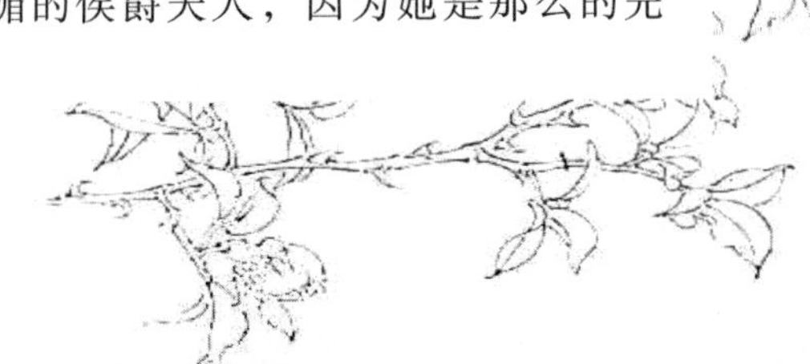

美，绝不能有一丝损害。积雪那令人赏心悦目的淡蓝色反光映进卧室，它那美丽的色调使侯爵夫人想起昨晚在部长家庭舞会上穿的那件珍珠色的连衣裙。穿上它，我们美丽的夫人无疑成了舞会场上一颗真正耀眼的明珠。

一晚上，她都玩得十分尽兴，她的崭新的钻石首饰对她太相宜了。她清晨五点才就寝，此时仍有些昏昏沉沉。但她仍坐到镜前，朱丽帮她梳头，替她脱去睡衣，露出粉肩和玉臂。

侯爵夫人的美丽陶醉了一代人。自从政权稳固、雍容华贵的夫人们能在杜尔里宫袒胸露臂地翩翩起舞以来，侯爵夫人在名流聚集的正式社交场合，是那样醉心于卖弄自己动人的粉肩，以至于性感的标准已和美丽的侯爵夫人相辅相成了。

她花去大量时间，别具匠心地设计她的服装：把连衣裙有时从后背裁开，露出玉背，以及纤腰；有时从前面裁开，几乎露出胸脯。亲爱的夫人渐渐地、接二连三地将自己诱人的身体呈现于众人面前，让诸人都对她恋恋不舍。她的玉背酥胸没有一丁点儿是整个巴黎——从玛德琳娜教堂到圣福马、阿克文斯基——所不曾领教过的。就算是在那时统治阶级最淫乱的地方，夫人也是一颗耀眼的明星。

我不想用太多墨水去描绘她的粉肩。它如同新桥一样大名鼎鼎，十八年来，在一切盛大的宴会上，那粉肩始终露在人前。不论何处，在沙龙、剧院或其他场所，哪怕只看到她那赤裸的肩膀的一丁点儿，就能一叶知秋："大家快来看呀，侯爵夫人来了！快瞧她的肩膀！"

再者，那副粉肩的确有它的吸引力。它被达官贵人的目光盯得晶莹剔透，而这一切似乎正是侯爵夫人想要的。

但是，我想男人们愿意做她的情人多过做其他的角色。那无疑是肮脏的，是令人厌恶的。但有一点，它有着永久的青春，光阴流逝带不走它的美丽，更无法在上面刻下痕迹。

侯爵夫人将自己的肩膀，以至整个身体当做政治上有力的武器，而这武器的确造就了不少的业绩。她披肝沥胆地报效于亲爱的政府，并充分运用了自己闻名遐迩的粉肩的魅力。她历来手腕高超，不论是在杜尔里宫和部长们周旋，或是在大使馆应酬那些巨富豪商，成功对她来说不成任何问题。她以笑靥诱惑意志薄弱者，在朝廷最紧急最危险时，她更是一件重要的秘密武器，这一绝招比演说家的辞令更具说服力，比士兵的刺刀更能决定胜负。在选举中，她为了团结众人，尽量敞露胸怀，而这一招足以使她在任何劣势下重新稳操胜券。

也许就像兵器一样，夫人的粉肩在战斗中越磨越亮。它承担了整个世界，在这外表看来轻弱无力的肩膀下面竟包含了巨大的力量。

吃完早餐，侯爵夫人精心修饰一番，穿着漂亮的波兰服装滑冰去了——滑冰是她最喜欢的活动之一。

公园的气候不会像卧室一样舒服，严寒狂烈地袭击着美丽的夫人。那天风也很大，吹到脸上像刀割一样。夫人笑逐颜开，她觉得挨点冻很有趣。她不时走到湖岸的篝火旁，在那里取暖休息。然后她又在冰上驰骋，尽是这样重复，但却不知疲倦。

她爱滑冰！幸亏没有解冻，真太好了！这使我们美丽的侯爵夫人可以将更多的时间用在锻炼身体上。

在回归的马车上，她看见有一个奄奄一息的女人在不停地发抖。

“噢！我的天啊！”夫人用一种吃惊的口吻说道。

就在四轮马车匆匆路过时，侯爵夫人把手中价值五路易的花束扔向那发抖的女人。花束正落在那个女人面前。

［法］　莫泊桑

逗　乐

世界上有什么比开玩笑更有趣、更好玩？有什么事情比戏弄别人更有意思？

啊！我的一生里，我开过玩笑。人们呢，也开过我的玩笑，很有趣的玩笑！对啦，我可开过令人受不了的玩笑。

今天我想讲一个我经历过的玩笑。

秋天的时候，我到朋友家里去打猎。当然喽，我的朋友是一些爱开玩笑的人。我不愿结交其他人。

我到达的时候，他们像迎接王子那样接待我。这引起了我的怀疑。他们朝天打枪；他们拥抱我，好像等着从我身上得到极大的乐趣。我对自己说："小心，他们在策划着什么。"

吃晚饭的时候，欢乐是高度的，过头了。我想，"瞧，这些人没有明显的理由却那么高兴，他们脑子里一定想好了开一个什么玩笑。肯定这个玩笑是针对我的。小心。"

整个晚上人们在笑，但笑得夸张。我嗅到空气里有一个玩笑，正像豹子嗅到猎物一样。我既不放过一个字，也不放过一个语调、一个手势。在我看来一切都值得怀疑。

时钟响了，是睡觉的时候了，他们把我送到卧室。他们大声冲我喊晚安。我进去，关上门，并且一直站着，一步也没有迈，手里拿着蜡烛。

我听见走廊里有笑声和窃窃私语声。毫无疑问，他们在窥伺我。我用目光检查了墙壁、家具、天花板、地板。我没有发现任何可疑的地方。我听见门外有人走动，一定是有人来从钥匙孔朝里看。

我忽然想起，“也许我的蜡烛会突然熄灭，使我陷入一片黑暗之中。”于是，我把壁炉上所有的蜡烛都点着了。然后我再一次打量周围，但还是没有发现什么。我迈着大步绕房间走了一圈——没有什么。我走近窗户，百叶窗还开着，我小心翼翼地把它关上，然后放下窗帘，我并且在窗前放了一把椅子，这就不用害怕有任何东西来自外面了。

于是我小心翼翼地坐下。扶手椅是结实的，然而时间在向前走，我终于承认自己是可笑的。

我决定睡觉，但这张床在我看来特别可疑。于是我采取了自认是绝妙的预防措施。我轻轻地抓住床垫的边缘，然后慢慢地朝我的面前拉。床垫过来了，后面跟着床单和被子。我把所有的这些东西拽到房间的正中央，对着房门。在房间正中央，我重新铺了床，尽可能地把它铺好，远离这张可疑的床。然后，我把所有的烛火都吹灭，摸着黑回来，钻进被窝里。

有一个小时我保持清醒着，一听到那可怕最小的声音也打哆嗦。一切似乎是平静的。我睡着了。

我睡了很久，而且睡得很熟；但突然之间我惊醒了，因为一个沉甸甸的躯体落到了我的身上。与此同时，我的脸上、脖子上、胸前被浇上一种滚烫的液体，痛得我嚎叫起来。

落在我身上的那一大团东西一动也不动，把我压得喘不过气来。我伸出双手，想辨明物体的性质。我摸到一张脸，一个鼻子。于是，我用尽全身力气，朝这张脸上打了一拳。但我立即挨了一阵耳光，使我从湿漉漉的被窝里一跃而起，穿着睡衣跳到走廊里，因为我看见通向走廊的门开着。

啊，真令人惊讶！天已经大亮了。人们闻声赶来，发现男仆人躺在我的床上，神情激动。原来，他在给我端早茶来的路上，碰到了我临时搭的床铺，摔倒在我的肚子上，把我的早点浇在我的脸上。

我担心会发生一场笑话，而造成这场笑话的，恰恰正是关上百叶窗和到房间中央睡觉这些预防措施。

那一天，人们笑够了！

[法] 莫泊桑

两个钓鱼朋友

自从在这个梦寐以求的地方钓鱼，每逢星期日，莫利梭总会遇见很胖又很快活的索瓦日先生。索瓦日先生是罗累圣母堂街的针线杂货店老板，也是一个醉心钓鱼的人。他们时常坐在一起手握着钓竿，双脚悬在水面上消磨一段时光；时间一长，他们彼此之间产生了友谊。

他们有时候聊聊天，有时候一句话也不说，因为有相同的嗜好，他们相处得十分融洽。

春天，一到早上十点钟，在恢复了青春热力的阳光的照耀下，河面上浮动着一片随水而逝的薄雾，两个钓鱼迷的背上也感到阵阵暖意。这时候，莫利梭偶尔也对他身边的那个人说："嘿！多么舒服！"索瓦日先生的回答是："再没有比这更好的了。"显然，这种对话进一步增进了他们的互相了解和互相敬重。

秋天，在傍晚的时候，那片被落日染得血红的天空，在水里映出了彩霞的倒景，河水里通红，地平线上像是着了火，两个朋友的脸儿也映照得红光满面，而那些在寒风里微动的黄叶则像是镀了金，于是索瓦日先生在微笑中望着莫利梭说道："多好的景致！"那位毫不惊诧的莫利梭紧盯着浮子回答道："这比在环城马路上好多了，不是吗？"

这一天，他俩意外地在街上相逢，彼此都热情地握手寒暄。多日不见，大家颇有感慨。索瓦日先生叹了一口气，低声说："变化真大啊！"莫利梭非常抑郁地应道："天气倒不错！今儿是今年第一个好天气！"

天空的确是蔚蓝的，非常晴朗。

他们开始肩并肩地走起来。大家都在那里转念头，他俩的心情都是愁闷的。莫利梭接着说：“钓鱼的事呢？嗯！想起来真有意思!”

索瓦日先生问：“我们什么时候再到那儿去?”

他们进了一家小咖啡馆，每人喝了一杯苦艾酒；后来，他们又在人行道上散步。

走了一会儿，莫利梭忽然停住了脚步：“我们再来一杯吧，嗯?”索瓦日先生赞同这个意见。他们又钻到一家小酒馆里去了。

出来的时候，他们都有些醉意了，走在街上摇摇晃晃的。这时，天气非常暖和，一阵和风拂得他们的脸痒痒的。

被暖风陶醉了的索瓦日先生停住脚步，说：“我们到哪儿去?”

“是啊，上哪儿去?”

“钓鱼去啊，还用考虑吗?”

“不过到什么地方去钓呢?”“就到我们那个沙洲上去。法国兵的前哨在哥隆白村附近。我认识杜木兰团长，他一定会毫不阻拦地让我们过去的。”莫利梭高兴得发抖：“那我们一起去吧。”于是他们分了手，各自回家去取渔具。

一小时以后，他们已经在城外的大路上会合了。随后，他们到了那位团长办公的别墅里。团长爽快地答应了他们的请求。于是，他们带着一张通行证又上路了。

不久，他们穿过了前哨，穿过了那个荒芜了的哥隆白村，后来就到了塞纳河边上的无数的小葡萄园的边上了。此时时间大约是中午十一点钟。

对面，阿让德衣镇一片寂静。麦芽山和沙诺山的高峰俯临四周的一切。那片直达南兑尔县的平原是空旷的，放眼望去，只能看到那些没有叶子的樱桃树和灰色的荒田。索瓦日先生指着那些山顶低声细语地说：“普鲁士人就在那上面!”于是一阵疑惧使这两个朋友对着这块荒原不敢迈步了。

普鲁士人！他们从来没有瞧见过，不过好几个月以来，他们觉得普鲁士人围住了巴黎，蹂躏了法国，抢劫杀戮，造成饥荒，这些

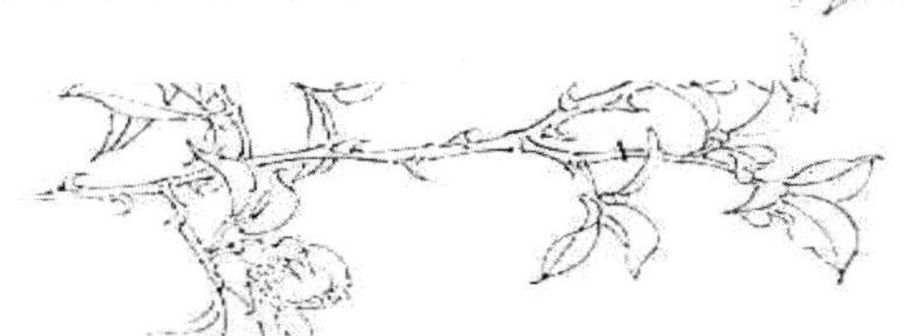

人是无所不在也无所不能的。所以，他们对于这个素不相识却又打了胜仗的民族异常憎恨，现在又加上一种带迷信意味的恐怖了。莫利梭口吃地说：“说呀！倘若我们撞见了他们怎么办？”索瓦日先生带着巴黎人贯有的嘲谑态度回答道：“我们可以送一份炸鱼给他们。”

不过，由于整个荒原是沉寂的，所以他们感到异常胆怯，甚至有点不敢在田地里乱撞了。

索瓦日先生最终拿定了主意，他说：“快点向前走吧！不过要小心。”于是他们就从下坡道儿到了一个葡萄园里面，弯着腰，张着眼睛，侧着耳朵，在地上爬着前进，并利用一些矮树掩护自己。

现在，要走到河岸，需要穿过一段没有遮掩的开阔地，于是他们开始奔跑起来；一到岸边，他们迅速躲到了枯了的芦苇荡里。

莫利梭把脸贴在地面上，去细听附近是否有人行走。他什么也没有听见。显然没有人发现他们，他们是安全的。

他们觉得放心了，就开始动手钓鱼。

在他们对面是荒凉的马郎德洲，另一边河岸遮住了他们的视线。从前在洲上用来开饭馆的那所小房子现在关闭了，像是已经许多年无人居住了。

索瓦日先生钓到第一条鲈鱼，莫利梭钓着了第二条，随后他们时不时地举起钩竿，每次鱼钩上总是带出一条银光闪耀的小动物。他们今天的垂钓仿佛有神相助似的。他们郑重地把这些鱼放在一个浸在他们脚底下水里的很细密的网袋里。一阵甜美的感觉透过他们的心头，他们找回了那种久已失落的快乐，他们得到了无限的满足。

晴朗的日光，温暖了他们的全身；无边的喜悦，使他们忘记了自己所处的环境。他们不去细听什么了，不去思虑什么了。他们只知道钓鱼。

但是突然间，一阵像是从地底下传来的沉闷声音使地面剧烈地颤抖起来。大炮又开始像打雷似的响起来了。

莫利梭回过头来，他从河岸上望见了左边远远的地方，那座瓦雷良山的侧影正披着一簇白的鸟羽样的东西，那是刚刚从炮口喷出来的硝烟。

他还没回过神来，第二道烟又在这座山顶上喷出来了；几秒钟之后，一轮新的爆炸声又开始了。随后远远近近陆续传来了炮火的轰鸣。那座高山像一道地狱之门，散发出阵阵死亡的气息——吐出它那些乳白色的蒸气——这些蒸气在宁静的天空里袅袅上升，在山顶之上堆成了一层云雾。索瓦日先生耸着双肩说："他们现在又动手了。"

莫利梭正闷闷地瞧着他钓丝上的浮子不住地往下沉。忽然这个性子温和的人，对着这帮如此嗜杀的疯子发起火来了，他愤愤地说："像这样自相残杀，真是太不理智了。"

索瓦日先生回答道："连畜生都不如。"

莫利梭正好钓着了一条鲤鱼，他高声说道："其实很多政府都热衷于战争。"

索瓦日先生打断了他的话："共和国就不会宣战……"

莫利梭反驳说："有帝王，向国外打仗；有共和国，向国内打仗。"

后来他们竟忘了钓鱼，心平气和地讨论起来，他们用有限的知识来辨明政治上的大问题。结果彼此都承认：人是永远不会自由的。虽然他们的讨论已结束，然而瓦雷良山的炮声却没有停息。炮弹摧毁了法国房子，捣毁了人们的生活，结束了许多生命与梦想。许多在期待中的快乐，许多在希望中的幸福，都在炮弹的爆炸声中破碎了；并在贤母的心上，良妻的心上，爱女的心上，制造了无数难以言讲的苦痛。

"这就是人生！"索瓦日先生高声喊着。

"倒不如说这就是死亡。"莫利梭带着笑容回答。然而话没说完，他的笑容就凝固了。

因为他明显地觉得他们后面有人走动；于是转过脸来一望，就看见他们身后站着四个人，四个留着胡子、穿着军服、戴着平顶军帽的大个子，黑洞洞的枪口正瞄着他们的头。

两根钓竿从他们手里滑下来，落到河里去了。

几分钟之内，他们被绑住手脚，扔进一只小船里。后来他们被

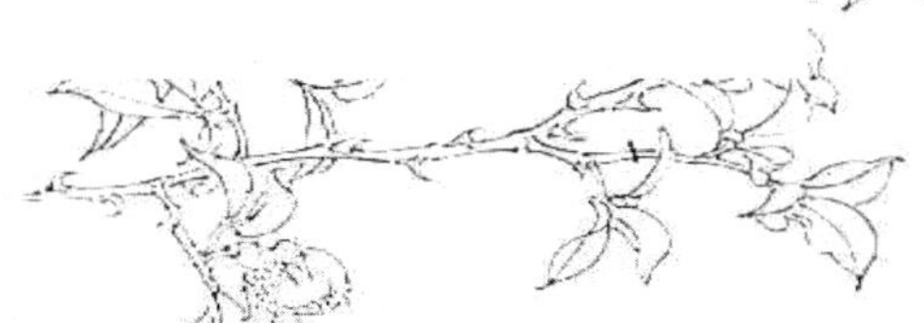

带到了马郎德洲上。

在当初那所被他们认为久已荒芜的房子后面，他们看见了二十来个德国兵。

一个浑身长毛的人坐在一把椅子上面，吸着一支长而大的瓷烟斗，用地道的法国话问他们："喂，先生们，你们今天钓鱼收获不小吧?"

这时，一个士兵把那只由他小心翼翼地带回来的满是鲜鱼的网袋放在军官的脚前。那个普鲁士人微笑着说："嘿！嘿！果然不错！不过你们好好地听我说，并且不要慌张。我想你们两个人都是被人派来侦探我们情报的奸细。我现在捉了你们，就要枪毙你们。你们以钓鱼为掩护，为的是可以好好地实施你们的计划。现在你们已经落到我手里了，你们只能自认倒霉；现在是打仗呀!"

"不过，你们既然能从前哨走得出来，自然知道回去的口令，如果你们把口令说出来，我就放了你们。"

两个面无人色的朋友相互依靠着站在一起，因为紧张，身躯在微微颤抖，但他们一声也不响。

那军官接着说："你们如果说了，就可以平平安安地走回去。这桩秘密谁也不会知道。倘若你们不答应，那就只有死路一条。你们自己选择吧。"

他们依然没有开口。

那普鲁士人始终没有发脾气，他伸手指着河里继续说："你们想想吧，五分钟之后你们就要到水底下了，除非你们说出口令，你们都有父母妻小吧!"

瓦雷良山的炮火仍在怒吼着。

两个钓鱼朋友依然站着没有说话。那个德国人用他的本国语言下达了命令。随后他挪动自己的椅子，免得和这两个俘虏过于接近；随后来了12个兵士，持枪站在离他们二十步远的地方。

军官接着说："我给你们最后一分钟，多一秒钟都不行。"

随后，他突然站起来，走到那两个法国人身边，伸手将莫利梭挽住把他引到了远一点的地方，低声向他说：

"那个口令是什么？你那个伙伴什么也不会知道的，我可以装做不忍心的样子。”

莫利梭一个字也不回答。

那普鲁士人随后又引开了索瓦日先生，并且对他提出了同样的问题。

索瓦日先生也没有回答。

他们又紧靠着站在一处了。

军官愤怒地发了命令。兵士们都托起了他们的枪。

这时候，莫利梭的目光偶然落在那只盛满了鲈鱼的网袋上面，那东西离他不过几步儿。

在阳光的照射下，那扑腾的鱼儿闪闪发光，他感到一阵悲酸，尽管他极力镇定自己，眼眶里还是噙满了眼泪。

他口吃地说：“永别了，索瓦日先生。”

索瓦日先生回答道：“永别了，莫利梭先生。”

他们互相握过了手，身躯抖得更厉害了。

军官喊道：“放!”

他们看见十二枝枪管都抖动了一下。

索瓦日先生一下就向前扑做一堆了，莫利梭个子高些，摇摆了一两下，才侧着倒在他伙伴身上，脸朝着天。沸腾似的鲜血，从他那件在胸部打穿了的短襟军服里面向外迸出来。

德国人又发了新的命令。

他的那些士兵迅速找了些绳子和石头过来，把石头系在这两个死人的脚上；随后，士兵们把他们抬到了河边。瓦雷良山的炮声并没有停息，现在，山顶上硝烟弥漫。

两个兵士抬着莫利梭的头和脚，另外两个抬着索瓦日先生。他们把这两个尸身来回摇摆了一会儿，就远远地扔出去了，尸体先在空中画出一条曲线，随后如同站着似的往水里沉，石头拖着他们的脚先落进了水里。

河里的水溅起了巨大的水花，随后，又归于平静，无数很细的涟漪都到达了岸边。

血浮起来了，河水变得污浊了。

那位神色始终泰然的军官低声说：“他们可以永远和鱼在一起

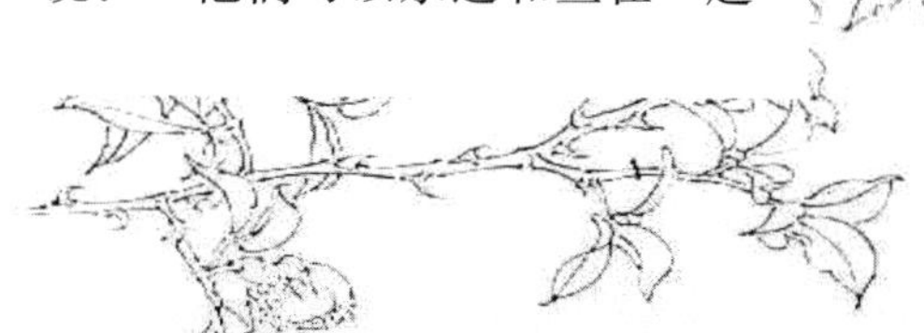

了。”随后他向着房子走去。

忽然，他望见了那只盛满了鲈鱼的网袋，于是拾起它仔细看了一会，然后他高声喊道：“威廉，来!”

一个系着白布围腰的兵士跑了过来。普鲁士人把两个法国人的战利品扔给他，吩咐道：“趁这些鱼还活着，赶快给我炸一炸，味道一定很鲜。”

随后，他又点着了那支长而大的瓷烟斗。

［法］　梅里美

西班牙的婚礼

在昂迪雅尔市郊的一座美丽的小农庄里，一场隆重的结婚典礼正在进行着。小农庄里有一棵高大的无花果树，摆满美味佳肴的餐桌就设在树下。那丰盛的菜肴、交错的杯盏，几乎要把桌子压碎。来宾们向新郎、新娘祝贺以后，就来到桌前坐下。院内的茉莉花和柑树上开满的白花，混合着散发出阵阵沁人心脾的浓郁的清香。

突然，一位持枪的男人从树丛中策马而出，马儿径直朝住宅方向驶来。到达住宅门前，来人勒住马匹，敏捷地跳下马，向桌前的客人们举手行礼，然后把马牵进了马棚。其实宾客早已到齐，但在西班牙有个风俗，凡有过路的人来参加庆典，都应热情接待，更何况此人衣着不凡，好像是个很有身份地位的人物。新郎急忙起身，热情地迎上去，邀请来客赴宴。

此时宾客们交头接耳，互相低声询问着这位陌生人的来历。只有坐在新娘旁边的昂迪雅尔农庄的公证人脸色一下子变得十分苍白，如同死人一般。他想站起来，但双膝打弯，两腿根本无力支撑住自己的身体。

这时，一位长期被怀疑从事走私活动的来客，走近新娘，悄声说："他叫诺斯·马里亚，大概是来这儿闹事的，他跟公证人有仇！"

诺斯·马里亚要干什么呢？让公证人跑掉根本没有可能，因为诺斯·马里亚会很快发现他的。叫人逮捕他也是行不通的，他的同伙肯定就在附近，况且他身上还带着匕首，腰里插着手枪。新娘想到这里问道："公证人先生怎么得罪过他呢？"

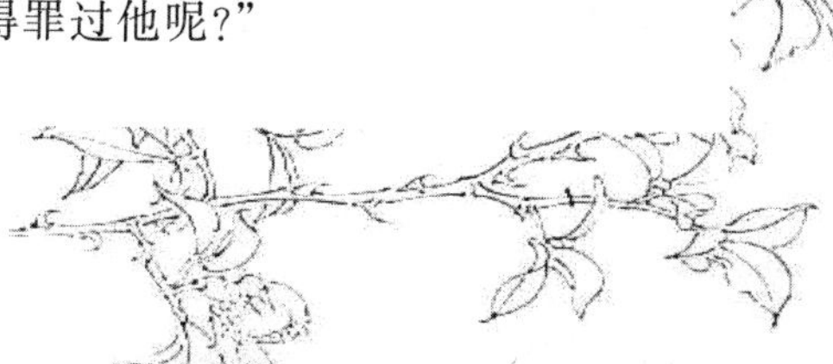

“唉！根本没有得罪过他。”

旁边一位客人低声说：“两个月前，公证人曾对他的佃农说：‘如果有朝一日，诺斯·马里亚来向我要酒喝，我要往酒里放一大块砒霜。”

当新郎陪着陌生人来到餐桌前时，宾客们还都敬候着。

诺斯·马里亚先朝公证人扫了一眼，公证人立刻被那恶狠狠的目光吓得浑身瑟瑟发抖，如同得了疟疾一般。然后他径直朝新娘走去，非常文雅地向新娘行了个礼，并要求新娘在婚礼上能和他跳舞。新娘非但没有拒绝，而且脸上没有流露出任何不悦的表情。诺斯·马里亚拿起一个软木板凳，毫不客气地坐在新娘与公证人的中间。公证人此时紧张得几乎要晕倒了。

宴席开始之后，诺斯·马里亚一直警惕地注视着他的邻座。当来客们品尝着美味的陈年美酒时，新娘端起一杯斟满西班牙名酒“蒙地拉”的酒杯，先凑到自己的唇边咂了一下，然后举到诺斯·马里亚的面前。

在西班牙的风俗中，这一举动是酒宴上人们对自己所尊敬的人的一种礼节，被称为“特殊关照”。遗憾的是这种风俗早已在西班牙的上流社会消失了。这里当然也不例外，一切民族习惯均被废弃了。所以，新娘此时的这一举动，倒显得有些过分殷勤。

诺斯·马里亚非常感激地接过酒杯，连连向新娘致谢。而新娘却战战兢兢地凑到了他的耳边，腼腆地说：“请您看在我的面上，饶恕了他吧！”

“不行！”诺斯·马里亚嚷道。

“我求您忘记过去的事吧！您到此地来，可能是不怀好意的，但为了我的幸福，也为我的婚礼顺利进行，请您答应我，饶了您的敌人吧！”新娘很悲伤地恳求着。

诺斯·马里亚凝视着无助的新娘那双哀怨的双目很久，然后转身向浑身哆嗦成一团的公证人说：“你应该感谢新娘，公证人！要不是她的话，我马上就把你杀掉。”

诺斯·马里亚随后斟满了一杯酒，端到公证人的面前，脸上带着嘲讽的微笑，继续说道：“来！公证人，为我的健康干杯！这酒不坏，而且不是毒酒。”

此时，公证人可怜极了，颤抖着喝下那杯酒，犹如咽下一把钢针。

“来吧，朋友们！跳起舞来吧！新娘万岁！”诺斯边嚷边敏捷地站起身，跑去寻来一把吉他，即兴演奏了一曲，向新郎、新娘表示祝贺。

晚宴即将结束，诺斯还继续跳着。他是如此热情奔放，以致使一些妇人一想到像这样一个迷人的小伙子不知哪一天就会被送上绞刑架时，不禁眼里涌满了怜悯的泪水。他跳着、唱着，并且满足了所有人的要求。午夜时分，一个十二岁左右的小姑娘出现了，她衣衫褴褛得几乎全身裸露，她急匆匆地朝诺斯·马里亚走去，然后急促地跟他说了几句吉卜赛黑话之后，诺斯的脸上现出了惊慌的神色，他立即朝马棚跑去。不一会儿，就牵着他那匹健壮的骏马回来了。他走到新娘跟前，诚恳地说：“我以我的生命向上帝发誓，我永远不会忘记在您这里度过的美好时光，这是我多年来最幸福的时刻。请您接受一个想把一座宝矿都献给您的、一个可怜的魔鬼送给您的小小礼物吧。”说着，他把一只漂亮的戒指捧到新娘面前。

“诺斯·马里亚，”新娘感激地说道，“只要我这里还有一块面包，那一半就属于你！”

诺斯同所有的客人握手告别，包括公证人在内，然后飞身上马，转眼间就消失在黑暗里了。这时，只有公证人轻松地长舒了一口气。

半个小时之后，小农庄里来了一队保安士兵，但没有一个人说看到过他们要搜寻的人。

［德］ 歌德

美丽的女店主

每当我经过一座小桥时，总有一个美丽的女店主——她的店铺招牌上有两个小天使——深深地反复地向我鞠躬，然后尽量从远处目送我渐渐远去。而且五六个月以来一直是这样。她的举动使我感到奇怪，我同样也打量着她，并且认真地向她表示感谢。有一回我从枫丹白露骑马前往巴黎。当我再次踏上这座小桥时，她走到商店门口，并在我路过时对我说：“先生，您好！”

我一边回答她的问候，一边继续前行。当我偶尔回头望一眼时，发觉她仍然向前探着身子，以便能看到越来越远的我。

跟随我旅行的是一个仆人和一个情书传递者。我本来打算当天晚上派他们返回枫丹白露给几位女士送信。仆人按照我的吩咐下马向着那位年轻妇女走去，以我的名义告诉她，我早已注意到她想看见我和问候我，倘若她希望进一步认识我，我愿意按她要求的地点去探望她。

她告诉仆人，她原本未指望他会给她带来更好的消息。她愿意到我为她指定的地方去，但是我必须同意一个条件——准许她与我在一个被窝里度过一夜。

我接受了这个条件，于是问仆人，是否了解有什么可以用来作为我们的约会之所。他回答说，某一个老鸨那里是最合适不过的了。不过他劝告我，先让人把我住所里的床垫、被子和床单送到那里去，因为到处都有疫病流行。我采纳了他的建议，并命令他快点行动，他保证说，一定把床给我铺得舒舒服服的。

当天晚上，我如约而至。在那里，我看到一位非常美丽的妇女，她大约二十岁，头戴精巧的镶边睡帽，身穿一件华美的衬衣和一条绿色毛料短衬裙，肩上裹着一件拍粉时用的披衣，脚上着一双拖鞋。她让我一见钟情。

最初我有些放肆，想冒昧从事，她以十分巧妙的方式拒绝了我的抚爱，同时还提出了一点要求。我满足了她的要求。可以这样说，在我所认识的女人里，她是最可爱的，也是让我享受最多快乐的。第二天早晨我问她："我是否可以再一次见到你，因为我星期天才从这里动身，我们可以一起度过从星期四夜晚到星期五清晨的这段美好时光。"

她回答我说，毫无疑问，她比我更迫切地希望能再一次约会。但是，如果我不是整个星期天都留在此地，她不可能再来，因为只有在星期天和星期一的夜里她才能再见到我。

当我表示有困难时，她说："您大概此刻已经对我感到厌恶，所以就想星期天出外旅行。不过您将很快又会想念我，而且您肯定会多留一天，好与我一起共度良宵。"

我轻而易举地被她说服了，我答应星期天留在这里，并让她那天夜里仍旧到老地方见我。她回答我说：

"我知道得相当清楚，先生，为了您的缘故，我才到这种有损名声的龌龊之地。我之所以心甘情愿地这样做，完全是因为我心里有一种不可抗拒的热望。只要能与您在一起，任何条件我都可以接受。我到这个令人恶心的地方来，是出于我狂热的爱情。不过，倘若再让我第二次到这个地方来，我会把自己看成一个娼妓。除了我的丈夫和您之外，只要我再委身或渴望得到其他任何一个男人，但愿我不得好死！然而一个人为了自己所爱的人什么事情都能干，尤其是为了一个巴松皮埃尔式的男人！为了他的缘故，我来到这座房子，为了一个男人，一个由于他的光临而使这种地方也能蓬荜生辉的人。如果您还愿意见我一次，那么请您到我姑妈家。我将在那里接待您。"

她仔仔细细地向我描述了那座房子的特征，接着又说："我从十点钟开始等您，我愿意一直等到午夜，甚至还可以晚一些。我让门开着。您进来后首先会发现一个小走廊，您不要在那里停留，因

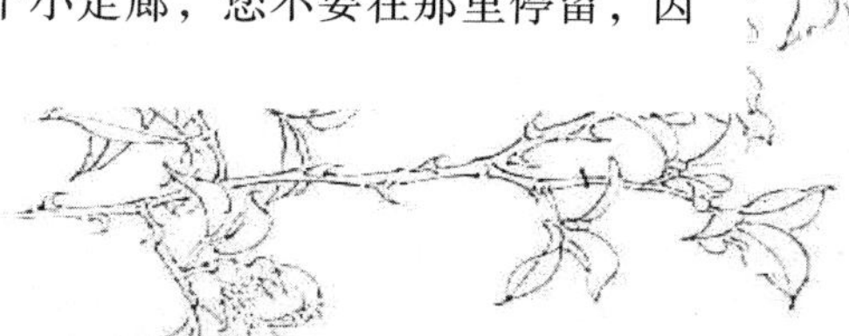

为临走廊是我姑妈的房门。然后您会立刻见到迎面的一截楼梯，您沿楼梯而上，我将在二楼张开双臂欢迎您。”

于是，我让手下人把屋子收拾好，带着我的东西先走一步。我自己则迫不及待地期盼着星期天之夜，那时我将再次见到美丽的小妇人。

在星期天晚上十点钟时，我已经到达指定地点。我立即找到她向我描述过的那扇门，但是门锁着，整座房子里都有光，有时简直像火焰一样，仿佛在猛烈地燃烧。我心急如焚，开始敲门，通报我的到来。但是我听到一个男人的声音，他问我，谁在外面。

我于是返回，在几条街上来来回回走了几趟。最后，又走回到那座房子前。此时，门开着，我急忙穿过走廊上了楼梯。但是让我大吃一惊，我发现屋子里有一些人在烧床上的草垫。大火照亮了整个屋子，借着火光我看到桌子上伸展着两具一丝不挂的尸体。我急忙往后退，往外走时撞见几个掘墓人，他们问我找什么。我拔出了剑，因为这样可使他们与我保持一定的距离。我无法做到对所见到的古怪的情景无动于衷。回到家里，我一口气喝了三四杯酒，在德国，酒被看成是消除晦气的灵丹妙药。在我休息过后，第二天我踏上旅程前往洛林。

旅行归来后，我尽一切努力想打听出一点有关这位妇女的情况，但均没有一丝信息。我甚至去了挂着两个天使标记的小店，那里的伙计也不知道在他们之前谁在这里居住过。

［德］　歌德

神秘的敲击声

收养这位孤女的贵族是我的一个朋友，他家人口众多，全部住在一座古堡里。

孤女长大了。当她十四岁时，多数情况下是伺候这家的夫人，其他应是贴身女仆做的事，她也都做得干净漂亮，主人对她非常满意。

这个姑娘似乎除了勤勤恳恳、忠心耿耿地侍奉她的女恩人，以表示对她的感激之情之外，好像再没有其他任何愿望。姑娘虽说地位低下，但却生得体态秀美，因此周围有很多追求者。不过人们怀疑，他们谁与她结合能给她带来幸福，她自己也没流露过一丝一毫想改变现状的要求。

后来，发生了一件怪事情：当姑娘做事在房子里走动时，人们有时会听到她脚下发出一种敲击声。起初，这种现象好像只是偶尔发生，但是后来这种敲击声却如影相随，几乎是每走一步就响一声，姑娘害怕了，她忧心忡忡，几乎不敢迈出夫人的房间，只有这间屋子里没有其他人时，她才得到片刻安宁。

但她不能老不出门，一出门就有声响，不论是与她同走的，还是离她很近的人都能听到。一开始大家还拿这件事开玩笑，不过最后这声音开始变得让人讨厌。于是这家活跃的男主人，亲自出面调查这件麻烦事 。他发现，姑娘只有走动时才发出敲击声，在她落脚的时候和在她继续行走时抬脚的时候，都会发出这种敲击声。不过这些敲击声有时响得没有规律性，当她横穿一个大厅时，发出的响声最大。

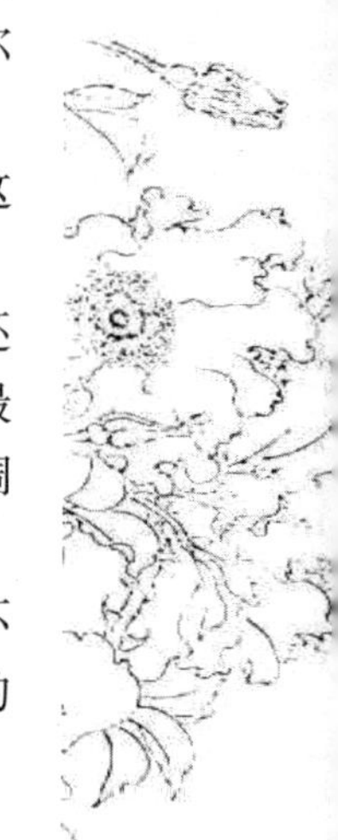

有一天，这位一家之主从附近找来几个工匠，让他们在敲击声响得厉害时，马上从她身后撬开几块地板，然而工匠照办后却一无所获。他们只发现了几只大老鼠，为了追打这几只大老鼠，房子里引起一片喧闹声。

这件事和这种混乱场面使男主人非常恼火，他决定采取严厉手段，从墙上取下他的一根最粗大的猎鞭发誓说，只要这姑娘再让他听到一次敲击声，就把她打个半死。说来奇怪，从这时起，她在整个房子里到处走动时，人们再也听不到这种敲击声了。

［德］ 海·伯尔

一个捕狗者的自白

尽管很难说出口，但我仍不得不承认，我所从事的职业，既使我赖以为生但又常常使我良心不安。我是狗税务局的职员，在城中四处巡查，追捕那些未注册的犬类。我伪装成一个温文尔雅漫步的人，身材矮小而臃肿，嘴里衔着一支价格适中的香烟，穿越着公园和僻静的街道，与所遇到的牵着狗散步的人搭讪聊天，进而了解有关他们的狗的情况，记住他们的姓名、地址，亲切地抚摸着狗脖子，判断它们是否注册。

我几乎认得所有已注册的狗，即使在散步时看见一只被弃在路边的狗，我也能立即想出有关它的注册情况。我的特殊兴趣倾注在那些已怀孕并兴奋地期待着生下未来的缴税者的母狗身上：我监视着，并仔细地记下它们的状况及日期，并窥视着它们，究竟把小狗送往何处，让它们神不知鬼不觉地长大，待到谁也不敢再把它们溺死的时候，便将它们付诸法律。因为我自己本来就很喜欢狗，所以对于自己所从事的职业，心中总是有种愧疚的心理，或许我真的应该换一种职业，来减轻自己的时常出现的义务与爱好两者矛盾的思想斗争，不过，我老实承认，在两者的斗争中，爱好是经常取胜的。因为有些狗我的确不忍申报，对于它们我则是——诚如常言所云——睁一只眼闭一只眼。每当这种情况出现时，我总是怀着一种非同寻常的宽容心理，毕竟我自己养的狗也仍未注册，虽然它不是一条名贵的纯种狗，但我的妻子和孩子都很喜爱它，精心饲养它，只要他们不去想自己所爱护的动物是一个违法存在的小东西就行了。

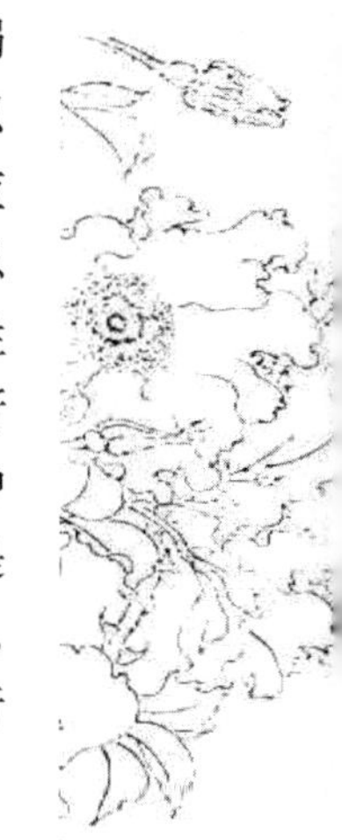

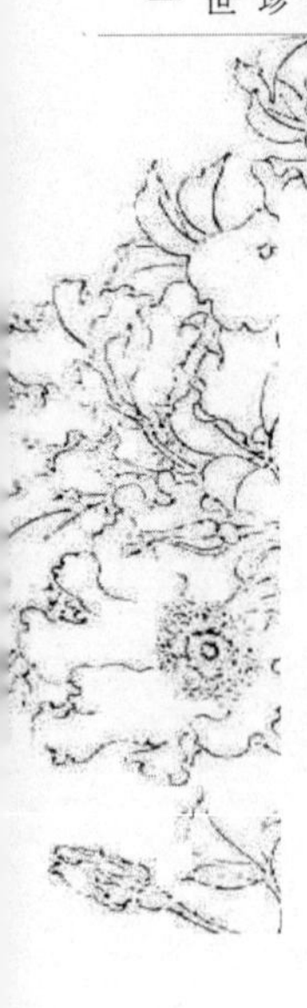

生活本身就充满了风险。也许我应该谨慎些为好。但是，因为我工作的缘故，愈加使我确信不疑：法律是永远容许违犯的。我的工作很辛苦。为了完成任务，我不得不经常在荆棘丛中躲藏许久，甚至几个钟头，来等待着某一处所传出的犬吠声，告诉我哪里有可疑的非法的狗。或者，我蹲在残垣断壁的后面，窥探着一只孤狗，判断是不是我的工作范围。然后我筋疲力尽、污垢满身地回到家中，坐在炉旁吸着烟，抚摸着我们的普鲁托的茸毛，而这又使我对自己的工作充满了内疚。

正因为如此，我就更珍惜星期天与妻子和孩子们一起与狗的漫长的散步，因为每逢周日是我们的假日，即使是未注册的狗，也可以随意外出，而不必受到任何监视，而我对在那天所遇见的狗，则完全以一种寻常百姓的心态来对待，丝毫不掺杂工作的责任和义务。

不过，在两次周日的遛狗路上与上司相遇后，我决定换一条路走，虽然他每次总是停下脚步来，跟我妻子和孩子们打招呼，并且抚摩我们的普鲁托的茸毛。可是，普鲁托竟一点也不似往日的温顺，它常常狂吠，意欲冲扑，这着实让我大吃一惊，往往匆忙告辞，从而引起上司的满腹狐疑，于是他经常注视着我着急出汗的样子。

本来也早就想给我的狗注册，可是我的收入实在是少得可怜，或许我应该换份工作去做。但是我已经50岁了，而且处在我这种年纪的人是不愿再改行了。不管怎么说，我的生活与事业并非都一帆风顺。倘若尚可，我一定会去注册，但是一点希望也没有了，我妻子在无意的闲谈中对我的上司说，这只小动物我们已经养了三年了，它已经是家里的一份子，跟孩子们形影不离——这些事情交错复杂，使我在注册一事上更是难上加难。

我为了减少自己内心的愧疚，使自己的良心得到些许安慰而努力地工作，可是，却往往事与愿违，这终于使我陷于穷途末路的绝境。虽说人们不该给正在脱粒的牛戴上箍嘴，但我不知道我的上司是否有足够的灵活精神，让《圣经》的经文付诸实现。我感到自己彻底的完了，因为我工作职务的关系，有些人以为我是犬儒派，可是我对此又能怎样，我无法辩解，也无从为自己辩解，因为我的工作就是需要我不得不天天与狗们周旋啊……

[意大利]　达·芬奇

犹大的面孔

在遥远的西西里城里有一幅画着耶稣传记的壁画，这幅画出自一位著名画家之手。当然，那已是几世纪前的事情了。他费了好几年工夫，壁画差不多都已完成，只剩下儿时的基督与叛徒犹大没有画完。

一日，他在街上散步，看见几个孩童在街上玩耍，其中有一个男孩，他的面貌触动了这位大画家的心，那天使般的笑脸正是他所需要的。

这孩子就成了画家的模特。

但是这位画家仍然找不到可以充当犹大的模特儿。一年又一年过去了，由于犹大的欠缺，这幅巨著始终没有完成。许多人替他充当犹大的模特儿，但都不能使老画家满意，因为画家心中的犹大是个不务正业、利欲熏心、意志薄弱的人。

碰巧有一日，老画家在酒店自斟自酌的时候，一个肮脏不堪、神情憔悴的人摇摇晃晃地迈进后门，一跨进门槛，就倒在地上，“酒、酒、酒”，他糊里糊涂地喊。老画家把他搀了起来，一看他的脸，心脏不禁为之停止跳动了。一个活生生的犹大就在他面前。

老画家兴奋至极，把这人找到家里，仔仔细细地画了好长一段日子。

工作正在进行的时候，那个模特儿竟起了变化。他以前总是神志不清，没精打采的，现在却神色紧张，样子十分古怪。充血的眼睛惊惶地注视着自己的画像。有一天，老画家忍不住对他说：“老弟，什么事让你这样难过？我可以帮你的忙。”

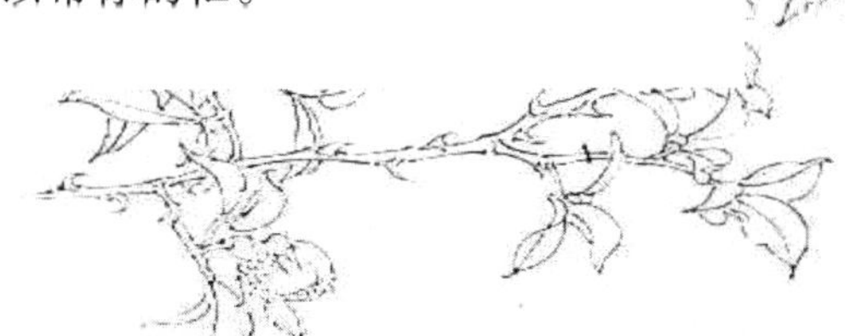

那个人忽然放声大哭。过了很久，他才抬头望着老画家说：“就连您也忘记了，你画圣婴时把我看得那么仔细。”

［意大利］　亚米契斯

小抄写员

叙利奥是个黑头发、皮肤白净的男孩子。他今年12岁，上小学五年级。他的父亲在铁路上做职员，叙利奥还有许多弟弟妹妹，一家人过着贫苦的生活，但是钱还是不够用。父亲不因为孩子多觉得累赘，反而十分溺爱他们。对叙利奥更是件件事情都依着他；只有对他在学校里的功课，却一点不放松地督促他用功。他这是为了希望儿子早点毕业，好找个比较好的工作，来补贴一家人的生活。

父亲年纪大了，因为生活艰苦，脸上看起来比实际更苍老。一家人的生活全压在他的肩膀上。他白天在铁路上工作，晚上又从别处接了文件来抄写，每夜趴在桌子上要写到很晚才睡。最近，有个杂志社托他写给订户寄杂志的签条，要用大的正楷字。每五百张签条给六角钱。这工作很辛苦，老人常常在吃饭的时候向家里人叫苦：

“我的眼睛有些看不见了。这个夜工恐怕会要了我的命呢！”

有一天，叙利奥向他父亲说：“爸爸，我来替你写吧，我能写得和你一样好呢！”

但是父亲却不答应：“不行！你应该自个用功。功课是你的大事情。就是一个钟头，我也不愿意占了你的时间。你虽然有这样的好意，但是我决不能耽误你的学习。以后不要再说这话了。”叙利奥一向知道父亲的脾气，他不再请求，但却在暗地里想办法。

每天夜晚，他总是到半夜才听见父亲停止工作，回到卧室去。有好几次，十二点一敲过，他就听到椅子向后拖的声音，接着就是父亲轻手轻脚地回到卧室去的脚步声。一天晚上，叙利奥等父亲去

睡了以后，下床来悄悄穿好衣裳，轻轻地走进父亲的写字间，把煤油灯点着。他看见桌子上放着空白的签条和杂志订户的名册。叙利奥拿起笔，照着父亲的笔迹写起来。他心里既欢喜，又有些害怕。写了一会，签条渐渐多了，他放了笔。搓搓手，提起精神再写。他就这样一面微笑着写下去，一面又侧着耳朵听有没有动静，生怕被父亲起来看见。他一直写了一百多张，算起来值两角钱了，方才停手把笔放回原处，然后熄了灯，蹑手蹑脚地回到床上去睡。

第二天吃午饭的时候，父亲很是高兴。原来他一点没有察觉。每天夜晚，他只是机械地照着名册抄写，十二点钟一敲就放下笔去睡觉，早晨起来再把签条数一数就算了。那一天父亲很高兴，他拍拍叙利奥的肩膀说：

"嗳，叙利奥！你爸爸还不算老哩！昨夜晚三个钟头里边，工作要比平常多做三分之一。我感觉我的手还很灵便，眼睛也还没有花。"

叙利奥嘴里不说什么，心里却非常高兴。他想："爸爸不知道我在替他写，还以为自己没有老呢。好！就这样做下去吧！"

那天夜晚到了十二点钟，叙利奥又继续起来工作。这样过了好几天，父亲一点也没有察觉。只是有一次，父亲在吃晚饭的时候说："真是奇怪，近来灯油突然费多了。"叙利奥听了暗笑，好在父亲没有下文了。此后他仍旧每夜起来抄写。

叙利奥由于每夜起来，睡眠渐渐不足，早上起来觉得疲倦，晚上复习的时候睡意浓浓。一天晚上，叙利奥做作业时竟趴在桌子上睡着了。这是他做功课时第一次打盹。

"喂，用心，用心！做你的功课！"父亲拍着手叫他。叙利奥睁开眼睛，慌忙继续用功复习。可是第二晚，第三晚，又同样打盹。而且情形越来越不好，不是趴在书上睡着了，就是早上起得很迟。复习功课的时候，也总是非常疲倦的样子；就像对功课厌倦了似的。父亲看到他这个样子，多次提醒他，不过他是一向不责骂孩子的。有一天早上，父亲对他说：

"叙利奥！你知道我每天起早贪黑是为什么吗？你真对不起我！你为什么和从前相比就像变了个样子呢？一家人的希望都在你身上

呢。你知道吗?”

叙利奥平生第一次被父亲责骂，心里很难受。他想：是的，再也不能这样了，否则父亲会发现的。

可是这一天吃晚饭的时候，父亲却很高兴地说：“大家听啊，这个月比上个月多挣了六元四角钱呢!”他从抽屉里拿出一袋糖果来，说是买来奖励孩子们的。孩子们都很高兴。叙利奥也重新振作起来，精神恢复了许多，他在心里暗暗对自己说：“嗳，还是再这样做下去吧。白天多用点功，夜里仍旧工作吧!”父亲接着说：“多挣了六元四角钱，我虽然很高兴，只是这个孩子——”说到这里指着叙利奥，“他实在使我伤心!”叙利奥一声不响受着责备，忍住几乎要流出来的眼泪，心里却异常甜蜜。

那一天以后，叙利奥照旧夜里起来工作，可是他毕竟是个孩子，身体的疲劳终究很难支持。这样过了两个月，父亲仍旧责骂他，给他的脸色愈加可怕起来。有一天，父亲到学校去找老师，和老师讨论叙利奥的事。老师说：“这孩子成绩好是还好，因为他原来是很聪明的。但是不及以前用心了，每天总是打呵欠，好像想睡觉。心思也不能全部放在功课上。让他写作文，他短短地写了一点就不写了。字也写得潦草了，其实他能写得更好一些。

那天晚上，父亲把叙利奥叫到身边，态度比平常更严厉地对他说：

“叙利奥！你知道我为了这一家人，是怎样辛苦地工作。你不知道吗？我为了养活你们，是拿命在拼呢！你为什么不好好想一想，也不管你父母兄弟怎样?”

“啊，不是这样！您不要这样说，爸爸!”叙利奥忍住了眼泪叫着说。他本想把事情说个明白，父亲却把他的话拦住了：“我们家这样穷，大家只有刻苦努力才支持得过去，这你是应该早知道的。我每天都在加倍地工作，这个月我原以为铁路局会发给我二十元奖金的，而且已经预先支配了用途。不料今天才知道，那笔钱没有希望了。”

听到这里，叙利奥把嘴边的话又咽了下去，他心里反复说：

“嗳呀，不能说，还是一直瞒下去，帮爸爸做事吧。对不起爸

爸的地方，希望能从别的方面来补偿。学校里的功课，自己用功把它学好吧。但是更重要的，我要帮助父亲养活一家人，以减轻父亲的疲劳。对，这样做才对。

又过了两个月，儿子仍然是每夜工作，白天疲倦不堪；父亲见了儿子依然生气。最令人伤心的是，父亲对儿子渐渐冷淡了。他好像认为这孩子太不争气，是没有什么希望了。于是见了面不跟他多说话，甚至躲避他。叙利奥看到这样子，伤心得了不得。每当父亲把背对着他的时候，他几乎要从后面向父亲跪下来。疲劳加上悲哀，使他身体愈来愈弱，脸色也愈来愈苍白。学习成绩也大大地下降了。他自己也知道夜晚的工作不能再干下去了，每天晚上上床的时候，他常常对自己说："从今夜晚起，半夜里不能再起来了。"可是一到十二点钟，他的想法就又改变了，好像睡着不起来，他就是逃避了自己的责任，偷用了家里的两角钱一样。于是他忍不住仍旧起来。他想父亲总有一天会明白他所做的一切的，或许在数签条的时候，会偶然发现他做了些什么事。到了那时候，自己虽然不说，父亲自然也知道了。他这样一想，每夜仍旧继续工作。

有一天吃晚饭的时候，母亲觉得叙利奥的脸色跟往常不一样，她说：

"叙利奥，你不舒服吗？"然后又对她丈夫说：

"叙利奥不知怎么了，你看看他脸色发青呢——叙利奥，你怎么啦？"说的时候很是忧愁。

父亲瞟了叙利奥一眼，说："即使有病，也是他自作自受。以前用功的时候，身体不是好的吗？"

"不用功不正是因为他有病的缘故吗？"母亲说完，父亲却这样说："我早已不管他了！"

叙利奥听了，心里像刀割一样。就是这个过去连他咳嗽一声都要担心得了不得的父亲现在竟不管他了，父亲确实不爱他了，眼睛里已经没有他这个人了。"啊，爸爸！没有你的爱，我是活不下去的！——无论怎样，请你不要这样说。我全说了出来吧，不再瞒你了。我要你仍旧爱我，无论怎样，我一定像从前一样用功。啊，这一次我真下了决心了！"

叙利奥仍不能控制自己，习惯使他半夜里又不由自主地起来了。下了床，他想到几个月来工作的地方去走最后一次。他进去点着了灯，看见桌上的空白签条，觉得从此不写有些难过，忍不住又拿起笔开始写了。写着写着，不知怎的忽然手一抖，把一本书碰落在地上。他吓了一跳，满身的血液好像全涌到心口来了："爸爸如果醒了怎么办呢！这原来不算什么坏事情，发现了也不要紧，自己本来就几次三番想说明白了。但是，爸爸如果现在醒了，走了进来，看见了我，他和妈妈会怎样地吃惊啊！而且，如果现在被爸爸发觉了，他反思自己这几个月来待我的态度，不知要怎样懊悔难过呢？"——许多念头一霎时都涌上心来，弄得叙利奥心神不定。他竖起耳朵，屏住呼吸静听，听不见什么响声，一家人都睡得沉沉的，这才定下心，重新工作。街上传来警察的皮鞋声，有渐渐走远的马蹄声和车轮声，过了一会，又有一列货车轧轧地经过。以后，一切又静下来了，只是常常听见远处的狗叫。叙利奥使劲地握住笔写，钢笔尖在纸上沙沙地响。

其实这时候，父亲早已站在他的背后了。书掉到地上，父亲就惊醒了。过了好久，货车经过的声音，把父亲开门的声音夹杂了。现在父亲已经走了进来，他那白发苍苍的头就俯在叙利奥的小黑头上面，看着那钢笔尖在动。一瞬间，过去的一切事情，父亲全都明白了。他胸中充满了无限的懊悔和慈爱，身体就好像给钉住了。一动不动地站在那里。

叙利奥忽然发觉有人用两条发抖的臂膀抱住了他的头，他不觉，"呀！"地叫了出来。等到听出是父亲的啜泣声。他叫着说：

"爸爸！原谅我！原谅我！"

父亲忍住眼泪，吻着他儿子的脸说：

"儿子，爸爸应该请你原谅！明白了，我终于明白了！我对不起你，起来。"说着他抱起了儿子，走到母亲的床前，把儿子放到母亲的怀里。

"快亲亲我们的好儿子吧！可怜他三个月来竟没有睡一个好觉，一直在为一家人劳动。可我还那样地责骂他！"

母亲抱住了叙利奥，几乎说不出话来：

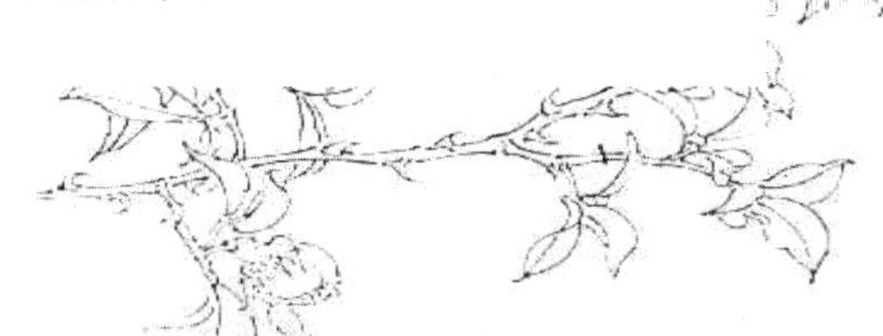

“好宝贝，快去睡吧！”又对父亲说，“请你陪他去！”

父亲从母亲的怀里抱起叙利奥，把他抱到他的卧室放在床上，替他垫好枕头，盖上棉被。

叙利奥不停地说：

“爸爸，谢谢您！您快去睡吧！我已经很好了，你快去睡吧！”

可是父亲久久不愿离去，他伏在床边等他的儿子睡着，他握着儿子的手说：

“睡吧！睡吧！好宝贝！”

叙利奥疲劳到了极点，在父亲的注视下，没多久就睡着了。几个月来，他第一次好好地睡了一觉，连梦也做得很快活。醒来的时候，早晨的太阳已经升得很高了。他忽然发现床沿上靠近自己胸口的地方，横着父亲那白发苍苍的头。原来父亲那天夜晚就是这样过的。他把头贴近在儿子的胸口上，睡得正香。

［意大利］　布扎蒂

鼠　害

多年来，每年夏季乔万尼·高利奥都请我去他家度假。可今年不知怎的，他却没有邀请我。他只说是由于家里有些无法解决的事情而无法邀请我了。不过他并未说明是什么事，所以我有些担心。

对他的邀请我从不拒绝。他家住在乡下一片森林里。以前倒没感觉怎么样，可一旦去不成了，反而怀念起那里的幸福时光了。

似乎是二战前很久的时候，在我第二次去他家休假时发生了一桩事……

每次去，我都住在二楼向着院子的一间屋子。就在那次，我回到房间准备睡觉时，突然从门口传来一个声音。我打开门，一只小老鼠钻进来，钻进了桌子与柜子的缝隙里。当时抓住它是不费多大力气的，可它长得十分可爱、娇小，我有些下不了手……

第二天，我将此事告诉了乔万尼，他心不在焉地说：

“老鼠？啊，是，有几只，偶尔会有。”

“它长得十分可爱，我有些下不了手……”

“我理解，没关系……”

然后，他就谈起了别的话题，似乎他不怎么乐意谈这件事。

第三次去他家，我们打牌至深夜。突然，隔壁客厅里传来了弹簧样的金属响声。人都在这里，这声音会是谁弄出来的呢？我不安地问：

“这响声是怎么回事？”

乔万尼吞吞吐吐地回答：

“没有啊，你在说什么呢？埃尔娜，你听到响声了吗？”

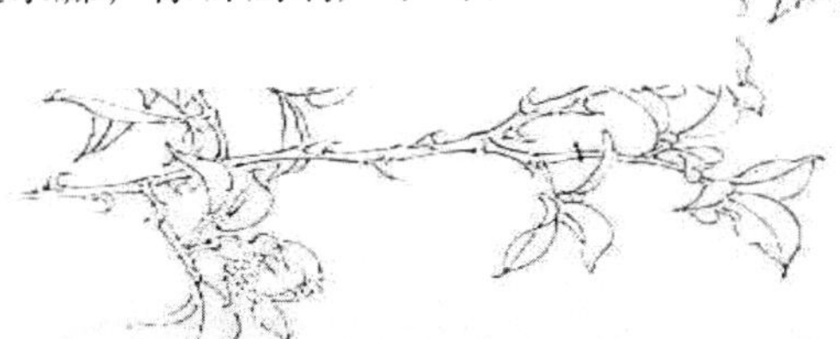

他妻子脸一红，否认说：

“没有呀，哪里有什么声音！”

我说：

“我确实听见客厅有声音，要不……”

我发现他俩很尴尬。这时，乔万尼说：

“轮到我了吧？”

十分钟后，这声音又响了一下。这次是在走廊里，接着是一声尖叫。

“乔万尼，你们支了老鼠夹子吧？”

“我不知道。埃尔娜，你支了吗？”

她回答：

“又没几只老鼠，没必要！”

第四个年头，我一进他家的门，就看见有两只猫异常威武，肌肉丰满，一见便知道是两员捕鼠的猛将。我说：

“你们总算下了决心！用猫来消灭老鼠，真不失为一个好主意！”

乔万尼回答：

“唉，要是真像你说的就好了！可惜呀……”

“这猫真是漂亮极了！”

“喂养得好。它们的伙食简直可以与人相比了。”

第二年夏天，我再次看见了那两只猫。但与以前不同，那两只猫一下子衰老了许多，也瘦了很多，一年前的威风一扫而光，走路都走不稳，整天瑟缩在主人腿下，死气沉沉的，一声也不吭。我问：

“是什么使它们变成了现在这个样子？”

乔万尼马上接口说：

“是这样的，这是一对良种猫。由于几个月都没有老鼠可以捕，它们就没有精神了。它们一定难过极了！”

说到这儿，他大笑了一声。

过了一会儿，他的大儿子乔乔奥悄悄把我拉开，对我说：

“不是爸爸说的那样，你知道吗？它们害怕！”

“谁害怕？”

“猫呗！这事我爸禁止外露，他心里烦，但这是事实。”

“猫怕什么呀？”

“猫怕老鼠。原本这里只有十来只老鼠，而且只是小老鼠，可现在变成了上百只大老鼠，厉害极了，跟鼹鼠一样大，全身黑毛，又密又亮。根本不把猫放在眼里。”

“难道没有治鼠的办法吗？”

“怎么没有！只是爸爸总下不了决心，我真不知他在想什么。还有啊，今天的事儿就当我没说……”

又是一年，我来后第一夜就听见楼上乱哄哄的，那声响吵得我睡不着觉，我知道楼上根本不可能住人，更别说是一群人了，里面放着旧家具、破柜子、废纸等。那这乱哄哄的动静是谁弄的呢？后来，我明白了，这是老鼠在作怪，从这声音判断，这些老鼠的个头该有多大！那一夜，我被吵得无法入睡。

第二天吃饭时，我说：

“你们也不想想办法治治它们，它们太猖狂了！昨天夜里，它们在库房里简直要把那里拆了！”

乔万尼的脸色变得非常难看。

“老鼠？什么老鼠？你怎么可以肯定那是老鼠呢？”

爷爷和奶奶也高声对我说：

“你是不是在做梦啊，孩子？!”

我很固执地答道：

“不，是真的。它们闹得很凶，吵得我一夜都无法入睡！”

乔万尼思索了一下，然后说：

“好吧，我想应该让你知道了。我从来没有对你讲过，因为怕吓到你。但既然躲不过了，那我就告诉你：我们家常闹鬼，我也常听见，在夜里时会更加严重！”

我笑了。

“不要骗我了，我才不信你的鬼呀、魂的！这明显是老鼠在作怪，肯定是大老鼠或田鼠……你们那对猫呢？你的猫是不是由于害怕而逃走了？”

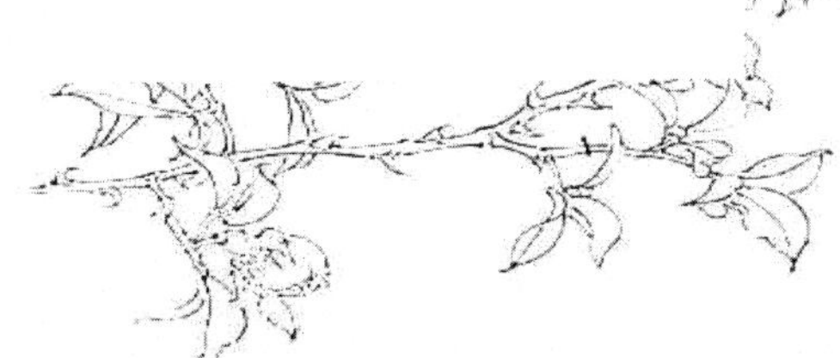

“它们……它们……跑了……你不要再谈这个了，都把我说糊涂了！不能谈点别的吗？……我们这儿是农村，免不了……”

他的举止极其反常。他一向温和热情，但现在却显然非常生气。

事后，又是乔乔奥告诉了我这个秘密。

他说：

“爸爸说的不对，那确实是老鼠，我们也常被吵得不能入睡。老鼠长得越来越吓人了，跟煤一样黑，跟树枝一样硬……猫已经进了它的肚子……那是一天夜里，突然，猫的叫声把我们吵醒了，客厅里闹得空前激烈！当我们赶到时，那里只有几只大老鼠在舔血，猫已经没了。”

“总有解决的方法，买几个鼠夹子、毒饵什么的？我不明白，你父亲怎么能让它们猖狂到如此地步？”

“当然要想办法了！爸爸为此很伤脑筋。他怕惹急了那群怪物。他说，最好别碰它们，要不然还不知道会发生什么事情呢。夹子、毒饵有什么用，它们是那么多……他说只有烧掉房子才有用……他还说……听起来滑稽可笑，父亲打算向它们妥协……”

“妥协？我没有听错吧？”

“是向老鼠求饶。他说，它们太多了，多到可以和人公开作对……我有时以为爸爸得了神经病。信不信由你，有一天我看见他用香肠喂老鼠，他似乎屈服了。他讨厌它们，又怕它们，只好用这种方式维持关系。”

几年我都没去他家了。去年我到他家后，发现整幢房子非常安静。除花园的蟋蟀声音外，家里是一片寂静。到底发生了什么事？

第二天，我在楼梯上对乔乔奥说：

“太好了，老鼠总算被清干净了。这真是个奇迹。”

乔乔奥神色怪怪地冲我一笑，说：

“不，你来看这个……”

他把我领到地下室，那儿有个滑窗，上面盖着一块厚木板。

他小声对我说：

“看那里，它们全都在那儿呢。好几个月前，它们集体移居那里了……”

我愣住了，随即一些刺耳的声音钻进我耳朵里。像磨擦声，像低沉的喧哗，又像水在沸腾，中间夹有吱叫声。

我不禁打了个寒战。

“有多少只?”

“谁知道？也许一百万只……你自己看看吧，但不能超过四秒钟。”

他揭开木板，用手电很快地照了一下。我借着灯光一瞧，洞里黑压压一片，它们互相压挤在一起，乱哄哄的。我还看见了它们的小眼睛，成千上万双眼睛都在瞅着我。木板很快被关上了。

今年，乔万尼没有请我去，我真不知会出什么事!

我很想去看看他们究竟怎样了。但说实话，我有点胆怯。后来，我从别人那儿听了很多有关他家的事，听起来真吓人。

据说祖父母均已去世。他们家的人很少出门，由一位邻居给他们送食品。这个家与其说是他们的，还不如说是老鼠的更为恰当。

十几只恶狠狠的看门鼠将靠近这家的人全部吓走。人们远远望见了乔万尼温和善良的妻子。她穿着仆人的服装，正在厨房做饭，那口大锅正冒着热气。旁边一大群老鼠催着她快做。她似乎很累，疲惫地向人们招了招手，好像在说：

“别碰它们！完了，一切都完了!”

[奥地利] 里尔克

小园中

一个人有时会产生各种莫名其妙的想法……就譬如说昨天吧。当时我又和露西夫人并排坐在她家别墅前的小花园里。年轻的金发夫人沉默无言，一双目光深沉的大眼睛仰望着黄昏时锦缎般绚丽的天空，手里把一块布鲁塞尔花边手绢当作扇子轻轻摇着。我闻到阵阵沁人肺腑的芳香，但不知是来自她这摇动的手绢呢，还是来自那株丁香树？

“这株美丽的丁香可真叫……”我说——纯粹是无话找话。须知沉默是一条神秘的林间小道啊；在这条小道上，常会有种种见不得人的念头窜来窜去的。所以万万沉默不得！

这当儿，夫人闭上了眼睛，头往后靠着椅背，让夕照静静地躺卧在她那线条细腻的眼皮上。她的鼻翼微微颤动，宛如一只在鲜嫩的玫瑰上吮吸着花露的小小蝶儿的翅膀。她的手不经意间搭在了我的椅子的扶手上，紧挨在我的手边。我的手指尖仿佛感到了她的手在轻轻颤抖——不，不仅仅是手指尖。这种感觉流贯了我全身，一直涌进了我的脑子里，使我失去了全部思想——只除去惟一一个……这个惟一的想法慢慢成形，恰似山区暴风雨前骤然凝聚起来的乌云一般：“她是别人的妻子哩……”

见鬼！这不是我早知道的么；而且这个别人甚至还是我的朋友呐。——然而，今天这个奇怪的想法仍一再出现在我的脑海里；我感觉自己仿佛是个乞儿，眼睁睁盯着面前点心店橱窗中的精美糕点，可望而不可及……

“您在想什么呢，夫人？”——我硬把自己从非非之想中拖出来。

她嫣然一笑：

“您真像他啊！”

“像谁？”

她转过脸来望着我，坐直了身子：

“像我已亡故的哥哥！”

“哦——他死时年轻吗？”

她叹了口气：

“很年轻呵。他饮弹自尽了。可怜的人！他生得多么英俊可爱啊。等一等，我这就给您相片看。”

“您哥哥多大？”我岔开话题。

她却似乎没有听见，一对明亮的眸子静静地盯在我脸上，叫人心慌意乱。她的眼睛大得就像整个天空。

“瞧这眼睛周围的线条，瞧这嘴……”她梦也似的说。

我努力冷静地望着她的脸，可是做起来非常困难。她细细地看了我很久，然后把椅子移得更靠近我，用亲切感人的语调讲起她的哥哥来。她声音很低，头几乎挨着我的头，使我闻到了她金发的幽香。对昔日的幸福与痛苦的生动回忆，使她的眼睛闪闪发光，表情更加活泼。在激情的火光辉映下，她的容颜变得使我觉得是那么熟悉，我仿佛真的成了她所怀念的亲人了。

这双眼睛……这张嘴……我想着——这就是我自己的脸呀；只不过更加高贵，更加细腻一些……

终于，她讲不下去了，开始啜泣起来，把小巧玲珑的脑袋埋在布鲁塞尔花旁边；而我呢，便几乎喊出来：我就是他！就是他！我真幸福哟，还在生前就有这样一位女子为我痛哭流涕……不知不觉间，我伸出手去轻轻抚摩她那被晚霞映红了的头。她毫不表示反对。

后来，她抬起泪光晶莹的眸子，若有所思地说：

“他要还活着，我俩就会永远生活在一起，我一辈子也不肯嫁人的……”

我听得出了神。

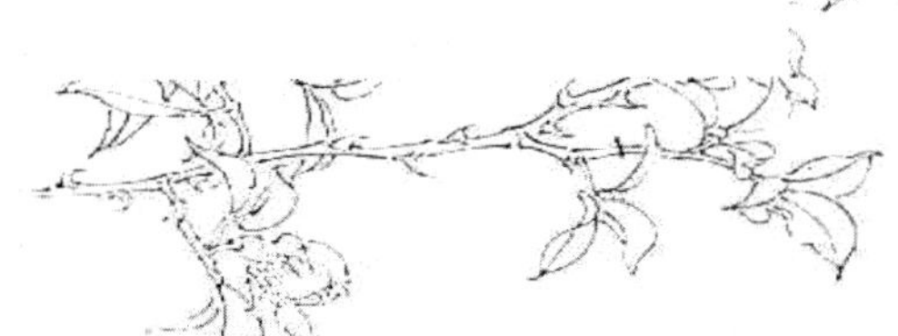

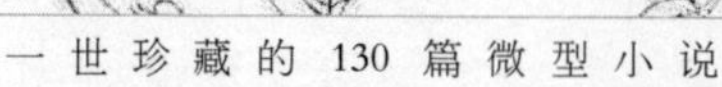

这时候，她完全控制不住自己的感情，哭得跟个泪人儿似的了。

我望着西下的夕阳，心里嘀咕："她是别人的妻子哩……"

可是这想法经她一哭，就给哭跑了。

还没等落日完全隐没在紫色的山冈背后，她那娇小的脑袋已经贴在我胸前，蓬松的金发弄得我的下巴怪痒的。接着，我便吻去了露西夫人脸颊上露珠儿般莹洁的泪水。随着头几颗苍白的星星在黄昏的天空中显现，她的红唇也绽出了甜蜜的笑意……

……一小时后，我在园门边碰上了她归来的丈夫；在他向我伸出手来的当儿，我才发现自己的领带上粘着一粒香粉。这该死的香粉啊！我目不转睛地盯着它，在急忙伸出一只手去与我朋友相握的同时，另一只手却努力想把它弹掉。

［奥地利］　卡夫卡

骑　桶　者

煤全部烧光了，煤桶空了，煤铲也没有用了。火炉里透出寒气，灌得满屋冰凉。窗外的树木呆立在严霜中，天空成了一面银灰色的盾牌，把所有向苍天求助的人都给挡住了。我得弄些煤来烧，不然会被活活冻死。冷酷的火炉在我的背后，同样冷酷的天空在我的面前，因此我必须快马加鞭，在它们之间奔驰，在它们之间向煤店老板请求帮助。对于我来说，煤店老板是天空中的太阳。可是煤店老板对于我通常的请求已经麻木不仁了，我必须向他清楚地证明，我连一星半点煤屑都没有了。我这回去，必须像一个乞丐——由于饥饿难当，奄奄一息，快要倒毙在门槛上，女主人因此决定把最后残剩的咖啡倒给他。同样，煤店老板虽说非常生气，但在“十诫”之一“不可杀人”的光辉照耀下，也不得不把一铲煤投进我的煤桶。

此行的结果完全取决于我怎么去做。思考再三，我决定骑着空空的煤桶前去。我骑着煤桶，两手握着最简单的挽具——桶把，费劲地从楼梯上滚下去。到了楼下，我的煤桶就向上升起来了，妙哉，妙哉。平趴在地上的骆驼，在赶骆驼的人的棍下摇晃着身体站起来时，也不过如此。煤桶以均匀的速度穿过冰凉的街道。我时常被升到二层楼那么高，但是我从未下降到齐房屋大门那么低。我极不寻常地高高飘浮在煤店老板的地窖穹顶前，而煤店老板正伏在这地窖里的小桌上写字。地窖的门是开着的，是为了排出多余的热气。

“煤店老板！”我喊着，那急切的声音裹在呼出的热气里，在严

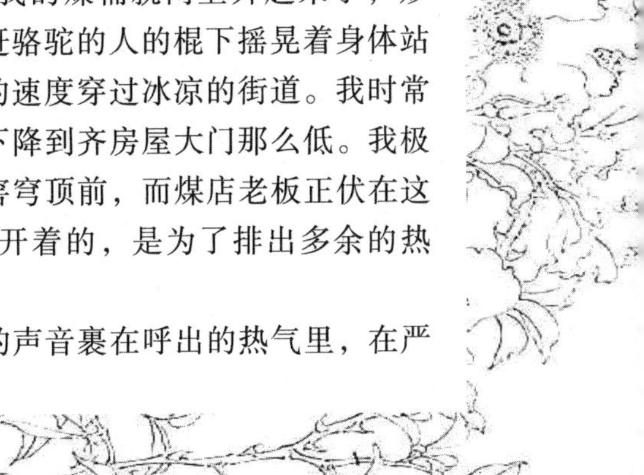

寒中显得格外混浊。“求你给我一点煤吧，煤店老板，我的煤桶已经空了，因此我可以骑着它来到这里。行行好吧，我有了钱，就会给你的。”

煤店老板把一只手放在耳朵边上，喃喃地说：“我没有听错吧？”然后，他又转过头去问坐在火炉旁边的长凳上织毛衣的妻子，“我没有听错吧？好像是一个顾客。”

“我什么也没听见。”妻子平静地说着，一面舒服地背靠着火炉取暖，一面编织毛衣。

“唉，是我啊！”我急切地喊道，“是我啊，一个向来守信用的老主顾，只是眼下没钱了。”

“是有人，”煤店老板说，“我的老伴，是的。我不会弄错的，一定是一个老主顾，一个有年头的老主顾，他知道怎样来打动我的心。”

“你怎么啦，当家的？”妻子说，她把毛衣搁在胸前，暂时歇息片刻，“街上空空的，根本没有人。更何况我们已经给所有的顾客供应了煤。我们可歇业几天，休息一下。”

“可是我正坐在这儿的桶上，”我喊道，寒冷所引起的没有感情的眼泪模糊了我的眼睛，“请你们抬头看看，你们就会发现我的。你们确实给所有别的顾客都供应过了。但我请求你们给我一铲子煤。如果你们给我两铲，那我就喜出望外了。啊，煤块在这只桶里滚动的响声多么灵敏。但愿我能听到！”

“我马上就来。”煤店老板边说，边要运动短腿迈上地窖的台阶。不过，他的妻子却已经走到了他的身边，拉住他的手臂说：“如果你固执己见的话，那就让我上去。你呆在这儿吧，想想你昨天夜里咳嗽得多么厉害。只为一件凭空想像出来的买卖，你就忘记了你的妻儿，要让你的肺遭殃。还是我去吧。”

“那么你就告诉他我们库房里所有煤的品种，我来给你报价格。”

“好。”他的妻子说。她走上了台阶，来到街上。她当然马上看到了我。

“我衷心地向您问好！”我惊喜地喊道，“老板娘，我只要一铲子煤，放进这个空空的桶里就行了，我自己把它运回家去，一铲最次的煤也行。钱我当然是要全数照付的，不过我不能马上付，不能马上。”

“不能马上”多么像钟声啊，它们和刚才听到的附近教堂尖塔上晚钟的声响混合在一起，又是怎样地使人产生了错觉啊！

“他要买什么？”煤店老板喊道。

“什么也不买，”他的妻子大声应着，“外面什么也没有。我什么也没有看到，只是听到钟敲六点，我们关门吧。真是冷得要命，看来明天我们又该忙了。”

煤店老板娘什么也没有看见，什么也没有听见，但她把围裙解了下来，要用围裙把我扇走。遗憾的是，她真把我扇走了。我的煤桶虽然有着一匹良种坐骑所具有的一切优点，但它没有抵抗力。它太轻了，一条妇女的围裙就能把它从地上驱赶起来。

“你这个坏女人！”当她半是蔑视半是满足地在空中挥动着手转身向店铺走去时，我还回头喊着，“你这个坏女人！我求你给我一铲最次的煤你都不肯。”就这样，我浮升在冰山区域，永远消失，不复再见。

［瑞士］ 瓦·弗洛特

俄勒冈州火山爆发

“喂，是得克萨斯信使报吗？我是贝德尔·史密斯。请立即记下：我永远难忘的俄勒冈州的这场经历，火山爆发……”

“怎么回事？”新来的编辑沃克问道，“喂，喂，接线员！”

“通往俄勒冈州的线路突然中断了，”电话局总机报告说，“我们马上派故障检修人员出发检查。”

“大概要多久？

“哦，您得作好一两个小时的打算。您知道线路是穿过山区的。”

“完了！”沃克沮丧地说道，并沉重地跌坐在他的软椅上。

“什么叫完了?!”主编怒气冲冲地说道。

“您是一名记者还是一个令人丧气的半途而废的家伙?!您不是已经收到报告了吗：俄勒冈州地震！这一消息我们起码比《民主党人报》和《先驱报》早得到一小时。这一回我们可要打他们一个措手不及了！……今天下午，当我们独家登出俄勒冈州地震的现场报道时，他们会嫉妒得脸色铁青的。”

主编从书柜里取出一卷百科全书。“我要让您看看这事该怎么做！埃丽奥尔，请您作好口授记录的准备！现在，您这个也算是记者的人过来瞧瞧吧！这儿：俄勒冈……海岸地带……山脉……有了：道森城这一带有几座已经熄灭的火山……

“噢，看来是这里，您把地图拿过去，抄下四周区镇的地名。”他跳了起来，猛地拉开通向印刷车间的门。

“希金斯！您马上过来！给我把头版的新闻全部撤去！我要加

进一篇轰动全国的报道！还有，这次要比平常提前一小时出报。”

他叼起一支香烟，大步地在屋里走来走去。

“您写下！通栏标题：俄勒冈州地震！电话联系中断！贝德尔·史密斯为《得克萨斯信使报》作独家现场报道。

“上午时分。在俄勒冈州地区出现了极为可怕的景象。有史以来一直十分平静的巨峰巴劳布罗塔里火山（名字以后可以更正）忽然间喷发出数英里高的烟云。就这么写下去——这里是有关火山爆发的资料的描述，剩下的您就照抄好了，反正总是老一套。

“您让沃克把熔岩可能流经的区镇地名读给您听。别忘了写一写人，诸如一个在最后一瞬间被救出来的孩子啦、一个拖着小哈巴狗的老妇人啦，等等。

“最后：《得克萨斯信使报》呼吁各界为身遭不幸的灾民慷慨解囊。捐款者填好附列的认捐单，将钱款汇往指定的银行账号即可。若填上认捐单背面的表格，您同时还有机会以优惠价格订阅全年的《得克萨斯信使报》。这样您家里就有了一份消息最灵通的报纸。通过报道俄勒冈州灾难这一事实即已雄辩地证明本报拥有最迅速、最可靠的信息来源。”

排字机咯咯作响，滚筒印刷机里飞出一页页印张，报童喊哑了嗓子，布法罗市的居民们从报童的手中抢过一份份油墨未干的报纸，转瞬之间当天的报纸全部售完。

三小时后，通往俄勒冈的电话线路修复。电话铃声响了，沃克、主编和女打字员同时拿起耳机。

“喂！是得克萨斯信使吗？”响起了贝德尔·史密斯的声音，“那好，请马上记录：我永远难忘在俄勒冈州的这场经历，火山爆发也不如此刻的吉米·布蒂德雷这般厉害，今晨他在富尔通拳击场频频出击，把俄克拉荷马的重量冠军瓦尔特·杰克逊打得落花流水。在第三局中他以一连串的上钩拳、猛击拳和凌厉而干净利索的直拳将对方击倒在地……喂……喂……您在听我说吗？您能听清楚我说的话吗？”

“请等一下，贝德尔，”沃克说道，“主编刚才晕过去了。”

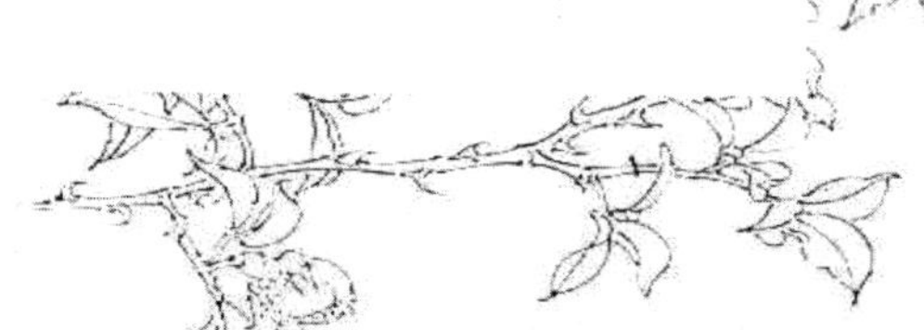

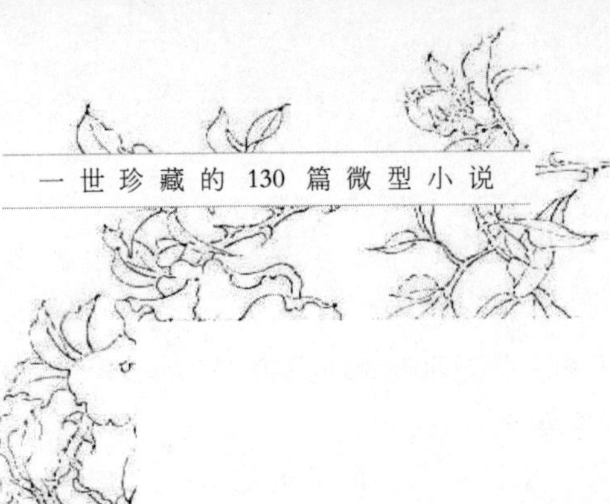

［瑞典］ 雅·瑟德尔贝里

吻

有一天，两个非常年轻的人——一个姑娘和一个小伙子——坐在一直伸进水里的湖岬的石板上，湖水汩汩地拍打着他们的双脚。他们静静地坐在那儿，一动也不动，两人都瞧着西沉的落日，陷入深思。

小伙子想："我真想吻她。"他抬头看看她的嘴唇，立刻就使他想到那嘴唇的样儿就像是意味着要他去吻。当然，他在和别的姑娘恋爱，而且，她也并不是他见过的最漂亮的姑娘。但是像眼前这样一位姑娘，他确实从来没有吻过，因为她是一个理想的化身，一颗天上的明星。对一位可望而不可及的女性，又能怎么办呢？

姑娘想："我真想要他吻。这样一来，我也许就有机会给他一点颜色看看。让他知道我对他根本不屑一顾。我会站起来，把身上的裙子裹得紧紧的，非常冷淡地、轻蔑地白他一眼，然后挺起腰杆，镇静地走开，而且并不显示任何不必要的慌张。不过眼下为了不让他猜出自己的思想活动，所以我应轻声慢语地问他一声：'你认为，这以后生活就与从前不一样了么？'"

他想："如果我回答一声符合她的心意，她也许就更容易让我吻她了。"但是他不能肯定地记得，过去在另一种情况之下，对于同一个问题，他是怎么回答的，他生怕自相矛盾。因此，他注视着她的眼睛，回答说："我有时候这么想。"

她对这样的回答很高兴。

她想："最低限度，我喜欢他的头发，也喜欢他的前额。颇有点美中不足的是，首先，他的鼻子长得太丑了，其次，他没有社会地位，他只是个学生，只是一个为通过毕业考试而读书的学生。总体来说，他并不是使我的女友们感到烦恼的那一类人物。”

他想：“这会儿我肯定可以吻她了。”尽管如此，他还是怕得要命，因为他从来没有吻过官宦之家的千金小姐。他也不知道这一吻是否带有危险性，因为她父亲是这个小城市的市长，而且她父亲就在离这儿不远地方的吊床上睡觉。

她想：“要是他吻我，我想我最好是给他一记响亮的耳光。”

接着她又想：“可是他干吗不吻我呢？难道说我是个丑八怪，根本不讨男人欢喜？”

她朝水面上探着身子，想看看自个儿映在水中的形象，但是她一无所获，荡漾的微波把她在水中的影子打得粉碎。

她又想：“要是他吻我，我真不知道是什么滋味。”

事实上，她只被男人吻过一次，那是在城市大饭店舞会以后，被一位酒气熏天、烟臭扑鼻的中尉吻的。在接吻时，她几乎没有什么快感，尽管他是一位中尉。要是他不是中尉的话，她真不情愿让他吻她。除此以外，她恨他。因为从那以后，他就没有向她献过殷勤，也根本没有对她表示感兴趣。

他们两人就这样坐着，各自揣摩着自己的心事。

最后一缕光线也消失在山那边，天色渐暗。

他想：“尽管夕阳夕下，夜色降临，而她仍然愿意和我坐在一起，这表明她也许不会太反对我吻她。”

于是，他用一只胳膊轻轻地搂着她的脖子。

对这样的轻举妄动，她压根儿就没有想到。她原先以为他仅仅是吻她，不会动手动脚，那样一来，她就给他一记响亮的耳光，然后就像公主似的抽身就走。但是对他这个举动，她却不知道如何是好了。当然，她也想对他生气，但是她又不想失去这次被吻的机会。因此，她就这样一动不动地坐着。

紧接着，他吻了她。

这一吻比她原先想像中的还要微妙。她觉得自己渐渐脸色发白，周身无力。这当儿，她根本没想到要给他一记耳光，她根本也不记得他只是一个为了毕业考试而读书的学生。她的脑海里一片空

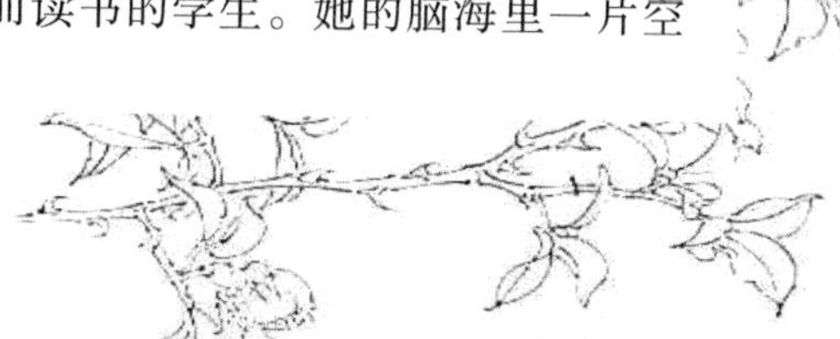

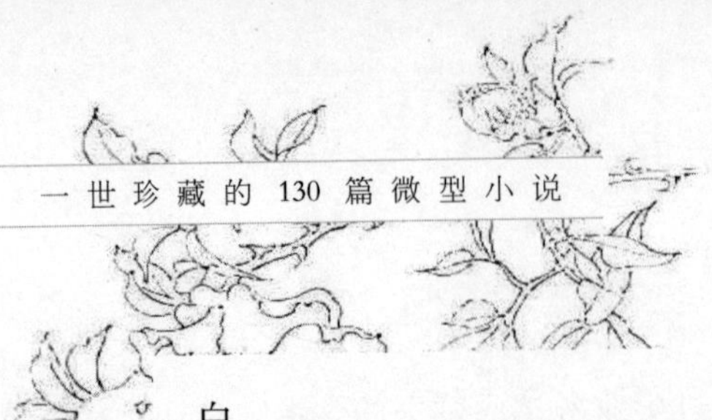

白。

但是，他却想起一位笃信宗教的医生所写的一本《女性的性生活》书中的一段文字：“必须预防夫妻之间的拥抱受色欲的支配。”因此，他想，这个预防很难实施，因为即使是一次亲吻，就使人感到灵魂的颤动。

皓月东升，两个年轻人仍旧坐在那儿，相互吻着。

她在他的耳边悄悄地说：“我一看见你，就爱上你了。”

于是他回答说：“在这个世界上，你是我惟一的爱人。”

[丹麦] 安徒生

祖 母

祖母已经很老了，有许多的皱纹，头发也很白。不过，她的那对眼睛却亮得像两颗星星，甚至比星星还要美丽，它们非常温和可爱。祖母穿着一件用厚绸子做的花长袍。走路时发出沙沙的声音。祖母知道许多事情，因为她在爸爸和妈妈没有生下她以前早就是活着的——这是毫无疑问的！祖母还能讲许多好听的故事。

祖母有一本圣诗集，上面有一个大银扣子，可以把它锁住，她常常读这本书。书里夹着一朵玫瑰花，玫瑰已经压得很平、很干了，它并没有像她玻璃瓶里的玫瑰那样美丽，但是只有这朵花才能让祖母露出她最温柔的微笑，眼里甚至还流出幸福的热泪。

为什么祖母要这样看着夹在一本旧书里的一朵枯萎了的玫瑰花呢？我不知道。你知道吗？每次祖母的眼泪滴到这朵花上的时候，它的颜色立刻就又变得鲜艳起来。这朵玫瑰张开了，于是整个房间就充满了香气，四面的墙都向下陷落，好像它们只不过是一层烟雾似的。祖母的周围出现了一片美丽的绿树林，阳光从树叶中间渗进来。这时祖母又变得年轻起来。她是一个美丽的小姑娘，长着一头金黄的长发，红红的圆脸庞，又好看，又秀气，她比任何玫瑰花都新鲜。她的那对温柔的、纯洁的眼睛，永远总是那样温柔和纯洁。在她旁边坐着一个男子，他送给她一朵玫瑰花，她微笑起来——祖母现在可不能露出那样的微笑了！是的，她微笑了。可是他已经不在了，许多思想，许多形象在她眼前浮过去了。现在那个美貌的年轻人不在了，只有那朵玫瑰花还躺在赞美诗集里。现在祖母已是一个老太婆，仍然坐在那儿，在望着那朵躺在书里的、枯萎了的玫瑰

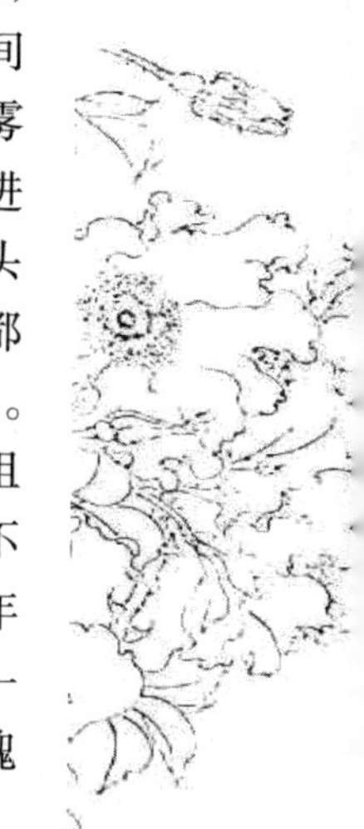

花。

在祖母死前，她曾经坐在她的靠椅上，讲了一个很长很长的故事。“现在讲完了，”当她讲完时，说，“我也倦了。让我睡一会儿吧!”

于是，祖母把头向后靠着，吸了一口气。她慢慢地静下来，面上现出幸福和安静的表情，好像阳光照在她的脸上。于是人们就说她死了。

祖母被装进一具黑棺材里。她躺在那儿，全身裹了几层白布。她是那么美丽，虽然她的眼睛是闭着的，但她所有的皱纹都没有了，她的嘴角还浮着微笑。她的头发银白得是那么庄严。望着这位温柔和善的老祖母，你一点也不会害怕。赞美诗集放在她的头下，这是她的遗嘱。那朵玫瑰花仍然躺在这本旧书里面。人们就这样把祖母葬了。

人们在教堂墙边的一座坟上种了一株玫瑰花树，它开满了花朵。夜莺在花上唱着歌。教堂里的风琴奏出放在死者头下的那本诗集里的圣诗，这是最优美的圣诗。月光照在坟上，但是死者却不在这儿。每个孩子都可以安全地走到这儿，即使在深夜，他们也可以在墓地墙边摘下一朵玫瑰花。一个死了的人比我们活着的人知道的东西多。死者知道，如果我们看到他们出现，我们会有极大的恐怖。死者比我们大家都好，因此他们就不再出现了。棺材上堆满了土，棺材里塞满了土（按照西伯莱的说法，人是泥土做成的）。赞美诗集和它的书页也成了土，那朵充满了回忆的玫瑰花也成了土。不过，在这土上面，新的玫瑰又开出了花，夜莺在那上面唱歌，风琴奏出音乐。于是人们就忆起了那位有一对温和的、永远年轻的大眼睛的老祖母。眼睛是永远不会死的！我们的眼睛将会看到年轻美丽的祖母，像她第一次吻着那朵鲜红的、现在躺在坟里变成了土的玫瑰花时的样子。

［捷克斯洛伐克］　雅·哈谢克

醉乡吟

如果和那些酒馆里的常客相比，科吉谢可娃先生的酒量还算不上什么，对于他的大块头来说，一两杯啤酒也实在是无足轻重的事儿。

科吉谢可娃先生为了一家老小辛苦工作，从不到外面胡乱花钱。然而他每天都离不了两杯啤酒，这却不能说是他白璧微瑕，甚至是祸水厉阶。

说它是祸水厉阶也许更加符合实际，不信您往下瞧就知道了。

有一天，科吉谢可娃太太得到了一份禁酒协会的传单。它的主要对象就是嗜酒如命的老百姓。但是就像神话中的龙头怪蛇砍了一个头马上又长出来十个头似的，协会的工作随着酒鬼的增多也变得繁忙起来。

然而，这禁酒协会倒是颇有乐此不疲的精神，什么个人宣传、讲座都干个不停。在每次宣讲之际，满教室的人都在偷偷地喝啤酒，这让主讲人前面的苏打水变得极为特别。

禁酒协会还扬言道，所有会喝啤酒的人，即使他每天只喝一杯，也无法说明他是个负责任的酒鬼。还说酒是老年痴呆症的根源。

例子被一个又一个地列举出来，就说那位酗酒的官员吧。说他除了每天来一杯酒以外，绝对无旁的嗜好。但也就是这一嗜好使他的大脑日益失灵、责任感丧失殆尽，最后，他由一个健壮的男人变成了一个十足的废物。小康之家也终于陷入了贫困，但他每日仍对酒恋恋不舍。全不顾妻儿们啼饥号寒。

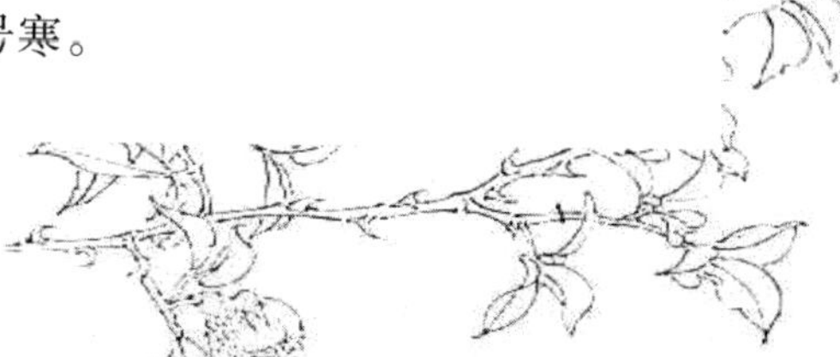

后来事态竟恶化到这般境地：他盗用了他所保管的很大一笔公款去买酒，结果犯案被捕，弄得倾家荡产。最后全家在相互争吵中丧了命。

科吉谢可娃太太读到这里，第一个哭得不成样子，她的酒鬼丈夫无论在哪里也是数一数二的家伙。

往下她又读到，变成一个彻底的疯子是需要一段时间的，而在这段时间里你完全可以发现他的异常。

当天，她与丈夫共进午餐时，她开始密切注意丈夫的举止行为，防止像传单上写得那样。

她丈夫对一个女儿身上的印花纱衫瞟了一眼，伸了个懒腰，漫不经心地说：

"噢，这是山羊皮。"

这话使科吉谢可娃太太担起心来。她丈夫从不对衣着评价过于专注。于是，她丈夫平日言谈中的好些零言碎语刹那间都涌上心来。本来那些话都平淡无奇，但现在却变得含意丰富了。例如她想起来有一回，大概是半年前，他竟声称他能用酸奶油烹制加有波兰调味汁的熏舌。

"唉！有什么比来两杯啤酒更加让人刺激的呢？"

这些话狠狠地刺激了科吉谢可娃太太。她用一双眼睛死盯住丈夫的脸，看能不能发现一些疯癫的迹象或一种类似白痴们脸上所带有的傻笑来。科吉谢可娃先生果然痴痴地笑了。这是一个酒足饭饱者所应有的笑容，但却吓坏了我们亲爱的夫人。

在她看来丈夫随时会杀了她。在这令人心惊肉跳的三天内，每逢午休，科吉谢可娃太太总见到丈夫脸上堆满了不自觉的笑容，他就是带着这副笑容把他的胡子浸入第一杯——晚上再浸入第二杯，也就是最后一杯——啤酒里的。宣传单里说一杯啤酒便能使人发疯，可她的丈夫一天至少要喝两杯呀！

把丈夫从酒精中拯救出来行动要快。

正好第四天她又在报纸上见到一则广告："你家有人嗜酒吗？你想设法挽救吗？假若尊夫在酒性大发之际残杀你或你的儿女怎么办？现有乌格雷城鲁加齐区的卡罗里药房愿以代收货款或实收款5

克朗80赫勒的方式邮寄特效戒酒药。每天早中晚三次将此药40滴滴入尊夫所饮的酒中，只要不是啤酒，任何酒都有效。四个月之后，您会重新拥有一个健康的丈夫。”

科吉谢可娃太太急忙汇了5克朗80赫勒去，买来了一瓶药。在午餐桌上，她殷勤地为丈夫添加甜酒……我应当在这儿提一笔，科吉谢可娃先生虽爱酒，但却从不喝甜酒。活了半辈子，甜酒从未吸引他片刻，更无所谓喝了。他用眼睛瞪着他的太太，使她对他的疯症愈发深信不疑，甚至认为应该再多买瓶药。

“那么来点樱汁酒吧，这酒你喝了第一口就会想喝第二口。既能开脾健胃，又能强精补血呀！”

几秒钟后，在厨房里，泪如雨下的她将樱汁倒进了装有甜酒的酒杯，再加了30滴戒酒神药在里面，然后科吉谢可娃太太急忙擦了擦眼泪，把樱汁酒端给丈夫。丈夫一口气喝下了，并要求再来一杯。

治疗的程序完完全全地进行着。下午他喝了10杯，晚上又喝了20杯。第二天，科吉谢可娃先生忍不住去了一家酒馆，在那里好好地享受了一顿啤酒。

一切都让人后怕莫及：一天两杯啤酒便能这样害人，就连卡罗里药房的戒酒药也救不过来！科吉谢可娃先生正是一个活生生的例子。传单上所讲述的那一家的遭遇终于发生在科吉谢可娃先生家里，这天他酒醉后，把煤油浇在妻儿身上，然后用火点着了她的衣服，时间不长，他们一家就化为灰烬。

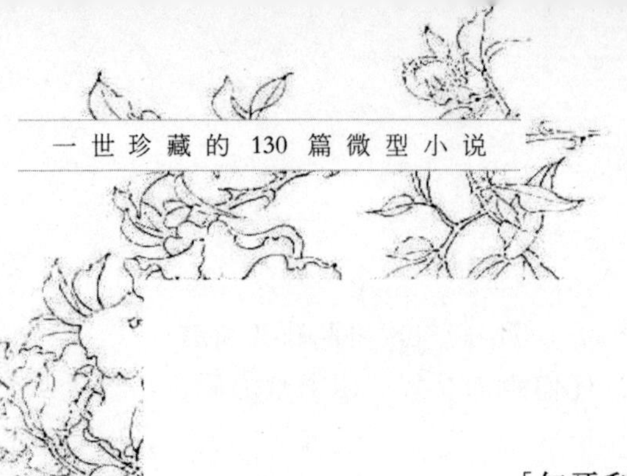

[匈牙利]　莫里兹

七个铜板

穷人也可以笑，这是造物主赋予的。

茅屋里不但可以听到呜咽和嚎哭，也可以听到笑声。甚至可以说，穷人在想哭的时候是可以笑的。

穷人的世界我最熟悉不过了。苏斯家族在父亲那一代经历过最悲惨的贫困。那时，我父亲在一家机器厂打零工。他不夸耀那个时代，别人也不。可是那时候的情景是真实的。

在我以后的生活中，我再也没有像在童年的短短的岁月中笑得那样厉害了，这也是真实的。

我怎么会再笑呢？因为我已没有了那笑得那么甜蜜、终于笑得流眼泪、笑到咳嗽得几乎透不过气来的、红脸盘儿的、快活的母亲。

有一次，我和母亲花了整整一个下午来找七个铜板。那一次，她笑得那么厉害，我以前从未曾见过。我们找寻那七个铜板，而且最终竟然找到了。三个在缝衣机的抽屉里，一个在衣橱里……另外几个却是费了更大的劲才找出来的。

我母亲一个人一开始就找到三个铜板。她希望在缝衣机抽屉里再找到几个，因为她时常给人家做点针线活，赚来的钱总是放在那里面。在我的眼里，那个缝衣机抽屉是个无穷无尽的宝藏，只要伸手就能拿到钱。

因此，我非常奇怪地看着我母亲在抽屉里边搜寻，在针、线、顶针、剪子、扣子、碎布条等等中间摸索，又突然大惊小怪地叫了起来：

“它们都躲起来啦!”

“谁呀?”

“小铜板哪。”我母亲笑着说。她把抽屉拉了出来。

“来吧，我的小乖乖，不管怎么样，我们得把这些小坏蛋找出来。呵，这些淘气的小铜板。”

她蹲在地板上，把抽屉放下来，真像是怕它们会飞掉。她又突然把抽屉翻了个身，就像用帽子扑蝴蝶一样。

看她那个样子，由不得你不笑。

“它们就在这里头啦。”她咯咯地笑着说，然后不慌不忙地把抽屉搬起来，“假如只剩一个的话，那就应该在这。”

我蹲在地板上，注视着有没有小铜板悄悄地爬出来。可是，那儿没有一样东西在蠕动。事实上，我们也并不真的相信里面会有会动的东西。

我们彼此望望，觉得这种游戏很可笑。

我碰了碰那个翻了身的抽屉。

“嘘!”我母亲警告我，“当心，会逃走的啊！你不晓得铜板是个多么灵活的动物，它跑起来异常迅速，它差不多是滚着跑的。它滚得可快啦……”

我们笑得前仰后合。经验告诉我们，一个铜板多么容易滚走。

当我们平静下来的时候，我又伸出手去摸翻的抽屉。

“哦!”我母亲又喊起来。吓得我赶紧连忙把手缩回来，好像碰到一只炽热的火炉子。

“当心，你这个小家伙，难道想急着把它放走吗？只有它藏在下面的时候，它才是属于我们的呢！让它在那多呆一会吧！你瞧，我要洗衣服，得用肥皂。可是肥皂起码要花七个铜板才能买到，少一个都不行。我已经有三个了，还差四个。它们都在这小屋子里，它们逗留在这儿，但是它们不喜欢人去惊动。假如它们生了气，它们就一去不回了。当心，钱是很敏感的。你得很巧妙地对付它，要毕恭毕敬地。它像少妇一样，特别容易气恼。你为什么不唱支迷人的曲儿呢？也许这样可以把它从它的蜗牛壳里逗出来呢。

天晓得我们在这唠叨不休的谈话中间笑得多起劲。不过那的确

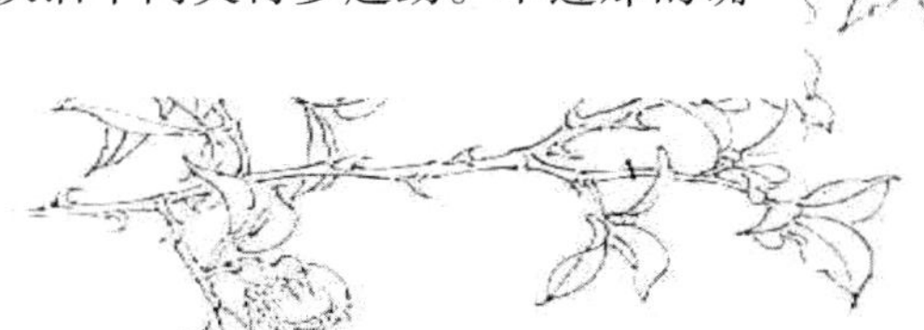

是非常好笑的。

“铜板叔叔快出来，你的房子着火啦！”

我一面说，一面就把它的房子翻过来。

很可惜，铜板叔叔并不在家，下面是一些破破烂烂的东西。

我母亲撅着嘴在乱翻，但是毫无结果。

“多可惜呀！”她说道，“我们没有桌子，假如把它倒在桌面上，我们就可以做得更隆重了，并且我们一定会从下面找到一些什么的。”

我把那堆破烂儿放回抽屉里。这时我母亲正在绞尽脑汁地寻思着。想她是不是曾经把钱放在别的什么地方，但是她什么也想不出来。

不过，我的心里倒动了一个念头。

“我知道一个地方有一个铜板，亲爱的妈妈。”

“在哪儿，我的孩子？我们快把它找出来吧，可别让它再从我们身边溜掉了。”

“在玻璃橱的那个抽屉里。”

“哦，我的好孩子，多亏你早先没有说出来！不然，这时一定不在那里了。”

我们站起来，走到早已没有玻璃的玻璃橱前，还好，我们在那个抽屉里找到了一个铜板，我知道它一定是在那里的。这三天来，我一直准备把它偷走，但是我却迟迟不敢动手。假如我敢偷的话，我一定拿它买了糖啦。

“真好，我们已经有了四个铜板了。打起精神来吧，我的小宝贝，我们已经找到一大半了，再有三个就够了。我们既然花了一个钟头找到了这一个，到下午喝茶的时候，我们就可以找到那三个了。如果是这样，到天黑以前我还可以洗不少衣服呢。快点儿找吧，也许其余的抽屉里都有一个铜板呢！”

如果每个抽屉里要都有一个，那可真是太了不起了！这个老橱柜在它年轻的时候曾经收藏过很多东西。但是，这个可怜的家伙到我们家以后，却不曾放过很多东西；难怪它变得那么破烂，还被小虫钻得满身窟窿。

“这一个抽屉曾经豪华过一阵儿，那一个从来没有过东西！这一个呢，永远是靠借债度日的！唉，你这缺德的可怜的叫化子，你连一个铜板也没有么？这一个不会有什么东西了，因为它是我们穷神的老家。假如现在不给我一点东西，你就永远别想有一点东西了，这是我惟一的一次向你要东西了！瞧，这一个最多！”母亲对每一个抽屉都唠叨一番。最后她笑着叫道，拉出最下一层的抽屉，这个连底都没有了。

我母亲把它套在我的脖子上，于是我们坐在地板上，放声大笑。

“别笑了，”她突然说道，“我们马上就有钱了。我就要从你爸爸的衣服里找出一些来。”

墙上有些钉子，上面挂着衣服。简直太神奇了，我母亲把手伸进头一个口袋，就马上摸到了一个铜板。

她简直不敢相信自己的眼睛了。

“瞧，”她叫道，“我们找着了！我们已经有多少啦？简直数不过来了！一，二，三，四，五，已经有了五个，再有两个就够了。两个铜板算什么？算不了什么。既然有了五个，另外两个毫无疑问马上就要钻出蜗牛壳。”

于是我母亲非常热心地搜寻那些衣袋，可是，让人遗憾的是，那些衣袋里竟然连铜板叔叔的气息都不存在。她一个也找不出来了。就连最有趣的笑话也没法把另外两个铜板逗出来了。

由于兴奋和辛苦，我母亲的两颊已经泛起两朵红晕。再不能让她干下去了，因为这样会叫她马上害病的。这当然是一件例外的工作，谁也不能禁止谁找钱哪。

下午喝茶的时候到来了，又过去了。夜不久就要来临。我父亲明天需要一件衬衫，可是井水是洗不掉油污的。

这时，我母亲如梦初醒一般，拍了拍前额。

“哦，我都找昏了头！我就不曾看看我自己的衣袋！既然想起来了，我就去看看吧。”

她去看了一下，也许是有个精灵在暗中帮忙，她真的在那里找着了第六个铜板。

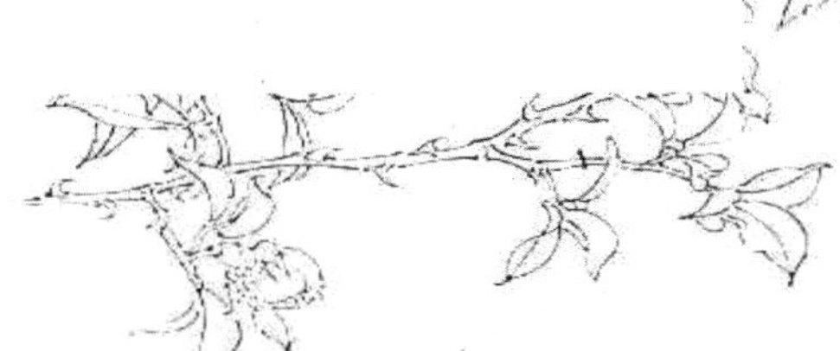

我们又都兴奋起来，现在只缺一个了。

“把你的衣袋也给我看看，说不定那儿也有一个!”

我的衣袋！我可以给她看的，里边什么也没有。

夜降临之时，我们仍只有六个铜板，可是我们真好像一个也没有一样。那个犹太店主不肯放帐，邻居们又像我们一样穷，再说，如何去向人家讨一个铜板啊!

除了打心坎里笑我们自己的不幸以外，再也没有别的办法了。

正在我们一筹莫展之时，一个叫化子走了进来。他用歌唱的调子发出一阵悠长的哀叹。

我母亲笑得几乎昏过去了。

“我的好人，”她说道，“我在这儿糟蹋了整整一个下午，因为我需要一个铜板，少了它就买不到半磅肥皂。”

那个叫化子，一个脸色温和的老头儿，瞪着眼睛看着她。

“一个铜板?”他问道。

“是的。”

“我可以给你一个。”

“这怎么行呢，接受一个叫化子的布施!”

“没关系，我的姑娘。我不会短少这一个铜板的。我短少的是一铲子土，有了它一切都很圆满的。”

他把一个铜板放在我的手里，然后满怀着感恩的心情蹒跚地走向了黑黑的夜幕。

“感谢上帝，”我母亲说道，“再没有……”

她停了一会儿，然后发出一阵大大的笑声。

“钱来得正是时候！今天再也洗不成衣服了。天黑了，我连灯油也没有!”

她这一次笑得连气都透不过来了。这是一种可怕的、致命的窒息。她弯着腰把脸埋在手掌里。我去扶她的时候，一种热乎乎的东西流过我的手。

血！那是我母亲的血，是她宝贵的、圣洁的血。我的母亲，恐怕在穷人中间找不到几个像她那样会笑的人。

［俄］　托尔斯泰

穷　苦　人

在一间茅屋里，渔夫的妻子冉娜坐在灯下缝补旧船帆。风在院子里呼啸、哀嚎，浪涛冲击着海岸，发出哗啦哗啦的声响……天气又黑又冷，但茅屋里却温暖如春，炉火还没有熄灭。在大海的咆哮声中，有五个小孩在挂着白蚊帐的床上熟睡。丈夫一大早就出海了，现在还没有回来。冉娜倾听着波涛的喧嚣和狂风的呼啸，心里忐忑不安。

旧式的木制钟嘶哑地敲过了十点、十一点……丈夫还是没有回来。冉娜更担心了。丈夫从不顾及自己的身体，时常冒着严寒在风浪中打鱼。他们从早忙到晚，又怎样呢？一家人勉强糊口而已。孩子们连鞋都穿不上，不管夏天还是冬天，都光着脚跑路。吃的不是白面包，就是黑面包也不够吃；下饭的只有鱼。“咳，总算命好，孩子们没灾没病。没有什么可抱怨的。”冉娜这样想到，又留心听着风暴的呼啸。“他在哪儿呢？上帝保佑他，救救他，可怜他吧！”她一边说，一边划着十字。

睡觉还嫌太早。冉娜站了起来，往头上披了一块厚头巾，点着提灯，走出门外，看看大海是不是平静一些了，灯塔上的灯是不是还亮着，能不能看得见丈夫的小船。但是海上什么也看不见。风使劲地刮着她的头巾，一块掉下来的什么东西叩打着街坊西玛小屋的门，于是冉娜突然想起来，从傍晚起她就想去看望生病的西玛。

“还没有人去照料过她呢！”冉娜想到，然后来到西玛门前，敲了敲房门。仔细听着……没有人应声。

“寡妇的处境真难啊！”冉娜站在门口想到，“孩子虽然并不

多，只有两个，可是一切都得她一个人操心。而她自己又有病！唉，寡妇的处境真艰难啊！我进去看看她。”

冉娜又敲了敲门，还是没有人应声。

“哎，西玛！”冉娜喊了一声。

“出了什么事情了?!”她想到，推了一下门。门开了，冉娜提着灯，走进小木屋。首先映入眼帘的是正对着门的一张床，床上躺着街坊西玛。西玛安静地仰卧着，一动也不动。冉娜把提灯再靠近一些，不错，西玛已经咽气了，她脑袋向后仰着，在那冰凉发青的脸上呈现出死的安详。死者一只苍白的手仿佛要去拿什么东西，落了下来，垂在草垫上。而就在死者的旁边，睡着两个胖脸蛋、葱头发的娃娃，身上盖着一件破衣，蜷着腿，两个黄头发的小脑袋紧紧地靠在一起。显然，母亲在临终前还曾来得及用旧头巾裹住他们的小腿，用自己的衣服把他们盖上。他们呼吸得匀称而平静，睡得香甜而酣畅。

冉娜不假思索地取下摇篮，用头巾把他们裹好，抱回自己的家里。她的心跳得很厉害，她自己不知道，她怎么会这样做，又为什么要这样做，但是她知道，她不能不做她已经做了的事。

回到家，她把没醒的孩子放在床上自己孩子的旁边，急忙把帐子拉好。她的脸色有点发白，似乎心里正受到巨大的折磨。“他会说些什么呢?”她自言自语道：“养活五个孩子已经够让他操心的了，现在又多了两个……是他回来了？不是，他还没有回来，为什么要把这两个孩子抱回来呢?! ……他会揍我一顿？那也活该，我该挨揍。他回来了！不是！……唉，他怎么还不回来呢?”

门响了一下，仿佛有人进来了。冉娜颤抖了一下，从椅子上欠起身子。

“没人。还是一个人也没有！上帝啊！我干吗要做这件事？我现在应该怎么办呢?”冉娜惶恐不安地坐在床边，默不做声。

雨停了，但是风还在呼啸，海也在咆哮。

突然门开了，一股咸咸的海水味道冲了进来，一个身材高大面色黝黑的渔夫拖着湿漉漉的鱼网走进小屋，说道：

“我回来了，冉娜！”

“哎，是你!”冉娜说道，没有勇气抬头看丈夫。

“嘿，夜真黑啊，可怕极了!”

“是呀，太可怕了！咳，打了多少鱼?”

“糟糕透了，什么也没有打着，鱼网还被剐破了。真是太糟糕了！……我好像从来没碰见过这样的黑夜。能活着回来就算万幸了。得啦，我不在家的时候你都干了些什么?”

渔夫把网拖进屋里，坐在火炉旁。

“我?”冉娜的脸陡然变得苍白，断断续续地说，“我干了什么事……我在家缝补船帆……大风呼叫得我都有点害怕了。我真为你担心。”

“对，对，”丈夫低声说，“天气坏透了！有什么办法呢!”

两人沉默了一会儿。

“你知道吧，”冉娜说，“邻居西玛死了。”

“真的?”

“是的，不知是什么时候死的，大概是昨天吧，看来死时很心疼孩子。两个孩子还都是小不点呢……一个刚会说话，而另一个则刚刚会爬……”

冉娜沉默下来。渔夫皱起眉头，他的脸色变得严肃而忧虑。

“是呀，这倒是件事!”他说道，不时地搔搔后脑勺，“好吧，又有什么办法呢！得把他们抱过来，孩子们怎能同死人在一起呢！好吧，就这么办吧，咱们总能熬得过去。快去抱他们吧!”

可是，冉娜一动也没有动。

“你是怎么啦？不愿意吗？冉娜?”

“他们就在这儿。”冉娜说着，把蚊帐拉开了。

［俄］　托尔斯泰

劳动、死亡和疾病

如果说哪一个古代传说值得人们去相信，那么有必要先考虑一下南美洲印第安人的传说。

他们说，上帝最初造人是使他们没有必要劳动的，他们既用不着房屋，也无需衣食。他们都能活到100岁而不知道疾病为何物。

一段时间后，上帝去瞧他这些新生的“婴儿”。这时候他发现人们生活得并不幸福，倒是互相吵架，各顾自己，各自之间没有一点爱护与关心，埋怨与诅咒弥漫着整个天空。

这时候上帝告诫自己：“这是他们各自分开生活的结果。”为了改变这种状况，上帝就把事情安排成这样：为了安安稳稳地过日子，人们一定要好好劳动与工作。为了免去受冻挨饿之苦，他们就不能不建造住处，挖掘土地，栽种果树和谷物了。

“有了劳动协作一切才会真正变好。”上帝心想，“要是他们都是孤身一人，他们就造不了工具，伐不了树，运不来木材也盖不了房子，种不了地也收不了庄稼，纺不了纱、织不了布也做不了衣服。慢慢地他们就会明白，只有团结起来一起劳动，工作才会做得更好，他们的收获就会越多，生活就会越好。这样就会使他们更加坚定信心，彼此协作，共同做好事情。”上帝按照想法作了安排。

又过了一段时间，上帝又来看人们的生活情形，看看他的孩子现在是否幸福了。

而这一次令上帝更加沮丧，因为他发现人们生活得比以前更糟。他们劳动在一起（那是不得已的），但也不是大家都在一起，团体之间为了彼此的目的，你抢我夺。不停的斗争让他们变得更加无情与凶残，而且生活并未因此而转好。

上帝很快又有了新主意，他决定把事情安排得让人们都不知道自己的死期，而随时又都有可能死，并郑重其事地将这个消息告知了他的儿女们。

“如果人们知道自己随时都会死亡，”上帝心想，“人们就会将自己有限的生命用来做些更有意义的事情。”

然而，上帝不得不承认他这一次又失败了，因为当他又来察看人间的情形时，他看到孩子们的生活竟然丝毫没有起色。

由于知道人随时会死这个事实，一部分人便抓紧时间征服了另一些人，成为了所谓的强者。而后杀掉其中一些人，又用死去威胁另外一些人。结果是最强的人和他们的儿孙后代都不劳动，闲散得百无聊赖，而那些弱者却必须拼死命地干活儿，长年不得休息。仇恨已然演变成了质的对立，不快乐的生活伴随着人们度过一天又一天。

看到这些，上帝决定使出最后一招来补救了：他把各式各样的病魔派到了人间。上帝认为，病魔袭来或将要来临的时候，他们就会懂得，那些身体强健的人应该怜悯并且帮助那些患病的人，只有这样，同样的爱心会在同样的情况下来光顾你自己。

上帝又走了，但是当他回来看看人们有了得病危险以后的生活情形时，他已彻底失望了。上帝的本意原是要让疾病使人们联合起来，现在呢，事实恰恰相反。那些强健得足以迫使别人劳动的人，得病时就强迫不如他们的人来侍候自己，但是别人得病时，他们并不会释放一丝一毫的关心与帮助。那些被迫替别人劳动、在别人生病时又被迫去侍候他们的人，工作是如此地劳累，甚至当他们成为病魔的寄生体时，都无法腾出时间去对抗它。为了使患病的病人不致妨碍身体强健的人行乐，人们就把病人和健康的人的房子远远分开。实际上只要有一点点的怜爱与关怀，哪怕是一丝一毫也可以相应地减轻病者的痛楚，而现在这些病人只有在他们的房子里受苦，死在雇来看护他们的那些人的怀里了。这些雇来的人不仅没有热情，甚至还带着厌恶的心情。病菌的传染使人们不得不做出更多的隔离措施，而这一切使人与人的间隙越来越大。

此时，上帝真的生气了："如果这一招还不能使人们懂得他们的幸福所在，那么就让苦难来教训他们吧。"上帝放弃了人们，同时也放弃了手中的苦难，将它撒向人间。

被撇下的人们显得很孤独，他们开始反省，并逐渐开始明白，他们大家是应该，而且也是可以过得幸福的。只是到了最近，才有少数几个人懂得，劳动应该是快乐的而且要积极主动。它应该是使所有的人都联合起来的共同的乐事。他们开始懂得，面对死亡，大家惟一合乎理性的事，就是在团结和友爱中度过我们有生之年的每分每秒。他们开始懂得，病魔来临时，团结友爱比彼此隔开要有效百倍。

[俄] 屠格涅夫

门 槛

我看见一所大的建筑。正面的一道窄门大大的开着。门里是浓密的暗雾。高高的门槛前面站着一个女郎……一个俄罗斯的女郎。

深暗的浓雾里吹着雪风，从建筑的深处透出来一股冷气，同时还有一个缓慢的，重浊的声音。

“呵，你想跨进门槛来做什么？你知道里面有什么东西在等着你？”

“我知道。”女郎这样回答。

“寒冷，饥饿，憎恨，嘲笑，轻视，侮辱，监狱，疾病，甚至于死亡？”

“我知道。”

“和人疏远，完全的孤独？”

“我知道，我准备好了。我愿意忍受一切的痛苦，一切的打击。”

“不仅是你的敌人，而且你的亲戚，你的朋友都给你这些痛苦，这引起打击。”

“是……便是他们给我这些，我也要忍受。”

“好。你准备牺牲吗？”

“是。”

“这是无名的牺牲！你会灭亡，甚至没有人……没有人知道，也没有人尊崇地纪念你。”

“我不要人感激，我不要人怜悯。我也不要声名。”

“你还准备去犯罪？”

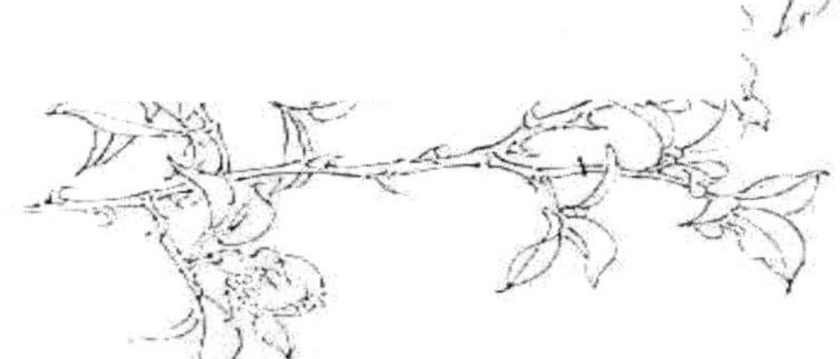

女郎低下了她的头。

“我也准备去犯罪……”

里面的声音暂时停住了。过后又说出这样的话语：

“你知道将来在困苦中你会否认你现在有的这信仰，你会以为你是白白地浪费了你的年轻的生命?”

“这一层我也知道。我只求你放我进去。”

“进来吧。”

女郎跨进了门槛。一幅厚的帘子立刻放了下来。

“傻瓜!”有人在后面这样嘲骂。

“一个怪人,”不知从什么地方来了这个回答。

[俄] 屠格涅夫

一个东方的传说

巴格达[①]的人，谁不知道宇宙的太阳，伽法尔[②]呢？

许多年以前，伽法尔还是一个少年的时候，有一天他在巴格达郊外散步。

他忽然听见一声嘶声叫唤；有人在哀呼救命。

伽法尔在一般他这样年纪的年轻人中间是以聪慧多智出名的；不过他有恻隐心；而且他自恃他有气力。

他朝那叫声的方向跑去，他看见一个衰弱的老人，被两个强盛缚在城墙上，他们正在抢他的东西。

伽法尔抽出他的剑，向那两个恶汉冲去。他杀死一个，另一个被他赶走了。

得救了的老人便跪在恩人的面前，吻他的衣角，叫道："豪侠的年轻人，我应当报答你的慷慨行为。我外貌是一个可怜的乞丐；不过只是外貌而已，我并不是一个平常人。你明天大清早到总商场来；我在喷水池旁边等你，那时你会相信我说的是真话。"

伽法尔想到："这个人看外貌的确是一个乞丐；可是什么样的事情都会有的，为什么不去试一试呢？"他便回答道："很好，老伯伯；我要来的。"

老人注意地看了看他的脸，便走了。

第二天早晨，太阳刚起来，伽法尔赶到商场去。老人已经在那儿等着了，一只肘拐靠在喷水池的大理石盘上。

---

① 亚洲土耳其的一州，今属伊拉克。

② 回教的太阳神。

他默默地牵着伽法尔的手，把他带进一个四面围着高墙的小花园里去。

花园的正中，一块绿色草坪上长着一棵很奇特的大树。

这树像是扁柏，只是它的叶子是天蓝色。

朝上弯的细枝上悬着三个果子——三个苹果：第一个是长的，不大不小，像牛奶一样地白；第二个大而圆，鲜红色；第三个带黄色，小而起绉纹。

虽然没有风，整棵树都在微微打颤。它发出一声尖脆响亮的哀叫：它好像知道伽法尔来了似的。

“年轻人，”老人说，“你可以在这三个苹果中随便摘一个，不过你要知道，你要是摘白的来吃，你会变成人中最聪明的；你要是摘红的来吃，你会像犹太人洛齐斯尔特[①]那样的有钱；你要是摘黄的来吃，你会得到一般老妇人的欢心。你打定主意吧！不要迟疑了。一点钟里面，苹果就会枯萎的，连这棵树也要沉到地底下去！”

伽法尔垂下眼睛，沉思着。“我应当怎么办呢？”他低声自语道，好像在同他自己辩论似的。“要是你太聪明了，也许你就不肯好好地过活了；要是你比什么人都有钱，大家都会妒忌你；我不如摘第三个，就是干的那个，来吃！”

他就这样做了；老人张开他没有牙齿的嘴大笑说：“啊，聪明的年轻人！你选得很好！白苹果对你有什么用？你其实比所罗门[②]还聪明。你也用不着红苹果……你就是没有它，也会有钱的。而且只有你的财富不会遭人妒忌。”

“告诉我，老人家，”伽法尔兴奋地说，“上天所保护的，我们喀立甫[③]的尊贵的母亲，她住在哪儿？”

老人鞠躬到地，向这年轻人指示了路。

巴格达的人谁不知道宇宙的太阳，伟大的著名的伽法尔呢？

---

① 犹太人，世界有名的大富豪。

② 以色列王，以贤、智出名。

③ 回教国王的称呼。

［俄］ 屠格涅夫

宽 恕

“这件事发生在一八〇五年，”一位老朋友告诉我说，“也就是在奥斯特里茨战役发生前不久。我在其间任军官的那个团驻扎在捷克的摩拉维亚。

“上头严禁我们骚扰和欺压当地百姓。虽然我们也算作是他们的盟友，但是他们仍然对我们侧目而视。

“我有一个勤务兵，名叫叶戈尔，原是我母亲的农奴。他为人诚实、温和。我从小就了解他，对他像朋友一样。

“突然，有一天，我住的那家屋子里爆发出一阵哭骂声。原来房东太太的两只鸡被偷了，她咬定是我的勤务兵偷了鸡。他申辩一番后就把我叫去作证人……‘他，叶戈尔·阿夫诺莫夫！他怎么会偷呢。’我劝说房东太太要相信叶戈尔说的话，但是她什么话也听不进去。

“这时，齐整的马蹄声从街上传来，司令官带了手下的一班人马来了。

“司令官身体虚弱，垂头丧气，带穗的肩章低垂到胸口，骑马走着慢步。房东太太一见到他，便奔向前去拦住了马头，扑通一声跪倒在地，似乎痛不欲生，头上什么也不戴，一面大声诉说我的勤务兵，一面用手指着他。

“‘将军！’她喊道，‘大人！请评评理吧！帮帮我！救救我！这个士兵抢了我的东西！’

“叶戈尔这时站在屋子的门口，双手下垂，身体挺直，手里拿着军帽，连胸也挺起来了，双脚并拢，俨然一个哨兵，可就是一句

话也不说！他大概被站在马路中央的这位将军和手下的一班人吓蒙了，或者面对灭顶之灾惊呆了。此时我的叶戈尔面如土色，只知道站着眨眼皮！

“司令官漫不经心、郁郁不乐地瞥了他一眼，气呼呼、闷声闷气地说了一声：‘嗯？……’

“叶戈尔像个木偶般地站着，瞅着他。从旁边看去，他的样子像在笑。

“‘绞死他！’司令官往马的腰部拍了一下，又继续走去了——开头还是慢步走，然后便快速小跑起来。一班人马都跟着他的节奏行动起来；只有一个副官掉转马头，向叶戈尔扫了一眼。

“不服从命令是不可能的……叶戈尔当即被抓起来，送去执行死刑。

“这时，叶戈尔完全呆了，只是吃力地大声喊了一两遍‘老天！老天！’然后轻声说道：‘上帝看见——不是我！’

“跟我告别时，他非常伤心地哭泣起来。

“‘叶戈尔！叶戈尔！’我绝望地喊道，‘你怎么一句话也不对将军说呢！’

“‘上帝看见……不是我。’这个可怜人只能哽咽着重复这句话。

“房东太太也吓坏了。她怎么也没有料到将军会有这么可怕的决定，这回轮到她大哭了。她开始央求所有人，向每个人恳求宽恕，要大家相信她的鸡都找回来了，说她愿意自己去把事情说清楚……

“当然，这一切毫无用处。先生，军人的天职就是服从！房东太太越来越大声地号哭起来。

“‘叶戈尔已向神甫作了忏悔并领了圣餐，对着我说：‘长官，请告诉她，叫她别伤心……我已经宽恕了她。’”

我的老相识重复了他仆人的这句话，接着轻轻说道：“叶戈尔·阿夫诺莫夫，亲爱的，真是一个好人啊！”

说着，泪水沿着他苍老的面孔滚落下来。

［俄］　契诃夫

在邮局里

前几天我们去给我们的老邮政局长斯拉德科别尔乔夫的年轻妻子送殡。那个美人下葬以后，我们按照祖辈和父辈的风俗回到邮局里去“追悼”。

临到薄饼端上来，那个老鳏夫可就哀哀地哭了，说道：

“这些薄饼跟去世的人一样的红喷喷。一样的漂亮！一模一样哟！”

“是的，”追悼的人同意道。“您那位太太的的确确是美人儿……头一号的女人！”

“就是啊……大家一瞧见她就暗暗吃惊……可是，诸位先生，我爱她，倒不是因为她长得漂亮，性子温和。这两点都是女人天生来的东西，在下层社会里也常常容易碰到。我爱她是因为她有另外一种精神品质。真是这样的，那个亡人，求主让她升天堂吧——我爱她是因为她尽管生性活泼、轻浮，可是对自己的丈夫却忠心，虽然她刚二十岁，我快要满六十了，她却忠心得很！她对我这个老头子真忠心！”

教堂执事正在跟我们一块儿吃饭，这时候把他的怀疑用响亮的哼哼声和咳嗽声表现出来了。

“这是说您不相信吧？”鳏夫对他说。

“倒不是我不相信，”教堂执事慌了，“是这样的。……如今年轻的女人可能是非常那个的……什么幽会啦、用橄榄油加鸡蛋拌点辣作料啦……”

“您疑心，那我来给您证明就是！我是使用种种方法来维系她

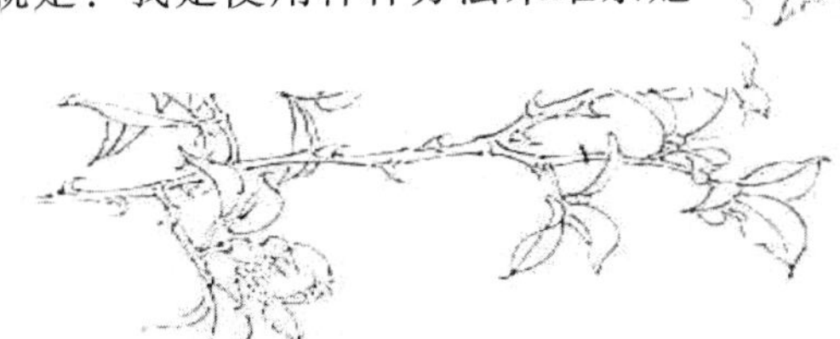

的忠心的，那就是说，使用战略性的手段，使用跟堡垒一类的东西。在我的摆布和我的精明性格下，我妻子对我不可能不忠心。我使出精明手段来保护我们婚姻的床。我知道一种像咒语似的话。只要一念这种话——得，我就可以踏踏实实睡觉，在忠心方面放心了。”

“这是什么话呢？”

“简单极了。我在城里散布不好的谣言。这谣言你们一定知道。我见了人就说：‘我妻子阿辽娜跟警察局长伊凡·阿历克塞伊奇·沙里赫瓦特斯基姘上了。’这句话就够了。谁也不敢勾搭阿辽娜，因为生怕得罪警察局长。谁看见了她，都赶紧撒腿就跑，免得沙里赫瓦特斯基生气。嘻嘻嘻。要知道，跟那个一脸大胡子的蠢才一打上交道，包你倒霉。他就会打五个报告上去，说你家的卫生状况不行。比方说，要是他看见你家的猫跑到街上，他就打报告上去，说得那猫仿佛是一条撒了缰的牛似的。”

“这样说起来，您的太太没有跟伊凡·阿历克塞伊奇同居过？”我们惊奇得拖着长音问。

“当然没有，那是我使坏。……嘻嘻嘻。小伙子，我挺巧妙地诓了你们吧？就是这么回事儿。”

在沉默中过了三分钟。我们坐着，一声不响；我们想到这个胖胖的红鼻子老头儿那么狡猾地蒙住我们，觉着受了侮辱，很惭愧。

“嗯，求上帝保佑您再结一回婚吧！”教堂执事嘟囔道。

［俄］　契诃夫

柔弱的人

前几天我曾把孩子的家庭教师尤丽娅·瓦西里耶夫娜请到我的办公室来，要和她谈谈孩子的情况，顺便付给她应得的工资。

我对她说：“请坐，尤丽娅·瓦西里耶夫娜！我想工资应该付给你了。您也许要用钱，您太拘泥礼节，自己是不肯开口的……呶……我们和您讲妥，每月三十卢布……”

“四十卢布……”

“不，三十……每月的工资我都清清楚楚地记下，我一向按三十卢布付教师的工资的……呶，您呆了两月……”

“两月零五天……”

“整两月……那就按两个月来记好了。这就是说，应付您六十卢布……扣除九个星期日……在星期日您不会和我孩子学习过多的东西，而玩耍的时间会更多一些……还有三个节日……”

尤丽娅·瓦西里耶夫娜骤然涨红了脸，牵动着衣襟，但一语不发……

“三个节日一并扣除，应扣十二卢布……柯里雅有病四天没学习……您只和瓦里雅一人学习……您牙痛三天，我夫人准您午饭后歇假……十二加七得十九，扣除……还剩……嗯……四十一卢布。一点问题也没有吧？”

尤丽娅·瓦西里耶夫娜的表情更加难看，她显然想说什么，下巴在颤抖。突然她神经质地咳嗽起来，然后擦了擦鼻涕，但还是没说一句话。

“新年底，您打碎一个带底碟的配套茶杯，扣除两卢布……你

应该知道我没有按茶杯的全价，它是传家宝……上帝保佑，我总是不停地丢失财产！而后，由于您的疏忽，柯里雅爬树撕破礼服……扣除十卢布……女仆盗走瓦里雅皮鞋一双，也是由于您的玩忽职守，您必须得对此负责，要不是因为您，这一切都不会发生的。所以，也就是说，再扣除五卢布……一月九日，您从我这里支取了十卢布……”

“我没支过！”尤丽娅·瓦西里耶夫娜声音小得可怜。

“听着！我可不是傻瓜。”

“啾……那就算这样，也行。”

“四十一减二十七净得十四。”

尽管她的表情不停地在变，甚至多了些泪珠，但也只能是随他去了。令人怜悯的小姑娘啊！

她用颤抖的声音说道：“有一次，我只从您夫人那里支取了三卢布……再没支过……”

“是吗？这么说，我得重新写一下我的账簿！从十四卢布再扣除……呐，这是您的钱，最可爱的姑娘！三卢布……三卢布……又三卢布……一卢布再加一卢布……请收下吧！”

我把十一卢布递给了她，她接过去，很长时间才喃喃地说：

“谢谢。”

我一下子站了起来，碰到了我的桌子，响声很大。憎恶使我不安起来。

“为什么‘谢谢’？”我问。

“为了给钱……”

“实际上我剥夺了你的钱！为什么还说‘谢谢’！”

“在别处，根本一文不给。”

“不给？太怪啦！我和您开玩笑，对您的教训是太残酷了……我要把您应得的八十卢布如数付给您！呐，事先已给您装好在信封里了！可是你怎么能够忍受这一切呢？为什么不抗议？为什么沉默不语？难道你要用你的眼泪来应付这一切吗？难道你可以这样软弱吗？”

她苦笑了一下，而我却从她脸上的神态看出了答案，这就是

“可以”。

我请她对我的残酷教训给予宽恕，跟着把使她大为惊疑的八十卢布递给了她。她连数都没数，好像即使里面是报纸，她也不会介意的。

我呆呆地望着这一切，心里的念头翻腾不息：

“也许世上只因有了这样的弱者，才会有蛮横无理的强者。”

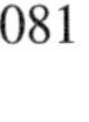

［俄］ 契诃夫

在钉子上

在涅瓦大街上有几个人慢悠悠地走着，他们都是十二等和十四等文官，刚下班，正由斯特鲁奇科夫领着到他家去过命名日。

“诸位，咱们马上就要大吃一顿！”过命名日的主人馋涎欲滴地说，“来个猛吃猛喝！我那口子已经把大馅饼做好了。昨天晚上我亲自跑去买的面粉。有白兰地酒……沃龙措沃出产的……老婆大概都等急了！”

斯特鲁奇科夫住在人迹不到的鬼地方。走呀走呀，最后总算到了。一进门厅，鼻子就闻到一股饼和烤鹅的香味。

“闻到味儿了吧？”斯特鲁奇科夫问大家，高兴得嘻嘻地笑起来，“请脱大衣吧！先生们！把皮大衣放到柜上！卡佳在哪儿呢？卡佳！各科的同事都来齐了！阿库利娜！来帮先生们脱衣服！”

“这是什么呀？”这伙人中的一个指着墙上问道。

墙上戳着个大钉子。钉子上赫然挂着一顶崭新的制帽，帽檐和帽徽闪闪发光。老爷们你看看我，我看看你，脸都白了。

“这是他的制帽！”大家悄悄地说，“他……在这儿？”

“是的，他在这儿，”斯特鲁奇科夫含含糊糊地说，“他是来看卡佳的。先生们，咱们出去吧。随便找个饭馆坐一会儿，等他走了再说。”

大家把衣服扣好，走出房门，懒洋洋地朝着饭馆走去。

“怪不得你家有一股鹅味，原来屋里有一个大公鸡！”档案助理员打了句哈哈，“是什么鬼把他支使来了，他很快走吗？”

“很快，他在这里从来不超过两个钟头。咳，可真是馋了，就想吃！咱们开头先喝一杯伏特加，就点儿鱼下酒……然后再来一杯。诸位，喝完两杯，跟着就上馅饼，要不就吃不痛快了……我那口子馅饼做得挺不错，还有白菜汤……”

“沙丁鱼买了吗?”

“买了两盒，还买了四种肠子……我老婆现在大概也想吃东西……可他偏偏在这个时候闯进来，真见鬼!”

他们在饭馆里坐了足有一个半钟头，每人喝了一杯茶装样子，然后又回到斯特鲁奇科夫家里。进了门厅，香味比刚才更强烈了。隔着半开的厨房门，他们瞧见一只鹅和一碗黄瓜。女仆阿库利娜正从炉子里往外拿东西。

“诸位，又凑巧!”

“怎么啦?”老爷们的胃难受得缩成一团，“饥肠难忍嘛！是，在那可恶的钉子上又换了一顶貂皮帽子。”

“这是普罗卡季洛夫的帽子，”斯特鲁奇科夫说，“咱们出去吧，先生们，找个地方等他走了再说……这个人也呆不长……”

“他那么个讨厌鬼却有你这么标致的老婆?”客厅里传来一个男人沙哑的低音。

“傻人有傻福嘛！大人!”女人声音应和着。

“咱们赶快走!”斯特鲁奇科夫呻吟着说。

他们又回到了饭馆，这回要了啤酒。

“普罗卡季洛夫可是了不起的人物!”大伙儿安慰起斯特鲁奇科夫来，“他在你老婆那儿呆一个钟头，你可就有十年的福好享啦。老弟，福星高照嘛！干吗伤心呢？用不着伤心嘛!”

“你们不说，我也知道用不着伤心，这根本没有什么关系！我着急的是咱们想吃东西呀!”

过了一个半钟头又回到斯特鲁奇科夫家里，貂皮帽子仍旧挂在钉子上。只好再来一次撤退。

直到晚上七点多钟钉子才空了出来。这才吃上了。馅饼发干，菜汤不热，鹅也被烤糊了——一桌子的美味都叫斯特鲁奇科夫的官运给糟蹋了！

不过，大家吃得津津有味。

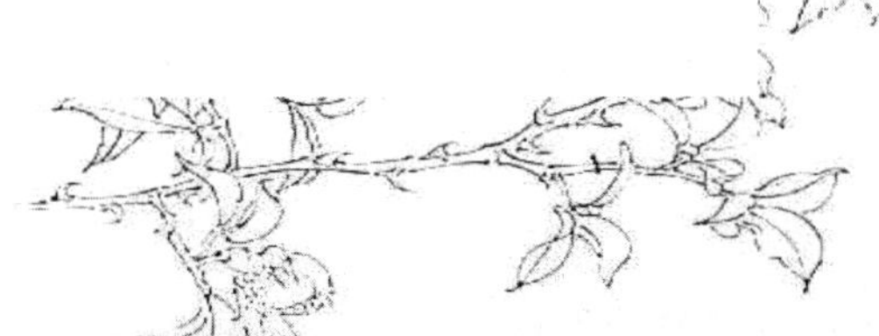

[俄] 伊·阿·布宁

伤痕

八月里一个暖热的夜晚，天黑漆漆的，依稀看得见几颗星星在高空云层深处若隐若现。一辆小车沿着布满厚厚尘土的田野大道徐缓地行驶着。车上坐着两个年轻的乘客——一个小姐和一个青年。幽暗的远处闪亮着一道火光，时而照亮那对平静地跑着的马儿——马儿鬃毛凌乱，套着简便马具；时而照亮着那青年——他头戴便帽，身穿麻布衬衫，稳坐在驾驶座位上。马车快速地行驶着，闪过一片收获后空闲着的田野，向一片黑森森的树林驶去。

昨天晚上，村子里曾响起一阵阵喧嚷声、喊叫声和胆怯的犬吠声。原来，在乡间小木房的农民吃过晚饭后不久，一只咆哮着的狼闯进一家农户的院子，咬死了一只羊。在狗群的吠叫声中，农民们拿着棍子赶了出来，从狼口夺回那只已被拦腰撕裂的羊。

现在，车上的这位姑娘神经质地哈哈大笑着，她擦燃一根根火柴，把它们掷向黑暗的夜色之中，并开心地叫喊："我怕狼!"

火柴的亮光照耀着青年瘦长而粗鲁的面庞和他那带着兴奋的宽颧骨的脸膛。姑娘长着一副小俄罗斯型的圆脸，头上扎着一条红色的头巾，红色印花连衫裙的领口自在地敞开着，显露出她那圆圆的健壮的脖子。

马车在奔跑中摇晃着，小姐继续擦燃火柴并把它们掷向黑暗的夜色中，似乎没有察觉到那青年正在搂抱着她。他时而吻着她的脖子，时而吻着她的脸颊。当他要吻她的嘴唇时，她推开了他。坐在驾驶座位上的青年好像生气了，带着一点儿傻气地对她大声喊道："给我火柴! 我要抽烟!"

“马上给你！马上给你！”姑娘一边叫嚷着，一边又一次擦燃火柴。随后，夜色中闪过一道亮晶晶的闪光，夜被衬托得愈加漆黑了。在黑暗中，马车仍在向前行驶。最后，她让他长久地吻着她的嘴唇。

突然，猛地一下碰撞，他们剧烈地摇晃了一下，马车撞在什么地方停住了。情迷中的青年快速地勒住了马。

在他们右前方的远处，一起火光分外刺目，由于火光的映衬，林子显得愈加黑森森的。那火焰急急地向天空乱蹿，眼前的一切都在摇摇晃晃地颤动着，甚至在火前显露出来的整个田野也都好像在那时明时暗的暗红色火光中颤动着。这火光尽管还在远处，但它那流动的炽烈燃烧的烟火的影子却仿佛离小车只不过一俄里左右。火势狂暴地蔓延开来，越来越灼热而可怕地笼罩着愈益宽广的地面，甚至已经看得见黑暗地面上一处即将燃烧尽的屋顶上的红色火网，它的热气仿佛已经扑到了脸上，扑到了手上。

马车就停在被远处的火光所照亮的一座林子前。在树林的阴影下站着三只被火光映红的灰色的狼。它们的眼睛时而闪出亮幽幽的绿光，时而射出火红的光芒，就像那从红醋栗榨出来的热乎乎的红色果汁似的。被惊吓的马儿不安地打着响鼻。蓦地，马发狂似的朝左侧的耕地冲去。手持缰绳的青年朝后一仰倒了下去，马车发出碰撞声，碎裂声，沿着初耕地颠簸着，跳动着……

在耕地上的不知什么地方，马再一次冲腾纵跳，姑娘一跃而起，从吓傻了的青年手中夺过缰绳，她纵身跃上驾驶座。在此过程中，她的脸不知碰在车子上哪处的一件铁器上。就这样，她的嘴角上终生留下了一道轻微的伤痕。当人们问及她的这道伤痕时，她总是微微地一笑。

她回忆起早先的那一个夏天。八月里那个干燥的日子和暗黑的夜晚，打谷场上人们在打谷，新堆的谷草垛发出沁人的气味，那个没有刮脸的青年同他躺在谷草垛上，仰望着那流星发出的瞬息即逝的明亮的弧形光辉……

“狼是那样的吓人，马儿在狂奔，”她边回忆边说道，“我急速地拼命地扑了上去，勒住了马——”

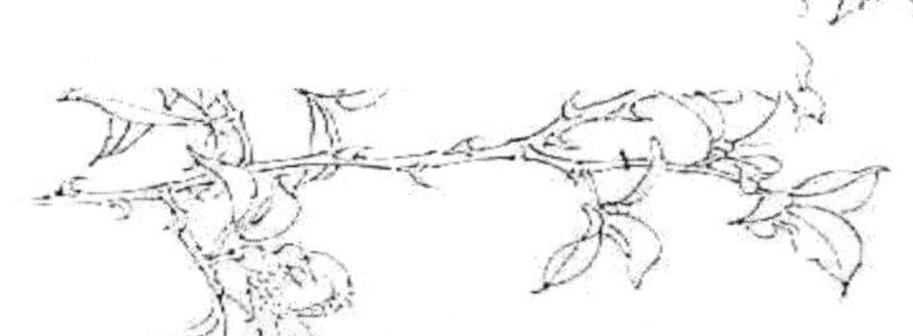

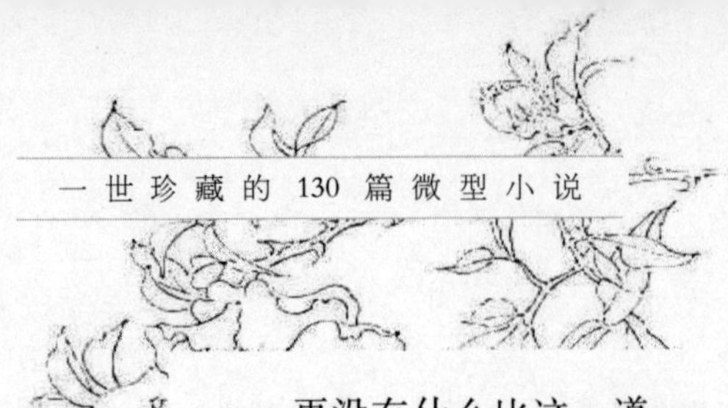

再没有什么比这一道——那些一次也不曾领受过她的爱的人都是这样说——像是在嫣然微笑的伤痕更可爱的了。

［苏联］　高尔基

幸　福

有一次幸福离我非常近，我几乎抓住了它温柔的手。

这事发生在一个炎热的夏夜里，当时在伏尔加河畔捕鲟渔民的牧场上，有一大群年轻人正聚集在一起。他们坐在火旁，喝着渔民煨的鱼汤，饮着伏特加和啤酒，谈论怎样更快更好地把世界建设起来。后来，大家都感到身心疲倦，便纷纷跑到已经刈割过的草地上歇息了。

我和一个姑娘离开了篝火。我觉得她又聪明又伶俐。她有一双漂亮的黑眼睛，她那朴素纯真的感情，总是随着她的谈吐一起流露出来。这个姑娘待一切人都十分温和。

我们肩并着肩，轻轻地走着；在我们的脚下，草茎被踩折了，发出刷刷的声响。天穹的透明酒杯向大地倾泻出醉人的气息。

姑娘一边深深地呼吸，一边说：

“多美啊！像非洲的沙漠一样，那草垛就是金字塔。就连热……”

接着她提议，像白天一样，坐在干草垛下浓浓的圆形阴影里。草虫鸣叫着，远处有人悲凉地唱道：

“哎，为什么你背叛我？”

我开始热烈地为姑娘讲述我所熟悉的生活，讲述我不能理解的生活。可是，她突然轻轻地叫了一声，仰面倒了下去。

这大概是我第一次见到晕倒，刹那间我感到惊慌失措，想喊，想求援，但立刻想到我所熟悉的小说中品格高尚的英雄，在这种场合下应该做些什么。于是我就解开她的裙带、短上衣和衣领绦子。

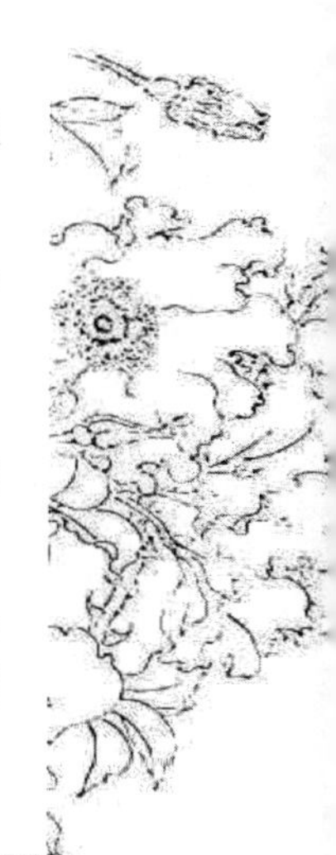

这时，我看清了她的胸脯，好像两个小银杯，凝聚着明月的清辉，倒覆在她的心上。我贪婪地看着，脑子里嗡的一下，如火燎一般想去吻她。可是，我立即打消了这个念头，拼命地奔到河边去取水，因为按照圣书上写的，在类似的情况下，万一出事地点没有小溪——这是小说的聪明作者事先设置的，英雄总是跑着找水的。

我捧着盛满水的帽子，像烈马一样在草地上跳着。当我跑回来的时候，害病的姑娘已经醒过来了，正倚着草垛站着。被我弄乱的衣服也都被整理得井井有条了。

当我将湿帽子递给她时，姑娘用手挡开了，疲乏地说："不要。"

她离开我，朝篝火边走去，那里有两个大学生和统计员依然悲凉地唱着那支令人厌烦的歌儿：

"哎，为什么你背叛我？"

姑娘的沉默使我困惑，我问道："我没有给您带来伤害吧？"

她简短地答道：

"没有。您不是很敏捷。当然，我还是要感谢您……"

我觉得，她不是真诚地感谢。

尽管以前我不是经常见到她，但是打这以后，我们会面的机会更少了。她很快地就从城里完全消失了影踪。

大约过了四年，我在船上又遇到了她。

她住在伏尔加河畔的农村别墅里，正启程回城里丈夫那儿去。她已经怀孕了，穿得漂亮而且舒适。在她的脖子上戴着一条长长的金项链，衣服上别着的一枚大胸针，好像佩着勋章一样。她变得更美、更丰腴了，就像快活的格鲁吉亚人在梯比利斯炎热的广场上出售高加索浓葡萄酒的皮囊。

我们亲切地交谈，回忆往事。

"您看，"她说，"您看我已经嫁人，可还是……"

夜来了，河面上泛映着霞光；船舷卷起的水沫呈红色筛状的宽阔条纹，隐没在北方蔚蓝的天际。

"我已有两个孩子，现在等着生第三个了。"她说道，那骄傲的神情好似行家在谈自己热爱的事业。

她的双膝上放着一袋黄纸包的橘子。

“呃，要我告诉您吗？”她问道，黑眼睛里漾出温柔的笑意，“假如那时，在草垛那儿，您是知道的，您要是……勇敢一点……唔，吻我的话……那么我就是您的妻子了……我难道不——喜欢您吗？真是怪人，急着去打水……唉，您！”

“我的举止是书上指示的。那时我认为，遵照圣书去做是神圣不可违反的，所以首先就得给昏迷的姑娘喝水。只有等她睁开眼睛，叹道：‘啊，我在哪儿？’这之后才可以吻她。”我告诉她。

她微微地笑了笑，然后沉稳地说：

“我们的不幸正是在这儿，我们依然想遵照圣书生活……生活——比书本更广博，更充满智慧。我的先生……生活完全不像书本……啊……”

她从纸袋里拿出一只橙黄的橘子，仔细地瞧了瞧，然后皱起眉头，说：

“恶棍，真掺了烂的……”

她用笨拙的手势把橘子抛进水中，——我看着橘子打着旋，沉入红色的波浪。

“那么，现在怎样呢？还是照圣书生活吗？”

我沉默不语，凝望着岸边染上落日火焰般色彩的沙滩，凝望着更远处那空旷的金红的草地。

在沙滩上，横七竖八地卧着翻倒的船只，像许多大鱼的僵尸。在金黄的沙滩上躺着白柳忧郁的阴影。远方牧场上，干草垛如同小丘似的耸立着，我想起了她的比拟：

“像非洲的沙漠一样，那草垛就是金字塔……”

美丽的妇人剥去第二个橘子的皮，以长辈的口气重复着，像是教训我：

“是的，我要是您的妻子……”

“谢谢您，”我说，“谢谢。”

我是真诚地感谢她。

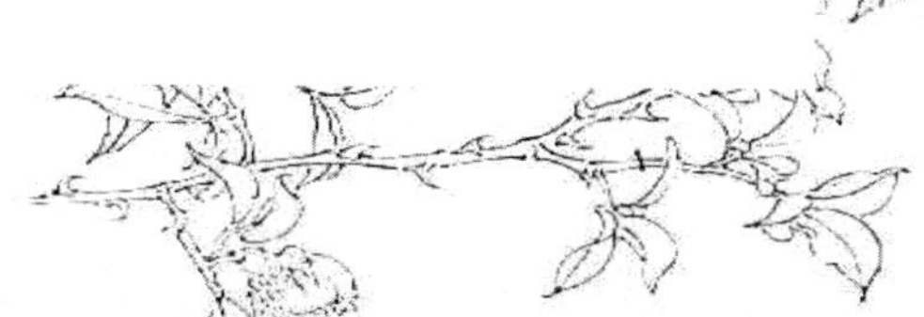

[苏联]　顿巴泽

预　演

我和他是老同学并且是老同桌、老战友。上学时常常上课淘气，不听讲课，而考试后我们又一起参加补考。

那已是十五年前了。十五年前分别后，都各自忙碌着，从未碰过一次面。今天，我终于怀着激动的心情登上了四层楼——他的住所。

不知他变成什么样子了？

我激动地按了一下电铃。

“不怕烂掉你的臭爪子，可恶的东西！震得整个房子嗡嗡响。你难道到死才能改变那种可恶的行为吗？”里面传出一阵叫骂。我脸腾地一下红了，连忙把手塞进口袋。前来开门的是一个淡黄头发的女孩，个子矮矮的，脸上长满雀斑。

“努格扎尔·阿马纳季泽在这儿住吗？”

“你说的是我爸爸呀！”

“哦，太好了，你好小姑娘，我是绍塔叔叔，我和你的父亲是非常好的朋友。”

“噢，您请进来吧……玛穆卡！有人来找爸爸了。”女孩朝里边喊了一声，领我进了屋子。

从里面冲出一个大约六岁的小男孩，浑身是墨水污迹。

“你的爸爸妈妈呢？”

“不在。不过，他们也快回来了。”

“你们在做什么呢？”我问。

“我们在玩‘爸爸和妈妈游戏’。我当爸爸，姆济姬当妈妈。”

玛穆卡对我说。

“那好吧，你们继续玩吧，我不妨碍你们。”我悠闲地抽起了雪茄。“不知道努格扎尔过得怎么样，”我寻思着。“生活的舒心与否，人是不是还和以前一样？”

我被孩子们尖利的喊叫声吓了一跳。

“喂，孩子他妈！今天吃什么？我可是饿坏了！”玛穆卡问道，显然是模仿某个人的腔调。

“吃个屁！我还想问你呢，我用什么做饭？什么也没有！”

“你的嘴可真厉害！骂起人来活像个卖货的娘儿们！”

“你担什么心！在饭馆一坐，就能吃个酒足饭饱……让我们怎么过？”

我有些受不了了。

“说你昨晚干什么去了？说！”姆济姬握着两个小拳头，叉腰站着。

“这个是私人的问题，你用不着过问！”

“什么？这叫什么话？好吧，你以为我不知道你在外面的风流韵事吗？真让人恶心！”

“神经病？！”

“我受够了！够了！今天我就回娘家去！孩子和我走！”

“那可不行，要走，你自己走！”

“你想都不用想！”

“把儿子给我留下！”

“不行，我就要带儿子走！”姆济姬高声叫道。

“你听着：把儿子留下！否则，别怪我……”玛穆卡抱起枕头，一下子砸在姆济姬身上。

“好哇，你竟然动手打我？！畜生！”姆济姬抡起洋娃娃，朝弟弟狠狠回敬过去。两个人你来我往，活像一对吵架夫妇的进行式。

我急忙把他们拉开。

“孩子，你们真不知道害羞。你们都玩的什么呀？！”

“放开我，尼娜！”姆济姬突然朝我喊道，“你们永远不会了解这个混蛋畜性！我可是受够他了，没法跟他过下去了，我已经在他

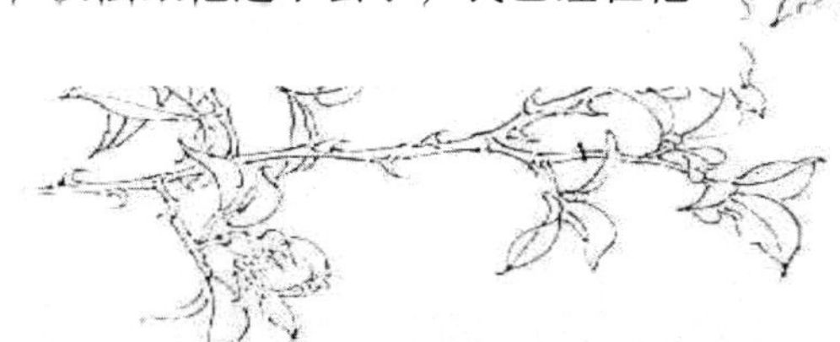

身上浪费了我的生命，可恶的东西！你们瞧，我已经这样憔悴了。”姆济姬用纤细的指头戳了戳她那玫瑰色的脸蛋儿。

“别听这个疯婆乱讲！”玛穆卡冲我说。

“立刻停止！”我实在控制不住地向他们大吼了一声。这一次倒挺灵验的。我喘过一口气，勒令两个孩子向我发誓，保证往后不再扮演他们的爸爸妈妈，然后我立即离开了那个“剧院”。

“看来，我的朋友的生活很热闹，也很精彩！”我想，现在朋友根本不需要我的拜访。

［苏联］　左琴科

一只套鞋

电车实在太拥挤了，而且你不能乱动，如果你不听劝告，非要在那狭小的空间里展示你的活泼，那你一定保不住你的套鞋。

当然，只是一只套鞋，很多人根本不会放在心上。

但如果你的套鞋在两分钟内就没了，你一定不会装作若无其事的。

我再清楚不过了，上电车的时候两只套鞋都在脚上，但等到下车的时候，结果却是：两只套鞋已经分居了。所有的衣物都老老实实地呆在它应在的地方，惟独我右脚上的那只套鞋不见了。

车已经载着那只套鞋飞驰而去了……

我脱了剩下的那只套鞋，用报纸包上，就这么上班去了。等着吧！下班后我一定把它找回来。

下班了，这成了我的头号大事。我先找了一个认识的电车司机，希望从他那里得到些有用的信息。

他的话让我心里踏实多了。他说：

“嗯！是在电车上啊！应该没有什么问题。要是丢在别的公共场所，那就不保险啦。丢在电车上，找到的希望有百分之九十以上。我们局里有个失物招领处，到那儿就能领回失物，他们专负责这种事。”

“噢，谢天谢地，”我说，“现在我心就定啦。唉，我的套鞋是全新的，刚穿上两分钟而已。”

很快，我就找到了失物招领处。

“朋友，我的一只套鞋在电车上弄丢了，我希望能在这里找回

来。”

“可以，”招领处的人回答说，“请描述一下您的套鞋吧。”

“套鞋嘛，好像没有什么特别之处，”我说，“鞋号是十二号。”

“十二号的鞋，我们这里可能有一万二千多只，你再细细地说一下吧。

“特点嘛，也很普通，那是绿颜色的，鞋的两旁有白色条纹。”

“这样的鞋我们这儿也有上千只，说得再详细点好吗?”

“那是一只全新的套鞋，连鞋油都没来得及上。”

“请您稍等。”

瞧，她手里的确拿着我的套鞋。

我当时真想拥抱她一下。

我想，这里的工作真出色，工作人员竟在一只套鞋上花这么大的功夫，难得极了。

“谢谢，”我说，“朋友，真不知如何感谢您的帮助，这对我来说太重要了。快给我吧，我好穿上。谢谢你啦!”

“不行，尊敬的同志，我仍不能确定这套鞋的真正主人。”

“我何必去骗一只套鞋呢?”

“我们丝毫不怀疑这一点。很可能这就是您丢的那只套鞋，但现在不能给您。请您开个证明来，证明您确实是丢了鞋。让居委会再开个证明确保一下吧！这样才符合我们的工作程序。”

“朋友，”我说，“好同志，可是我的街坊并不知道我出了这档子事，他们可能不给开这样的证明。”

“他们一定会帮你的，而且……”

他坚持原则，我只好无奈地离开了。

第二天，我找到了居委会主任，对他说：

“请给我开个证明，我丢了一只套鞋。”

“这是事实吗？我可是上过不少次当了！是不是想捞个非分之财?”居委会主任说。

“真的，”我说，“我是丢了鞋。”

他说：“那就拿一张电车公司的证明，单凭你一句话，我可不敢胡乱开证明，我必须为居委会的声誉负责。”

我说：“就是他们让我来这儿开证明的。”

他说：“那你打个报告吧。”

我说：“怎么写呢?”

他说：“你就写：某年某月某日丢失鞋一只……等等，等等，再加上点保证，就说你以什么样的名义起誓……”

我写了报告，随后便拿到了居委会的证明。

我拿着证明又到了失物招领处。好在一切都很顺利，套鞋被我拿了回来。

现在我终于拿回了我的那只套鞋，并把它重新穿到我的脚上。“瞧，他们的服务态度多好！要是别的单位，为一只套鞋肯定不会花那么多时间！从车上扔出去完事了。虽然花了一个星期的时间，但毕竟不是一无所获。”

但事情总不是那么尽如人意，在又一回里，我又丢了另一只套鞋——一星期以来，我把它包在报纸里一直随身夹带着。这次可记不得丢在哪里了。但我有一点可以确定，那就是一定不是在电车上。

虽然有所损失，但总算没全白忙活，现在我把它放在五斗柜上。每当心里烦闷时，只要朝这只套鞋看上一眼，我就心平气和了。那时我心里总会想：总会有像这样优秀的机构给我帮助的。

这只套鞋对我来说已远远地超出了它应有的价值，我一定会永远地保留着。

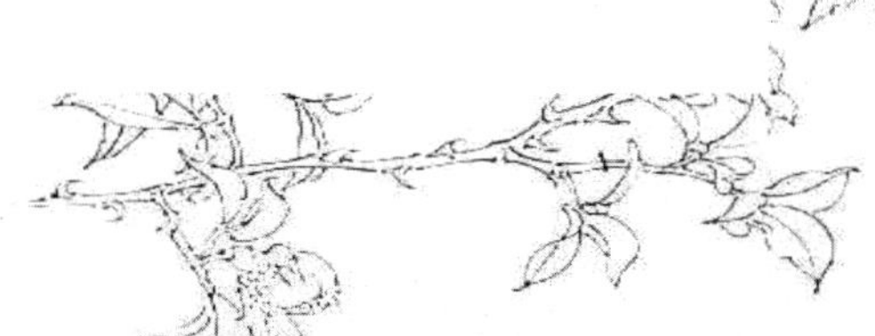

[美] 华·欧文

浪 子

现在，美丽温柔的陶洛丽斯的脸上布满忧愁，就像晴空中的一片乌云，那真是一场灾难，而这一切正发生在阿尔罕伯拉宫里面。这位小姑娘有一种女性的癖好，那就是喜欢养各种各样的小动物。阿尔罕伯拉宫有一座废弃的宫殿，那里是她和小动物的天堂。那只雍容华贵的孔雀和它的配偶似乎已经成为了那里的王者，拥有至高无上的权力，统治着爱炫耀的火鸡、性子暴躁的珠鸡和一大群乱七八糟的普通的鸡种。但是，有一个时期，陶洛丽斯的宠爱完全集中在一对最近婚配的小鸽子身上，这使她无法挤出更多的时间去照顾其它可爱的小动物。

她做了一个非常精美的小房子来作为这对新人的爱巢，窗口朝着一座幽静的摩尔式庭院。这对新人幸福地住在里面，对房子外面晴空万里的天空一无所知，也许也从未想过要飞到城市的上空去和高大的山峰一争高低。后来，它们这种纯洁的结合产生了两枚洁净无瑕的乳白色的鸽蛋，这时，抚育它们的小女主人应该是除了鸽子以外的最快乐的人了。在这段很有趣的时间当中，可说没有什么能比这对少年新婚夫妇的行为更值得赞扬的了。它们轮班蹲在窝里，直到小生命破壳而出。当羽毛未生的雏鸟还需要温暖和掩护的时候，这对父母就开始分工协作，带回来的东西往往可以使全家美美地吃上一顿。

下面的故事就要谈谈我们美丽的女主人为何这般不快乐了。这天清早，陶洛丽斯正在喂公鸽子，她忽然想到要使它瞧瞧这个伟大的世界。于是，她打开了俯瞰达罗山谷的那扇窗户，一下子把它扔到阿尔罕伯拉宫的墙外面。

当时，这只受惊的小鸟有生以来头一次被逼得非把全部力量使出来不可。它在空中来来去去，自由翻腾，它从来没飞得这样高过，当然也就没体验过这样的飞行乐趣。这时，它就像一个极度贫穷的人一下子拥有了百万产业不知如何挥霍一般，被面前突然呈现的那片无边无际的可以施展身手的天空，搞得眼花缭乱了。这一整天，它一直在尽情地飞翔，到处盘旋，由这座高楼飞到那座高楼，由这个树梢飞到那个树梢。女主人用尽办法招呼它飞回城堡，但是这些办法的效果显然无效，即使是它美丽的妻子也不能令它变心。使陶洛丽斯更加焦急的是，另外有两只强盗鸽子和它结成了一道，这种家伙专门会引诱飘零的鸽子到它们自己窝里去。这只欣喜若狂的鸽子，正像一般初次踏进社会、毫无头脑的青年人一样，对于那些新结交的堕落的同伴是非常信任，并急于跟随他们去见识广阔的世界。它已经和它们飞遍了格拉那达的每一家房顶、每一座塔尖。暴风雨来了，它也不想回家，夜幕将临的时候，它还是没有回来。它温柔的伴侣有了一个重大的决定，它要出去，去告诉丈夫，家里还有对它的期盼与等待，它应该回来。但是，她耽误太久，雏鸟由于失去父母怀抱的温暖和掩护而夭折了。

晚上很迟了，女主人得到了最新消息，有人看见这只游荡的鸽子在琴纳拉莱夫宫的高楼上，碰巧那座古宫的管理人也有一间鸽子棚，其中正好有两三只这种四处勾引的鸽子，好多鸽子都因此而受害。“自己的鸽子被勾引走了。”陶洛丽斯马上得出了结论，认为大伙瞧见和她那只游荡的家伙在一块的两只披着羽毛的骗子是琴纳拉莱夫宫里飞出来的。陶洛丽斯在安东尼娅姑娘房间里开了一次作战会议。琴纳莱夫宫和阿尔罕伯拉宫在权限上各不相干，在这两处的主管人之间即使没有嫉妒的话，当然不免也有些拘束的地方。于是陶洛丽斯先决定由派比——花园里的那个口吃的小伙子，作为去见琴纳拉莱夫宫主管人的大使，要求他，如果发现在他的辖区之内有这样一只逃亡的家伙，希望他能把这只鸽子作为阿尔罕伯拉宫的臣民，押送回国。接受了命令的派比出发了，穿过月光笼罩着的树丛，经过一座巨大的山丘，踏上了外交的旅行。不到一个钟头，他

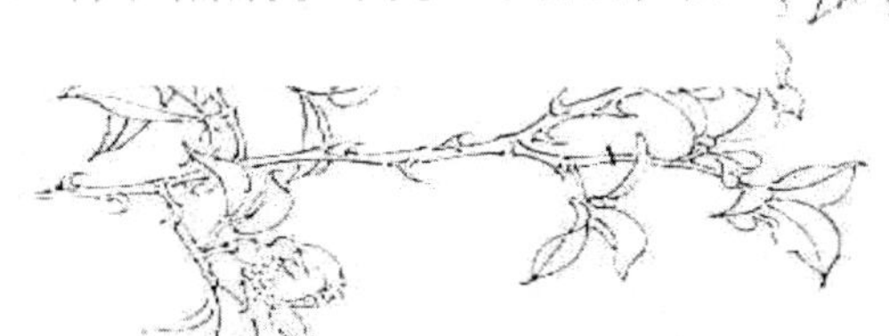

就回来了，带回了令人烦闷的情报，说琴纳拉莱夫宫的鸽子棚里，根本没有这样一只鸽子。但主管倒是满口应允会全力以赴帮助寻找。

由于那个不负责任的逃犯，它的女主人失眠了一夜，更可怕的是，整个宫殿都忐忑不安。

当然，世上没有一成不变的事情。早晨我离开房间，头一个遇上的就是陶洛丽斯，她手里抓着那只游荡的鸽子，眼睛里欢喜得闪闪发光，快乐得足以抵消前一天的痛苦。陶洛丽斯放开了手里的鸽子。它在窗外乱飞，是因为自己的行为而不敢飞进窗户吧！可是它这次回来并没有取得大家的信任。从它狼吞虎咽吃着面前的食物的样子来看，情形就像一个浪子，完全是被饥饿逼回家来的。陶洛丽斯虽然怀着女人的天性，一面给它最知心的呵护，可是一面也在责备它这种忘恩负义的行为，用各式各样的话骂它是个浪子。我注意到她已经为了使它再不能够远走高飞，特地剪短了它的翅膀。我对这种防患于未然的方法是绝对赞成的。这种经验适合的又岂止鸽子，对于人来讲不也是至诚、至真的道理吗？

［美］　爱伦·坡

抢　劫　者

她像是盼望着什么似的，又像是担心着什么似的。屋子里只有她一个人。窗外在下着大雪，这是今年冬季的第一场喜雪，大雪覆盖了窗外荒寂的大草原。妇人隔着窗户痴痴地向外望去，但她什么也看不见，只有单身孤影投在锃亮的窗玻璃上。

此时，她感到非常孤独和害怕，而且这份感觉比任何时候都强烈。她丈夫常常出远门，一去就是好几天，只留下她一个人守在家里。但是这次的情况有点不同，现在她已确知自己怀孕了。她有点恨自己，为什么不早点把这件喜事告诉丈夫。做丈夫的是一位边区的税务员，他很早以前就对工作产生了厌烦的情绪。如果知道她已有了身孕，一定不会再出远门的，但她却不愿意让他为自己而焦灼。

她回想起几小时前的一个插曲：他站在这个窗台前，双手轻轻地搭在她的肩膀上。告诉她，他把一大包税款拿回了家，放到一个饼干箱里，藏到厨房的地板底下。

“为什么呢?”

小两口把自己的那一点微薄的存款，存在老远的一家农村银行里，现在那家银行就要倒闭了，他只好赶快去取回他们的钱。然而他却不敢随身带着公款跑那么远，所以把那包钱藏在家里了。

“我不在家你千万别离开屋子，”他临走时说，“你得答应，不让任何人进房子，无论说什么都不能让人进来。”

“我一定照你的吩咐去做，保证不让任何人进屋子。”她说。

到现在为止，丈夫已经走了好几个小时了，天色已昏沉下来，

夜幕降临了。大雪和黑暗笼罩着孤寂的木屋。

妇人突然听到了声音。风吹门窗的声音虽然像有人想偷偷地进来，可是她能分辨得出，这绝对不是风声，她听到的是一阵敲门声。声音很低，但很急促。她把脸紧贴着窗户边，只见有一个人靠在前门。

她连忙从壁炉边取下了丈夫的手枪。不幸的是，这是一枝没有用的手枪，好的那一枝和火药筒都让丈夫给带走了。她只好拿着空枪壮胆，快步走到大门边。

“是谁在外边？”她战战兢兢地问道。

“我是一名士兵，受了伤，迷了路，实在走不动了，请你做件好事，让我进去吧。”

“我丈夫吩咐我，他不在家谁也不让进来。”年轻的妇人实实在在地告诉他。

“那么，你就忍心看着我死在你家门口吗？”

又过了一会儿，士兵又恳求说：“你打开门看看，就知道我不会伤害你的。”

“我丈夫是不会饶恕我的……”她一边哭诉着，一边开门让他进来了。

这个伤兵步履踉跄，的确已筋疲力尽，似乎就要垮了。他高个子，面庞苍白而粗糙，右手臂上包扎着绷带，浑身落满雪花。妇人让他坐到火炉边她丈夫的椅子上，然后替他洗伤口，换绷带，又把准备自己吃的晚餐拿给他吃。最后，她在后房里用地毯为他铺了一张床。他往床上一倒，似乎马上就睡着了。

这个伤兵是真睡着了还是假的？是在骗她，等她去睡觉？妇人在自己卧室里走来走去，心里忐忑不安，预感着似乎要出什么危险。

深夜里，万籁俱寂，只有炉火劈劈啪啪地低声作响。

忽然传来一阵非常低的声音，比老鼠偷啃东西时发出的声音还要轻，很显然，是有人在鬼鬼祟祟地干什么。但这到底是哪儿来的声音呢？难道是隔壁房里的那个男人？想到这，她拿起灯，轻轻地走到狭窄的通道，侧耳静听。伤兵的呼吸声音很响，难道是故意装的？她把门推开，走进后房，俯身去看那伤兵，只见他睡得很甜。她走出这个房间，立刻又听到了那个声音。这次她完全可以肯定声音的源头了：有人在撬前门的锁。妇人立刻从工具箱里拿出丈夫的一把折式洋刀，然后又轻轻地返回到伤兵床边，推醒他。他哼了一声，睁开了眼睛。

“嘘，快听！”她低声地说，“有人要偷偷进屋来，你来帮我一个忙！”

“谁要偷偷进来呢?”他疲惫不堪地说，“这又没有什么东西可偷。”

“有的，有很多钱，藏在厨房的地板底下。”天啊，这件事怎么可以告诉他呢？她恨不得咬断自己的舌头。

“既然这样，你拿我的手枪，我右手伤了，拿不了枪，你把刀给我。”

妇人有点拿不定主意。这时又传来前门被撬的声音。她立刻把刀递给伤兵，自己拿起了他的手枪。

“我们靠近门边站着，”士兵说，“你来对付第一个进来的小偷，门一开你就开枪，枪里有六发子弹，一定要打到他倒下动不了为止。我拿着刀，在你后边应付第二个进来的人。”

两个人在门旁站好位置后，妇人把灯吹灭了。顿时，屋子里一片漆黑。撬锁的声音也戛然而止，但接着又传来了扳扭东西的声音。门锁被打掉了，门开了，借着白雪衬托，她看到了那个身影。于是她扣动扳机，枪响了，那人倒下了，但马上又踉踉跄跄地站起来，妇人又开了一枪，那人这才慢慢地倒下。脸碰着墙脚，再也没有动弹。

伤兵俯着身子，咒骂了一声，然后叫道：“原来只有一个人！好枪法呵，太太！”

接着，他把小偷的尸体翻过身来仰天躺着，这才发现这个小偷还蒙着一个面罩。伤兵把面罩揭开，妇人也凑近去看。

“认识这个人吗?”伤兵问。

“从没见过！”她说。

这时的妇人比任何时候都有勇气，她盯着死者的脸，看着这个来抢劫她的人——她的丈夫！

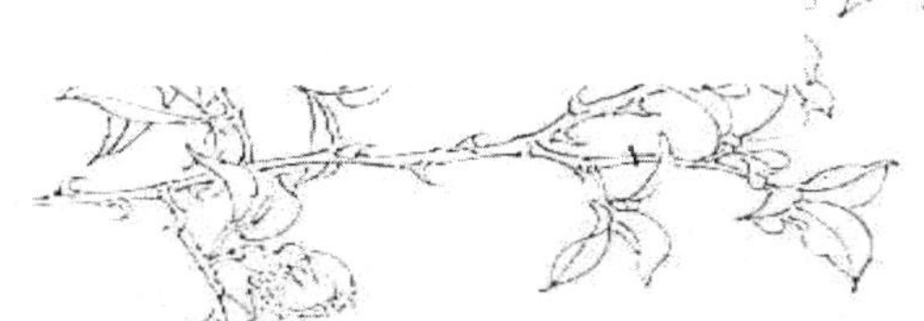

［美］　马克·吐温

我所发现的生活

他在费城长大，童年生活过得很是困苦。那日，他走进一家银行，问道："劳驾，先生，我可以在您这里工作吗？"一位仪表堂堂的人彬彬有礼地回答说："不，孩子，我想我们的工作人员已经够了。"

难过、遗憾在孩子的脸上表露无遗，他只能拼命吸吮那根用一分钱买来的甘草棒糖，要知道从善良虔诚的姑妈那里偷来一分钱并不是件容易的事情。大滴大滴的眼泪从孩子面颊上流过，孩子忍着不出一声。他沿着银行那洁白的大理石台阶跳下来。那个银行家用很优雅的姿势弯腰躲到了门后，也许是怕被孩子扔来的石子打到。孩子又拾起一件什么东西，却把它揣进那又破又旧而且颜色褪了一大半的上衣里去了。

"过来！小孩儿。"孩子真地过去了。银行家问道："告诉我你拾到了什么？"孩子回答："只是一个别针，我想你不会喜欢的。"银行家说："孩子，你是个乖孩子吗？""当然。"孩子回答。银行家又问："你相信主吗？——我是说，你上不上主日学校？""是的，我上，我当然上。"

接着，银行家取来了一枝用纯金做的钢笔，用纯净的墨水在纸上写了个"St.Peter"的字眼，问小孩是什么意思。"咸彼得。"那孩子在几秒钟后轻轻回答。银行家告诉他这个字是"圣彼得"，孩子说了声"噢"，显然他知道自己先前念错了。

然而这个男孩并没有因此被银行家耻笑，相反，后来男孩成了那位"绅士"的合伙人，得到了他百分之十的投资利润以及他的女儿。当然，说到今天，银行家的全部都属于他的了。

听完叔叔的这个故事，我花了一个半月的时间在城市的一家银行门口找别针儿。我盼着哪个银行家会把我叫进去，问我：“小孩子，你是个乖孩子吗？”我就回答：“当然。”他要是问我“St. John”是什么意思？我就说是“咸约翰”。然而我今天碰上的这个银行家绝非故事中的人物，而且他并不是仪表堂堂，他的相貌、谈吐让我相信他应该会有一个女妖一样的孩子。因为那天他对我说：“小孩子，你捡什么呀？”我非常谦恭有礼地说：“是一个别针，别针，你知道吗？就是这个。”他说：“让我看看。”说着他把别针拿了过去。我摘下了帽子，已经准备跟着他走进银行，变成他的合伙人，再娶他女儿为妻子。但是，噢，天啊！你知道他说了什么？他说：“别针是属于银行的，我是这所银行的主人，而你这脏得要命的小东西应该滚远点，下次再见面，也许狗会来招待一下你。”看来没有再和他交谈的价值了，于是我离开了，这就是我发现的生活。那个混蛋不但没有给我一分钱，还拿走了我从商店刚买来的别针。

[美] 欧·亨利

麦琪的礼物

钱全在这里，总共是一元八角七分钱，其中六角还是零钱。这些小钱凑起来很不容易，是每次一个两个向杂货店、菜贩和肉店的老板硬扣下来的；人家虽然没有明说，自己总觉得这种交易难免会落个吝啬的恶名，而且当时羞得脸红。德拉数了三遍，企望有所增加，但还是一元八角七分钱。明天就是圣诞节了。

无奈之下，德拉倒在那张破旧的小榻上大哭起来。除此之外，似乎没有别的办法。这就使一种精神上的感慨油然而生：人生是由啜泣、抽噎和微笑组成的，其中抽噎占主导地位。

痛哭可以减轻悲伤。在女主人的悲伤逐渐地由第一级降到第二级之际，让我们看一看她的家吧！这是一套备有家具的公寓，租金每周八元钱。公寓的情形不难形容，与贫民窟相差无几。

楼下的过道里有一个信箱，但是永远不会有信件投进去；还有一个电铃，却从没有人来把它按响。那里还贴着一张名片，上面写着“杰姆斯·狄林汉·杨先生”几个字。

“狄林汉”这个名号是男主人先前富裕时，也就是每周赚三十元时，一时高兴，加在姓名之间的。现在进款减缩到二十元了，这几个字看起来也有些模糊了，它们仿佛正在慎重地考虑是否缩成一个质朴而谦虚的“狄”字为妙。但是每逢男主人回家上楼，打开房门时，女主人——就是前面已经介绍过的德拉——总是把他叫做“杰姆”，并且热烈地拥抱他。这使得这个简陋的公寓有了家的气息。

抽噎声远去了，德拉擦干眼泪，小心地在面颊上扑了些粉。她站在窗前，呆呆地看着灰蒙蒙的后院。在那里，一只灰色的猫正沿着灰色的篱笆走着。明天就是圣诞节了，而她给杰姆买礼物的钱却只有一元八角七分。几个月来，她尽可能地节省了每一分钱，结果不过如此。每周二十元本来就不充足，支出的总比她预算的多，总是这样。只有一元八角七分钱拿来给杰姆买礼物。为了给她的杰姆买一件好东西，德拉已经筹划好些日子了。要买一件精致、珍奇而真正有价值的东西——够得上杰姆持有的东西固然很少，可是总得有些相称的吧。

屋里两扇窗户中间有一面壁镜。读者也许见过房租八元钱的公寓里的壁镜。一个非常瘦小的灵活的人，从一连串纵的片断的映像里，也许可以对自己的容貌得到一个大致不错的概念。德拉全靠身材纤细，才精通了这种艺术。

德拉猛然从窗口转过来，站在镜子面前。她的两眼晶莹明亮，但是在几秒钟内她脸上的血色陡然消失。她很快地解开头发，叫它完全披散下来。

这里有必要交待一下，杰姆斯·狄林汉·杨夫妇有两样东西是他们特别引以为豪的。一样是德拉的头发；如果巴皇后住在气窗对面的公寓里，德拉如果把头发悬在窗外去晾干，那位皇后的珠宝和首饰将会相形见绌。另一样是杰姆那祖传三代的金表；如果所罗门王做了看门人，而且把他所有的财富都堆在地下室里，杰姆每次经过那儿时都故意掏出他的金表看看，所罗门会嫉妒得吹胡子瞪眼。

此时此刻，德拉那美丽的头发披散在她的身上，像一股褐色的小瀑布一样，波浪起伏，金光闪闪。头发一直垂到膝盖下，仿佛给她披上一件金丝织的衣服。她又神经质地很快地把头发梳起来。她静静地站在那里，踌躇不定，有一两滴泪水溅落在破旧的红地毯上。

似乎下了什么决心，她穿上她那褐色的旧外套，戴上她那褐色的旧帽子。睫毛上还挂着一颗晶莹的泪珠。然后，裙子一摆，她飘然走出房门，走下楼梯，来到街上。

最后，德拉在一块招牌前停住了。招牌上面写着：“莎弗朗尼姬夫人——经营各种头发用品。”德拉犹豫了一下，继而跑上一楼，

一面喘着气，一面定下神来打量店主人。那位夫人身躯肥大，肤色白得吓人，一副冷冰冰的样子，和“莎弗朗尼姬”这个名字极不相称。

“您要买我的头发吗?”德拉问道。

夫人说：“把你的帽子脱下来，让我看看你的头发!”

于是，那股褐色的小瀑布泻了下来。

夫人熟练地抓起头发，然后淡淡地说：“二十元。”

“赶快把钱给我。”德拉说。

啊！随后的两个钟头仿佛长了玫瑰色的翅膀似的飞掠过去了。这种胡编乱造的比喻颇不合理，但请读者不要介意！总之，德拉为了给杰姆买礼物，搜索了所有的铺子。

最后，她终于找到了。它确是专为杰姆制造的。决不是为了别的什么人制造的。她几乎把所有的商店都搅翻了一遍，其他各家都没有像那样的东西。那是一条白金表链，式样简单朴素，只以货色来体现它的价值，根本没有什么俗不可耐的装潢——一切好东西都应该是这样的。它还真配得上那只金表。她一看到这表链就认为非给杰姆买下来不可。它简直像他的为人，文静而有价值——这句话拿来形容表链和杰姆本人都恰到好处。她以二十一元钱的代价获得那条表链，然后带着它和剩下的八角七分钱匆匆地赶回家。杰姆有了这条表链，就可以在任何场合毫无顾虑地看看钟点了。那只金表虽然华贵，可是因为他用一根旧皮条来代替表链，他有时只是偷偷地看一眼。

德拉回到家后，谨慎与理智稍稍代替了陶醉。她拿出烫发铁钳，点起煤气，开始补救由于爱情加上慷慨而造成的灾害。亲爱的读者们，这是一件艰巨的工作，而且是一件了不起的工作。

大约过了四十分钟，德拉头上布满紧贴头皮的小发鬈，变得活像一个逃学的小学生。她仔细而苛刻地对着镜子反复照了许久。

“杰姆看见我的样子，也许会把我杀了。”德拉自言自语地说，“他会说我是康奈岛游戏场的卖唱姑娘。但是我有什么办法呢?——唉！只有一元八角七分钱，除此之外，我又有什么办法呢?”

当时针指向七点的时候，咖啡已经煮好了，煎锅也放在炉子上面热着，随时准备煎肉排。

杰姆回家一向都很准时。德拉把表链对折了握在手里，在靠近门口的桌子上坐下来，杰姆打开门时先看到这里。接着，她听到楼下响起了熟悉的脚步声，她脸色立刻变白了。她有一个习惯，往往为了日常最简单的事情祈祷几句，于是她默默地说：“求求上帝，让他认为我还是美丽的。”

门开了，杰姆迈步走进来把门关上。他很瘦削，非常严肃。可怜的人，他只有二十二岁——就担负起家庭的担子！他需要一件新大衣，手套也没有。

一进门杰姆就站住了，像一条猎犬嗅到鹌鹑似的纹风不动，两眼盯着德拉。这种表情令她捉摸不透，使她大为惊慌。那既不是愤怒，也不是惊讶，又不是不满，更不是厌恶，不是她所预料的任何一种神情。他只是带着那种奇怪的神情死死地盯着她。

德拉忐忑不安地从桌子上跳下来，走到他身边。

“杰姆，亲爱的，”她喊道，“别那样盯着我看。我把头发剪掉卖了，因为我不送你一件礼物，我过不了圣诞节。头发会再长起来的——你不会在意吧，是不是？我实在没办法才这么做的。我的头发长得快得要命。说句‘恭贺圣诞’吧！杰姆，让我们高高兴兴的。你猜不到我给你买了一件多么好、多么美丽的礼物。”

“你把头发剪掉了？”杰姆吃力地问道。直到此时，他还不敢相信这个显而易见的事实。

“非但剪了，而且卖了。”德拉说，“不管怎样，你还是一样喜欢我，是不是？没有了头发，我还是我，不是吗？”

“你说你的头发没有了？”他带着近乎白痴的神情问道，继而向四下张望。

“你用不着找了，”德拉说，“我告诉你，已经卖了——卖了，没有了。今晚是圣诞前夜，亲爱的。我剪掉头发就是为了给你买件像样的礼物。我的头发可能数得清，”她突然非常温柔地接下去说，“但是我对你的爱谁也数不清。我把肉排烧上好吗，杰姆？”

杰姆好像忽然从恍惚中醒过来。他把德拉搂在怀里。为了不让读者感到尬尴，让我们花十秒钟工大谈谈一些无关紧要的东西吧。

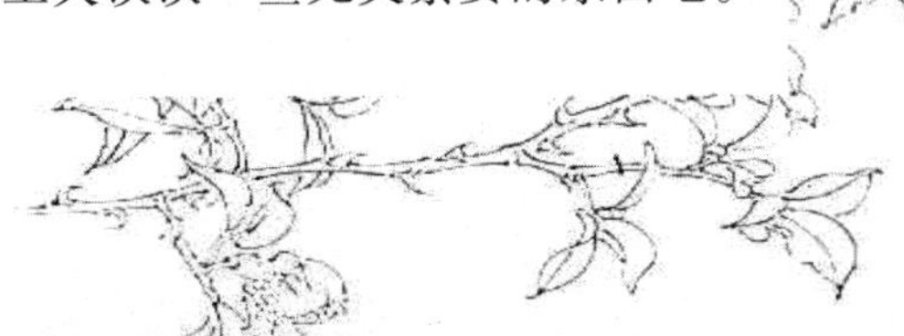

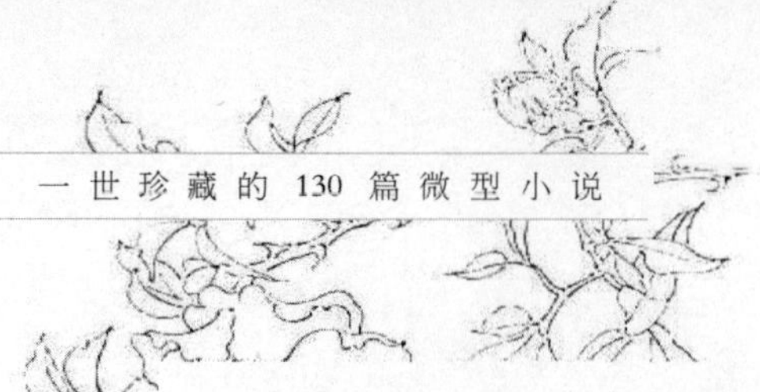

每周八块钱的房租，或者每年一百万块钱的房租——其中有什么区别？一个数学家或是一个滑稽家可能给你一个不同的答复。麦琪带来了珍贵的礼物，但是其中没有那样东西。这句晦涩的话，下文将有说明。

杰姆从大衣口袋里掏出一包东西，把它扔在桌上。

“不要对我有任何误会，德拉，”他说，“不管你的头发剪掉与否，我对你的爱是绝不会改变的。但是，你打开那包东西，就会明白，刚才我为什么会愣住了。”

白皙的手指敏捷地撕开了绳子和包皮纸。接着是一声狂喜的叫喊；紧接着转成女性神经质的号哭。很显然，需要男主人公来安慰她。

原来，德拉打开礼物包装，摆在眼前的是那套插在头发上的梳子——全套的发梳，两鬓用的，后面用的，应有尽有；那是百老汇路一个橱窗里的、德拉渴望了好久的东西。纯玳瑁做的、边上镶着珠宝的美丽的发梳——配那已经失去的美发，颜色恰恰合适。她知道这套发梳是很贵重的，而且已经向往很久了，但是从来没有想占有它的愿望。现在居然为她所有了，可是，那需要用来装饰的头发却已不存在了。

但是德拉还是把它紧紧地抱在胸前。隔了好久，她才抬起迷蒙的泪眼，微笑着对杰姆说：“我的头发长得很快的，杰姆！”

接着，德拉像一只挨了烫的小猫似的跳了起来，喊道：“噢！噢！”

杰姆还没有看到送给他的美丽礼物呢！她热切地把它托在自己的掌心上递给他。这无知无觉的贵重金属似乎闪闪地反映着她的快活和热诚的神情。

“漂亮吗？杰姆？我跑遍了全城才找到它，从今往后你每天要把表看上一百次。把你的表拿给我，我要看看配上它是什么样子！”

杰姆并没有照她的话去做，而是倒在小榻上，双手枕着头，脸上带着些微苦涩的微笑。

“德拉，”他说，“让我们把圣诞节的礼物搁在一边，暂时保存起来。它们实在太好了，现在用了未免可惜。我是卖了金表换了钱给你买的发梳。现在请你煎肉排吧！”

那三位麦琪，读者都知道，全是非常有智慧的人。他们带来礼物，送给生在马槽里的圣婴耶稣。他们首创了圣诞节馈赠礼物的风俗，他们既然有智慧，他们的礼物无疑也是聪明的，可能还附带一种碰上收到同样的东西时可以交换的权利。我在这里向读者叙述了一个没有曲折、不足为奇的故事；那两个住在一间公寓里的人，极不聪明地为了对方牺牲了他们家里最宝贵的东西。但是，让我对目前一般聪明人说一句最后的话，在所有的馈赠礼物的人当中，他们两个是最聪明的；在一切接受礼物的人当中，他们也是最聪明的。他们就是麦琪。

[美] 欧·亨利

喂鸽者

锁上公文包的时候，陶柏蒙更加紧张了，口舌更加干燥；他觉得手在发抖，于是颤巍巍地把手伸入口袋，掏取香烟。

他点燃了一支烟，深深地吸了一口，内心的紧张稍微缓和了一些。他那更加疲惫的蓝眼睛，此时正惶惑不安地注视着那个公文包，公文包里装着他的命运。

尽管他心里仍然很矛盾，但是他到底还是没有改变决定。再过十几分钟，他将提着那个公文包，悄然离开这间办公室，而且是不再复回。但是，他真不能相信，难道就此将自己五十四年来的信誉毁于一旦吗？因此他取出飞机票，困惑地看着。

这是一个礼拜天的下午，办公室里静寂无声。陶柏蒙的视线迟缓地从大写字台移向红皮沙发，然后经过甬道、外室，停驻在一束玫瑰花上，这是魏尔德小姐插在瓶上放在桌上的。但明天，这束玫瑰花也将被弃置于垃圾堆中，因为魏尔德小姐也将和其他客户一样遭受破产。这或许太霸道，太残酷，但是有什么比自保更重要的呢？即使是玫瑰也长出刺来保护自己！

魏尔德供职于陶柏蒙信托公司已经十年了。他知道她竭尽一个四十岁未婚女性的可能在爱恋着他，而且是深深地爱恋着他。虽然他和她之间没有过多的交谈、没有缱绻蜜语，但她的心思已经从她的眼波中，从她羞涩的神情里，从她的行动举止上很自然地流露出来。她的相貌非常动人，在他们单独相处的时候，对陶柏蒙是一个很大的诱惑。但是，他却不想放弃自己宁静的独身生活……

陶柏蒙陷于沉思之中，不经意地把桌上的日历翻到了下礼拜。

忽然，他从沉思中觉醒过来，对于刚才那些无意识的举动长长地叹了一口气。他整整衣冠，提起公文包，悄悄地走过玫瑰花旁，出门去了。

正是醉人的春天，中央公园一片新绿景致灿烂锦簇。飞机要六点钟才起飞，于是陶柏蒙决定在回家取行李之前，先散散步，最后一次浏览一下这里悦人的美景：春阳透过丛林，疏落的影子交相辉映。明天抵达里约热内卢之后，开始新的生活，往后的享乐多着呢！

他毕生最大愿望就是到南美去颐养天年，但他做梦也不曾想到这个愿望竟会实现得这么快！这完全是医生为他决定的，他回想起医生对他说："一切取决于你自己如何调养，假若能轻松享乐，或许还能多活几年。"

他顺着公园漫步，沉重的公文包把手指勒得有些疼痛，但是心情却出奇地平静。他和蔼地对一个巡逻警察古怪地笑笑，甚至冲动地想要拦住他，而且告诉他："警察先生，我其实并非如我的外表一般值得别人尊敬，我是个拐骗六百家客户的经纪人。对于这等行径我自己也和别人一样感到惊奇，因为我一向诚实。但是，我活在世上的日子已经不多了，而为了我最后一段生命的享用，我不得不带走他们的钱财。"

路过一处玫瑰花丛，他又想起了魏尔德小姐。大约是在两个月以前，她怯怯地交给他一张三千元的支票，忸怩地说，"陶柏蒙先生，请你把这笔款子替我投资好吗？我觉得我早就应该托付给你了。储蓄存款比较起来是最可靠的，而且自一九二九年以来，我一向对股票证券不大信任。"

"魏尔德小姐，我很愿为你效劳。"他内心暗暗得意，"但是，你既然不信任证券，为什么又改变了主意呢？"

她低下头，羞答答地不做声，停了半晌才说："是的，我在这里服务已经很多年了，亲眼看见你为别人赚了许多钱……"

"你总该知道，这种事情多多少少有些冒险性，万一有个三长两短，你真准备承受吗？"

"我相信托付给你是不会有什么不妥的。"她看看他，爽朗地

说，“万一有什么不幸，我也不会说什么的。”

这些回答并没有打消他的决定，他提提精神，继续向前走去。远处，哥伦布广场已经隐约望见了。

忽然，他看见路边蹲着一个人，那人的年纪也许和他不相上下，也许比他还稍微大一点；头上蓬着苍苍白发，衣衫褴褛，污迹斑斑。陶柏蒙放缓了脚步。

许多野鸽子正围绕着那个人飞舞，争着啄食他手上的花生；在他怀里，还露出花生袋子。从侧面看去，那个人满面皱纹，是历经风霜才那样；但是却很和蔼，很慈祥。他看见陶柏蒙正在看他，就说：“这些可怜的小东西哟！它们经过了漫长的严冬，自从飘雪以来，它们早就被人们遗忘了；我不愿意让它们失望，只要我能买得起花生，不论气候多么恶劣，我都必定会来的。”

陶柏蒙茫然地点点头，他盯着那个孤零零的人出神：“这个人这么穷苦，还肯把仅有的钱用来喂鸽子，那些鸽子信赖它们的穷施主……”

五十四年来清白无瑕的自尊心被这个念头推向最高处，原本平静的心开始惶恐起来。他忽然看见那些鸽子变成六百家嗷嗷待哺的客户，其中有一只鸽子是魏尔德小姐，其中有几家是孤苦无依的老寡妇，靠亡夫留下的一点薄产，节衣缩食地活着。而他，至少在今天以前的那些日子里，就是那蹲在路边喂鸽子的人，他就正是这样一个人物。但是，他不但从来不曾衣衫褴褛，而且一向丰衣足食！

面对这个情景，陶柏蒙的羞恶之心不禁油然而生，于是他回过头来，跑回公司。虽然他的心里还有一个声音在讥笑他再次投入樊笼，为人役使，太不聪明；但是他的意念趋于坚定，心志也如磐石一般坚定，不再为任何邪恶的企图所撼动。他面对着桌上的日历，衷心喜悦；也许这是一个好预兆。他不应该毁掉自己一生的名誉；他为那个喂鸽子的人祝福，因为那个人把他从噩梦中拯救出来，使他及时醒悟，悬崖勒马。到南美去并不就是惟一可行的休养办法，如果能得到爱人悉心的服侍，也可以延年益寿的。他要从头拾起那位爱玫瑰的人给予他的爱，使自己得到一个新生的机会。

此时，那个喂鸽子的人还在公园里；他茫然地环视四周，回过头来，看见一只肥美的鸽子正在他掌中吃得高兴；他熟练地把它的脖子一扭，揣进怀里，然后站了起来，对着四散飞舞的鸽子们温和地说：

“朋友们，很抱歉，你们知道，我也需要果腹呀！”

[美] 欧·亨利

约　会

夜已很深了，纽约一条大街上的人已经很少了，有些商店正准备关门。一个警察正朝着这条街大步走来。

在一家小店铺的门口，昏暗的灯光下站着一个男子。他的嘴里叼着一支没有点燃的雪茄烟。警察放慢了脚步，仔细地打量了这个男人一会儿，然后，向那个男子走了过去。

"我没干什么违法的事，大人。"看见警察向自己走来，那个男子很快地说，"我只是在这儿等一位朋友罢了。这是二十年前定下的一个约会。你听了觉得稀奇，是吗？好吧，如果有兴致的话，你听我讲个故事，那还是二十年前，这个店铺现在所占的地方，原来是一家餐馆……"

"我知道，那餐馆五年前就被拆除了。"警察接上去说。

男子划了根火柴，点燃了叼在嘴上的雪茄。借着火柴的亮光，警察发现这个男子脸色苍白，右眼角附近有一块小小的白色的伤疤。

"大人，您听我说，我有个最好的朋友，他叫吉米·维尔斯，二十年前的今天晚上，我们在五年前被拆除的那家餐馆吃晚饭，当时，我正准备第二天早上就动身到西部去谋生。那天夜晚临分手的时候，我们俩约定：二十年后的同一日期、同一时间，我们到这里再次相会。然后我们就分开了。"

"这听起来倒挺有意思。"警察说，"你们分手以后，你就没有收到过你那位朋友的信吗？"

"哦，收到过他的信。有一段时间，我们曾相互通信。"那男子说，“可是一两年之后，我们就中断了联系。你知道，西部是个很大的地方。我又由于生计的关系居无定所，所以我们已经有好多年未曾联系了。但是二十年的承诺我们还要遵守，吉米一定会来这儿和我相会的。他是我最信得过的朋友啦。”

说完，男人从口袋里掏出一块小巧玲珑的金表。表上的宝石在黑暗中闪闪发光。“还有三分钟十点了。”他说，“我们上一次是十点整在这儿的餐馆分手的。”

“这二十年来你在西部发展得怎么样？”警察问道。

“很风光！吉米的光景要是能赶上我的一半就好了。啊，实在不容易啊！这些年来，我付出了很多东西……”

一阵冷冷的风穿街而过。接着，一片沉寂。他们俩谁也没有说话。过了一会儿，警察准备离开这里。

“我得走了，”他对那个男子说，“我希望你的朋友很快就会到来。假如他不准时赶来，你会离开这儿吗？”

“噢！不，我最低也要十点半才能走，如果吉米他还活在人间，他到时候一定会来到这儿的。就说这些吧，再见，大人，祝你好运！”

“再见，先生。”警察一边说着，一边沿街走去，街上已经没有行人了，空荡荡的。

男子又在这店铺的门前等了大约二十分钟的光景，正当他又掏出那块金表准备看时间之时，一个身材高大的人急匆匆地径直走来。他穿着一件黑色的大衣，衣领向上翻着，盖住了耳朵。

“你是鲍勃吗？”来人问道。

“你是吉米·维尔斯？”站在门口的男子大声地说，显然，他很激动。

来人紧走两步，一把抱住男人：“鲍勃，我是吉米，终于见到你了，我太高兴了！二十年是个不短的时间啊！你看，鲍勃！原来的那个餐厅已经不在啦！要是它没有被拆除，我们再一块儿在这里面共进晚餐该多好啊！鲍勃，这些年你过得怎么样？”

“我已经设法获得了我所需要的一切东西。你的变化不小啊，吉米。你长得这么高，真出乎我的意料。”

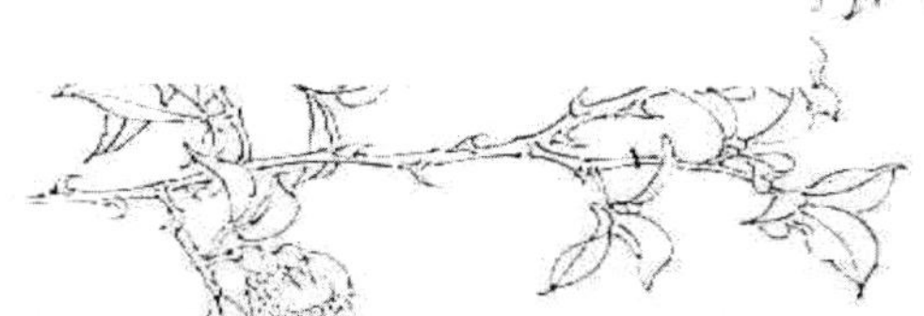

“哦，你走了以后，我是长高了一点儿。”

“吉米，你在纽约生活得怎么样？”

“怎么说呢？很一般。我在市政府的一个部门里上班，坐办公室。来，鲍勃，咱们去转转，找个地方好好叙叙往事。”

此时，已经接近深夜了，大多数商家都已关门，只有拐角处的一家商店还亮着灯，他们来到亮光处，都不约而同地转过身来看了看对方的脸。

突然间，那个从西部来的男子停住了脚步。

“你不是吉米·维尔斯。”他说，“虽然我和吉米二十年没有见面，但一个人不可能变化这么大，我敢肯定你不是我的朋友吉米。”从他说话的声调中可以听出，他在怀疑对方。

“不错，我不是你的朋友吉米，但我知道二十年来你已由一个好人变成一个恶棍了。”高个子说，“你被捕了，鲍勃。芝加哥的警方猜到你会到这个城市来的，于是，派我来跟你联络一下。就这样，在我们还没有去警察局之前，先给你看一张条子，是你的朋友写给你的。”

鲍勃接过便条。读着读着，他微微地颤抖起来。便条上写着：

鲍勃：

我没有失约，刚才我们已见过面了，当你划着火柴点烟时，我发现你正是那个被芝加哥警方通缉的人。由于我们曾是朋友，我不忍自己亲自逮捕你，只得找了个便衣警察来做这件事。

吉米

［美］　海明威

等待的一天

当我们还赖在床上不肯起来时，他哆嗦着走进屋关窗户，我发现他脸色发白，走动很慢，仿佛一动就会疼痛似的。

“莎莎，你生病了吗？”

“我头痛。”

“快，快回到你的床上。”

“不，我没事儿。”

“回到床上去。我穿好衣服就来看你。”

当我穿好衣服来到他的房间，发现他没在床上，而是端端正正地坐在火炉旁。这个9岁的小男孩，看上去病得十分可怜。我用手摸摸他的前额才知道他在发烧。

“快回床上，”我说，“你发烧了。”

“我没事的。”他说。

医生来了之后，给孩子试了试体温。

“多少度？”

“102度。”

医生照症状分别给开了三种药，一种药是退烧的，另一种是泻剂，第三种是克服体内酸性状态用的。他解释说，流感细菌只能生存于酸性状态之中。关于流感，他跟我谈了很多。他说，如果热度不超过104度，就不用担忧。还有一点，流感只要不引起肺炎，就没有什么危险。

回到屋子我记下孩子的温度，并写下一个吃各种药的时间表。

“我给你读书消遣怎样？”

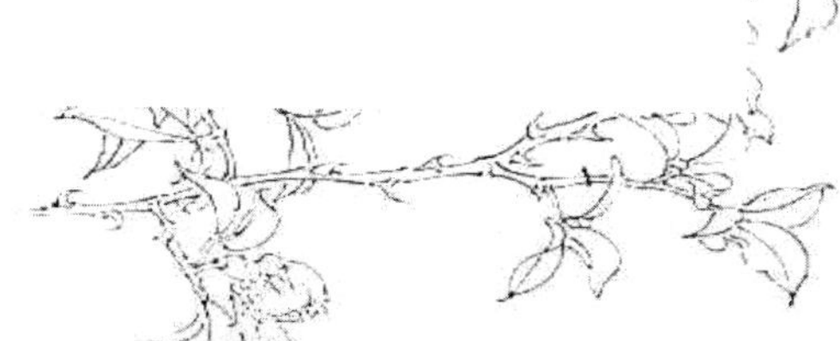

“随你的便。”孩子疲倦地说。他的脸色十分苍白，眼睛下面有黑晕。他一动不动地躺着，对于眼前发生的一切似乎无动于衷。

我朗读了霍华德·派尔著的《海盗列传》中的一段，然而我发现他根本没听。

“你有什么特殊的感觉，莎莎？”我问他。

“一切都和原来一样，就那么回事。”

我继续读《海盗列传》，希望挨到他服药的时间。他要是能睡着了，那是很自然的事。然而当我抬起头时，发现他两眼直瞪瞪地望着床脚，样子怪怪的。

“你为什么不睡一会儿呢？到吃药的时候我会叫醒你的。”

“我愿意醒着。”

过了一会儿，他对我说：“如果您觉得挺麻烦的话，爸爸，您就先回去吧。”

“没有什么麻烦的。”

“不，我是说，如果这件事将使你不安的话，您可以去做别的事。”

我想，他或许是有点迷糊了，在11点钟给他服了规定要吃的药之后，我就出去了一会儿。

那年冬天，气候异常寒冷，地面上似乎已变成了冰雪世界，似乎那光秃秃的树林，那灌木丛，那采伐过的森林地带，以及所有的草地和没长草的地面都用冰漆过一般。我拿了枪，带上猎狗准备碰碰运气，我们沿着冰冻的山河走着。在玻璃似的地面上站着或行走，都是极不容易的。那只可爱的猎狗一会儿滑倒了，一会儿在地上滑行。我也未能幸免，有一次，连手中的枪也摔了出去，一直滑到很远很远才停住。

一群鹌鹑藏匿在粘土河岸的灌木丛中，我们撵起它们，当它们飞过河岸顶部即将消失的时候，我射中了两只。其余的有几只落到了树间，大部分却都散进了灌木丛里。需要爬上那长着灌木丛的、冰封的土墩好几次，才能使它们再一次腾空而起。它们很乖巧，它们选择你站在溜滑、颤动的灌木丛上，很不稳定地保持着平衡的时候飞出来，射杀难度很高，只有两只成了我的枪下猎物，其余的又躲藏起来，我放弃了这次捕杀。我很高兴能在房子附近发现一群鹌鹑，等我哪天有空时再去射。

回到家，家里人告诉我说，孩子不让任何人进他的屋子。

“不要靠近我，”他说，“我的病会传染人，千万别靠近我。”

我来到他床前，发现他仍是我离开时的那个姿势，脸色苍白，然而两颊却烧得发红，仍旧像原来那样，眼光不离床脚。

我给他试了试体温。

“多少度？”

“大约100度。”我说。他的体温是102度。

“是102度。”他说。

“谁告诉你的？”

“大夫。”

“你的体温变化不严重，”我说，“你不必过虑。”

“我没多想，”他说，“只是我不能不想。”

“想是没有用的，”我说，“别着急，慢慢来。”

“我没着急。”他说，眼睛直视着前方。他显然是为了什么事在极力控制着自己。

“喝点水，把药吃下去。”

“现在还有这个必要吗？”

“说什么呢？当然有必要。”

我坐下来，打开《海盗列传》，读了起来。但是我发现他在呆呆地想着什么，于是我停止了朗读。

“您认为我还能活多长时间？”他问道。

“你说什么？”

“我问我还有多少日子可活？”

“你怎么说这种傻话，告诉我你在想什么？”

“我在说，我会死的。我听到他说102度了。”

“102度的体温是不会死人的。你怎么会有这种可怕的想法？”

“我已经烧到102度了。”

原来从早晨9点钟开始，他望着床脚想的一直是死的问题。

“你呀，可怜的小莎莎！”我说，“那是两种不同的温度计，标

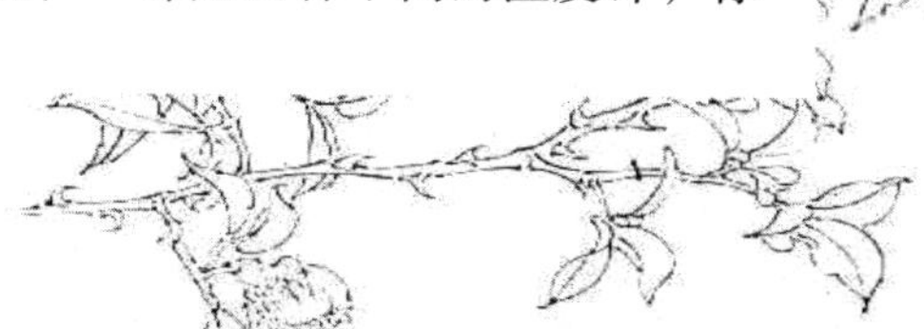

准单位不一样，就如同英里和公里是不同的，用那种温度计量，正常体温是37度；用这种温度计，是98度。”

“你说的是真的吗？”

“孩子，你没理由怀疑，”我说，“这两种温度之间是可以换算的，就好像我们开车1小时走70英里等于多少公里一样。”

“噢！我真傻！”他不禁喊道。

他那凝视着床脚的目光慢慢松弛，他的紧张状态终于缓和了。到了第二天，他已变得浑然无事了，但他留下了为一些微不足道的小事而哭泣不止的坏习惯，这是我始料不及的。

［美］　海明威

雨中的猫

旅店里只歇着两个美国人。他们进出房间上下楼梯时，身边掠过的人一个也不认识。他们的房间在二楼，面对着海。也对着小公园与战争纪念碑。小公园中有高大的棕榈树与绿色的长椅。天气晴朗时总有个带着画架的艺术家。艺术家喜欢棕榈的模样与对着小公园与海面的旅店的亮丽色彩。意大利人老远地前来瞻仰战争纪念碑。纪念碑是青铜铸的，在雨中发亮。天下着雨，雨自棕榈树间滴落，雨水积在碎石路上的坑洞里。海水在雨中涌起一道长线，退回到海滩，冲回来又在雨中涌起一道长线。战争纪念碑旁广场上的车辆都已开走。广场对面餐馆的门口，站着一名侍者朝着空空的广场探望。

美国太太立在窗前往外观望。外面，就在他们的窗下，有只猫蹲伏在一张滴水的绿色桌子下头。猫紧紧缩作一团好不让雨水滴湿。

“我下去把那只猫咪带上来。”美国太太说。

“我去吧。”她丈夫在床上表示。

“不，还是我去。可怜的猫咪想在外头一张桌子下头躲雨。”

丈夫继续看他的书，垫了两个枕头靠在床头。

“别淋湿了。”他说。

妻子来到楼下，她经过柜台时旅店老板起身向她鞠了一躬。他的办公桌在柜台间的最里厢。他是个老者，身材很高。

“下雨了。”妻子说。她喜欢这个旅店老板。

“是呵，夫人，天气真够坏的。”

他站在昏暗的柜台间最里厢的桌子后面。这美国太太很喜欢他。她喜欢他接受抱怨时那副不苟言笑的认真态度。她喜欢他那份尊严。她喜欢他愿意为她服务的那番心意。她喜欢他表现的那种做旅店老板的感觉。她喜欢他那老迈、风霜的脸容与那双大手。

心里喜欢着他，她开开门往外头看去。雨下得很大。一个披了橡胶雨衣的男人正自空寂的广场朝餐馆走了过去。那只猫该就在右边什么所在吧，或许她可以沿着屋檐下走过去。她站在店门口时，有只雨伞在她身后撑了开来。是清理她房间的那名女侍。

“你可不要淋湿了呵。”她微笑着，说的是意大利话。当然，准是旅店老板叫她送伞来的。

女侍为她撑着伞，她沿着碎石路走到他们房间窗户的下头。桌子还在，被雨水冲洗得绿得发亮，但是猫已不知去向。她突然感到非常失望。女侍抬头望着她。

“丢了什么东西吗？夫人？”

“刚才有只猫的。”美国女郎说。

“猫？”

“是呀，一只猫咪。”

“一只猫？”女侍笑出声来。“雨里有猫？”

“是的，”她说，“在桌子下头，”之后她又说：“呵，我好想要呵。我要一只猫咪。”

她说英语时，女侍的脸孔绷了起来。

“走吧，夫人，”她说，“我们得进去了。你会淋湿的。”

“我看也是。”美国女郎说。

她们沿着碎石路折回，进入旅店内。女侍在门外闭起了雨伞。美国女郎走过柜台间时，老板自他桌后向她欠了欠身。女郎心中感到有些什么很渺小也很紧迫。老板令她感到渺小而同时却又的确很显要。她有一股无比尊耀的短暂感觉。她走上了楼梯，她打开房门。乔治在床上，看书。

“猫弄来了吗？”他问，把书放了下来。

“不见了。”

“会到哪里去了呢。”他说，暂且将眼睛移开了书本。

她在床边坐了下来。

“我好想要呵，”她说，“也不知道为什么那么想要。我要那只可怜的猫咪。可怜的猫咪在雨地里多不好玩。”

乔治又拿起了书本。

她走过去坐在梳妆台的镜子前头，举起手用镜子照看自己。她端详她的侧脸，一侧看罢又看另一侧。之后端详后脑勺与脖颈。

“你看我把头发留长起来，好不好？”她问，又照看自己的侧脸。

乔治抬起眼来看到她的颈部，发尾剪得像个男孩子。

“我喜欢你现在这个样子。”

“我可烦了，”她说，“我讨厌死像个男孩子了。”

乔治在床上翻了个身。自她开始说话，他的目光就不曾移开过她。

“你看起来好帅呵。”他说。

她将镜子放在梳妆台上，走到窗前往外看。天要黑了。

“我要把头发往后梳，摆得紧紧光滑的，在脑后打个大结我可以抚摸。”她说，“我要只猫咪抱在膝上，我摸它，它会咕噜噜地叫。”

“喔？”乔治在床上说。

[美] 海明威

桥边的老人

一个戴着钢丝边眼镜、衣服上尽是尘土的老人坐在路旁。河上搭着一座浮桥，大车、卡车、男人、女人和孩子们正拥过桥去。骡车从桥边蹒跚地爬上陡坡，一些士兵帮着推动轮轴。卡车嘎嘎地驶上斜坡就开远了，把一切抛在后面，而农夫们还在齐到脚踝的尘土中沉重地走着。但那个老人却坐在那里，一动也不动；他太累，走不动了。

我的任务是过桥去侦察对岸的桥头堡，查明敌人究竟推进到了什么地点。完成任务后，我又从桥上回到原处。这时车辆已经不多了，行人也稀稀落落，可是那个老人还在那里。

“你从哪儿来？”我问他。

“从圣卡洛斯来。”他说着，露出笑容。

那是他的故乡，所以提到它，老人便高兴起来，微笑了。

“那时我在看管动物。”他对我解释。

“喔。”我说，并没有完全听懂。

“唔，”他又说，“你知道，我待在那儿照顾动物；我是最后一个离开圣卡洛斯的。”

他看上去既不像牧羊的，也不像管牛的牧人，我瞧着他满是灰尘的黑衣服，尽是尘土的灰色面孔和那副钢丝边眼镜，于是我问他，“什么动物？”

“各式各样，”他摇着头说，“唉，只得把它们撇下了。”

我凝视着浮桥，眺望着充满非洲色彩的埃布罗河三角洲地区，寻思着究竟要过多久才能看到敌人，同时一直倾听着，期待着第一阵响声，它将是一个信号，表示那神秘莫测的遭遇战的爆发，而老人始终坐在那里。

“什么动物？”我又问道。

“一共三种，”他说，“两只山羊，一只猫，还有四对鸽子。”

“你只得撇下它们了？”我问。

“是啊。怕那些大炮呀。那个上尉叫我走，他说炮火不饶人哪。”

“你没家？”我一边问，一边注视着浮桥的另一头，那儿最后几辆大车在匆忙地驶下河边的斜坡。

“没家，”老人说，“只有刚才提过的那些动物。猫当然不要紧。猫会照顾自己的，可是，另外几只东西怎么办呢？我简直不敢想。”

“你对政治有什么看法？”我问。

“政治跟我不相干，”他说，“我七十六岁了。我已经走了十二公里，再也走不动了。”

“这里可不是停留的好地方，”我说，“如果你勉强还走得动，那边通向托尔托萨的岔路上有卡车。”

“我要待一会，然后再走，”他说，“卡车往哪里开？”

“巴塞隆那。”我告诉他。

“那边我没有熟人，”他说，“不过我还是非常感谢你。”

他疲惫不堪地茫然瞅着我，过了一会又开口，为了要别人分担他的忧虑，“猫是不要紧的，我拿得稳。不用为它担心。可是，另外几只呢，你说它们会怎么样？”

“喔，它们大概挨得过的。”

“你这样想吗？”

“当然。”我边说边注视着远处的河岸，那里已经看不见大车了。

“可是在炮火下它们怎么办呢？人家叫我走，就是因为要开炮了。”

“鸽笼没锁上吧？”我问道。

“没有。”

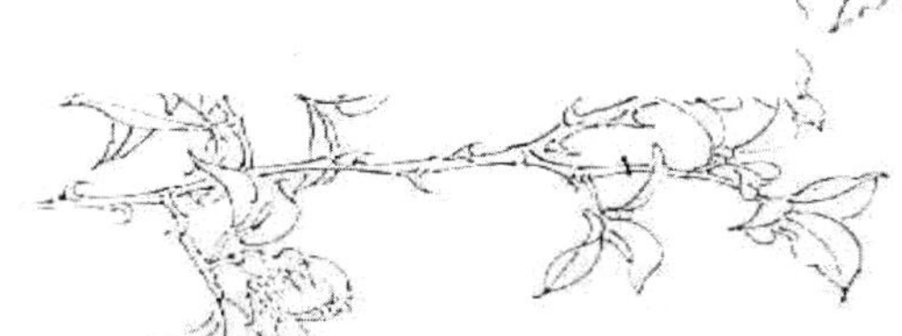

“那它们会飞出去的。”

“嗯，当然会飞。可是山羊呢？唉，不想也罢。”他说。

“要是你歇够了，我得走了。”我催他，“站起来，走走看。”

“谢谢你。”他说着撑起来，摇晃了几步，向后一仰，终于又在路旁的尘土中坐了下去。

“那时我在照管动物，”他木然地说，可不再是对着我讲了，“我只是在看动物。”

对他毫无办法。那天是复活节的礼拜天，法西斯正在向埃布罗挺进。可是天色阴沉，乌云密布，法西斯飞机没能起飞。这一点，再加上猫会照看自己，大概就是这位老人仅有的幸运吧。

［美］　李察·比索

矮个儿之死

“这下我可完了。”矮个儿想，“我快溺死了，他妈的！我怎么会被这个笨家伙钩住？”就在此时，他的头撞上船尾底部的钢板，叮当一声！水流把他冲向船尾。

“这简直比嘉年华会还糟！”矮个儿想，“妈！再见了。伙伴们，永别了。死得这么早，真他妈的过分！”想着想着，他真的死了，立刻觉得好过一点。“地狱可没这么温暖。我终于可以不必担心什么了。可怜的比尔，我打赌他看着我翻下来，一定差点脑溢血。现在他们一定熄了引擎，乔、比尔和戴门一定乘着竹筏四处找我。我可以把东西分给他们，不过希望他们能把手表还给我老爸。船长一定气疯了，他最恨船上有人溺死。我却偏偏在他不厌其烦地叮咛后，仍没穿上救生衣。——这又可以让他唠叨好一阵子了。船长大概没办法好好睡觉了，我至少会让他做上一个礼拜的噩梦。也罢，在这下面待了一些时候，心里倒也清楚，自己再也回不到那个水闸去了。我摔下来的时候，大概正好在维多利亚湾，如果我不搁浅的话，也许能通过若失水道，到达帝索罗，这得看我到时候吸进多少水而定。如果晚上多喝点儿的话，这几天还能漂得更靠近水面些；要是没有被水草绊住，或是陷在印第安营的沼泽，也许还能到达兰心湾。如果能碰上一个年轻小伙子正好带着女朋友乘船出游，发现我的话，那倒也不错，可是如果我通过兰心湾，就会碰上沼泽、泥浆，何况这下面又没有桨，大概永远无法重见天日了。或许明年秋天那些猎鸭的人会发现我，大概还剩些残骸；或是设法绕到兰心湾的侧面，攀住渔船的钓丝，也许他们会看见我。他们一定会

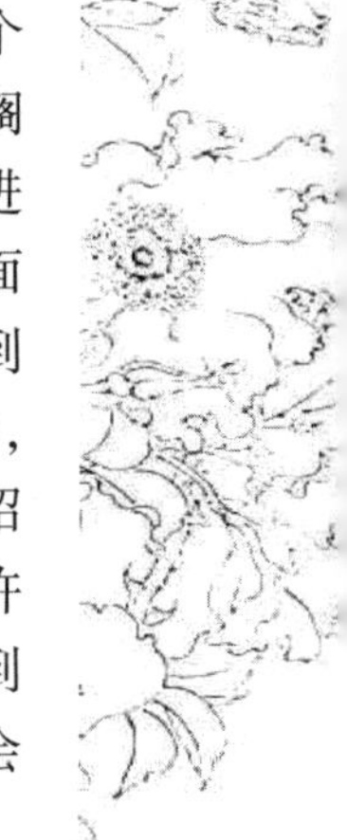

出来找我，我猜警察一定会通知所有水闸附近的人，消息会从这儿一直传到哥登堡。所有的人都会出来寻找，问题是要通过湾口，离开沼泽，没有航行执照倒是挺麻烦的。我想如果我被装进棺材，送到密尔瓦基的月台上，看起来一定蛮威风的。想起上一次在这个月台上，老妈送我的情景；可怜的妈，一副可怜相，就好像我再也见不到珍珠城和山姆叔叔的玉米丰收似的。他们都觉得我本来可以留在农场上工作的，想到海上漫游简直是疯了，其实我上船工作的经过有点可笑。那天我站在河岸上看大河涨水，老贝地华奇走过来，当时我还不认识他，他问我：‘小伙子，你想不想到海上讨生活？’我回答：‘我也曾想过。’就这样，我上了老西伯利号，一艘只有个小小燃煤动力器和旧轮桨的破船。第一次航行我就见识了麦金林桥，艾滋桥，还有‘圣路易号’的灯火和‘联邦号’、‘史雀林克佛号’，还有那些加霍基河畔高耸入云的大烟囱。从此就再也不想回到玉米田里去了。要不是我那天正好站在那里，而贝地走过来问我那句‘小伙子，你想不想到海上讨生活’的话，我现在也不会远离家乡，在密西西比河上游了，还陷在船底下。那时，我还是个生手，他们要我待在机房里，负责生火，真他妈的谁搞得过那些玩意儿！在哈瓦那，第一次逮着机会可以上岸玩乐、开怀畅饮时，又被那些老鬼捉去看船。我还记得认识比尔是在一个炎热的午后。一条死鲤鱼冷冷地躺在退潮的河滩上，那个老小子正在修理他的破船，一想到我是怎么掉下来的，我就他妈的干死了！那道水闸就在那个老地点，一动也没动过地用绳索固定得好好的，我好像是踩到甲板上的煤渣滑倒的。从前他们警告我得把煤渣清干净，我总把它当耳边风。看看我现在的德性，再也享受不到啤酒和女人，更别想再看到亲爱的老玛莎。回想起那段日子就忍不住难过起来。我们总是把他老爹的屋子搞得乱七八糟，天黑以后就躲到下面去，被蚊子咬得全身都是包，在底下干吗，大伙就心照不宣吧！贝地华奇这小子现在不晓得在哪里。听说他在芝加哥大桥当领航员，不过后来又听一个从‘哈莱号’上下来的水手说他在公共汽船上当大副。贝地曾握着我的手说：‘小伙子，我会把你训练成一个甲板水手，你就可以驾驶这些难缠的运煤船，一直到你倒下来，死在船上那天为止。’

没错，这会儿是死了，不过是死在船底下，可不是在船上。我们在木棉岛那次才精彩呢！我们差点没把拖船给解体！当时河里挤满了船只，有两艘正穿过柏林顿铁桥，其中一艘撞上昆西大桥，沉了。我们被卡在那儿起码有三十几个小时，用掉好几个绳索，才脱离困境。杰克还掉到水里，差点没淹死。好不容易把船修好后，拉佛维特船长把船驶向上游，我们却累得动弹不得，连去喝杯咖啡的力气也没有。我们经过霍克贝岛时，贝地递给我一杯特制的咖啡，他说：‘小伙子，干得好极了！虽然你鞋子上还沾着肥料，不过你已经比我认识的一些甲板手好多了！’他是指那个自以为是的小子，叫肯……什么来着，那个打圣路易来的臭小子，一天到晚吹嘘他待过的那些大船如何如何伟大，老贝地最讨厌他了。玛莎不晓得是不是还在那家咖啡馆工作？她如果看见报上记载着：‘鲁道夫·卡尔汉溺死于密西西比河上游。他是一名内陆航线第二号水道上的水手，贾克伯·鲁道夫的侄儿。’真不知她会怎么样。我现在一定已经漂离了船底，我想船上现在八成一片混乱，那些老小子一定乘着竹筏到处找我。艾尔也会爬起来，把其他的甲板手吵醒，叫他们解开缆绳。至于可怜的比尔，大概又在自怨自艾。今天晚上想要找到我可不容易，河水黑漆漆的，我又没穿救生衣。就算今晚沉下来的是‘史派克号’也无法找着，更别说我了。詹科林斯在州政府找到个看守员的工作后，贝地曾带我到他那儿去。我们一起在古德那儿消磨了整个夏季，直到我在船上跌断了腿。躺在医院里也挺舒服的，那时候他们还会拿点杂志什么的给我看。下一季我又回到伊利诺州去，不过可真有点待不住。后来我又回到州政府，待了两季。冬天时就开始为‘山姆叔叔’工作。在那里我认识了一个在‘辛辛那提——海利那——老开普三多’线上工作的运输工人。平常他人还不错，可是三杯下肚后，我和佛利就只有在一旁摇头的份了。佛利那家伙真逗，现在想起他说的笑话，还会笑个半死。后来他结婚了，在海尼堡的加油站找到工作。我沉在水里已经有好一段时间了。整天耗在这儿和鲶鱼打交道，一点也不比一辈子种玉米、扒肥料好多少。我希望他们赶快把我弄走，等暖流退了以后，我可不想待在这儿。老乔伊一定很伤心，现在再也没人帮他弄水手刀了，我

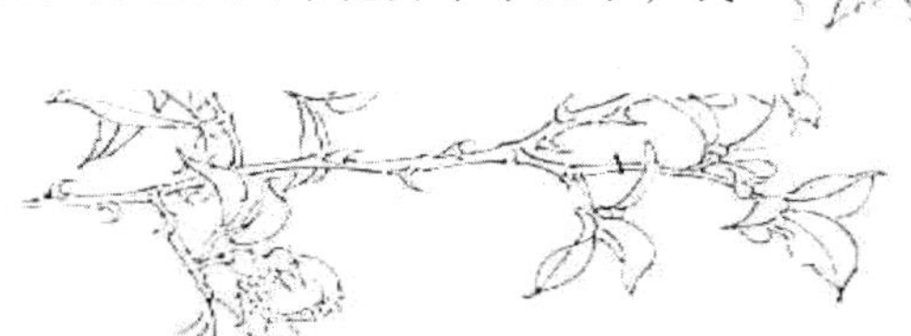

想他大概会找比尔帮他。让戴门独力掌舵，然后再找个人替他看着航线。他们大概会在拉克塞、威娜纳或富豪市找一个甲板水手上船。就算只能找到个刚从冰淇淋铺出来的小鬼也好，只要那小鬼能支持着经过两道水闸，他们就可以在吉娜纳找到相当不错的甲板手。反正船上还有戴门和老比尔，他们应该可以应付得很好。最可恨的是我搞砸了换班的好机会。艾尔才刚告诉我长官下次放假时让我上岸去玩的，这主意听起来棒透了，偏偏运气不佳。且不说这些了，让我想想还有什么经历。我在运输船上待了一段日子以后，转到加油船上工作了一阵子。后来就到密西西比河上游的‘麦肯尼斯号’上，混了一整个夏天。没想到那老家伙竟然撞上柏林顿大桥，还拖着大半个桥柱往上游走了好一段路。老‘麦肯尼斯’可是一点也不含糊，尽管甲板上堆满石块，仍然毫不犹豫地勇往直前。待过大船‘麦肯尼斯号’之后，转到‘马济尔号’可真落魄，而且整个冬天得和河上的冰块周旋。到了马歇尔斯，船底终于被捅了个大洞，全体船员弃船，只有一个可怜的小子留在船上。船打捞起来时才发现他的尸体，沉船时他大概正在底下找肥皂粉什么的，每次船在裘利叶特靠岸时，我们就会到艾斯俱乐部去玩那儿的自动点唱机，顺便痛饮一番，只要逮着机会还会坐计程车去逛逛窑子。我也在小船‘莫泰么号’待过两个月，穿梭在狭窄的水道之间。然后跟着‘南芝加哥号’跑过几趟船。这艘船虽然跑一趟只卸一次货，但真会把人给累死，这种损耗青春的差事老子可不想再干，就要求转到一艘往返于裘利叶特和哈瓦那之间的新船上。只要这艘船停在港口，总会看见一批批来自芝加哥的官员，带着他们的老婆来参观这艘新船。港务船长总是随侍在侧。逼得老船长佛利整天把扩音器伸出驾驶舱大声广播，好让大家知道他也不是省油的灯。说来你也许不信，还以为我是在开玩笑，但事实上他们的确是每隔一天就靠岸一次，载上小批货物，只为了炫耀这艘船的效率。四十个钟头后又把原货装上船，重来一遍，详情我也不想多说，总之我是受够了。我照实告诉他们，所以就被调到‘印第安煤船’，我就是这样到这下面来的。这下可好，沉在水里永远不得翻身了。看样子我八成到不了兰心湾了，幸好这一带有很多渔夫，也许会碰上一个把我弄上岸去。我现在实在状况不佳，何况没有水手执照可是过不了那些海湾、沼泽的。”

想着想着，矮个儿越漂越远，他没有浮出水面，也没有试着想回到吉诺亚水闸，反而缓缓下沉。潮水温柔地摇晃着他，轻轻把他卷向河底的软泥去。

［美］ 马拉墨德

丢失的坟墓

深夜，赫克特被雨打窗户声惊醒。他聆听着雨声，心中不由得想起了自己那死去的年轻的妻子——西莉亚，她现在正躺在湿漉漉的墓穴里。多年来，他一想到妻子的事，就想到那湿漉漉的墓穴，心里就觉得不是滋味。他仿佛看见她躺在敞口的墓穴里，哗哗的雨水汇成小溪从四面八方往里灌，而西莉亚却孤零零地躺在深深的水坑里。尽管他当初发誓一定照管她的坟，但到现在为止，他还没给她送过一朵花。

想着想着，他又睡着了，在梦中，他手里拎着防雨布准备给她遮挡风雨，可是，他穿过墓地湿淋淋的树丛，找遍湿漉漉的坟地，却不能确定她的坟在哪儿。他的梦里既没有碑名、墓的排数，也没有墓地号码。他花费了好长时间，但仍无所获，却把自己搞得透湿。坟墓已经被移走，你就是再有本事，也无法给这个女人盖上棺材盖，因为她死后就没呆在该呆的地方。

夜，好不容易过去了，赫克特起了床，整理完毕走出家门，准备乘地铁去杰梅卡看西莉亚下葬的地方。他有好多年没去过这个公墓了。这事很平常，没人去细想其中的原委。人的一生是千变万化的，起码看来是这样的。西莉亚的一生就验证了这点。不知什么原因，赫克特近来却越发清晰地忆起往事。如果你留心观察或是仔细考虑，人到了六十五岁以后，一些截然不同的东西好像会拼凑成另一种东西，把原来本就凌乱的记忆搞得更是一塌糊涂，别人不说，赫克特对此深有体会。

赫克特有好些年不保存任何资料了，虽说他这辈子多多少少也算有些经历。那天早上，他翻阅了一小摞文件，可没发现任何线索来确定西莉亚目前的下落。这次，他花了一小时浏览了墓碑，结果令他很失望，最后他决定去找墓碑管理处。管理处的一位秘书把赫克特和西莉亚两人的名字输入计算机，对葬礼日期、墓地号码以及台石码统统进行搜索，搜索的结果是空白，赫克特恼火至极。

“听着，亲爱的，”赫克特冲着年轻秘书说道，“如果利用这蠢笨的家伙不见成效，那我们是不是考虑换一种有效的方式，不然的话，我会失去耐心的。我实在记不清这座坟的确切位置了，可是，我必须要找到它。”

“你这话什么意思？你认为我在玩吗？”

“你所做的一切看来都毫无意义。这台计算机本该有优良的机械记忆功能。可它不是乱了程序，就是零部件生了锈。我虽然没能提供这方面资料，可是到现在，这台机器给我提供的惟一线索就是它对此一无所知。”

“计算机告诉我们它难以确定你要的信息。”

“我知道，可我必须要找到这墓碑。”赫克特说道，“我要提醒你，这座难以找到的坟不是一枚我们随便谈论的结婚戒指。我要找的是一个女人的葬身之地，这个女人曾是我妻子。”

这年轻秘书站起身与另一个更年轻的秘书低低说了几句话，那个更年轻的秘书转身离去了，一会儿他转回来，赫克特得到允许到主任办公室去。

“我们的主任古德曼先生想跟您谈一谈。”

他不信古德曼先生能够解决这个问题，但他还是决定去试一试。他只点了下头就跟着年轻秘书去了，来到里面的一个办公室，年轻秘书敲了一下门就走了，只听从室内传来和蔼的声音：“请进，请进。”

“进就进，有什么可怕的？”赫克特自言自语道。

古德曼先生冲他办公桌前的一把椅子指了指，赫克特立即坐了下来，看着他把纯橘汁从一个大瓶倒入一个小绿玻璃杯。

“你也来一杯？”他指着橘汁瓶问道，“我一般上午这个时候要吃点东西以保持机体平衡。”

“我不需要，”赫克特说，同时示意他有更重要的事要说，“我需要知道我妻子坟墓的确切位置，可到目前为止还没有任何结果。”他清了清嗓子，对刚才说话时那股激动劲儿感到诧异。

古德曼先生没有说话，他一直听赫克特在述说。

“那坐在外面的秘书没能给我任何帮助。”赫克特接着说，同时他对自己丢失了能确定坟地所需的文件感到懊恼，“你那年轻的女士用各种方式在计算机里进行过搜索，可就是一无所获。找不到的还是找不到，也就是说一个女人的坟找不到了。”

“目前还不能下找不到的结论，”古德曼开始说，“倒不如说迁移更确切些，依我干了二十八年的经验来看，不相信有哪座坟会找不到。”

说完古德曼先生操纵起他面前的计算机，过了一会儿，他摊了摊手，耸耸肩说：“恐怕我们这次还要落空。用计算机查找过去我们所用的坟墓台石，有H打头的字母好像就是不见赫克特，我敢说这不仅仅只是个暂时现象。”

“你那年轻的女士也这样对我说。”

“她不是我的年轻女士，她是我的助手，做文秘工作。”

“我承认我措辞不当，”赫克特说，“这并不是我有意冒犯。”

“我不会介意的，”古德曼说，“然而，我还会接着做的。请您告诉我，假如你不介意的话，你妻子死时，你们之间关系怎样？”他戴着半月形眼镜，盯着计算机屏幕问道。

“噢，这个没什么隐瞒的，我们分开了。分居与埋她的坟地有关系吗？”

“我打听的原因是，我想也许会重新获得你的记忆。举个例说吧，你查找的这个公墓——杰保姆山是否正确无误？有些人总是把我们这儿和稀伯伦山搞混。”

“我肯定就是杰保姆山公墓。”

赫克特稍稍犹豫了片刻，又继续说道：“我妻子是个很不稳定的女人，她两次离我而去，还失踪过好几个月，我曾两次把她找回家。她死时我们并不住在一起。生前，她曾以自杀威胁过我，但她却没真的实行，夺走她生命的是一般疾病，而非其他，虽然我们的关系一直不算太好，但她的葬礼还是由我资费的，我记得十分清楚就在这座公墓。我还听说，有段日子她曾和一位在某处认识的小伙住在一起，可她去世时，送葬是我为她举行的。今年我已六十五岁，近来很想看望一下年轻时同我生活在一起的人的坟墓，可结果呢，坟墓奇迹般地消失了。”

古德曼站起身来，这时，赫克特才发现他是个身长不足五英尺高的矮汉。“我会让他们细细找找的。”

“希望尽快有个结果，”赫克特回答说，“我还对她的坟所发生的一切感到好奇。”

古德曼看样子非常想笑，但努力压制住，他挥手说道：“别担心，我会同你保持联系的。”

赫克特是带着怒气离开的。在回城的列车上，他回忆着西莉亚以及她带来的一幕幕不幸。要是他对古德曼说是她毁了自己一生就好了。

这一夜，天空飘着细雨，赫克特发现枕边有一块湿了。

第二天，赫克特又到公墓去。“我是不是忘了该记起的事？”他不止一次这样问自己。显然，坟地、埋的排数和号码都没错，虽然他尽心尽力地找了，可就是找不到。谁能记得自己根本不愿记的事？这就像是想在谷子袋里种植谷子一样没法办到。

虽然这样，他还是努力回忆，慢慢回忆，一点点回忆，希望能回忆起有价值的信息。

可时间一周一周地过去，赫克特还是记不起他想要回忆的事。“难道我走入了死胡同？”

时间过得很快，一个月后，那位古德曼先生打来一个电话，电话里他的声音有些含混。赫克特脑子里想像着古德曼在办公桌前边说边一点一点地喝着橘汁。

“赫克特先生吗？”

“我就是。”

“我是古德曼先生。新年快乐！”

“新年快乐！”

“赫克特先生，您托我们的事已经有了结果，您现在是不是还

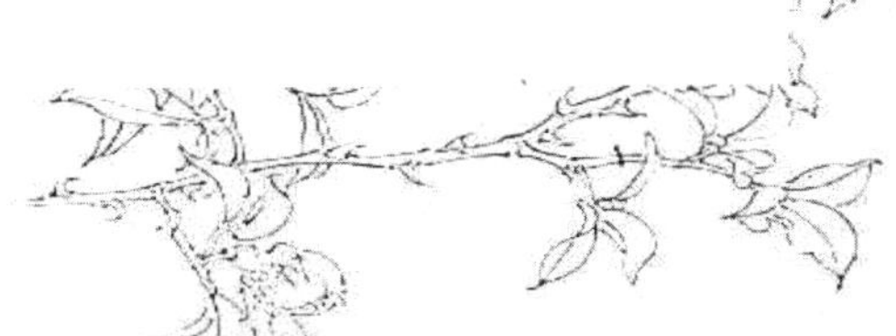

有兴趣？”

“那当然，你说吧！”

“好吧，那原谅我的直率，我们搜索到你妻子了。结果她没呆在计算机能找到她的地方。直接说吧，我们发现她在一位先生的坟里。”

“什么？这是真的吗？是哪一个混蛋？要知道我是她的合法丈夫。”

“先生，不要激动，我告诉你，那个人就是你妻子离开你后与她同居的那位男子。他们断断续续地住在一起，因而你也不必责备自己。她死后，得到法院判决，结果别人把她迁移到另一个坟里。在这位先生死后，我们又把他葬在里面。法官之所以这样判决，是因为他对法官诉说他与您妻子多年相爱并自愿合骨的结果。”

赫克特变得十分沮丧：“你在说些什么呀？要不是法律允许，他怎么能随便移她的坟呢？她的坟属于我的，是我付的费。”

“那座坟还依然完好。”古德曼解释说，“但名字却混乱不清。那男人的名字是卡普兰，工人把她埋在卡普兰名下，而不是赫克特。正因为此才不好查找，我向你道歉。然而我认为我们现在总算把这个谜底揭开了。”

［美］　斯·麦克勒

美满的婚姻

我走进办公室，和笑容可掬的布罗切先生握手。和他相比，我的穿着就显得太寒酸了。他匆忙推开一堆材料，好像它们是许多煎饼。

“我相信你会对她感到非常满意，”他说，“她是我们用兼容电脑从美国一亿一千万合格妇女中挑选出来的。我们的分类是按人种、宗教、民族和地区背景……”

我坐在那里，显得饶有兴趣，心里却想：来前洗个淋浴就好了。这间办公室非常漂亮，可我坐的椅子却不很舒服。

“那现在就……”他说着猛地打开了通向隔壁房间的门，像个魔术师，只是少了件斗篷。我正等着有兔子从里面跳出来，却吃了一惊。

漂亮！她真的很漂亮。

“沃克先生，这是来自蒙大拿拉芬湖城的邓菲尔德小姐。邓菲尔德小姐，这是来自纽约的富兰克林·沃克先生。”布罗切为双方引见。

“应该叫富兰克，和富兰克林不同。”我说。面对如此漂亮的女人，我感到有点紧张。

布罗切先生离开了，我们能够交谈了。我首先说：“你好。”

“你好。”她说。

“我……我对这选择非常满意。”我说，尽量显得和蔼可亲。也许她不喜欢被称为选择，于是我又说道：“我的意思是说——我很高兴事情最终会这样。”

她笑了，笑得很甜，露出一口漂亮的牙齿。“谢谢，”她羞羞答答地说，“我也很满意。”

“我三十一岁。”我脱口而出。

“是的，我知道了。”她说，“卡片上都写着。”

谈话似乎就要结束了。因为卡片上的资料非常详细、清楚，所以要谈的东西其实就不多了。

“要孩子吗?”她问。

“我想要三个，两男一女。”

“我也是想要两男一女，”她说，“档案的‘未来计划’栏下有详细的资料。”

此时，我才注意到了自己手里的那份材料的第一页上贴有一张国际商用机器公司的卡片，上面是有关她的重要统计数字。很显然，她手里拿着的也是有关我的材料。

我开始翻阅起来，她也如此。翻动的纸页哗哗作响。

她在档案爱好的习惯一栏中，说自己喜欢古典音乐，于是我问她：“你喜欢古典音乐?”

“嗯……我最喜欢古典音乐。我还有弗兰克·莱恩的全部唱片。”

我继续翻阅她的档案，她亦不例外。她喜欢书、足球、看电影坐前排、开窗睡觉，喜欢狗、猫、金鱼、金枪鱼、色拉三明治，喜欢衣着简朴，孩子们（实际上是我们的孩子）上私立学校，生活在郊区，喜欢艺术博物馆……

她抬起头，说道：“似乎我们喜欢的东西都是相同的。”

“完全相同。”我说。

我看了“心理报告”这一栏。她较腼腆，不愿与他人争论什么，不喜欢直言，是她母亲的那种人。

“我很高兴你不喝酒也不抽烟。”她说。

“是的，我不喜欢。不过我有时喝点啤酒。”

“档案上可没注明。”

“噢，可能是我忘了写上。我希望你不会介意。”

我看完了关于她的报告，她也看完了关于我的报告。

“我们有许多共同点。”她说。

时间过得飞快，转眼间我和爱丽丝已经结婚九年了。我们有了三个孩子——两男一女。我们住在郊区，经常听古典音乐和弗兰克·莱恩的唱片。我们上次发生的争吵已遥远得记不起来了。我们在任何事情上都没有分歧。她是个好妻子，我呢，如果可以这样说的话，是个好丈夫，我们的婚姻美满无比。

然而，下个月我们就要离婚了，因为我受不了了。

[美] 弗郎西斯

外国佬

我从电影院出来时天正在下雨，否则我早就走路回家了。我住的公寓就在附近，路也很容易走——顺着大道一直走，过两条街，在第三条街右转就是格伦奈路，往前走一半就到家了。可是下雨了，所以我不得不拦了辆计程车，上去不到半分钟，我就感觉到这名司机——一个红光满面的老头子——好像有股乖僻与焦躁随时要发作似的。

“不对！不对！”看他开始往第一条街圣多明尼可路上转弯时，我叫了出来，“还有两条街呢！”

他口中咕哝了几声，又摇摇晃晃地朝大道驶去，不一会儿又转入了第二条街——凯沙斯路。

“不是！不对呀！”我又喊道，“下一条，拜托了！下一条才是我住的地方，格伦奈路！”

他转过头来，狠狠地瞪了我一眼，然后快速地向前行驶，根本没有转入我住的街道，却一去不返似的飞速驶上了大道。

“你看，现在你又开过头了！”我嚷道，“你应该按我说的，往右转呀！请掉头开到格伦奈路三十六号。”

让我意想不到的是，这老头子一个回转，车子吱的一声，驶上了湿滑的人行道，几乎猛地往后一倒，越过大马路，一个急刹车，停在我住的街角上。

“下去！”他几乎是吼了起来，满脸气得涨红，“立刻滚出我的汽车！我绝对拒绝再载你一步！三次了，你把我当做白痴！三次你毫不留情地侮辱我！我的汽车是不载外国佬的，我告诉你！立刻给我下去!”

“这么大的雨?”我火气也上来了，大声喊道，“我才不下去呢。我一次也没侮辱你，怎么会有三次呢！先生，你心里有数，我只是拜托你载我回家。可是很显然我是白费功夫了。现在请你好好载我回去，我会给你小费的。”我又低声下气地加了一句：“大家好聚好散。”

我最后一个音节还在嘴边时，他又吼了起来：“下去！滚出去，我告诉你！你对我的侮辱太过分了，你非下去不可!”

我瞟了一眼外头的大雨，坚定地说：“我决不下去。”

他阴险地平静了下来，镇定却嘶哑着嗓子说道：“要不你走出我的汽车，要不我把你带去派出所，要求你赔偿对我的羞辱。你自己选择吧!”

“在这样的天气下，”我答道，“我没有选择的余地。我们去派出所吧。”

他把我载到了派出所。

我对派出所并不太陌生，它离我住的地方隔了不过几户人家。我以前去过几次，为的都不是什么麻烦事。当我与计程车司机并肩走进空洞洞的派出所时，警官孤寂黯然地坐在办公桌后面，像熟人般地跟我打了招呼。

“午安，××先生，”他称名道姓地对我说，“您有何贵干？有什么可以效劳的吗?”

可是，这个老头子——警官不过对他点了个头，他却根本没有给我说话的机会，他嚷道：“是我有贵干，警官！是我对这个外国佬有所抱怨！他三次把我当做白痴，三次他毫不留情地侮辱我！我要讨个公道，警官!”

警官只是瞪了他一眼，脸上并无表情。我觉得，他与我一样，正在怀疑这老头的神智到底处于什么样的状况。之后，他转过头问我是否不嫌麻烦愿意作个笔录。他取出一只蘸水钢笔，打开一本空白的大记事簿。于是，他行云流水般记下了我的陈述：我给了司机我的住址，司机却两次转错弯，而且一再地抱怨，错过我住的街道，他发火，又下最后通牒。警官一直以法国人称记载下这一切，

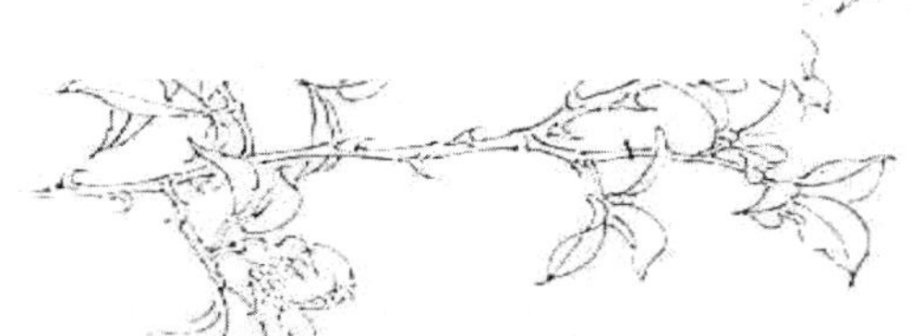

只是其间一两次打断我的叙述，训斥这名计程车司机。在我作证的不同阶段，司机只是在一旁咕哝不已。我说完之后，警官继续写了一会儿，结尾处还特别华丽地挥了一笔，随即用吸墨纸在最后一行上蘸了一下，谢了我。然后他转身粗声大气地对司机说："现在该你了。你也说说看，我好对这个烦人的问题下个结论。"

然而，这个老头子并没有陈述什么。"三次！"他那粗鲁、暴怒的嗓门所喊出的仍然是这句话，"三次呀！警官！他三次把我当成个白痴，我被这个外国佬毫不留情地羞辱三次！这是谁也不能容忍的，警官！"

警官将老头对我的指控一五一十地记下之后，略略看了一下，抬起头来对他说："但是这都是在什么情况之下发生的呢？把你载这位先生时发生的一切详详细细地叙述一遍。如果他刚才陈述的有不实在的地方，你可以改正。"警官在说最后一句话时，带着歉意地看了我一眼。

可是，又来了。我的指控者能说的还是这句话："三次！"警官轻快地将钢笔放在桌上，语气十分明确地对我说："显而易见，先生，您是这个事件的受害者，我非常愿意作个决定，要求这个人不收任何车资将您送到您家门口。如果先生不嫌麻烦，大略看看这份笔录，这当然也是法定手续，然后我立刻把这件事情结案。先生，请给我看看您的身份证。"

身份证使我的心像块铅锤般地沉了下去。身份证是法国法律规定外籍居民必须随身携带的证件，然而，我把它放在家中书桌上了，忘了带出来。"由于天下大雨，先生，"我急中生智，也认为这是惟一的说词，"我把身份证件放在家中了，以免会被这种天气弄湿，说不定还会整个淋烂的。明天一早我就带给你，先生。我知道规定很严格，也是必要的，但我希望这能合乎你们的规定。"

但是，一切都完了，因为我已经犯了无可原谅的错。"这不合规定，"警官忽然像块石板严峻地说，"明天早上你固然可以把身份证件带来，但是以目前的情况来说，我别无选择，只有依法改正我对这次事件的裁决。由于现在雨还没停，我请这位先生载你回家，但是我要求你不仅要付他从头到尾的全程车资，而且要补偿他到派出所来所损失的时间。”他又转身对老头子说：“我猜想，先生，你的车表仍然在跑吧？”司机点了点头。

于是警官站起身来，不带笑容地说：“那么，再会了，先生们。明天早上你不会忘记吧，先生。”与走进派出所一样，我们并肩走了出去。当裁决改变时，我注意到我的指控者的眼中闪出了一丝喜光，但除此之外他并未表露任何胜利的痕迹，就连此刻也始终都没有。他一言不发，稳稳地驾车送我回家。直到车抵家门。我仔细点算将车资如数拿给他时，他才开了口：“您准是忘记了，先生，您答应过的要好好给点小费，我们好聚好散吧？”

[美] 马克·斯特兰德

狗的日子

葛洛佛·巴列特和他的妻子翠西都已经从睡眠中醒了过来，但那张床仍对他们有很大的吸引力，使他们不愿起床，就这样静静地躺着，盖着填满绒毛的浅蓝色棉被。天还没亮，葛洛佛侧过身子，细细打量他的妻子，她拥有一头茂密的金色的头发，使得脸孔看起来小了些。她的唇微微张开着，他想告诉她一些事情，但是他必须考虑到妻子的承受能力，这使他无法轻易开口。这件事藏在他心中很久了，现在他觉得必须说出来，如果现在不说，那以后就更不能说了。"亲爱的，"他说，"谈点事情好吗?"

妻子慢慢地转过身来，"葛洛佛，拜托，希望这次会说些让我高兴的事情，好吗?"

"我只想说，我以前是一个什么样的人。"

"以前是什么样的人，是什么意思?"翠西注视着他，问道。

"我的意思是说，亲爱的，我以前是一只狗。"

"你以为这是童话吗?"翠西说。

"我向上帝起誓，我没有。"葛洛佛说。

这句话显然吓坏了翠西。因寂寥而愈加凝重的沉默充塞了整个房间。表达爱的时间到了，翠西开始认真而不失亲密地看着丈夫。

"一只狗?"

"是的，一只柯利狗，"葛洛佛肯定地说，"我的主人住在康乃狄克州的一幢大房子里，他们是一个富有的人家。我在那里有很多伙伴，那时候自由极了。"

翠西调整一下自己的情绪，问道："你说'那时候'是什么意思？那怎么可能是‘一段时间’？”

“确实是，尤其是秋天。世界的一切对我们来说都非常新鲜，我们可以尽情地呼吸那美美的气味。而烧树叶、烤核桃、烤派、大地冰冻前的最后一丝气息，都叫我们发狂。夜晚来临时，那一切就更加浪漫了：月色下蓝色光泽的石头、幽灵般的树丛、闪闪发光的草地。我们所感觉到的全是幸福与快乐，我们吼叫、咆哮、低吟，一次又一次试着找出那个正确的音阶，一个能追溯至我们数千年前的源头的音阶。一旦准确地抓住这个音阶，即是我们犬类淬炼出来的号声，就会是一种带有鼓舞的声音。我们的尾巴竖立在迫人的气氛之中，为我们失去的祖先、野生的自己而高唱。我不得不承认，我仍然对那段日子记忆犹新。”

“你是在告诉我，你不愿意和我继续生活了吗？”

“不是这样的，我只是说，在那些日子里，我的生命有极悲惨的一面。也许你不知道，我和一两个朋友站在刮风的小山丘上，为我们已失落的机敏与骄傲而哭泣乞求，这些象征着野性与骄傲的东西在我们被俘、被放逐到文明之中、被驯养的期间内，全被抹煞了。那时我曾经从最粗犷的吠吼声中，迷失了自己。我很思念我的朋友小花。它的头昂得高高的，脖子胀得粗粗的。它的声音总是那么的特别，它叫的时候，令人陡生寒意，哮着哮着，它的身影便被夜色吞没了。”

“你爱上了它，是吧？”翠西问。

“不，不是爱，我崇拜它。”

“不过，总有你爱的狗吧？”

“狗之间的爱是很难讲清楚的。”葛洛佛说。

“谈谈吧！”翠西说。

葛洛佛想了好久，又开口说道：“好吧，有个弗萝拉，它有一头蓬松可爱的头发，是丹迪丁蒙小猎犬的母亲遗传给它的。和它那美妙的小躯体相比，我太粗犷了，不过还是……还有个茉莉儿，是只忧郁的爱尔兰撒特猎犬。还有伽丽，它妈妈是长毛的吉娃娃，它爸爸的背景太复杂了，一时讲不清。它很机灵，为脱掉身上的那件格子尼背心想尽了办法。它和一只蛮聪明的杂种狗——半是中型

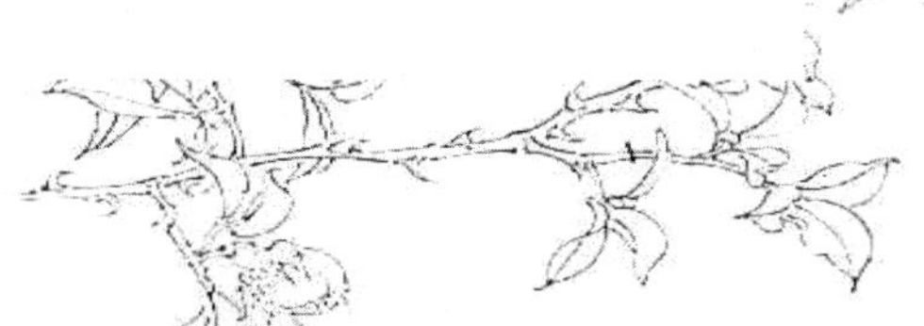

牧羊犬，一半是腊肠狗——私奔了。以后几个月里，我曾见到过它，但身边的‘男友’已经换了。然后它走了，留在我记忆里的东西也就不多了。”

“还有吗?”翠西问。

“还有佩姬·苏，它是只德国的短毛猎犬，它的主人常在电唱机上放巴迪·霍利的歌。我们也很喜欢巴迪·霍利的歌，那真是棒极了。我们会立刻冲到门边，低声地叫，那样，我们也会被拉到电唱机前一起去欣赏歌曲。这种要求多半会得到满足！在洁白的月光下，我们是那么放肆！生活的一切都为我们而存在。”

“你说得那么好，那你为什么要……”

“最糟的时候是我的主人笑的时候，一下子，他们不再那样亲切了。他们轻软的谈话声调、严厉的命令，时常会使我们觉得不舒服。好像有某些东西从他们体内释放出来，而这些东西可以用强迫、自私来形容。而且他们一旦开始，就很难停下来。如果你经常受到这种待遇，你一定会后悔自己是狗，对于他所表达的意思我是越来越糊涂了。那是种模糊不清的声音，我完全不了解。要知道，熬过那些日子真是太不容易了。”

“你肯定吗?”

“我肯定，我感觉得到。”

“但是，如果你曾经是一只狗，为什么你现在是人呢?”

“一切都是有前兆的。当我还是只狗的时候，曾有些迹象显示我会变成现在这种样子。我开始不喜欢像同伴那样光着屁股在街上走来走去，而必须在公共场合做那些极为隐私的动作，这真是让我为难。看见母狗发情招摇以及我那些弟兄贪婪的样子，我甚至会脸红。我渐渐变得孤僻起来，每天都躲在窝里。而这些都不是狗的正常生活习惯。”

葛洛佛说完后，等着翠西开口。但他现在已经有点不知所措了，似乎自己的隐私全部不复存在了。他希望她能理解，对于一切的变化，他只能听天由命，这样的错乱乃是上帝给予的，你无法进行取舍。有时候，人们对于预期的事物会产生惊人的改变，而在这些改变之中，最能彰显出人性的狂乱不定，因为人只有极少时候是自己。葛洛佛开始觉得自己的一切都可以对别人讲，自己是坦坦荡荡的。翠西似乎困极了，没等他说完就睡着了。真相是可以忍受的，而且使她能在另一个晚上安然入睡的需要，比真相更重要。他们将在早晨醒来，像往常一样注视对方，他们永远不会再提今晚的话题，不是出于礼貌，也不是彼此体贴，而是因为每个人都不可能拥有完美无缺的人生，而正是那残缺的部分才使生命更加有意义。

[加拿大] 莫·卡拉汉

别难过，妈妈

下班的时间就要到了，杂货铺就要关门了，阿尔弗雷多·希金斯穿上外套正准备回家，刚出门就撞上了老板卡尔先生。卡尔先生上下打量了阿尔弗雷多几眼，用极低的声调说："等等，阿尔弗雷多，就一会儿。"

他说得那么小声，这反倒让阿尔弗雷多不知所措了。

"怎么了，卡尔先生?"

"我想你最好还是把兜里的东西留下再走。"卡尔先生说。

阿尔弗雷多开始有一丝慌乱，但随即很惊讶地说："东西?！……什么东西？我不明白您在说些什么。"

"一个粉盒，一支口红，还有至少两支牙膏，阿尔弗雷多，还要我说得更清楚些吗?"卡尔先生冷冷地说。

"我真不明白您是什么意思。"阿尔弗雷多回答道，"您要不就是说我疯了吧……"他的脸腾地一下子红了。

阿尔弗雷多在卡尔先生冷峻的目光注视下，已不知所措，根本不敢正视老板。又过了一会儿，阿尔弗雷多把手伸进口袋交出了东西。

"小偷，嗯？阿尔弗雷多。"卡尔先生说话了，"好吧，小伙子，现在告诉我，你干这种勾当有多久了?"

"头一回，卡尔先生，我发誓。我以前从没从店里拿过任何东西……"

卡尔先生没等他说完，就插话道："还想撒谎，嗯？难道我看上去就那么傻吗？难道我连自己店里的事都糊里糊涂吗？我知道你这样干已经很久了。”卡尔先生脸上的笑容古怪极了。“我不喜欢警察，但我要叫警察。”他说，“不过在此之前我想打电话给你的父亲，告诉他我要把他的宝贝儿子交给警察。”

“我爸爸不在家。他是印刷工，晚上上班。”

“那么谁在家?”卡尔先生问。

“我妈妈在家。”

卡尔先生向电话走去。

阿尔弗雷多越害怕，他嗓门就越高，好像是在显示自己无所畏惧似的，这是他多年来的习惯。尽管阿尔弗雷多在大声说话，但是，他的声音却完全憋在喉咙里：“请等一会儿，卡尔先生。这事跟别人没关系，您用不着告诉她。”阿尔弗雷多的声音小得可怜，他盼着家里快来人把他救出去。卡尔先生已经在跟他母亲通话了。他通知她赶快到杂货铺来。

阿尔弗雷多完全可以想像待会儿的情景：妈妈迫不及待地闯进门来，怒气冲冲，眼里噙着泪花。他想上前解释，可她一把推开了他。噢，那太难堪了!

尽管如此，阿尔弗雷多还是盼着妈妈快来，好在卡尔先生叫警察之前把他接回去。

屋里两个人相互看着，一句话也不说。终于，有人敲门了，卡尔先生开了门。

“请进，您是希金斯太太吧?”他脸上毫无表情。

“我是希金斯太太，阿尔弗雷多的母亲。”阿尔弗雷多的母亲大大方方地做着自我介绍，笑容可掬地和卡尔先生握手。

见此情景，卡尔先生一下子怔住了，他怎么也没想到她会那样从容不迫，落落大方。

“阿尔弗雷多遇到麻烦了，是吗?”她很从容地问。

“是的，太太。您儿子从我店里偷东西，不过，都是些牙膏、口红之类的小玩艺儿。”

“是这样吗，阿尔弗雷多?”她以略带伤感的口吻问儿子，并平静地看着他。

“是的，妈妈。”

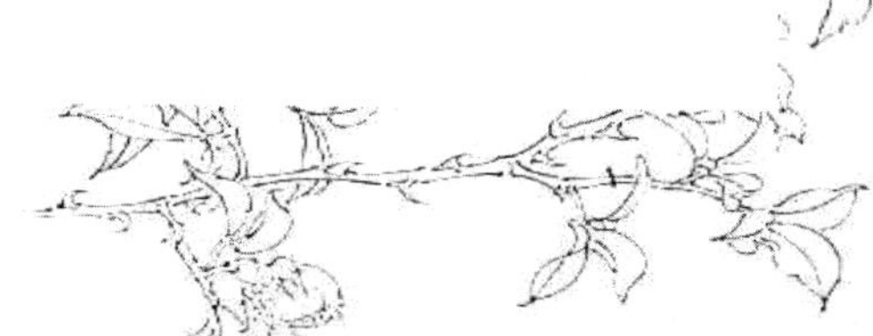

“你干吗要干这种事？”她继续问。

“我需要钱，妈妈。”

“钱？你要钱有什么用？跟坏孩子学坏吗？”

希金斯太太在阿尔弗雷多肩上轻轻拍了拍，就像她非常理解他那样，然后说：“要是您愿意听我一句话的话……”语气坚定，但突然又停住了，她把头转到了一边，好像不该再往下说了。

“您打算怎么处理这件事呢，卡尔先生？”希金斯太太转过身来，依然笑容可掬地望着卡尔先生说。

“我？我本应该叫警察，那才是我该做的。”

“叫警察？”她反问道。

“是的，是应该这样的，希金斯太太。”卡尔先生说。

“我本来无权过问您如何处理这件事，不过，我总觉得对于一个男孩来说，有时候给他点忠告比惩罚更有必要。”

在阿尔弗雷多眼里，今晚妈妈好像完全是个陌生人。瞧，她笑得那么自然，神情那么和蔼可亲。

“我不知道您是否介意让我把阿尔弗雷多带回去，”她补充道，“他看上去个头儿倒不小，对像他这么大的孩子有头脑的没几个。”

卡尔先生原以为阿尔弗雷多的母亲会被吓得六神无主，一边流着泪，一边为她儿子求情。然而，事实上却与此完全相反。她的沉着反倒使他自己感到很内疚，他心里暗暗佩服起这个女人。

“当然可以，”他想了一会儿，说，“我不想太不近情理。现在我告诉您我的决定：告诉您儿子别再上这儿来了，至于今晚的事嘛……就让它过去吧。您看这样行吗，希金斯太太？”

“那真是谢谢您了，我不会忘记您是个好人的。”

离开时卡尔先生激动地握着希金斯太太的手说：“认识您很高兴，非常遗憾我们只能以这种方式见面，请相信我这么做都是为了阿尔弗雷多好。”

“这总比永远不认识好。”她说，“晚安，先生！”

他们的手紧紧地握在一起，就像交情深厚的老朋友一样。

“晚安，希金斯太太。非常抱歉。”

阿尔弗雷多和母亲走出了杂货铺。他们沿着大街走着。希金斯太太迈着大步，眼睛直勾勾地盯着前方。两人谁也不开口说话。过了一会儿，阿尔弗雷多终于忍不住开口了："感谢上帝，结果是这样！"

"求你安静一会儿，别说话，阿尔弗雷多。"

到了家，希金斯太太脱了外套，看也不看儿子一眼。

"你不是好孩子，阿尔弗雷多，你为什么总是没完没了地闯祸呢？上帝饶恕他吧！你还傻愣着干什么？快睡去吧。听着，今晚的事别告诉你爸爸。"说完她进了厨房。

"妈妈太伟大了！"阿尔弗雷多躺在床上，自言自语道。他觉得应该立即去对她说她有多么了不起。

他起身走向厨房，妈妈正在喝茶。但那情景，让他大吃一惊。妈妈失魂落魄地坐在那儿，神态糟糕透了，根本不是在杂货铺里那个沉着冷静的妈妈。她颤抖地端起茶杯，茶溅到了桌上；嘴唇紧张地抿着，似乎一下子老了许多。

阿尔弗雷多站在那里默默地看着，一声也不吭。他突然有股想哭的冲动。从那双颤巍巍的手上，那一条条刻在她脸上的皱纹里，他仿佛看到了妈妈内心所有的痛苦。他忽然意识到自己长大了。

今晚，阿尔弗雷多第一次认识了妈妈。

［哥伦比亚］ 马奎斯

一条蓝狗的眼睛

然后她看着我，我觉得她好像是第一次注视着我。但是，当她转到灯后而我觉得她那油滑的眼光仍跟着我的肩时，我才知道，事实上是我头一次在看她。我点上一根烟，狠狠地吸一口这味道蛮劲烈的烟，然后坐在椅子上，靠椅子的一根后椅脚，在椅子上旋转了起来。然后我看到她站在那儿，好像她每晚都站在灯旁看着我似的。有好几分钟我们持续着这样的动作：互看着对方。我坐在由椅子后一只椅脚支撑的椅子上看着她。她则是站着，将她那长而沉静的手摆在灯上，看着我。我看到她的眼皮像其它晚上一样地亮了起来。之后我记起了我常对她说的：“一条蓝狗的眼睛。”她继续把手放在灯上对我说：“那是我们永远不会忘记的。”她有点儿发呆似的唤道：“一条蓝狗的眼睛，我到处刻写下这句话。”

我看她走到梳妆台前。我看到她出现在圆镜中，看着现在站在一束来回晃动的光束末端的我。我看到她以她那大而热情的眼睛继续看着我：她一边打开那以粉红珍珠母覆盖的小盒子，一边注视着我。我看她往鼻子上扑粉，当她扑好粉，把盒子盖上，站了起来，再度走到灯旁说：“我担心有人做梦梦到这个房间，把我的秘密揭露了出去。”在灯焰上她举起同样的那只长而颤抖的、在坐到镜前会取过一会暖的手。她说：“你不觉得冷。”我告诉她：“有时候。”她接着对我说：“你现在一定觉得很冷。”然后我才明白为什么我无法在椅子上久坐，是那冷给了我孤独的感觉。“现在我觉得冷了，”我说：“而感觉上怪怪的，因为今晚很安静。也许是被子掉了。”她没有回答。她再度移向镜子去而我又在椅子上转过身子，背对着她。不必看她我就知道她在做什么。我知道她又坐到镜子前面，看我的背，那在她第一次于镜前举起手后，及时到达镜子深处，好让她能看到我的背；而她的眼睛也确能及时达到镜子深处看我的背再回来——在她的手要作第二次举动之前——直到现在她的唇已涂上了红色的唇膏。我看到对着我的一片平滑的墙，像一面瞎了的镜子，我无法在其中看到她——坐在我后面的她——但是我可以想像她大约的位置是在哪儿，就好像墙上挂了面镜子似的，“我看到你了。”我跟她说。在墙上我看到她好像抬起眼，看我从椅子上转向她的背，在镜子的深处，我的脸面向墙壁。然后我看到她又低垂下眼，眼光停留在胸罩上，一句话也不说。我又跟她说：“我看到你了。”她把视线从胸罩上抬起来。“那是不可能的。”她说。我问她为什么。然后她垂下眼光再度看她的胸罩：“因为你的脸是面向墙壁的。”我于是转动椅子，口里衔着香烟。当我面对镜子时，她已经回到灯旁了。现在她在灯焰上展开的双手，像一只母鸡的两副翅膀，烧烤她自己，她的脸有她自己手指头的阴影。“我想我要感冒了，”她说：“这里一定是座冰城。”她脸转过去成一侧面，而她的皮肤，从古铜到红色，突然变得哀伤了起来。“想想办法吧。”她说，并且开始脱下衣裳，一件一件从最上面的胸罩开始。我告诉她：“我要转回墙面朝墙壁去。”她说：“不，反正你转过身去还是会看到我的。”她话还没说完衣服差不多已经脱光了，灯焰舔着她修长的古铜肌肤。“我一直希望看到你腹部的皮肤，充满很深的坑坑洞洞的样子，好像被打过一样。”在我了解到我的语言，因为看到她的裸体，而变得笨拙起来时，她已经一动也不动地，在灯球上烤暖她自己了。她说：“有时候我觉得我是金属做的。”她停了一下，她的手在灯焰上稍稍换了个位置。我说：“有时候，在别的梦里，我觉得你只不过是摆在某个博物馆角落里的一尊小小的铜像而已。也许那就是你觉得冷的原因。”她接着说：“有时候，在我趴着睡觉时，我可以感觉到我的身体渐渐掏空似的，而我的皮肤就像是一块金属板。然后，当我的血液脉搏在体内跳动时，就好像有人在敲我的胃壁叫我一样，我甚至可以在床上感觉到我自己的铜身的声音。就像是——你怎么称呼它的——金属合板。”她向灯再挨

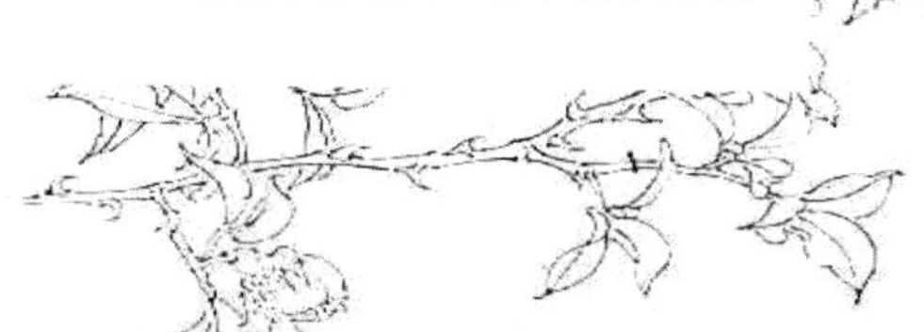

近一些。“希望我能听得到。”我说。她接着说：“哪一天我们互相找到对方，等我侧向左面睡觉时，你可以把耳朵凑到我肋骨的部位，这样你就会听到那个声音。我一直希望你也能听听看。”她说话时，我听到她沉重的呼吸声。她说几年来她没做过其他的事情，她此生惟一的目标就是，借着这句辨认的话“一条蓝狗的眼睛”，来找寻我。她在街上大声地喊着这句话，像是要透过它告诉惟一听得懂她的话的人。

“我就是每天到你梦里，跟你说‘一条蓝狗的眼睛’的人。”她说她也到餐厅里，在点菜之前对侍者说：“一条蓝狗的眼睛。”但侍者却毕恭毕敬地鞠了个躬，说不记得在梦里会说过这句话。于是她只得在餐巾上写上，或者就拿刀在平滑的桌面刻写着：“一条蓝狗的眼睛。”此外，她会在旅馆、车站，所有公共建筑物雾滋的窗上，用食指写上：“一条蓝狗的眼睛”。她说有一回她去一家草房，闻到一种气味，和她有一晚梦见我后在她房里闻到的一种气味一模一样。“他一定就在附近。”看着草房里干净而尚新的磁砖，她想着。于是她走过去跟店员说：“我常常梦见一个男人对我说：‘一条蓝狗的眼睛。’”她说那名店员看了看她的眼睛然后说：“事实上，小姐，你是有一双这样的眼睛。”然后她对店员说：“我必须要找到在我梦中，跟我说这句话的人。”店员于是开始发笑，并走到柜台的另一端。她继续看着干净的磁砖和嗅着那气味。然后她打开皮包，用一只绛红的唇膏，在磁砖上写下红色的字：“一条蓝狗的眼睛。”店员从柜台另一端走回来，告诉她：“这位女士，你把磁砖弄脏了。”她说，仍然站在灯旁，她于是花了一个下午，手脚并用地边洗磁砖边说：“一条蓝狗的眼睛。”直到门口都站满了人，说她发疯了云云。

现在，她讲完了话，我则还留在角落，坐着摇我的椅子。“我每天都试着要记住要找到你的那句话，”我说：“现在我想我明天应该不会忘记它，但是，就像往常一样，我总是这样说，但等我醒过来，我就会忘记要找到你的句子是什么。”她说：“这是你在第一天自己造出来的话。”我告诉她：“我造它是因为我看到你如灰的眼睛。但是我永远无法在第二天记得这句话。”而她，紧握着拳，站在灯旁，深深地吸了口气：“最起码，如果你能记得我是在哪个城市写下这句话就好了。”

她紧闭的牙齿闪映着灯焰。“我现在想要摸你。”我说。她抬起看着灯的脸；也抬起她那炙热燃烧的眼，就像她，像她的手，我觉得她在看坐在角落摇着椅子的我。“你从没对我说过这样的话。”她说。“我现在是真心诚意地告诉你。”我说。她在灯的另一边向我要烟。烟蒂在我指尖消失了，我竟忘记自己在抽烟。她说：“不晓得为什么我就是无法记得我是在哪个城市写下这句话的。”我接着告诉她：“同样地，我明天也不会记得这句话的。”她有点丧气地说：“是啊，有时候我觉得我好像也梦见过这件事。”我站起来往台灯走去。她离我有一段距离，我手里拿着香烟和火柴走过去，然后在灯前停下来。我递了根烟给她，在我还没来得及点燃火柴之前，她早已双唇扭含着烟靠向灯焰去了。“在这世界上的某一个城市里，这句话被写在所有的墙上：‘一条蓝狗的眼睛，’”我说：“如果我明天记得这句话，我就能找到你。”她再度抬起头来，而现在热情则转到她的双唇来。“一条蓝狗的眼睛。”她一只眼睛半眯着，香烟垂过下巴地叹着气说道。然后她又以手指头夹着烟，深深地吸了一口，大声说道：“现在这已经是另外一回事了，我渐渐温暖了起来。”她以一种不太热衷而有点儿流动似的声音说着，听起不像是用讲的，倒像是她写在一张纸上，然后对我念着：“我渐渐温暖了……”时，将那张纸拿过灯焰，用拇指和食指夹着它，在灯焰上翻来覆去，等到我刚说完：“……起来，”二字，那张纸已经完全燃烧，皱着掉落地下，不见了，变成细碎的灰烬。“这样就好，”我说：“有时我还怕看到你站在灯台旁发抖。”

我们已经认识好多年了。有时，当我们在一起的时候，偏偏就有人在外面掉下一根汤匙，硬是把我们给吵醒。我们渐渐了解到，我们的友谊与一些最简单的事物是不可分的。我们的会面，总在大清早里，在一根汤匙掉落地面时结束。

现在，她站在台灯后面看着我。我记起在很久以前，面对着一位有着灰色眼睛的陌生女人，我靠着一张椅子的后椅脚，使椅子转圈圈的一个梦里，她也曾经以这样的方式看着我。就是在那个梦

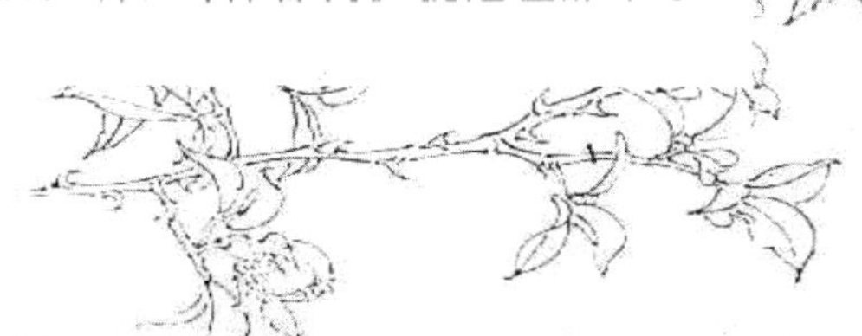

里，我第一次问她："你是谁?"而她却对我说："我忘了。"我告诉她："我想我们以前见过。"她不以为意地说："我想我梦见过你，大约也是在这个房间里。"然后我跟她说："就是了，我也想起来了。"然后她说："真奇怪，我们一定也在其他的梦里见过面。"

她深深地吸了两口烟。我站着面向灯台，突然紧盯着她看。我上上下下地看着她，她仍是一身铜铸；不过不再是硬而冷的金属，而是黄色、柔软、可以捏塑的铜。"我想摸摸你，"我又说了。她说："你会毁了一切。"我说："现在已经没关系了。只要我们把枕头翻过来，我们就可以再见面了。"我将手伸过台灯，她纹风不动。"你会毁了一切。"在我还没来得及碰到她之前，她又说了。"也许，如果你绕过灯走过来，我们醒来时怕不知道又要遇上什么变化呢。"但我仍然坚持："那也没有关系。"她却说："我们翻过枕头的确是会再相见的，但是你醒了之后，你就会忘掉这码子事了。"我开始向角落移动。她留在后面，在灯焰上烤暖她的手。在我还没走到椅子时，我听到她在我背后说："当我半夜醒来时，我总是在床上翻来覆去，抱着枕头，膝盖磨着枕头的须边发热着，而且一直说着：'一条蓝狗的眼睛'，直到天亮。"

那时我的脸仍然朝向着墙壁。"已经天亮了。"我说，没有看着她。"时钟敲两下的时候我就醒来了，而那已是好长一段时间以前了。"我走向门去。当我伸手握住门把时，我又听到她一成不变的声音。"不要开门，"她说："走廊上充满了许多讨厌的梦。"我问她："你怎么知道?"她说："刚才我就在那里，后来我发现我是趴着睡时，才赶快回来这里的。"我开了一点儿门缝，一阵清凉而稀薄的微风，为我捎来潮湿绿野中的新鲜空气。她解释道。我转了一下门把，开动着门，装上门的安静无声的绞链，然后告诉她："我想外面并没有什么走廊，我闻到乡村的气味。"而她，远远地，却说："我知道的比你还清楚，那是因为外面有个女人正在做有关乡村的梦。"她将手臂伸过灯焰，继续说道："那个女人老想在乡下有栋房子，但是她却永远无法走出城市。"我记得在某个以前的梦里见过那个女人，但无论如何，在门半开着的现在，我知道再过半个钟头，我就必须要下楼吃早餐了。于是我说：“无论如何，我要离开这里好醒过来。”

门外吹了一阵风，然后便是静寂无声，可以听到的是一个在床上翻了个身的人的鼻息。从田野吹来的风也停了。再也没有什么乡村气味了。“我明天就靠着那句话来找你，”我说：“当我在街上看到有个女士在墙上写着：‘一条蓝狗的眼睛’时，我会认出那就是你。”而她却无可奈何地笑了——分明已经向不可能和无法企及二者投降了——并且说：“但是到了白天，你会什么都不记得的。”她把手收回，她的脸则被一冷冽的云遮掩住。“你是我所见过的，惟一会在醒来时，将梦的内容忘得一干二净的人。”

[印度] 泰戈尔

难以避免的灾祸

吉里什·巴苏是一个地主家的总管，他是一个地道的小人，心地非常歹毒，而且好色。这不，他对由他雇来的女佣佩丽产生了歹意，佩丽出于自卫的考虑，到总管的老婆跟前哭诉了一番。

总管的老婆对佩丽说："孩子，还是逃走吧！你是规矩人家的姑娘，呆在这里对你不合适。"

说完后，女主人悄悄地给姑娘一点钱就打发她走了。

可是总管的老婆给的钱太少了，佩丽无法逃离，因此佩丽只好到村里婆罗门霍里霍尔·波塔恰尔乔先生家里寻求庇护。

霍里霍尔的儿子反对收留佩丽："爹，你为什么要给家里招惹是非呢？"

"既然灾祸自己找上门来请求庇护，我就不能拒之门外，把姑娘再送回虎口。"霍里霍尔回答说。

没过多长时间，吉里什·巴苏来到霍里霍尔家里，深深地鞠了一躬，说道："波塔恰尔乔先生，您怎么能窝藏我家的女佣呢？我家里事情很多，没有女佣是很不方便的。"

霍里霍尔板起面孔，直言不讳，几句话就把总管顶了回去。这位婆罗门是个正义感很强的人，不会为了自己的私利而巴结权威人物。总管暗自把他比做振翅发怒的蚂蚁，扭头走了。离开时他向婆罗门恭恭敬敬地行了一个触脚礼。

又过了几天，一位警察突然搜察了霍里霍尔家，结果搜查出地主总管老婆的一枚首饰，女仆佩丽被当做窃贼抓进了监狱。至于霍里霍尔，由于德高望重、远近闻名，总管才没敢控告他窝藏赃物。

霍里霍尔心里明镜似的，知道是由于他不肯放佩丽回去，才使这不幸的姑娘蒙受了不白之冤。但儿子婆罗门心里却很不安，如坐针毡，他对父亲说："我们把田地卖了，搬到加尔各答去住吧！这样，我们才得安生。"

霍里霍尔回答说："既然灾祸找上门来，无论我们躲到哪里去，也是躲避不了的。况且我不能抛弃祖辈遗留下来的产业。"

在那边，总管想要大幅度增加地租，激起了佃户们奋起反抗。霍里霍尔所有的土地全是庙产，与地主没有任何瓜葛。但地主总管把这件事全推到他身上，并说："是霍里霍尔唆使佃农发动暴乱。"

地主盛怒不已，吩咐道："不管你采用什么办法，总之一定要惩治霍里霍尔。"

总管向霍里霍尔又行了个触脚礼，说："您的那些土地本属于地主老爷的，应该交出来。"

霍里霍尔回答说："这是什么话！那些土地自古以来就是我们的产业，而且是梵天赐予的！"

总管又出了个花招，他对法院说，与院子毗连的霍里霍尔的祖业是地主的地产。

霍里霍尔听到这个消息后说："这些土地要是该放弃就放弃吧，我年老体弱，已无力气打这场官司了。"

他的儿子可不答应。他们说："把院子周围的土地交出去全家以什么为生？"

霍里霍尔没有办法，为了全家人的生计，他硬着头皮来到法院。他双腿颤抖，战战兢兢地站在证人席位上。法官诺博戈帕尔先生根据霍里霍尔的证词，帮助霍里霍尔胜诉。波塔恰尔乔的佃户们为了这件事打算在村里隆重地庆祝一番。但霍里霍尔急忙制止了他们的庆祝活动。

又过了一段时间，总管又一次来见霍里霍尔，并向霍里霍尔行了个特别触脚礼，他的头几乎都碰到了地面。原来他又向法院递了一份上诉书。

律师们没有要霍里霍尔一分钱。他们一再向霍里霍尔保证，这场官司一定会大获全胜，万无一失。白天无论如何也不会变成黑

夜。

听律师们这么一说，霍里霍尔就把心放在了肚子里，心安理得地呆在家里。

但是有一天地主的家里突然传出了敲锣打鼓的喧哗声。总管家里杀猪宰羊，如杜尔伽大祭节来临一样。这到底是怎么回事呢？最后，有人告诉霍里霍尔：在诉讼中他败诉了。

霍里霍尔被弄得晕头转向，问律师道："博尚托先生，这是怎么回事？我该如何办呢？"

博尚托先生对他说了一下白天是怎样变成黑夜的内幕："不久前刚当上首席法官的这位先生，曾与法官诺博戈帕尔先生有着很深的矛盾，两人一直视对方如仇人，当时他们两个人的地位不相上下，他无可奈何。而现在，他刚一爬上首席法官的座位，就推翻了诺博戈帕尔的判决。这就是您败诉的原因。"

懊恼不已的霍里霍尔问道："还可不可以向最高法院上诉呢？"

"没有用的。"博尚托说，"首席法官认为您的证人的证词是伪造的，而对方证人的证词则真实可信。关于证词的问题，最高法院是不会受理的。"

老头子眼泪汪汪地问道："那么，现在我该怎么办？"

"没有任何挽救的办法，只好认命。"律师说。

第二天吉里什·巴苏又来到了霍里霍尔的家里。并又恭恭敬敬地向婆罗门行了个触脚礼。告别时，他告诉霍里霍尔："主的意愿是无论如何也躲不过去的，黑夜就是黑夜。"

［日］　岛崎藤村

兄　弟

此时，在旁边听着的弟弟已不耐烦了，因为嫂嫂总是唠唠叨叨地说话。就像本来是讲雷门的事，可是她偏要先从新桥扯起。开始，他用“嗯，嗯”、“然后又怎么样了”之类的话搪塞一下，后来他实在应付不下去了，就很无礼地打断了嫂嫂的谈话：“山胁不能再照顾阿吉了，是这个意思吗？”

嫂嫂苦笑着说：“那倒也不是这个意思呀。山胁也是个赋闲的人，倒也很愿意照顾阿吉。但是无论怎么说，阿吉终究是个很拖累人的病人呀，物价又一个劲儿地上涨。”嫂嫂想了想又接着说：“听说阿吉也有点过分呢！山胁跑来说，以前对付着吸烟丝就行了，最近却提出要吸纸烟，没办法，只好买来给他了。现在是每天吸两盒朝日牌香烟。……”

嫂嫂说着说着又要扯到别的地方去了。弟弟急忙插话说：“如果有十元的话，阿吉的生活过得去了吧？”

“问题就在这儿呀！山胁说如果每个月不多给两元的话，他照顾不了阿吉的生活。”

弟弟摸着下巴说：“你看这样行吗？嫂嫂，你把阿吉接来照顾，我每个月拿十二元，这对你来说岂不是更合算了吗？”

听到这话，嫂嫂消瘦的身体明显地颤栗了一下，说：“算了吧！让我和阿吉住在一起，那我死也不干。”

这时候，弟弟恍然明白嫂嫂特意从下谷来此的用意了。

“就这么办吧，请你告诉山胁。”弟弟沉吟了一下说，“难为嫂嫂跑了一趟，今天可实在没办法。”

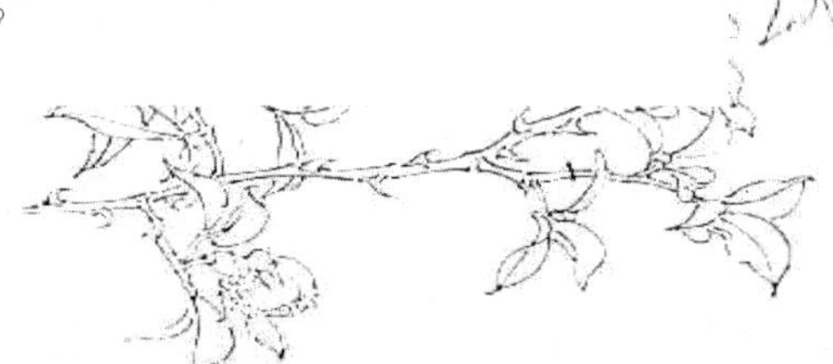

弟弟的妻子这时候进来了。弟弟转身对妻子说："你先拿两元给嫂嫂，剩下的让阿吉来取吧！你把衣服拿来，我现在出去一趟。"

弟弟离开了长火盆，开始换衣服。妻子从壁橱的柳条包里拿出几双洗干净的布袜子，一边看一边笑着说："出一两趟门，就不穿了，有多少双也不够啊！"

尽管妻子这么说，仍从里边挑出一双好一点的递给了丈夫。弟弟漫不经心地扯断了连缀的线，硬将皱巴巴的布袜子套到自己的脚上。

"嫂嫂，库页岛那边有信吗？"弟弟一面扣着袜扣一面问道。

"前些日子来信了，说工作挺好，——还向大家问好。"

"只要他好好干就行了。"

"是啊，我也这么想呀！"

"还没往家里寄生活费吗？"

"才刚刚到外边干活一年，怎么可能呢！"

弟弟戴上夹帽子，离开嫂嫂，随后走出家门。

弟弟来到哥哥在工地的公寓里。正巧哥哥刚打完电话回到二楼自己的房间。哥哥说要写封信，就伏在桌子上，急急忙忙地挥动着笔杆，然后又从头到尾把写完的信看了一遍，封上口，在拍拍手叫人的同时，把身子转向弟弟。并对进来的公寓的女仆吩咐道："这是封急信，马上给我投送出去。"

待女仆走后，哥哥打量着弟弟。

弟弟说："今天我来有点事。"

"哦，等等！"哥哥好像想起什么似的，站起来从橱柜里拿出一个新的装着点心的铁盒子说，"这是别人送的，来，尝一块。"

哥哥已经有些秃头了，而弟弟的黑发里也早已夹杂着白发了。这几年以来，兄弟两个一直承担着住在下谷的嫂嫂一家人和阿吉这个不幸的弟弟的生活费用。从一定程度上讲，哥哥的秃头和弟弟的花白头发就是这段历史的斑斑痕迹。

"哥哥，想请你先垫一下阿吉那份生活费……"弟弟说，"我这个月太拮据了。"

"哎，你也竟至如此！"哥哥苦笑着说，"我满以为你应付得了呢，这个月我也没给下谷那边送费用。哈哈哈哈哈！都困难到一块儿去啦！”

“忘了告诉你了，山胁又要求增加费用了。刚才嫂嫂来说了这个意思，我已经答应了。”

“阿吉真是个使人操心的家伙呀！可他终究是个活着的人嘛，如果是个野兽的话，那家伙早就让别的野兽吃了，这是一定的。”说着，哥哥捋起袖子，又接着说，“唉，话又说回来了，他的思想方法就是错误的。既然是个窝囊废，就应该像个窝囊废似的，老老实实地听从大家的安排。残废到那样，还动不动要责难别人。”

“刚才我和嫂嫂商量：把阿吉接到她那儿，这样在经济上岂不是对她更合适吗？可是嫂嫂说：算了吧，若和阿吉住在一起，她宁愿死掉。”

“受照顾的人还说这种话！”

“唉，说起来阿吉也真够可怜的了！”弟弟说着，又改变了语气，“我的岳父指责说，我们这样帮助兄弟是不对头的，哪有借钱帮助人的道理。”

“这也有一定的道理。”哥哥爽快地笑着说，“确实，你岳父靠不屈不挠的创业劲头起家。这也是你岳父所以能获得成功的原因。当然啦，他说的也只是一种见解罢了。而我呢，也有我的看法。我在公寓住了十多年，尽管世人认为我是个无所事事的人，但是我不记得我麻烦过任何人，一个硬币我也从来没有从哥哥那儿要过。尽管这样，我还是帮助了下谷的嫂嫂一家人。总之，我是在尽力而为。”

“这种事一个月两个月算不了什么，但是如果长年累月的话，可就有困窘的时候了。”

“可不是嘛，真有困窘极了的时候呀！”

既然哥哥的情况不允许，弟弟站起来，准备再到别处去借钱。

“你看，特意来一趟，实在抱歉。”哥哥说，“喂，等等，我把这些点心分分，带回去给孩子吃吧！”

弟弟把哥哥给的点心包放进袖兜，离开了公寓。

阿吉已经四十岁了，整日对着冰冷的墙壁，寂寞地卧着病躯。

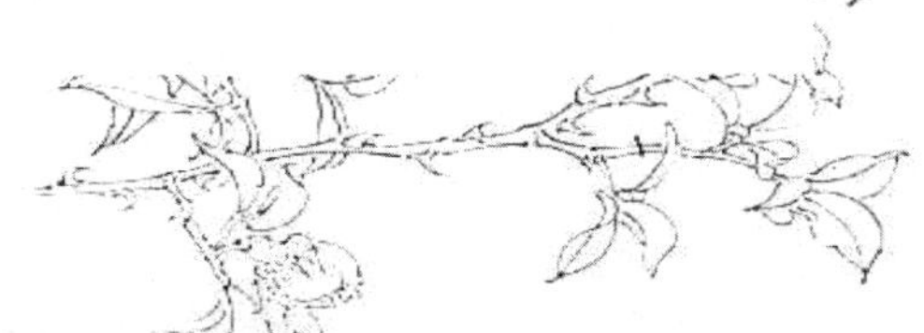

给吃的就吃，不给吃的就不吃。不知什么时候，阿吉开始对世事不闻不问，像生活在黑暗里的墙壁似的，在打发着日子。只要是一想到阿吉，弟弟的眼前必定同时浮现出那堵冰冷的墙壁来。可以这样说，墙壁就是阿吉的一生。而且一想到世上还有阿吉那样的人，弟弟便不由得为自己的奔波忙碌而感到可笑起来。但是，又觉得只要是阿吉活着一天，就不得不养活一天。

那天，弟弟也因为还有别的事，风尘仆仆地跑了整整一天，才好容易凑够了钱回到家里。

次日，按照约定，嫂嫂的女儿来拿照顾阿吉的生活费。当弟弟从钱包里拿出十元交给她的时候，却反而觉得受到了阿吉的嘲笑：

“虽然兄弟很多，却都不够意思啊！”

［日］　岛崎藤村

不会笑的人

天空的颜色逐渐加深，淡蓝、蓝、深蓝一层层过渡，越来越暗，我躺在床上，望向屋外，远处的流水渐渐染上了朝霞的色彩，黎明前的黑暗正在走过。

十天后，主演电影的演员要参加舞台演出，所以必须用约摸一周的时间拍片子。我虽只是在一旁观看，但作为作者，稍加指导，也让人有些受不了。嘴唇发干、龟裂，站在白晃晃的炽热的水银灯旁也疲乏得几乎睁不开眼睛。每周四五次的熬夜是很正常的事情。

蓝色的天空，使我的精神为之一振，脑海中隐隐出现了美丽的幻想。

我不禁冥想起来，脑海中首先出现的是四条街的景物，它们是我昨天在大桥附近的“菊水”西餐馆用午餐时，从三楼的窗口看见的。它们的正中央是东山，一片绿意，山峦自然美观。这一切的情景，对于从东京来的我，感觉既新鲜又惊讶不已。其次是在古董店橱窗里看到的面具也在脑际浮现出来。这是从前的微笑的假面具。

“好极了，我终于找到这种灵感了，就是这种美丽的幻想。”

我满心喜悦，自言自语，手在稿纸上飞快地移动着，把美丽的幻想跃然移于纸上，我将电影脚本的最后一个场面改写了，换成了我的美丽的幻想。写罢，随稿附上一封信交给了导演。

导演很快采纳了我的意见。并决定让这幻想的画面里面出现许多含着柔和微笑的面具。作者希望这些微笑可以改善一下故事结尾，但却未能实现，所以至少要让美丽的微笑的假面具把现实遮掩起来。

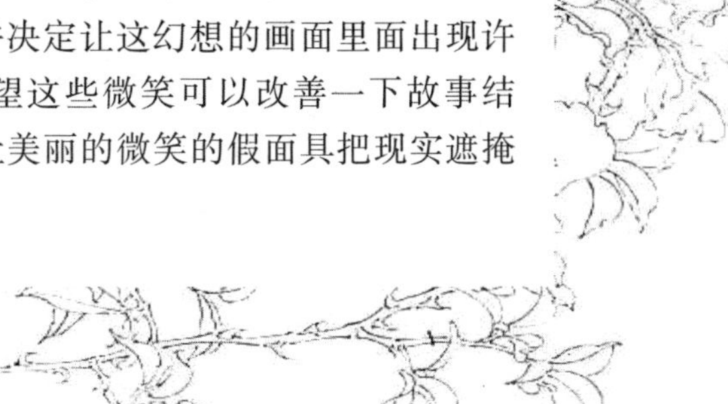

我带着稿子和自己的好心情，步履轻快地来到制片厂。办公室里还没有人，只有几份晨报放在桌上。食堂的一个老太婆在道具房门前捡刨花。

“导演睡了，请放在他的枕边吧。”

这回的电影脚本是写精神病院的故事。在精神病院的真实拍摄可真不是件轻松的事情，觉得不写出个明朗的结尾来，于心不安。人们一直认为我所以找不到一个好的收场，是因为自己的性格阴郁的缘故。

因此，我想到假面具，也许这是最好的了，可以使人的痛苦得以释怀，是个完美的结局。我想像着让医院里的所有病人无一遗漏地都戴上微笑的假面具，内心就会开心很多。

摄影棚的玻璃屋顶，辉映出一片绿色。天空的蔚蓝由于白昼的光，变得浅淡。那天晚上，我舒舒服服地睡了一大觉。

深夜十一点，采购假面具的人才回到制片厂。

“因为时间很紧，我们一大早就去了，可跑遍了各处玩具店，总也找不到想要的，都感觉不合适。”采购的人虽然累但很遗憾地说。

“快点让我看看你买来的吧。”

我心急地打开包装纸，立刻掩饰不住失望地说：

“这个恐怕不行……”

“这东西真不好弄。我以为面具哪儿都有卖，好像在许多店铺都看见过的，但真正去买却费了好大周折。”

“这不是我想要的。面具本身如果不是飘逸一种很高的艺术的芳香，拍出来也会让人觉得滑稽可笑。”

我拿起一个纸糊的凹鼻翘嘴的面具看了看，由于它们距离我心中的美丽幻想相差甚远，所以心里十分难过。

“这个面具的色泽太暗。要不是白皙润泽的肌肤，柔和的微笑恐怕就……”

他的褐色的脸庞上冷不防地伸出了赤色的舌头来。

“现在涂白颜料试试吧。”

拍片工作就这样中止了，导演从组装的布景病房里走了出来，这面具是无法用了。明天一早就要拍最后一场，收集面具的时间太短了。那些现代面具根本派不上用场。不过，明天开拍以前就算收集不到古老的面具，至少找到近似的面具也好。

“没有合适的面具就取消，那就放弃这剧本。”我态度坚决地说，心里却禁不住失望起来。

或许是看见我失望，过意不去吧，剧本创作部的人说：

“不要这么早就放弃呀！现在十一点，现在去搜集也许还来得及。”

“可以再去一趟嘛！”

汽车沿着大堤疾驰而去。对岸大学医院的灯光投影在河面上。谁也不会想到，在这一扇扇的窗户里竟有众多的病人正在受着病痛的折磨。我望着这一盏盏灯光忽然想到：如果找不到合适的面具，那么也可以用这些灯光来代替，它们的喻意是一样的，也许效果会更好。

新京极一带的玩具店已经开始打烊，我们挨家查询，始终未见合适的。最后，我们都绝望了。我们买了二十个纸糊的塌鼻、大颧骨的丑女面具，没有一个合意的，而看看四周，没有一家店是开着门的。

“稍等一下。”

说着，剧本创作部的人拐进了一条横街。

“听说这条街上有许多经营佛具的旧道具店，我们去试试，也许会发现我们想找的东西。”

“可是，会有店铺这时仍开门做买卖吗？”

“明早七点再来吧。反正今晚也不睡了。”

“我也一起来，到时叫醒我。”

我虽这么说，但第二天还是起晚了，不过，他们还真有些收获。因为我醒来的时候，已经开始拍面具了。最终收集到了五个古乐的面具。按我的计划，本来同一种类的面具要凑二三十个的。也许是因为实在太难找，虽然数量很少，但一看到它们那柔和的微笑漾着一种高雅的情趣，心情也就舒畅起来，仿佛完成了对疯人们的一桩任务似的。

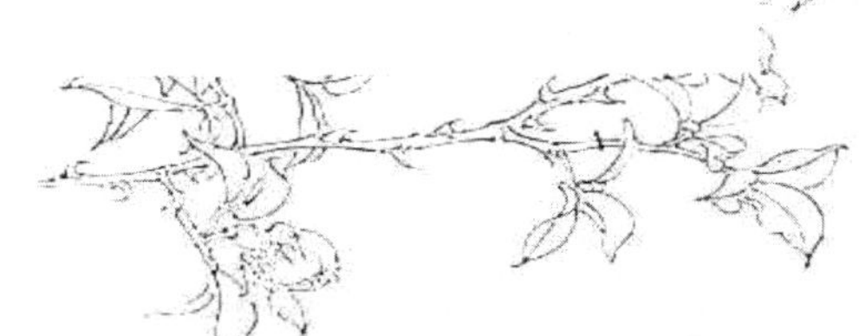

“面具的价钱不菲，除了借用，毫无它法。要是弄脏就无法还给人家，大家要小心使用。”

说着，大家先将面具放好，先把手洗净，再用两只手指将面具捏起来看。

虽然大家都小心翼翼的，可在拍摄结束时，还是有一个面具被弄脏了，我觉得这似乎是天意，让我拥有一张面具。

“如果一洗，就会掉色的吧？”

“干脆买下来。”我急忙附和着说。

我早有这种想法。我幻想着在一切都变得美好而协调的未来的世界里，人都要拥有一副犹如这面具一般的柔和的面孔。

我一回东京，就先到医院去探望妻子。

孩子们见了面具很高兴，他们拿着它好奇地端详并轮流戴来戴去，不住地发出欢笑声。我感到这是一种极大的满足。

“咦，爸爸，你也戴上试试吧，该你了！”

“不要！”

“戴上嘛，很好玩的，让我们也看看爸爸是什么样子！”

“不要！”

“戴上嘛！”

次男站起来，想出奇不意地给我戴上面具。

“这孩子！不要胡闹，小心弄坏了面具！”我呵斥他道，他们一下子都不敢出声了，略带胆怯地看着我。

妻子忙说道：

“让妈妈戴上试试吧，啊？”

孩子们又重新拾回了欢笑，他们小心翼翼地把面具给妻子戴上，微笑的面具戴在躺在床上的病人脸上三分钟，我连忙叫妻子把面具摘下。

脱下面具，妻子的呼吸急促起来。可是，我却一下意识到妻现在的表情与她所戴的面具的表情相差太远了，而这，反而更衬托妻真实的表情是那么丑陋，我不禁感到一阵心寒，为什么我以前从未发现，也从未觉得呢？真实的面孔令我不寒而栗。这是第一次发现妻子的表情所感到的惊讶。正是由于这张美丽而柔和的微笑表情的对比，使得妻子的表情显得那么丑陋，简直令人无法接受。与其说是丑陋，莫如说是一种痛苦的挫折的表情。而这种痛苦与挫折在人生的面孔下隐藏了许久。

“爸爸，你就戴一下吧，妈妈都戴了！”

“戴一次就好了。”

孩子们又纠缠着央求起来了。

我心中仍不断地思索着，假如我戴过之后，岂不是与妻一样，使我的脸也显得如此的丑陋？我可不想让妻意识到我原来是这样的表情，哦，真可怕。

我站起身来。倘使我将假面具戴上又摘下来，妻子岂不是看到我的脸像丑陋的鬼脸了吗？这美丽的面具真是可怕啊！这种恐惧感让我心生这样的疑团：过去在我身边不时地露出温柔的微笑的妻子的面孔，会不会是假面具呢？而今天我才发现其中的真谛。

我越想越感到害怕，越觉得心寒，仿佛自己原来是生活在一个充斥着假面的世界，是假面具不好，是艺术不好啊！

我的美丽的幻想完全破灭了，决定删去电影中有关假面的镜头，于是给京都电影制片厂草拟了一封电报。可后来，神经紧张的我又把这张电报撕碎了。

[日] 岛崎藤村

孤 独

“八年来我一直在端详着自己的妻子……”

石井博士到庭院里去，一边走，一边在脑子里浮起了平时没有想到过的念头。他来回用两手使劲地搓揉着刚刚剃得很光的下巴和两颊，搓得面颊泛起一片血红色。博士总是习惯于自己刮脸。

冰凉的雨已经停了。博士在一块石头上脱下庭院木屐①，光起脚来，掖起单衣下摆，开始散步了。八仙花喷苞盛开，好像密密实实簇拥在一起的花束。博士打这儿走过时，这一带黑黝黝的树干一直湿到了树根。每当他着实地踩着冰凉的、潮湿的庭院里的土地，就觉得有一种难以说明的力量和快感涌上心头。

正巧那时夫人站在厨房的窗边，在那儿眺望刚刚放晴的阳光，看着被风吹落的树叶上的水珠子。博士走到水槽跟前，准备洗脚上的污泥，这时夫人吩咐女仆往丈夫的脚上倒水，自己亲自给送去干的擦脚布。就是在这种场合，博士也总是冷冰冰的，他的习惯就是这样。不论在什么时候他总是同样的态度，同样的亲切，同样的冷冰冰。

这位博士难得在水槽跟前呆那么久，他用深沉的音量，低声唱着得意的民谣曲调。

“你在唱‘追分’②啊!”夫人微笑着说。

每当丈夫哼着歌曲儿，就是他心情最好的时候。石井夫人是个

① 庭院木屐是日本人在院子里走路时穿的木屐，做工比一般上街时穿的木屐粗糙一些。

② “追分”是日本信州追分地方的一种民谣。

连遮住后颈的那种蓬松的发型，都要赶时髦的妇女。绿翡翠宝石装饰在她的头发上，显得格外调和。只要一看那富有光泽的头发，就会使人想起年华正茂的那种女性。结实肥胖的身体，穿着好像很凉爽的藏青色的薄绢服装。那色调重合的深处和浅得好像透明的色彩，都非常适合虽然肥胖但仍不失为姿态柔媚的身材。夫人不逊于身体健壮的博士，有着一派娇娆多姿的女性体格。

吃午饭的时候，博士卷起袖子和夫人一起用餐。博士并不拿筷子，用手抓着开始吃饭。

“哎呀……今天这是怎么啦？”夫人怔住了。

“没怎么呀！每天翻来覆去干同样的事，岂不是无聊吗？不用筷子不能吃饭，恐怕没这种道理吧？”博士用爽朗的声调这么回答说。

简直好像从风俗迥然不同的地方来的野蛮人，不管是咸菜还是什么东西，都用手抓着咯吱咯吱地吃着。

博士的胡闹，使夫人笑了起来。然而比起他平素冷冰冰的态度来，还是使夫人高兴的。

博士使夫人吃惊的，并不只是这种胡闹。八年的期间，夫人服侍着很难讨好的丈夫，一直度着美中不足的岁月，可是还从来没有像那天那样，无所顾忌地在丈夫的书斋里呆过。

“真的，您今天这可到底是怎么啦？……”夫人像做梦似的说。

从这一天起，夫人不再害怕丈夫的书斋了。哪怕是博士一个人单独关在屋里，专心致志地伏在书桌上的时候，夫人也会来到博士身后，用两臂抱住丈夫，亲热地把脸蛋儿贴过去。博士亲亲热热地对待夫人，夫人当然也会以同样的态度回报。有时候，夫人把博士的高大身躯背在自己的背上，在装饰精美的百科全书的书架前，趔趔趄趄地绕着圈儿走动。

但是，就是在博士兴奋不已的时候，他也绝没有忘记控制自己。八年来一直端详着夫人的他，这时才开始认识到，使夫人感到无限喜悦的是什么了。他开始明白，自己的妻子也是一个与其说她喜欢受到最有礼貌的尊敬，倒毋宁说是更盼望被人粗鲁拥抱的一个女人。有时候，夫人好像古代的显贵妇女所描绘的故事里的好看的

翁丸[1]，到博士的书斋里来嬉戏。只是她那脉脉含情的女性的脸上有些红晕。博士的身体渐渐苏醒过来了，通过眼睛、耳朵、头发、鼻子、皮肤以及其他部分，他懂得了从前不懂得的和夫人同枕相爱的事。那一年的夏天特别闷热，有时他在夫人怀里低低啜泣，仍不足以尽兴；有时他情愁爱恨宁愿同死同亡。就这样送走了热得像蒸笼似的，满天星斗的而又短暂的好多个夏季夜晚。那是一个朦朦胧胧将要破晓的早晨，博士早就养成了一种习惯，每天一早起来先打开一扇防雨板，然后再躺下。博士一觉醒来，防雨板的隙间已经大亮了，他照往常那样，起来打开了窗子。

青白色的晨光，投射到屋子里来。夫人还在睡着，在夫人身旁，博士深深地感到了悲凄的孤独。

① 翁丸是狗名，见日本十世纪末叶的女作家清少纳言所著《枕草子》。

［日］　芥川龙之介

蛙

我的房子周围时常会听到青蛙的叫声，也许是周围池塘的生活极其适合它们的需求。

那里的水生植物多得很，有十几种，在芦苇和菖蒲的那边，高大的白杨林仍稳稳地在那里站立着。在这样完美的环境里，云儿也穿插进来演示着自己的角色。

池塘里的主人——蛙，每天无休止地吵吵闹闹，似乎怕别人忘记了它才是真正的主人。然而，实际上它们却是在进行着紧张激烈的辩论。从此，我明白了，真正的辩论家竟是蛙。

在那里有只蛙在大声地为大家讲叙着什么，只听它说道：“这片池塘是我们蛙族的，看这所有的一切都与我们相得益彰。”

“是呀！对呀！”池塘里群蛙一片附和声。池塘那儿的面积竟在一瞬间被小小的蛙脑袋占满了。赞成的呼声当然也是很大的。恰好这时候，在白杨树根部睡着的一条蛇被这频繁的叫声从甜美的睡梦中惊醒。早餐的时间到了，蛇凭本性向蛙这里缓慢移动。

“为什么有土地呢？是为了草木生长。那么，为什么有草木呢？是为了给我们蛙遮阴凉。除了池塘，就连陆地上的生物都是为了蛙族而存在。”

“对！对！”

已经看到食物的蛇兴奋起来，它向这个小论坛快速靠近，聚精会神地聆听这里的声音。

雄辩的蛙似乎并不知道危险的来临，它继续说道：

“为什么有蓝天和白云呢？是为了悬起太阳。为什么有太阳呢？

是为了把我们背上的露珠晒干，使我们感到温暖。所以，天上地下都属于我们蛙族！水、草木、虫子、土地、天空、太阳，都因为有了我们蛙而存在。根本不需要有任何的怀疑，这就是真理。世界万物皆为我这一真理，是无可置疑的。当本人向各位阐明这一真理的同时，还愿向为我们创造了整个宇宙的神，敬致衷心的感谢！至少我们是应该向他表示感谢的。”

蛙骄傲地为大家雄辩着这一切，接着又张开大嘴巴说：“应该赞颂神的名字是……”

话音没落，蛇箭一般向前冲去，转眼之间这雄辩的蛙被蛇嘴叼住了。

“嘎嘎嘎，糟啦！”

“糟啦！叽叽叽，嘎嘎嘎！”

几秒钟后，蛇和雄辩的蛙都消失了。这之后的激烈吵闹，更是前所未有的。

许多年青幼小的蛙悲痛地哭道：“水、草木、虫子、土地、天空、太阳，都是为了我们蛙而存在的。可是蛇是为了什么而生存的呢？也是因为我们蛙族吗？”

“当然！当然是这个样子的了。要是蛇从来不吃我们，它们就无法生存与繁殖，所以，蛇就是来吃我们蛙的。被吃的蛙，也可以说是为多数蛙的幸福而作出的牺牲。没有我们，蛇是无法生存的，我们是蛇生存的依靠者。”一只老得不能再老的蛙一边流泪一边说道。

［日］　芥川龙之介

英雄之器

“项羽这个人毕竟不是英雄之器！”汉将吕马童把一张长脸拉得更长，抚着稀疏的胡须说。他的脸孔四周，有十几张脸在正中央的灯火映照下，红彤彤地浮现在营幕的黑夜中。每张脸都不自觉地露出微笑，因为今天取得西楚霸王首级的战胜喜悦仍然没有消逝。——

“这个嘛——”

一张鼻子高挺、眼光锐利的脸孔，望了一眼吕马童，唇角泛起有点讽刺的微笑。不知为什么，吕马童似乎有些狼狈。

“说强嘛的确很强，据说举起过涂山禹王庙的石鼎哪！今日之战亦然。我当时还认为这下可没命了。李佐被杀，王恒也被杀。但是气势却没有了，说强嘛的确很强。”

“欧。”

对方的脸依然微笑，大大方方地颔首。营幕外，沉静无声，除了远处传来几次角笛外，连马匹的嘶叫也听不见，只偶尔飘来枯叶的芳香。

可是，吕马童环视众人的脸，仿佛为了“可是”这个字，眨了一下眼睛。“可是，毕竟不是英雄之器。这可以今日之战为证。楚军被追到乌江时，只有二十八骑，对我方如云霞般的大军，根本没有战胜的机会。据说，乌江的亭长还特地用舟来迎接他到江东去，如果项羽有英雄之器，就应该含垢忍辱渡江，再图卷土重来。根本不必管什么丢脸不丢脸！”

“这么说来，所谓英雄之器，就是要精于计算啰？”

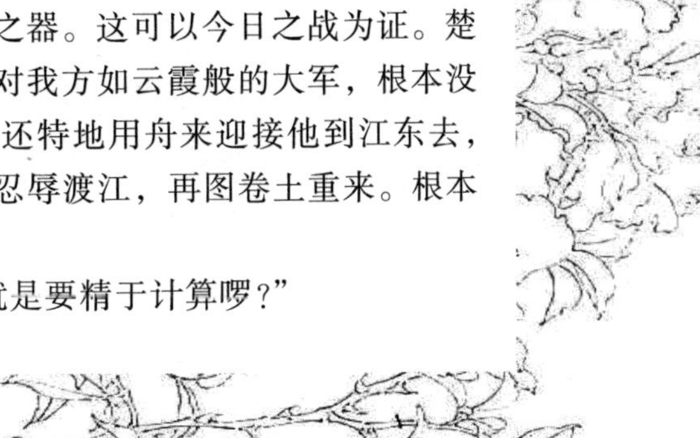

随着这句话，众人不禁发出沉静的笑声。吕马童很意外的，竟然毫不畏怯。他把手从须上移开，稍微挺直身子，时时望着鼻子高挺、眼光锐利的脸孔，猛比着手势说：

“不，不是这个意思——就项羽来说。项羽在今日之战开始前，据说曾向二十八个部下说：‘亡项羽的是天，并不是人力不足。证据是：用这一点点军队，就可以三破汉军。’其实岂止三次，九次都战胜了。可是，以我观之，这是怯懦。把自己的失败推给天——天才真倒霉呢！如果那是在渡过乌江，纠集江东健儿，再度逐鹿中原之后说的，就另当别论。但是，情形并非如此。还可以活得好好的，竟然死了。我说项羽不是英雄之器，不只是因为他暗于计算，更因为他想用天命来搪塞——这可不行。我想，英雄不应该这样。不知道像萧承相这样的学者会怎么说。”

吕马童得意洋洋地顾盼左右，住口不说。他的说法，大家都会觉得言之成理吧。众人交互轻轻颔首，很满意地沉默下来。这时，只有那张鼻子高挺的脸，出乎意外地，竟然眼中闪现了一道激动之色。黑瞳孔仿佛带着热气，闪闪发亮。

“真的？项羽真的这样说了？”

“据说，这样说了。”吕马童的长脸大幅度地上下摆动着。

“不是很懦弱吗？至少不像个男子汉吧？我想，所谓英雄，就该与天作战。”

“是的。”

“我想，纵知天命，也要继续战斗。”

“是的。”

“这么说来，项羽——”刘邦抬起锐利的眼光，望着在秋夜中闪烁的灯火，半独语般缓缓回道：“才是英雄之器啊！”

［日］　志贺直哉

转　　生

一

某地有个男子，太太不很机灵。他很爱妻子，但是因为妻子的迟钝，常常生气动肝火，说些相当恶毒的话，让妻子颇为困恼。每次，她都哀叹自己如此愚蠢，不免有所抱怨。

“你一定打从心底后悔娶了我这个笨太太，对不对？一定这样。”

“嗨，很后悔。”

“真的？”

“真的。可是现在后悔也来不及，只好认了。”

“我不希望这样！我不希望这样！”妻子哭泣。

二

“女人真是难以理解的动物。”一天，丈夫生气时这样想到。

过一会，心情稍微好了一点，他又想到：

“不过，同样是饲养动物，毕竟养家内动物比较平安无事。有人养野兽，更有人养了猛兽。养猪人的生活比驯兽师要无忧无虑多了。看来只有认了。”

他这样安慰自己。他是一个不懂妇女解放更甚于不懂黑奴解放

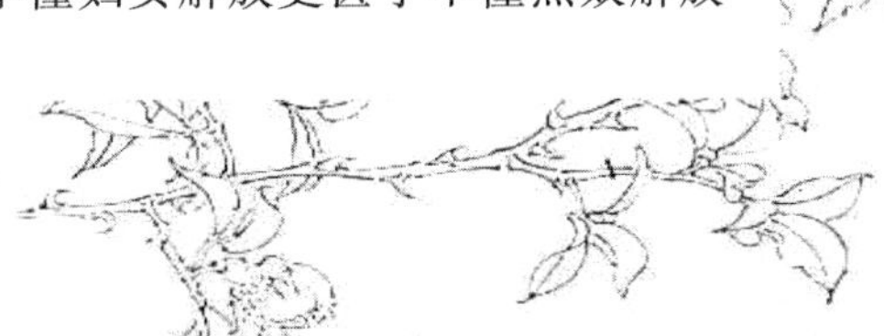

的人。

三

真是物以类聚，雇来的下女也全都愚蠢不堪，做的事情没有一件合他的意。心情好的时候还好，要是肚里的虫作祟，叱责的话便喷涌而出，连自己也觉痛苦难忍。这时候，他会加倍急躁，大动肝火，自觉无趣之至。

“一切都很愚蠢，全家都飘满了愚蠢的尘埃，简直张不开眼睛和嘴巴了。”他不管三七二十一，大吼大叫。

“又要出家遁世啦?”

“我真的要出去旅行了，快准备!”

“那一套又来!”

“快准备!”

“究竟什么事叫你这么生气？没有事情值得你这样生气吧？有什么不对劲?”

“全都不对劲！一切都不对劲!”

丈夫从孩提时期，一睡醒就爱闹事，在早餐桌上常常这样发脾气。肚子饿了，脾气更大。

四

“说来你实在太过聪明了。”一天早上，难得丈夫心情甚佳，妻子笑着这样说。

“那是因为你太蠢了。”

“真的？那来世我倒要聪明一点，请你生得愚蠢一点。因为我们不相称啊。”

“生为人，不管什么时候都一样。女人的愚蠢自古以来都相同。”

“不生为人，那要变成什么才比较好？”

“猪吧？”

“只要跟你配得来……”妻子笑了。

“猪嘛，算了。”

“夫妻最和睦的动物是什么？”

“是什么啊？据说狐狸最要好。库页岛养狐场曾经有这样的记述，我看过。还厉行一夫一妻制呢。”

“真叫人感动。实在太好了。”

这时，丈夫想：一夫多妻的动物是什么，但他没有说出口，却说道：“狐狸，我可不干。”

“那要什么才好呢？其他还有夫妇和好的动物吗？”

“鸳鸯吧？有所谓鸳鸯之盟。”

“鸳鸯很漂亮，可以。”

“不过，只有雄的才漂亮，这样行吗？”

“没关系！那我们就先这样预订了，可别忘记啦。”

“忘的可是你，误生为鸭，那就惨了。”

“真会这样吗？”

“那倒难说，这种事可常有哪。”

五

几十年之后，这个爱挑剔的丈夫在不停发脾气唠叨太太之后，终于去世了。

妻子虽然轻松了，但是再也听不到斥责的声音，倒很寂寞。她更糊涂了，仿佛连死亡也忘记似的轻轻松松又活了好一阵子。

死去的丈夫如生前所约，转生为鸳鸯，等待妻子死亡。他觉得妻子仍会逍遥自在一直活下去，不禁想到以前跟她一起外出时，自己常要在门外等很久。

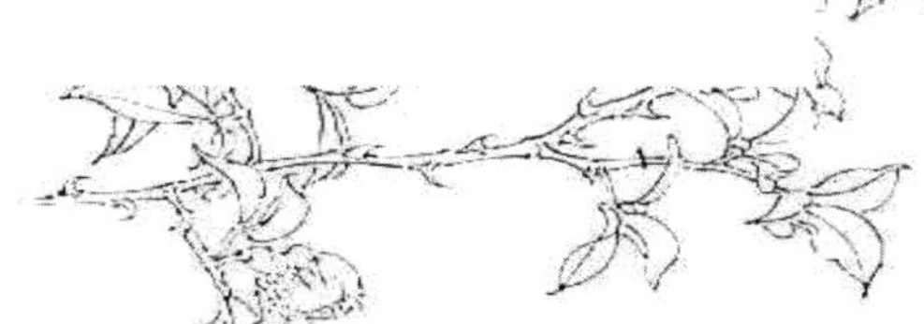

六

又过了好几年，妻子终于也去世了。转生的时节来临，她竟然忘了自己要变成什么。是鸳鸯？狐狸？还是猪？她想。她确实记得不是猪，但记不得该变成鸳鸯还是狐狸。她很想变成鸳鸯，但是想起丈夫平时像口头禅一样，常说的话："如果有两个难以决定的事情要你选择，你一定会选不该选的那一边。有时似乎很幸运地选择了该选的那一边，但是到了最后却命定仍要选错，真不可思议。"

一想起这席话，她又不能不迷惘了。自己认定是鸳鸯，一定是命定的陷阱；选择狐狸反而不会有错。这么一想，她终于转生为狐狸。

七

女狐从这片森林到那片森林，从这座山到那座山，到处寻找自己的丈夫，却遍寻不着。找得精疲力竭，来到某处深山时，已经三天没吃东西，而且疲累得快要昏倒。突然听到远处下方有流水的声音，为了想喝点水以解一时之渴，她摇摇摆摆拖着无力的脚，向那边走下去。

丈夫变成的鸳鸯在清澄的溪流中孤零零地生活。他现在正单脚伫立在露出潭水的石块上，昏昏然打着盹儿，突然发觉有东西向自己走过来。他吃了一惊，想飞起来，待发觉来者正是自己一再等待的妻子，他又吃了一惊，不禁喊叫着飞到她身旁。

女狐也很惊讶，但她太高兴又腹饥如焚，当场瘫倒在地。

双方面对面细瞧，才被这莫大的差错吓住了。

丈夫被女狐的臭味熏得发闷，不禁老毛病发作，大声吼叫："真是蠢极了！"

八

女狐哭泣着为自己的错失道歉。可是，不管怎样道歉，即使丈夫原谅，也来不及了。

丈夫变成的鸳鸯头上的毛倒立，鼓着翅膀，吼个不停。女狐虽然一再道歉，但是因为饥饿和疲累，已经意识模糊，连话都说不清楚。眼前怒吼的鸳鸯确是自己的丈夫，但是意识稍一模糊，眼前的鸳鸯看来就像不可多得的美食，对笨拙得总是捉不到兔子和野鼠的妻子来说，这种感觉更深。她在心里一再说，“这不是美食，是我亲爱的丈夫。”尽量克制自己，可是丈夫的斥责却仍喋喋不休！

她终于按捺不住，以狐狸的声音大叫一声，猛然往鸳鸯扑过去，刹那间就把它吃光了。

这是一则极具教训的童话，可称为“斥责的报应”。

“这是对唠叨丈夫的教训吗？”

“是的。”

“也可以作为蠢笨妻子的教训吧？”

“可以吗？”

“那是说即使挨骂，妻子仍然爱自己的丈夫……”

“原来如此。”

“这是以你的家庭为范本的吧？”

“哪里。我太太是少见的聪明女人。而我则是一个非常温厚的丈夫。我家听不到一点斥骂的声音。《文艺春秋》杂志上还用我的名字登了广告：教授家庭安全的秘诀。”

[日] 广津和郎

悬 崖

是去年的事。父亲住进知多半岛师崎的医院，所以从九月初，我就带着翻译的工作到该地去住一个月。这所医院两三个月前才落成，设备还不齐全，但颇自由闲适。病愈的人只要付住宿费，不吃药，也可以毫不客气地住下去。父亲的病几乎已经完全好了；医生也说不必再吃药。所以父亲与其说是住院，倒不如说和母亲一起租了一个房间，过着自炊生活。

我在距医院三百米远的地方租到了安静的房间，只有三餐到父母那边去吃。

这市镇是名古屋附近的人避暑避寒的度假区，但不像东京附近的海岸那样华美庸俗，显得质朴平和，我很喜欢。

我当时身体不好；并不觉得什么地方特别不适，只是身体非常虚弱，容易疲倦。医院病人在海风吹拂下，多半肤色黝黑，我苍白的脸色反而特别醒目，看来我比他们更像病人。

我做事耐性不够，常常独自一人在海岸边行走。这市镇在知多半岛最突出的地方，面对渥美湾。这内海由蜿蜒如蛇的渥美半岛护卫着，与外洋相隔，有许多小岛屿，宛如湖水，沉静而美丽，单看这市镇的海岸线，那曲折的姿态也蕴涵相当复杂的情趣，愉悦我的双眸。我拿着手杖，一面观览四周景色，一面散步，心中不禁涌起沉静的幸福感。

父亲的病已经痊愈。从去年的病情看来，父亲恢复得意外快速，我真欣喜异常，此外再也没有什么可挂心的了。我已经很久没有用无忧无虑的开朗心情面对自然风景了。

海岸右端有一座小丘陵，形成小小的岬角，向海上突出；丘陵上有某个神社。当地人把神社附近——整个丘陵——视为神圣之地。那儿的草木之花，不论什么人都不可采摘。我经常走到丘陵上，眺望海景。

这小小的岬角不仅是师崎港的墙壁，而且位于渥美湾和伊势湾的正中。往左，渥美湾边的低矮群山隐约可见；往右，可以看见伊势湾彼岸高山重叠耸立。我站在丘陵最末端，眺望海山辽阔雄伟的风光，觉得内心顿时开阔起来；从丹田拼力发出巨大声音，“呵!”地扬起拖得很长的喊声。我有了类似欢喜的感觉。同时，在自己的声响中听到一种沉闷的爆裂声，仿佛心中长期因种种事情累积的忧郁瞬间爆发出来。

一天午后，我从岬角俯视师崎镇良久。小港中，渔船猬集。天气晴朗，闪耀着明亮的碧蓝，回映初秋的阳光。我认出了曲折的海岸线和大海的色调，以及海岸线边小小的家屋和家屋后面的绿色丘陵，还看到倾注在这一切之上的阳光，更在这一切之中看出一种难以言诠的和谐，我真想画一幅很久没画的图画，在心中构思起鸟瞰图。

我看见一个人从相距五六百米的医院走廊走到海岸的砂丘上。我立刻知道那是我父亲。父亲站在岸上，手挡额前，以防眩人的阳光直射双眼，一面望着这边。我以童稚的喜悦守望着父亲的行动。父亲伫立一会，挥了挥手。我不知道那是什么意思。我也挥手回应父亲。

父亲又消失在医院中，我走下丘陵，沿着海岸回去。

突然看见一块崖崩滚滚的巨石落在路边，停下了脚步。那巨石看来淡青色，表面光滑，似乎很坚硬，我用手杖敲敲。那看来坚硬的石块竟在手杖一击之下生出许多裂痕。我很感兴趣，蹲下身子，又用手杖敲打石块。那巨石宛如方解石出罅一样，舒缓地掉了一块下来。我觉得很舒服。仔细观看，那缺掉一块的石面呈赤锈色。我不知道这是什么石头，可是，看到那锈色的时候，我生起一种想像，认为那部分沁入雨水后，自然而然产生了眼睛看不见的裂痕。

这时，父亲突然从我背后发出声音。我起身拂去手上沙子，回

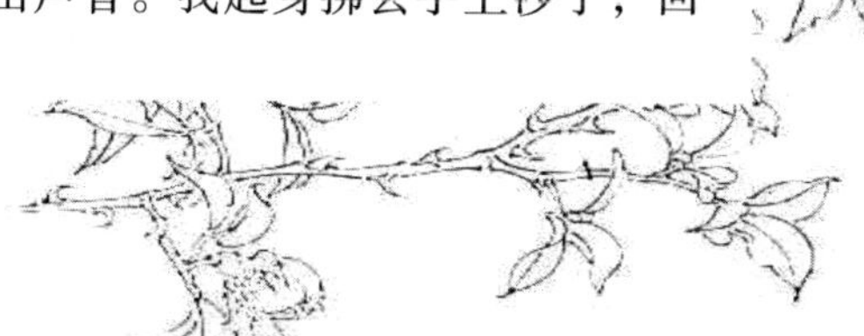

过头来，父亲快步走到我身边。

“喂，有什么事吗?”父亲急步走来，喘着气，很担心地说。

“没有。”

我对父亲的问话讶异得睁大了眼睛。

“那就好……刚才就很担心，生怕你站在悬崖上，晕眩掉下来……你本来就常常会发晕……”

呵，刚才父亲从医院前的海岸向我挥手，原来是为了这个原因。……我笑着说:

“不要紧。我站立的地方距悬崖边还有六尺远哪!”

“真的？从医院看去，你仿佛就站在崖边上哪。……以为你已经从那里下来，想不到却蹲在这里，我想你一定又发晕了……”

父亲和我相望而笑，然后一道向医院行去。

第三天清晨，我到医院吃早餐，平时这时候父亲已起床，这天却还沉睡未起，我颇感意外，不安地问道:

“有什么不对劲吗?”

“嗯，今早吐血了。”父亲低声说，“我也不知道为什么会这样。本以为不会再有这种事了……”

我非常惊讶，打开父亲枕边的陶器痰盂盖看，里面有相当多乌黑的血。

父亲不时咳嗽。每次都有少量的血杂在痰中咳出。

不久，院长来诊察。父亲的病可能又回到以前的样子了，我盯着院长的脸孔不放。他是刚从大学毕业的年轻医学士，看来颇沉稳。

“胸部没有什么异样，听不见一点空洞音。呼气听来虽然拖长了一点，不过这一般人也会有。”说着，院长又查看一下痰盂。

“哦，”他说着颔首，“血色很黑，是旧血，不是刚刚咳出来的。一定是以前咳出的血蕴积在什么地方，再咳出来的。”

父亲露出很意外的表情。我也搞不清楚是怎么回事。

“最近有没有做过激烈的运动?”

“这个，”父亲想一想，“也没有什么特别激烈。两星期前，曾跟M大夫（医院里的医生名字）一起爬山……”

“不，不是那么久以前。……总之，不要担心，今明两天，好好躺一躺，很快就会复原。”

院长回去了。

父母和我稍微放下心。父亲遵从院长的嘱咐，静静躺了两天。第三天，已完全复原，又像以前那样起床，到外头散步。这次吐血，原因始终没有查明，不知不觉间也就遗忘了。

父亲现在跟我们一起住在镰仓，健康已完全恢复，比生病前肥胖，体重甚至比年轻时更重。

距那次住院已过了一年，我突然想起，父亲那次吐血可能是因为看见我站在那悬崖上，忧惧得刺痛了心。院长说，是由于激烈的运动，然而纵使不是激烈的运动，过度的忧心一定也会产生同样的结果。尤其像我父亲这样神经极度敏感的人，这种事更有可能。

这么一想，更觉难过，“哦，好危险!”不安感随之而起。我开始想到这件事的时候，自己身边的事情似乎都骤然涌现在脑海中。

［日］ 川端康成

人的脚步声

比起那寂静的医院，外面的世界显然棒极了。

通向咖啡店二楼阳台的门现在已经敞开，侍者的服装是那么的整洁一致。

冰凉的大理石似乎不会对他造成影响。他用右手托腮，将胳膊肘支在扶手上。他的眼睛不愿放过每一个行人，好像他们是美丽的珍珠。人们在蓬勃生机的灯光下，起劲地在人行道上行走。而二楼的阳台只有一个人的高度，确切点说，只有一个普通人的高度。

“对于季节感，城市和乡下都是相反的。你不觉得吗？乡下人有他们自己判断夏天的方法。在乡下，大自然，特别是花草树木比人要更多地罩上各个季节的新装；而在城市里，人们的流行时装早已胜过大自然的色彩。许多人就这样在街上行走，制造出初夏的气氛来。本应属于大自然的夏天被人们抢得所剩无几了。”

“人的初夏？倒也是。”

他一边回答妻子，一边想起医院窗前盛开的泡桐花的芳香来。那时，他一闭上眼睛，各式各样的高跟皮鞋就在脑子里面穿梭不息。

——这是一双怎么样的双脚呢？是蹬过物体时那害羞中又带有狂喜的双脚；是临终时微微抽动、立刻又僵直的双脚；是轻压在马腹上枯瘦的双脚；是轻轻扔掉艰难、接着勇敢面对下一个苦难的双脚；是膝行而乞至深夜、又突然站立起来的双脚；是从母亲股间刚产下的婴儿那稚嫩的双脚；是每月几百块钱、每天工作而疲于家务的双脚；是蹚过浅滩时把清澈的流水的感觉从踝骨吸到腹部的双脚；是迈步去觅寻爱情的双脚；是昨日以前脚尖还互相朝外，而今天却一反常态朝夕相对的双脚；是带着口袋里的有那沓沓钞票阔步而行的双脚；是脸上微笑而内心不安的世故女人的双脚；是从街上回来脱下布袜子凉快的冒汗的双脚；是代替舞女的良心在舞台上叹息昨晚的罪恶的美丽双脚；是在咖啡店里让脚后跟唱出抛弃女人的歌的男人的双脚；是在悲痛与快乐间难以取舍的双脚；是运动家、诗人、高利贷、贵夫人、女游泳家、小学生的双脚；双脚、双脚、双脚。——更重要的，它属于我的妻子。

顽固的关节炎折磨了他大半个年头，而最终那条病腿永远地离他而去了。——由于这只脚的缘故，他无数次地被痛苦与疼痛纠缠着，一个劲地眷恋着这家咖啡馆的阳台。因为这阳台可以满足他内心深处的欲望。他首先贪婪地眺望人的健康的双脚交替地踩在上面的姿影，然后静静地感受这一切，就像那是自己的双脚。

“脚对于人来说是多么的重要啊！我开始怀念夏天了，我希望在初夏之前出院，到那家咖啡馆去！”他望着素白的木兰花对妻子说，“到处都有裸露的双脚，无论是在海边还是在街道上。人最健康最爽朗地行走在都市的时刻也是在初夏啊。我不允许自己错过那一时刻，绝不！”

他仍呆立在那个阳台上，神情永远是那么专注，仿佛大街上过往的行人都是自己的情人。

“微风也是清新的呀？”

“终于闻到了换季的气味。贴身衬衫已不用多讲，就连昨日刚做的头发今天也像沾上了尘土，你不觉得吗？”

“那倒不觉得。我只在乎那一对对的健康的双脚！”

“那么，我也到下面走走，让你看看好吗？”

“那太棒了，在医院，我快要截肢的时候，你就曾答应要成为我永远的依靠。”

“你感觉舒服吗？我是说现在。”

“安静些好吗！你扰乱了那些脚步的声音。”

他听得那么认真，如同在听一场盛大的演唱会。不久，他合上了眼睛。这样，街上行人的脚步声，像落在湖面上的雨声，滴滴答

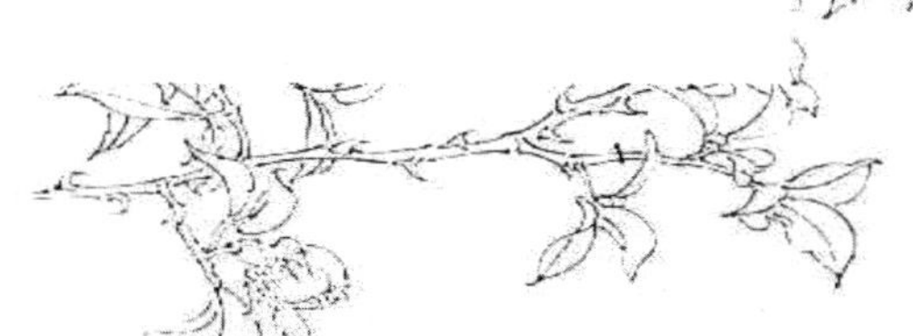

答地落到他的心里了。那副泛起微妙的喜悦表情似的疲惫脸颊又明朗起来了。

然而，这种明朗并没有持续太长时间，取而代之的是那苍白的面孔和病态的双眼。

“那么，为什么我听不到一双健全脚的声音呢？难道他们都是瘸子？”

“亲爱的，别要求太多了——就说人的心脏吧，也只是一边有嘛。而且，脚步声之所以混乱，我认为也许会有别的原因，悉心细听，也许是一种运载灵魂的病痛的声音；还有可能是肉体在向大地悲伤地约定举行魂葬的日子的声音，别太在意这些，任何事情都因人而异。”

“但是，我确实听到了不整齐的脚步声，可以说是一种病态的脚步声。大家不是都像我一样是瘸子吧？自已失去一只脚，本是想体味一下健全的双脚的感受，可是我没能得到我想要的，因为似乎他们也没有。更没想到种下了新的忧郁。必须找个地方把这种忧郁清除。——不如去乡下吧？我需要那种健康的声音，也许只有那里才能找到，所以，我必须得试试。”

“这太荒唐了。不如去动物园听听四腿走兽的脚步声更好。”

“也许你是对的，也许只有飞禽走兽才拥有真正完美的脚步声，而在人类社会却始终找不到！”

“别把那些当真！亲爱的！我只是随口说说，忘了吧。”

“当双脚在人类身上发挥真正作用的时候，灵魂却意外地失职了，也许听不到健全双脚的脚步声是意料之中的事。”

几天后，他重新拥有了一只脚，当然它并没有生命，在乘上汽车的那一瞬间，他仍然需要妻子的搀扶。也许是受他的影响，也许是汽车本身的毛病，一路上，在微弱的灯光里，不和谐的汽车声一直没有间断。

［日］　川端康成

风流人物

很久很久以前，在一个春天里，很多游客来到冈山之野观赏樱花，游客大多是京都大户人家的太太、小姐和花街柳巷的艺妓、妓女，她们身着华丽的服装。

在肮脏的农家门口，京都的女游客羞红了脸，微微欠欠身子问道："打扰了，借用一下洗手间好吗？"然后，绕到屋后，上了一间又旧又脏的小茅厕……春风摇曳着草帘，孩子们哇哇的喧嚣声也随风传来，她的肌肤不由得痉挛起来。

目睹京都仕女的这副窘态，贫穷的农民八兵卫计上心来，修盖了一间干净的厕所，挂上一块告示牌，上面写着"租用厕所一次三文"几个黑油油的字。

赏花季节，游客蜂拥而至，出租厕所非常成功，转眼间八兵卫发了大财。村里有个人对此很眼红，便对妻子说："近来八兵卫出租厕所，转眼间就赚了一笔钱。明年春天，咱们也盖一间出租，要赚得比八兵卫还多，怎么样？"

"这可不是一个好主意。即使咱们的出租厕所盖好了，可八兵卫是老字号，人家有老主顾。咱们是新字号，游客不光顾，岂不是鸡飞蛋打，穷上加穷吗？"

"别胡言乱语呀。这回我所设想的厕所决不像八兵卫的那样肮脏。据说目前茶道在京城很流行，俺打算盖个茶室式的厕所。四根柱子用吉野圆木不够气派，要用北山的杉木。天花板用香蒲草，钉上水蛭形钉子，使劲时用的绳索用悬挂上吊锅的锁链替代。这主意不错吧。窗户开落地窗，踏板用榉树，便池前挡用萨摩杉。用黑漆

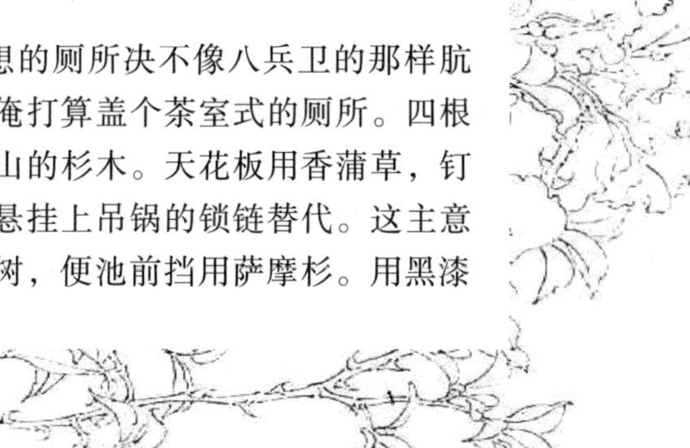

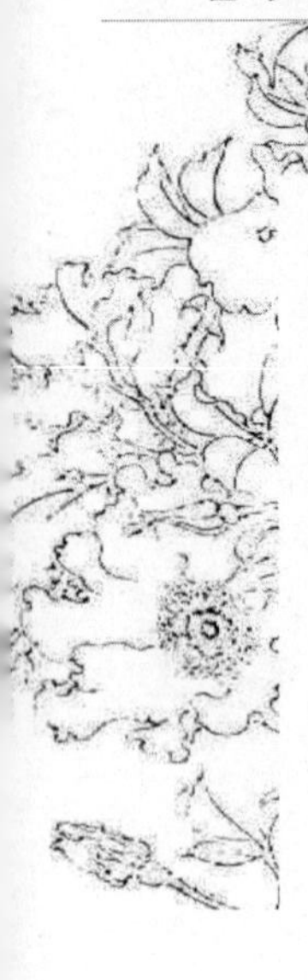

涂便池四周，墙壁涂两遍油漆，门户用白竹夹扁拍制成的长薄板，用杉树皮葺房顶，再用青竹子压住，系上蕨草绳，修成大和式的。用鞍马石做放鞋的石板，旁边围上中间栽有青竹子的方眼篱笆，洗手盆用桥桩式的，装饰用的松树也配以多姿的赤松。不论哪个流派，诸如千家、远州、有乐、逸见的精华，都兼收并蓄……”

妻子听呆了，最后问道：“那么，收多少租费呢?”

经过一番艰苦的筹划，总算赶在第二年赏樱时节之前把漂亮的厕所修建好了，连告示牌也是拜托和尚制作的，典雅的牌子上有“租用厕所一次八文”几个龙飞凤舞般的大字。

就算是京都仕女，也觉得过分奢侈，钦佩之余，望而却步。见此情景，妻子敲着榻榻米说：“你瞧见了吗？我早就叫你别盖，搭了这么多本钱，结局可怎么得了啊!”

“光知道唠叨。明天我只要到客人那儿去转一圈，保证光顾的人会像蚂蚁成群而来。我明儿要早起，给我准备好盒饭。只要转上一圈，保证乐得合不上嘴。”

丈夫非常沉着。可是，他第二天比平时更贪睡早觉，上午十点才醒过来，然后将后衣襟掖在腰带里，把饭盒挂在脖颈上，带着几分哀伤的神情，回头冲着妻子说：“你这个婆娘，我这辈子干点什么事，你总是看不顺眼，说我傻瓜，说我做白日梦。今天要让你瞧瞧，我只要到客人中转上一圈，保你门庭若市。粪缸满了，你就挂上个‘暂停使用’的牌子，然后托邻居次郎兵卫挑走一担两担。”

妻子对丈夫的言语行为感到万分不解，心里琢磨道：丈夫是否到京城去宣传出租厕所了呢？正当她一筹莫展的时候，一个姑娘往钱箱里投放了八文钱，租用了厕所。尔后进进出出租用的客人源源不断。妻子十分惊异，瞪大眼珠子看守着。不久，挂上“暂停使用”的牌子，忙着要把粪便挑走……到了天黑时分，粪便挑走五担多，厕所租金达八贯之多。

难道孩子他爹是菩萨转世？真令人琢磨不透，他所预测的事有生以来头一次变成了现实，真像做梦似的。喜形于色的妻子买来了酒等待着丈夫，不料最后等回来的却是丈夫的遗体。抬他尸体回来的人告诉他妻子：“他长时间蹲在八兵卫家的厕所里，可能是被沼气熏死的。”

原来，丈夫走出家门以后，立即缴付三文走进了八兵卫家的厕所里，从里面上了锁，有人想推门进去，他就佯装咳嗽，最后咳得连声音都嘶哑了。春季白日长，他蹲得连腰都直不起来了。

这个人的事传到京都以后，人们议论纷纷：

“真是风流人物的沦落啊！”

“他是天下第一的茶道师啊！”

“真是闻所未闻的成年人自杀啊！”

“厕中成佛，南无阿弥陀佛。”

[日] 川端康成

雨　　伞

雾一般濛濛的春雨，虽湿不透全身，但洒在皮肤上，还能觉出湿润来。姑娘跑到门外，看见如约前来的小伙子打着伞，这才喊道：

“哎哟！怎么下雨了？”

小伙子将脸藏在伞内，这雨伞与其说是挡雨，倒不如说是他来到姑娘家的铺面前时，为了遮羞而打开的。

小伙子默默地将伞遮在姑娘的头顶上。姑娘只把一边的肩膀伸进去，小伙子见姑娘还淋着雨，很想请她靠近自己，可又没有勇气开口。当然，姑娘也很想一只手凑上去拿伞，但不知怎么的，却偏偏做出了要逃出伞外的样子。

两人羞赧地走进一家照相馆。小伙子那当官的父亲要携眷赴外地上任，他们是来拍分别照的。

“请您二位坐到这边来吧。”

摄影师指着一张长椅子说。小伙子不好意思挨着姑娘坐，便站在她的身后。为了想表示出他们俩身体的某一部分相依在一块儿，小伙子把扶在椅子靠背上的手指轻轻地碰着姑娘的外套。通过手指感觉到她那微热的体温，小伙子仿佛受到了紧紧拥抱着姑娘时的温暖。

从此以后，每当看到这张合照时，他都会回味起她的体温来的。

“再来一张怎么样？”摄影师颇热情地说，“您二位最好是挨近点，把上半身拍大些。”

姑娘点头不语。

“您的头发是不是……”小伙子悄悄地对姑娘说。姑娘无意中抬头望了他一眼，顿时两颊绯红，明眸里闪烁出欣喜的光芒，她赶忙像孩子般温顺地到化妆室去了。

瞧见小伙子来到家门口时，她连理一下头发都顾不得便跳了出来。一头蓬松的头发，像刚刚脱下游泳帽似的，姑娘为此感到不安，但是，在男子面前，她又陷于羞涩，连拢拢头发的动作都做不出来，而小伙子又怕提醒会使她难堪。

去化妆室时姑娘的欢快神态深深感染了小伙子，不一会儿，两个人就很自然地一块儿坐在了椅子上。

临走时，小伙子找起他的雨伞来，他偶尔发现，伞已经被先走出门口的姑娘拿在手里了。姑娘从小伙子的目光中突然醒悟过来，心里不由暗自一怔——无形中，她竟已把自己当成他的人了！

小伙子没有要回伞，姑娘也不大愿意交还给他。可是，不像来时那样胆怯，他们似乎一下子变成了大人，像一对夫妻似的走回去了。

雨伞在濛濛的雨雾中远去，远去……

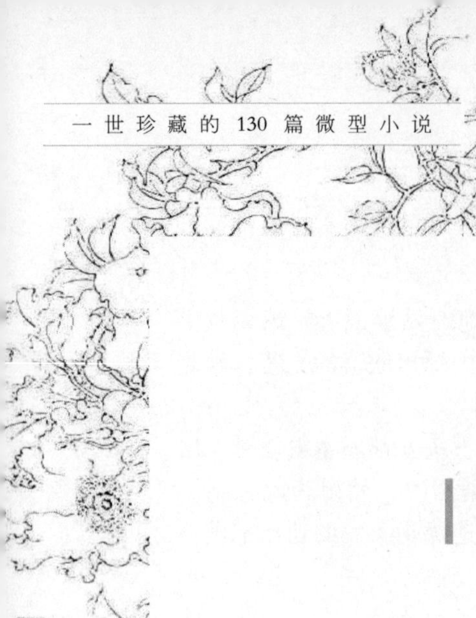

［日］　永井龙男

橘　子

一

昨夜我们很晚了才到箱根的旅馆。

旅馆里的餐厅、酒吧都打烊了，深夜时间我们洗澡的水声听来格外刺耳。

我和她一直谈到快要天亮，结果决定分手。两人预期着早晚会有这么一天，但互相拖延着。

已经不能再如此重复下去了。

两三个月前，有人给她介绍一个条件不错的再婚对象。我赞成，几次怂恿，她总是不快，但从她的态度不难看出她自己打不定主意拒绝。

我的妻子三年来卧病在床，儿子最近悄悄学吸烟，我四十五岁，她比我年轻十五岁。

既然决定分手，那么这是最后的幽会，我不是想漂亮地分手，而是因为对她有感情，希望干干净净地分别。

昨晚拜托了柜台，七点稍前，床头电视铃把我们叫醒。

她从短短的睡眠中醒来，困倦的眼睛看到我，像少女似的露出羞涩的微笑，再度闭上眼睛，柔情地抱着我。

晨光从窗外流泄入。

床的谷间，我的身体自然地触及她那暖暖的腿，她也许又寻入梦乡了，再温一温将醒之际的梦。

"起来吧!"我一边起床一边轻声说，床垫的晃动，从我们之间静静的早晨里描出起伏。

她化妆时，换衣服时，我还觉得她是自己的女人。我喝着咖啡，等她打扮，那时我心里尚未感到与她分手的悲哀和寂寞。交往两年熟识的，一如向来准备回去的女友。

她一向不多说话，只我问话她才回答，但是这时她说：

"下次，什么时候?"她站着这样问，端起咖啡。

我没有回答，伸手按呼唤服务生的按铃。

车子大概已来了吧。

她的细手指一根一根慢慢戴手套，这时我看了她的侧脸，心里开始有点难过不舍。

二

我想车子先送她到逗子她家附近，然后我乘车到横滨上班。

虽然晴朗，但外面冷风很大，浮云的影子从山后匆忙地通过的天气。

汽车里开了暖气，我们两人各自背着左右隅，耳朵听见车子逆风由箱根驶下的速度。

"到横滨吗?"三十四五岁的司机礼貌地这样问。

"是的，请绕到逗子。"

司机点点头表示知道了。

"……我在镰仓下吧。"她说："那样比较好。"我转头看她，她便这样加了一句。

也许是这样比较好吧。她已经是"独立自主"的女人，但小地方，她不愿意被人看见。

"三月了，还是一直冷。"司机世故地搭讪。

"也许还该冷吧。"

"下去到小田原就暖多了，箱根还是冷。"

为了避人耳目，没有到暖和的热海而来箱根，司机也许是从这

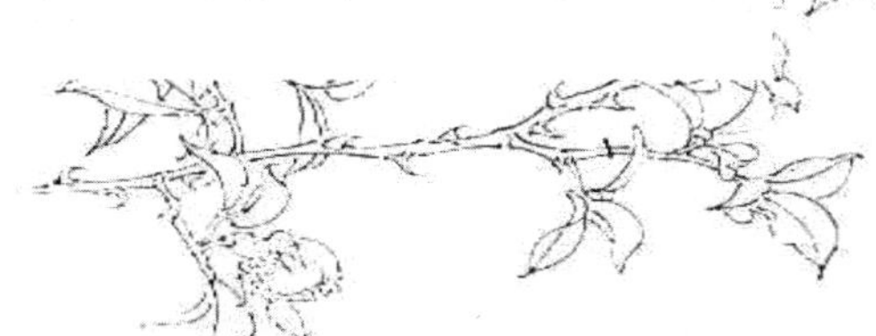

样的谈话中，与乘客做智力测验吧。

她戴着黑手套的一只手托腮，眼睛望着窗外。

“不困吗？”我轻声问。

她摇摇头：

“给我一支烟。”她注视着我的眼睛。

我知道她不吸烟。

“烟？”

“吸了不困。”

她细长的手指从我递上的那一包烟里取了一支。

我用打火机给她点燃，身体稍微靠近她。

“哪，下次什么时候？我不喜欢不先讲好……”

“可是，你……”我语塞，她却说：

“不不，那个是那个，这个是这个，事情未正式决定前，我不喜欢不照约定地会面。”

她谨慎的不在逗子下车，要在镰仓下车，而说的话却相反。我如果把持不住，便会毁了一切。

——这时车子煞住了。

我抬起头，看见一个黑人士兵举手站在前面。穿着草绿色军服的青年，旁边停着他的汽车，车子里有两三个伙伴。等我们的车子停下，黑人士兵便走近驾驶座的车窗，司机连忙开窗，我心里有一点不快，但事情简单，他对后座的我女伴挤眉弄眼表示歉意，然后露出白牙齿对司机说：热海，热海，他是问到热海的路怎么走。

“他几岁？看来像十八九岁的小伙子。”

司机启动车子笑着说，黑人士兵进入他们自己的车子前座，他向我们挥手致意。

“……真是黑。”他们的车还没走，我近看他的脸，自言自语地这样说，于是司机说道：

“两三年前，我从名古屋载了这样一位乘客到东京，不过那位黑人是军官，当时有点感到恐怖。”司机提高声音。

“从名古屋到东京？”

“是的。”

"你在名古屋营业?"

"是的，在名古屋的一家汽车公司，名古屋的列车，晚间没有上行的快车，那家伙很着急，他大概是打算乘'游览车'之类的交通工具去东京，没有赶上，便到我们公司的营业所，亮出钞票，说他要去东京，大个子，穿军官服装，钱多多，公司即派我载他去，有点恐怖哦，在前座跟我并坐着，一直到东京一句话也没有说，总之，语言不通。"

"开了多少个钟头?"

"整整十个钟头。其间，我说这里叫蒲郡是好地方，这里是静冈，日本茶的主要产地，我夹杂着外来语向他说明，不知他听懂了或没听懂，完全没有答理我。我就像肚子旁随时会挨到手枪的那种心情，握紧方向盘一直开到东京，是半夜一点钟的时候。"

"付了钱吧?"

"还赏了五百元的小费。"

"大概有很重要的急事吧，这一笔车费很可观呵!"

"他要去的地区在王反田，我在那里绕来绕去，好不容易找到了，那是专属于一个外国人的娼妓的家，我深深地觉得这个女人真幸福，从名古屋叫车，一言不发，一心不乱直驱而来，他大概是约好了那天要到她那里，或者事先说了那天会旅行回来，那么，即使他皮肤黑，闭着眼睛不看去好好伺候他吧。而我安心了。"

"真了不得。"司机的话吸引了我。

我想像载着黑巨汉，暗夜疾驶如一头怪兽的汽车。

车内有暖气，暖洋洋地散发着她身上的香水味，这使我联想到黑人特有的体臭。我想跟她说话，她闭着眼睛，头靠着车座背。

三

车子驶经大海滨，西风越来越大。

烈风中，耸立着覆雪明媚的富士山。我们的车背山沿着海滨公路行驶。

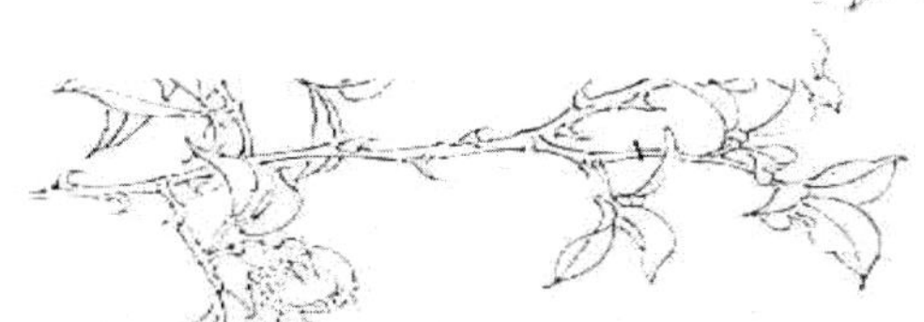

S字形延伸的道路中，有些地方风突然停了，下一个转弯风与海滨的沙一起袭向车来。

“在镰仓车站前下车吗?”我问她。

“从镰仓有一条穿到杉田的路，在那里下车比较近。”

“逗子也吹着这样的风吧。”我望着汹涌的海这样说。

“傍晚我也许打电话到你公司。”

“不打也罢了。”

“好嘛，不过到了傍晚一定会打电话，我最讨厌这样有风的傍晚……”

“到了傍晚，也许风就止了。”

“风止后，寂寞哦。”她眼睛注视着我试我的反应。

“这可不行。”这时司机自言自语地说。“瞧，那沙。”司机减低速度，以下颚指示。

道路转弯处，堆积着从海滨刮来的沙堆。

汽车慢慢驶过沙堆旁，沿松林转弯时，光景鲜明地映入我的视线内。

路面散乱着无数的橘子，不是一眼我就看出来，对那映入眼帘的色彩我困惑了一瞬才说:

“……糟了。”

车轮陷入松林的洼地，一辆三轮汽车完全翻覆了，道路埋入沙里，油光的橘子散乱一地。

两个男人忙手忙脚地捡拾起橘子放入木箱里。

显然载着橘子的三轮汽车，在沙上失控翻覆了。

左边松林延续，右边是波浪汹涌的海，而道路上浴着阳光的一颗一颗橘子耀眼。

司机下车走向那两个拾橘子者。

“我也去帮忙捡拾，不捡起，车子无法通过。”我说着躬腰起身。

“很好的橘子，拿两三个来吧。”

“别说傻话了。”

“外面有风，你不冷吗?”

“不冷。”

让她一个人留在车上，我正要下车，她接着说：

“那个黑人军官的故事很有趣。”

“你不是睡着了吗？”

“我做了跟那个军官一起开车的梦，大概只睡了一两分钟。”

“大概是你羡慕他吧。”

“也许是吧。”她伸长腿换脚跷起，我微笑。

她的鞋尖触到我的脚，第一次是无意的，第二次她有意地碰触我的脚。

下车走到外面，冷风使我缩着身子。

春天的橘子皮稍厚，摸着感觉柔软。

“把木箱子也拿到这边来吧。”

我一只手抱满了捡起的橘子，对司机这样说。

“现在风并不大，沙大概是天亮前刮来的。总之，只捡拾可容汽车通过的路面的橘子……”司机迅速捡橘子。

我回头向坐在车内的她招呼。

我希望她下车，在这冷风里站着，但她大大地摇头。

风从海面吹来，我面对着海站立了一会儿。

傍晚若她打电话来，我不打算接电话。

[日] 星新一

艾美儿

那个机器人造得实在好。那是女机器人。正因为是人造的，所以要把它造成什么样子的美人，就不折不扣，是什么样子的美人。又因为造的时候，把一切美人的优点都网罗在内，所以造出来的，真是一具完美的美人。当然，这美人多少令人觉得冷若冰霜，可是冷若冰霜不也正是美人的一个条件吗。

想来，大概别无他人会动脑筋去制造什么机器人。制造一个只做和真人同样也做的动作的机器人，那才是愚不可及的事。要有这么些费用，大可以去制造些效率更好的机器，何况这世上失业的人还真不少。

造出它当然还是由于趣味。造它的人就是酒吧的主人。大凡一个酒吧主人回到家里，再怎么也不会想喝酒。对他来说，酒是他的生财器材，绝不是拿来自己喝的。喝酒的酒徒使他赚足了钱，又有的是空闲，所以就用来造这机器人。这纯粹是趣味所致。

正因为是趣味所致，所以造出来的美人也真精巧别致。尤其那肌肤的触觉，真像真人的一样，难以区别出真伪来。猛一看，还真比实在的好得多。

尽管如此，脑子里却近乎空空如也。对于这一点，他倒也真的束手无策了。它只能回答的不过是些许简单的话，而动作也只限于喝酒。

造出了这美人后，他就把它拿来摆到酒吧里。酒吧里当然也有桌椅之类的座位，但是为了怕出丑，他还是把它摆到柜台后面去。

来的客人一看是新来的女孩子，总是要伫足和她谈谈。如果问到的是名字、年龄，她毫不含糊地可以作答，再下去的，就没办法了。即使如此，还是没有人觉察到她竟是一个机器人。

“你的芳名是?”

“艾美儿。”

“芳龄?”

“还年轻呢。”

“几岁啊?”

“还年轻呢。”

“所以啦，到底……”

“还年轻呢。”

到这店里来的客人到底都是具有相当的教养，所以也没人会继续执拗地问下去。

“你的衣服真美。”

“我的衣服很迷人吧。”

“你喜欢什么?”

“我不知道到底真喜欢什么?”

“你喝不喝白兰地?”

“我喝白兰地。”

酒再多，她都照喝。而且从来不醉。

既是美人，又年轻，又是一派冷漠的神情，答话更是直率得可以。这样一传十、十传百，到这店里来的客人也渐渐多了。他们找艾美儿说说话，喝酒，也请艾美儿喝。

“这些客人里面，你喜欢哪一个?”

“我不知道喜欢谁。”

“喜不喜欢我?”

“我好喜欢你。”

“下次有空我们看电影去。”

“好嘛，我们就看电影去。”

“什么时候去呢?”

实在回答不上的时候，马上就传过信号，于是酒吧的主人就会赶到她身边来。

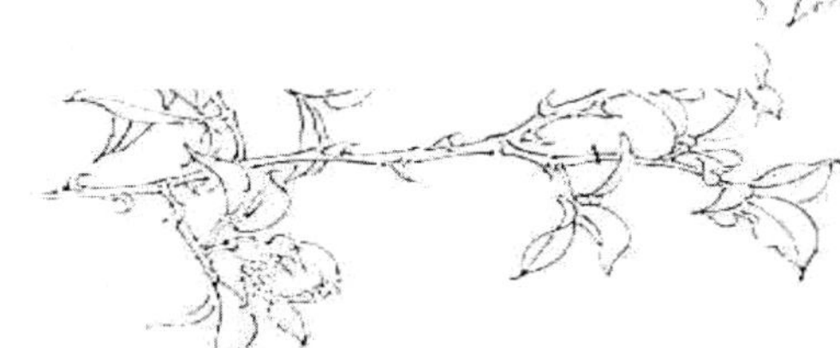

“先生，就请你不要再作弄她了。”

这么一说，大体上客人也都会苦笑着，识趣而退。

酒吧主人偶尔也会蹲下去，从她脚跟上的塑胶管子里把酒回收，请客人喝喝。

然而，客人始终还是没察觉出这真相。虽然年轻，倒也稳重，何况从来不喋喋不休地说虚礼，喝了酒也不及于乱，因为这缘故，就愈具吸引力，来的客人也就愈多了。

在这些客人里，有一个年轻人。他对艾美儿迷恋得热昏了头，来得更是频繁，而愈是不能遂心，他心里的爱意就变得愈深。如此一来，欠账愈来愈可观，终至于无法支付，到头来因为从家里偷钱不遂，被他的父亲痛骂了一顿。

“你不许再到那酒吧去了。这些，你拿去，把账清了。不过记住，没有下次了。”

为了付清欠账，他于是又到酒吧来。心想：今晚反正是最后了，所以自己也就多喝了，同时也为了要分手，所以也请艾美儿喝了又喝。

“我以后不能再来了。”

“以后真不能再来了吗？”

“你不伤心？”

“我很伤心。”

“你其实并不真的这样吧？”

“我其实并不真的这样。”

“从没有像你这样冷冰冰的人。”

“从没有像我这样冷冰冰的人吗？”

“我想杀死你。”

“杀死我吧。”

他从口袋里掏出一包药来，倒入杯子里，然后把它推到艾美儿前面。

“你喝了吧。”

“我喝。”

在他注视之下，艾美儿喝下了那杯酒。

他对她掷下一句“找死是你自家的事”，掉头走开，背后只听一句“找死是我自家的事”，然后在向酒吧主人付清了账后，走出酒吧。外面，夜已深了。

酒吧主人等年轻人一走，便过来对未走的客人打了一声招呼，说：

“现在我招待各位喝酒，请大家不要客气。”

说是招待，在这个时间，能让他用那从塑胶管子里回收过来的酒招待的，其实也不可能再多出几个人来。

“好极了。”

“来吧，来吧！”

客人和店里的人都彼此举杯互干。酒吧主人站在柜台后边，也一样地举起杯子喝了一口。

那天夜晚，那家酒吧一直到很晚很晚都不曾打烊。收音机仍然在不停地播放着音乐。可是，虽然再也没有人回去，酒吧里却一点儿人声也无。

终于最后，连收音机也在一声“祝各位晚安”之后，归于沉寂。艾美儿也低声回答一声“晚安”，然后仍然冷漠地站在那里，似在等待着有人再来与她交谈。

[日] 星新一

恋爱圈套

N氏才能平平，器量小，但却是个诚实的男人。自从进公司以来，他工作一直认真负责。他渐渐到了中年，已经有了妻子，他在公司中的地位还算可以。

在上下班的路上，他经常想："直到目前为止，我从未尝试过风流的生活，或许今后的日子仍是平平淡淡的了，婚外恋之类的可能与我无缘。但是，总感到有点空虚，这也许是件好事呢，像我这样性格的人，被笨拙地卷进花里胡哨的事，那是不会得到好结果的……"

可是有一天，一件出乎意料的事发生在他的身上。

事情是这样的。当N氏从茶馆里出来的时候，在收费处前，他看见一位显得很狼狈的女顾客，就问道："您怎么啦?"

那位女顾客几乎要哭出来了，说："我因为口干，就进来喝茶，等到结账的时候，才发现忘了带钱包。"

"这有什么使您感到为难的呢?不过是喝了一杯红茶而已，我来替您交费，好吗?"

"那真是太感谢您啦，我该如何报答你呢?我改日到您那还礼，请您把地址和姓名……"

"这怎么好意思呢!我叫……我在……"N氏不假思索地就把一切都告诉了她。可是前两天那个女人并没有来找N氏，因此他感到很遗憾。

可是到了第三天，那位姑娘找到公司来了。就这样，他们开始来往。

姑娘二十五岁左右，很漂亮，言谈举止都很优雅，衣着合身，打扮朴素大方，不像是个有过卖笑生涯的人。

姑娘对N氏说，为了答谢他那日的破费，想请他吃晚饭。N氏着慌了，他对此表示感谢，但觉得那样做太过分了。话又说回来，如果冷漠地拒绝这么好的姑娘的邀请，N氏打心眼里不忍。但对他来说，请客又完全是意料之外。

经过深思熟虑，最后他提议：一人负担一半吧。话出口以后，N氏又认为这样做有点愚蠢，但姑娘对此却毫不在意。那位姑娘答应说："就这么办。"

晚饭吃得食不知味，有时候像驾着玫瑰色的云，做着美梦似的，自己究竟说了哪些话也完全记不得了。第二天上班后许久，N氏才稍稍恢复常态。

过了两天，姑娘又来请他去吃饭。N氏这次当然一口答应，欣然赴约。那个姑娘喝酒时，目不转睛地凝视着他，从眼睛里透出迷人的魅力。

N氏并不是一个纵情玩乐、潇洒自信的男人，因此他琢磨道：她为什么对自己如此有好感呢？比我年轻、机灵、时髦的男子不有的是吗？现在有一种时髦的行业，那就是产业间谍，说不定她就是干这一行的呢。

继而他感到；女方邀我在茶馆约会，这手段就很高明。那样的话，就必须非常小心地加以提防。

N氏放弃了对那个女人的幻想，努力使自己冷静下来。但是，冷静考虑的结果是，他的公司似乎也没有什么机密；即使有的话，恐怕也轮不到他知道。

"自己怎么竟然变得多疑、无情无义起来？"N氏有点自责。

N氏时常接到姑娘的电话，邀请他外出。日子就这样一天一天过去了。

N氏这些天犹如神仙般快活，但他还是没有自信心：简直难以相信自己会有这样的艳福。如果不是别的公司的圈套，那也许是自己公司的头头脑脑想出来的考验职员是否会迷恋女色的一种方法，作为提升职员的参考。

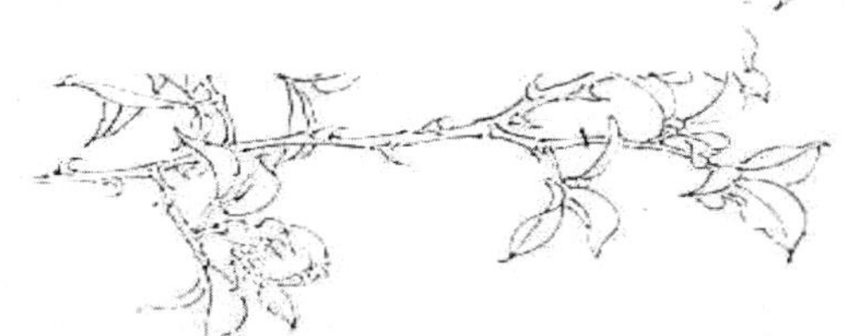

于是，他不露声色地跟同事打听有没有这样的事。但是他们都说没有这种经历，好像也没有哪个头头脑脑想得出这样的高招。

N氏又想到：这莫非是作奸犯科的人？看上去高贵、朴素大方的女人，后面跟着品质恶劣的男人，这种情况也很多。还可能有这种计划：当事情深入到某种程度时，男方就会出面进行恫吓。交不起钱的话，就强迫你给盗贼领路。这些好像是在哪本小说中看到过的。

不可能，她这么好的姑娘决不会是那种人。N氏为了相信她的爱情，又努力打消自己的疑虑。燃烧起来的爱情跟怀疑的惊惧交织在一起，他痛苦极了。结果，在某一天，他偷偷地跟在女人的后面观察，调查她住哪儿，过着一种什么样的生活。

调查结果表明：没有什么特别的问题，她过着正常的生活，无懈可击。左邻右舍对她的评价也挺好，似乎也从没有过跟奇奇怪怪的男人来往的事。

疑虑完全打消，N氏高兴得差点跳起来：她真是喜欢我的，不能再犹豫不决了，要信任人家。

于是在隔日见面时，N氏断然向那位姑娘提出：“这个休假日，咱俩去旅行好吗？”

“这对您的妻子可不公平啊……”

“可管不了那么多了，我爱上你了，打心眼里爱你。我还是第一次产生这样的恋情呢！……”

N氏竭力说了许多亲密的私房话。但是，姑娘的回答却出乎意外：“但是，我却一点也不喜欢你。”

形势急转直下，N氏用狼狈不堪的声调说：“既然如此，你为什么一直跟我来往……”

“这是我的工作，我之所以这样干全是为了委托人。”

“委托人？谁会委托你干这种奇怪的事。”

“你的妻子呀！我的职业是调查丈夫对妻子的爱情是不是专一。很多人的妻子都来委托我们，这一行的生意很兴隆呢。这是我们这个时代最尖端的职业，不是吗？……”说完，那个女人很快从他面前走开了。

N氏目瞪口呆，心里却在嘀咕着：果然是圈套！而且是最厉害的圈套！不管怎么说，她决没有替我说好话的可能。哎呀呀，连这样的职业都出现……

[日] 星新一

旅游纪念品

在山腰上，有一座瞭望台，在这儿放眼远眺，可以看到很远很远，既能看到连绵起伏、郁郁葱葱的森林，又能看到那些弯弯曲曲的河流和繁荣的小村庄，还有那辽阔的碧绿的平原。

在瞭望台的附近有一家小小的旅馆。有一天，店老板又不失时机地向游客推销当地的商品："看这些，你不买点纪念品吗？明信片或是木雕的人像……"

"哦，谢谢，我想我不需要，我从来就不买什么土特产或纪念品之类的东西。这些小玩艺儿在街上到处都能买到。有名的东西也可以用钱随时买到。"

"你是这样认为的吗？你真的不想买些什么？"

"不，我只想好好享受这些令人心旷神怡的风景，那会使心灵得到美的享受。"客人固执地说。

"也是，这样也对。那么，请到森林里去散散步如何？像这样枝叶繁茂的森林并不多见。"

"是吗？谢谢您的指点。"

游客真的去了那个森林。确实，这儿幽静得很，景色也很美。可是，不久他的好心情就消失得无形无踪了。因为突然蹿出一头十足的野兽——熊！

他很想马上逃跑，但由于过分惊慌和恐怖，他已不能走半步了。直到黑熊气势汹汹地扑上来时，他才手忙脚乱地抵抗起来。他拼命地反抗，不顾一切地奋勇和黑熊搏斗着。不管怎么样，他没有成为野兽的美餐。

游客没命似的跑回旅馆，喘着粗气说：“我遇上了可怕的事情，我刚才遇上了一头黑熊……”

可是，店老板的回答却出人意料之外：“哦，这没什么了不起。我把您刚才那激动人心的浴血奋战的场面摄入了八毫米的电影胶卷。你愿意购买吗？不知道你愿意出多少钱来买呢？”

“什么？啊，原来这是圈套呀！那只熊是人扮的……”

游客非常气愤，但转念一想：把这电影胶卷放映给邻居的孩子们和相识的姑娘看的话，也许确实是个不错的念头。刚才的场景非常逼真，别人应该看不出破绽吧。

所以，他重新作了一个决定：“好吧，也许有些贵，但是我还是决定买下它。你真是个会做生意的家伙！”

[日] 名木田惠子

丫岛美人鱼

宜纪疲惫极了，从丫岛返回十多天了，仍不想做任何事，他起身来到电视机前把电视打开，“中午新闻”节目播音员的面貌展现在眼前。

瞧着播音员那身笔挺的西服，不由得人越发觉得热得难受，宜纪正要按键，打算换个频道。

“在丫岛，已有人称目击过美人鱼。”播音员的声音使宜纪的手一下子停了下来：“这是真的?”

丫岛美人鱼的新闻使岛上哄然骚动，迄今仍不太为人知晓的丫岛现在成了旅游的热点，各地游客蜂拥而来。在这凉爽的海岛上，美人鱼成了游人们的话题。旅店的业主们也因此赚取了可观的效益。

新闻已经终了，连信号都已消失，可宜纪紧握着筷子，仍呆呆地盯着屏幕。

这么说我所见的真是美人鱼？那么自己就是第四目击者了。总不会全都是错觉吧！

宜纪不顾妈妈的惊慌，一面飞跑回自己的房间一面大声喊着：“拿背包！给我钱！我要再去一次丫岛！”

当宜纪到达丫岛时，发现丫岛较上次热闹了许多倍，这无疑是电视等各种媒体宣传的结果。

所有的旅馆里都住满了游人和采访的记者。“海滨之家”也不例外。满怀歉意的店主大叔一边鞠躬一边说：“真不好意思，九月底以前的床位都预约出去了。”

是啊，十几天前这很平静的小旅馆，现在却是一片喧哗和笑声了。

“先生，你可以住我的房间，如果你不嫌弃的话。爸爸，这位是老顾客，回绝了不好的。”不知在什么地方听着的百合突然出现在宜纪面前，“我搬去与母亲同住。”

“谢谢百合小姐。”当宜纪高兴地向她道谢时，双颊飞红的百合小姐却低着头从走廊跑了出去。

“既然这样，那就跟我来吧，先生！”

店主大叔满脸含笑将宜纪引到了百合的房间。

这是一个最小但异常整洁的好房间，墙壁上装饰着像是女子画的画，同时嗅到一股好闻的香味。说不清什么原因，宜纪总感到有些拘束。他怎么总有一种闯入了那女子心里的感觉呢？

吃饭时的话题全是美人鱼：“昨天我潜到水中时，就觉得恍然如在眼前，可细一看，原来是礁石。”

“行了吧！你是不是想美人鱼想疯了？”

客人们一边热闹地闲扯，一边吃着饭。宜纪一边吃着烧鱼，一边听着大家的议论。而百合似乎对美人鱼的传闻没什么兴趣，只是在一角忙着手中的活。宜纪总想找机会和百合讲点什么，可总找不到机会。

“但是，美人鱼是真有的，就在这个岛的附近，我也看到了。”有一个人说。

宜纪这时突然插嘴说：“我作证，美人鱼我见过，我拍了照片的！”

店主大叔立刻显出大吃一惊的样子：“照片？先生，是真的吗？”

“上次我来的时候，刚好我在水中拿着照相机。”叭的一声，惊慌失措的百合打翻了碗，两眼直盯着宜纪。

“哇！真的！那你可发大财了，赶快把它卖给报馆！”一个年轻男子兴奋地拍打着宜纪的肩头。

“可那照片，模糊不清，给谁看都不肯相信。”

“那可太遗憾了。”

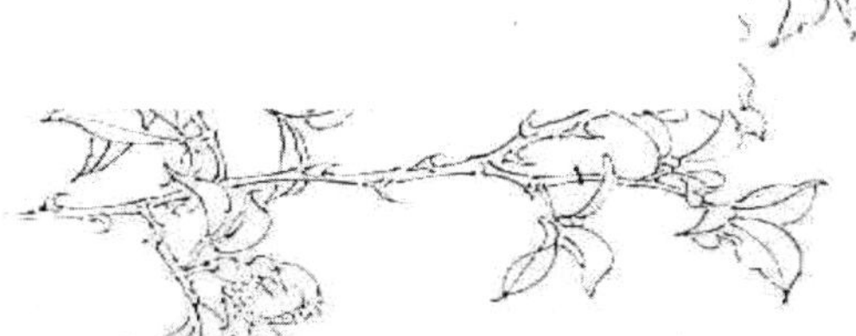

围观的人都遗憾地摇了摇头，惟独店主大叔一副担惊受怕的样子。这时，一个人对宜纪说："再拍一次吧，这回你要把眼睛睁得大大的。"

"对，再潜水时我也带着照相机。"由于那年轻男子再三表示遗憾，宜纪也觉得很神气，如果有幸再次碰到美人鱼，并拍下照片，还真说不准会成为名噪一时的名人呢。

猛然之间，宜纪感到背后似乎有人一直在盯着他，他转过身，百合那双黑黑的大眼正一动不动地凝视着自己，那双美丽的黑眼里似乎有什么要诉说，又似乎在流露出一种复杂的情感。

海鸟拍打着翅膀，呼啦呼啦地成群从岩石上飞进海里，就在这一带，那天，宜纪发现了美人鱼。这一次，宜纪游入这宁静的晨海里，如同在自由地散步，而这突然的入侵者却使悠闲的鱼儿们四散奔逃。虽然他终日潜水游泳并不感到困难，可迄今已经五天了，连美人鱼的尾巴都没瞧见过。

实际上牵动宜纪心的并不是那传说中的美人鱼，而是百合小姐那双充满深情的大眼睛。"虽然她把她的房间让给了自己，但她为什么对自己敬而远之？唉，借给我房间也许是为了赚钱吧！可那双黑黑的大眼睛又那么深情，她想要干什么？"

宜纪决定今天就离开丫岛，这是他最后一次入海，他准备好好畅游一下。他把相机放在礁石中间，带上鸭蹼和潜水镜一直向海里潜去。大海里色彩斑斓，宜纪在海中游啊游啊，时而浮出海面换换气。他似乎觉得自己也变成了一条人鱼，多么畅快呀！

前面出现两块巨大的礁石，宜纪想从中间潜过去，突然，他惊呆了，他发现了美人鱼，这次绝没有错！飘动向前的黑影就在前面。那飘散的长发，轻轻摆动的尾巴，是的，那如流水般轻快游动着的一定是美人鱼。宜纪猛然间醒悟过来，他急忙追了上去，他心里暗想，即便拍不到照片，我也要看个真切。

但宜纪很快发现，照他的游技，要追上那美人鱼，纯属枉想。正当他打算放弃追赶时，他看见美人鱼的身体忽然在海里不正常地摆动起来。一定是尾巴碰到了礁石上，美人鱼像要抱住自己尾巴开始下沉，宜纪慌忙向美人鱼游去，此时他已紧张得可以听见自己怦怦的心跳声。

宜纪用手抓住美人鱼，抱着美人鱼浮出海面。就在这一瞬间，他不由得惊叫出来："百合，百合小姐!"

"宜纪先生，真对不起，我——"百合用颤抖的声音说到这里，嘴唇变得发紫，已无力气再说下去。宜纪慌忙地带着百合向一个小岛游去。

这件事刚发生时的确令宜纪大吃一惊，可内心却奇妙地平静下来。他把百合放在海滩上，把套在少女腰上那像鲤鱼尾巴似的东西弄下来，露出了雪白的腿和脚，脚尖上有一大块血淤的青痣。

"宜纪先生，您不会因此不理我吧?"百合说着，双眼不由得涌出了泪水。

"其实我也不想这么做，我是被逼无奈，一点话题没有，游客们不来，父亲的旅馆，全家的生活……"

"这个尾巴是出自你父亲的手吗?"

百合倦怠地、无力地点点头。

"做得挺高明啊！把大家都唬住了。"

"我再也不愿继续下去了，如果这也变成了新闻，那我——真可怕呀!"

"对！是不应该再继续下去了!"宜纪严肃地说。

"我想您一定看不起我了。"

"不，一点也不。"宜纪一面说着，一面用两只灼人的闪烁着喜悦的眼睛凝视着百合。百合含羞地低下了头，双颊不由得又飞起两朵红云。

一周后，蔷薇色照相馆的鲁滨先生接到一封带着海味的信。信封中有一张合影照片。上面是晒得黝黑的宜纪和一位洁白可爱的姑娘，照片旁写着：

"这就是我的美人鱼——百合小姐……"

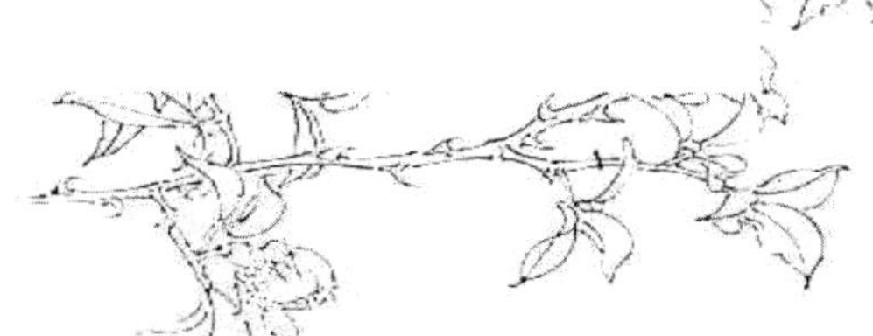

［新加坡］ 张挥

金桂，你等等我！

“金桂，你等等我！你等等我！我不再欺负你了！”

金桂没有停下来等他，只顾迈开小脚步往前跑。两条小辫子在后脑勺一下一下地弹跳着，像在远处跟他招手。小辫子跳啊跳的就隐没在通往水井的那条乡间的小路上了。他气得直想哭，把握在手里的一只椰叶蚱蜢扯个稀烂。

“金桂，你等等我！你等等我！我不会再骗你了！”

金桂没有停下来等他，只顾迈开脚步往前跑，一条马尾的发辫在后脑勺一下一下地弹跳着，像在远处跟他闹别扭。马尾发辫跳啊跳的就隐没在那辆红色的小轿车里了。小轿车绝尘而去之后，他气得把身旁的一个垃圾桶一脚给踢翻了。垃圾桶翻倒的时候，发出了一阵撕心裂肺的咆哮。那一晚，他把一腔懊恼全倾倒在冷冷的街道上。

“金桂，你等等我！你等等我！我知道我错了！”

金桂没有停下来等他，只顾迈开脚步往前走。一头蓬松凌乱的头发在风中乱舞，像在远处对他倾诉她的苦楚。乱发在风中舞啊舞的就隐没在那道铁门外了。他站在铁门内痛苦地数着手指头。一个手指头就是一年，他一直在铁门内把手指头数了好几遍！

“金桂，你等等我！你等等我！你不能就这样地走了！”

金桂终于停下了蹒跚的脚步，回过身来时已一头栽倒在他的怀里。他抚摸着金桂的一头白发凄苦地说：

“你终于肯停下脚步来等我了！你已原谅了我的这一生，是不?”

[新加坡]　张曦娜

王发的周末

星期六上午，王发因为昨天通宵失眠，8点未到，即提早到办事处上班。“妈的，昨天的大彩又输得一败涂地！”他一边朝办公室走去，一边想起那100张已经报废的大彩票。

走进办公室的时候，他一眼就望见，门口的布告栏上，不知道什么时候，张贴了一张新的通告。“由于全国经济不景气，本公司业务深受影响，为了全体利益着想，今年将全面冻结加薪……”

“狗屁！”他不自觉地咒了声，心里恨道，“什么业务受影响，今年大家拼得脸青唇白，业绩明明摆在那里，还要趁机冻结……”

他愤愤地望着那几行以电动打字机打出来的楔行文字，越看越生气，一时心头火起，四顾无人下，一把撕下来，揉成一团，丢进字纸篓里。

回到座位后，想起那张通告，一时无心办事，百无聊赖下，顾不得什么无烟周，兀自从袋子里掏出根烟，点着了，叼在嘴里，无精打采地在座位上吐烟圈。

9点过后，同事们陆陆续续走进办公室，营业经理大卫·朱一眼看到他，立刻没好气地请他进房。

“快到月尾了，”大卫·朱面无表情地说道，“你的客户处理得怎样？福南中心那几个熟客怎么还不去？”

“我本来就打算今天去的！”王发冷冷地应道，心里恨道：“混蛋，摆什么架子，还不是欺上压下！”

王发在大人味精厂当营业代表，15年了，他自问没有功劳也有苦劳，奈何日子一天天过去，学历不高，性子率直的他，一直当个

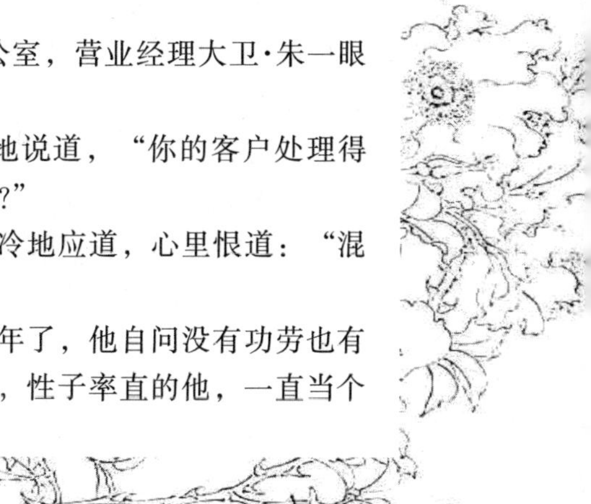

职位不上不下的营业代表。

半年前，当后来居上的大卫·朱被擢升为营业经理后，他发觉日子越来越难过，也越来越有不安于位的感觉。

少年得志的大卫·朱，在急功近利、急于表现的心理状态下，不惜对部属施加压力，搞得人人不胜负荷，怨声载道，无奈形势比人强，大家慑于他的淫威，只落得个敢怒不敢言。

王发性子急躁，脾气火爆，好几次在大卫·朱的疾言厉色下，差一点就想豁出去，先赏他两拳，再好好给他一个教训。

然而，王发自问是一家五口的支柱，只要稍微冷静，他最终是无可奈何地向现实妥协。

"只要让我中张大彩或万字票就好啦!"最近，王发经常这样想。十几年来，王发对万字票一直心存幻想，自从大卫·朱上任后，他更是希望横财从天降，从此不看大卫·朱的脸色。

最近这阵子，他不仅买了大彩、万字票，还买了多多博彩，每个星期两天，他必定抱着希望，到路边售卖多多博彩的亭子下注，神经兮兮地在表格上选出一个又一个号码。

买了将近半年的多多博彩，他因为分文未中，正觉意兴阑珊，却意外地在前天测中3个号码，赢得15大元。

"先中个小的，再中大的吧!"不知道什么时候开始他竟也"阿Q"起来，知道如何自我开解一番。

刚刚被大卫·朱质问一番后，他只觉得不是味道，挟起公事包，灰头灰脸地驱车直朝福南中心驶去。

星期六的福南中心，一片喧哗热闹，王发抵达时，好几个摊主正忙得不可开交，他一边等候客户，一边担心停车固本超时，好不容易完成交易，望一望表，足足越过半小时，城市地区，停车费半小时6毛钱，超过半小时，少说也要罚款13大元。

他匆匆赶到停车场，希望成为漏网之鱼，岂知还没走近那辆车龄达8年之久的红色达善，已看到一张红色的告票，夹在拨水器下。

"好的!鸡蛋!"他恨恨地钻进车里，又恨恨地咒了声，发动了引擎，气得不知往何处去。

干吗那么倒霉？大卫·朱、通告、告票，一一在脑子闪过，他不自觉地甩甩头，努力想些令自己开心的事，好不容易想起袋子里那张价值15元奖金的多多博彩时，他对自己做了个苦笑。

“不拿白不拿，说不定拿了这15元奖金，从此转运。”他不禁又自我安慰一番。踏了油门，直朝东海岸一处熟悉的多多博彩代理处驶去。

从代理人手中领取奖金后，王发的心情总算愉悦了些，当他捏着赢来的15元，正要往停泊在路口的车子走去时，一抬头，却看到一个白衣女警，正将一张白色告票往拨水器后塞。

这回，王发气得张开嘴，出声不得。

［新加坡］ 怀鹰

阿公馆

一群喝过洋墨水的专家学者，站在一幢很旧的建筑物前。建筑物真的很旧了，柱子上爬满裂痕，横匾又脏又黑，依稀可见3个仿宋字“阿公馆”。屋檐下挂着几蓬像是燕子的窝的东西。

专家学者们在这里已经考究两个钟头了，仍然对这座建筑物感到迷惑。

“为什么叫阿公馆？”

“也许里面曾经住过一个叫做阿公的人。”

专家学者们笑笑。他们实在不明白它的来历，但又不想让别人笑他没学问，只好报以意味深长的笑……

笑过之后，有衔头的人回到冷气房。有个“悬案”亟待他们解决。快速公路要从“阿公馆”中间穿过，这本来是轻而易举的事，只要把这座怪里怪气的建筑物拆掉就行了。不料，有人竟然在报纸上这么写：阿公馆具有百年历史，应该保留，这是我们华族祖先的根基……糟了，它竟然跟所谓的“历史”扯上关系。这一群喝过洋墨水的专家学者，急得团团转。

“为什么叫阿公馆？”

“也许里面曾经住过一个叫做阿公的人。”

专家学者们只能笑笑。大家都考究不出阿公馆的历史，但又不想让别人笑他不懂历史，只好报以意味深长的笑……

笑过之后，有衔头的人终于一致通过：拆掉阿公馆。

半年后，这一群喝过洋墨水的专家学者站在快速公路边沿，欣赏他们的杰作。

“为什么叫阿公馆?”
“也许里面曾经住过一个叫做阿公的人。”
专家学者们笑笑。

［新加坡］　林高

疑问句

陆世初特地来等她。

上两个星期日，他都在这里看见她，同一时间。她买花，同一种——玫瑰，都是白色。他躲在一边看，她身边还有一个男士，陆世初不认识。

她买花？他有些疑惑，认认真真地把它当作一个问题来研究。

他把问题告诉黄教授。黄教授和他亦师亦友，他有事没事总爱找黄教授聊天。黄教授听后，却笑起来，说："本来就是这样嘛，你还嫩哪。"

陆世初茫茫然，原本就迷失在海上，现在更遇见雾，看不清方向。

黄教授于心不忍，拍着他的肩膀，说："经一事，长一智，没什么大不了的。"

陆世初知道黄教授是局外人，不明白他的感受。那是残杀啊！狠，一个人狠起来，真能这样狠么？

他是爱花人。花也有生命！不是让人欣赏而已，还要爱惜。她不也是爱花人？

瞧，她来了。身边还是那个男人。

他们在花店停下来，买花。她选一枝，男的帮她拿一枝，10枝了，都是玫瑰，清一色是白。男的低声说了一句什么，她咯咯笑起来，还翘起头，努着嘴，目光朝陆世初这边射过来。陆世初忙转过脸去。

她的笑声，还像家里的那一串贝壳风铃，清、脆、悦耳。陆世初回头时，她显然是给玫瑰刺伤了，哭丧的脸像小时候受了委屈的洋娃娃。男的捏着她的指头揉揉，很疼惜的样子。

男的弯身拾起掉落的玫瑰。她发现一片花瓣脱落，啊一声叫起来，连连顿脚；弯身拾起花瓣，捧在掌上，像捧着一块玉；闻一闻，又给男的闻了闻，轻声说了什么，男的笑了。

走了，男的搭着她的肩，她一路上留心地捧着玉——那脱落的花瓣。

陆世初呆了好一会儿，才移动脚步。困扰他的问题不容易一下子就找到答案。现在看来是更复杂了。

回到家，他愣在阳台上。3盆玫瑰，都长得很好。他到底是爱花的人，痛定思痛之后，他又养花。

可是，伤口还隐隐作痛。

他没有想到她会出此下策，他简直给吓呆了。决定分手，是她提的。好吧！泼出去的水裁断的布，已成事实。恩恩怨怨，是一笔账，账目不清楚，请个高明的会计师去理，未必有头绪，也于事无补。她却在离去之前，挥起利剪，把他心爱的3盆玫瑰，剪了。碎尸万段，尸骸遍野，花魂哭泣。留下的纸条是：这是给你的警告。

那么美丽的花，娇娇艳艳，活活地长在枝上！利剪一挥，枝断，叶落，花碎，完全返魂乏术！

陆世初的泪不觉又涌上来。他看见一头狮子，吼着，吼着，要吃人的样子。

而她今天爱花的样子更增加了他的疑惑。

他眼前的3盆玫瑰，照旧一盆一种颜色：白，黄，红。如今才长出一个蕾来，他看着，不禁苦笑起来——不知道先开的是什么颜色。

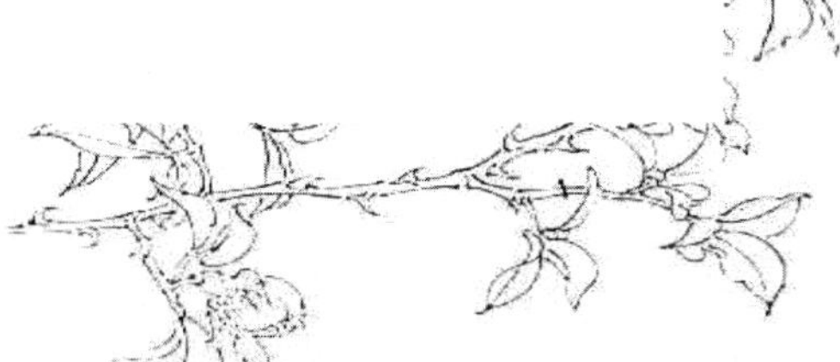

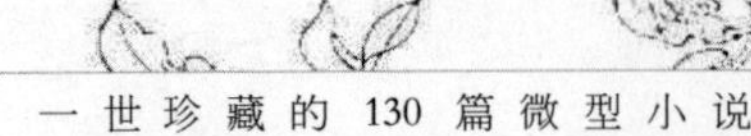

[新加坡] 林锦

精神与肉体的抗衡

本篇小小说可分为数种读法，请参阅导读排列顺序。

导读：（一）1、6、2、7、3、8、4、9、5、10、★。

（二）6、1、7、2、8、3、9、4、10、5、★。

（三）1、2、3、4、5、6、7、8、9、10、★。

（四）其他。

1.陈老走进房间，取下摇篮，用一根尼龙绳打了一个圆圈，套在天花板的钢钩上。他双手拉住尼龙绳，双脚一缩，身体腾了上上。这样上下试了几次，证明钢钩够牢固，才满意地把摇篮挂回去。

2.陈老走进厨房，在煤气炉前站住。他开了煤气炉的开关，火便着了。他关了，再开，开了，再关。一阵风从敞开着的玻璃窗吹进来，火熄了。他缩一缩鼻子，嗅到煤气的臭味。他打开煤气炉的门，把煤气筒的开关掣扣紧。

3.陈老走进客厅，探头窗外，看见停车场的几辆车子，像几个不同颜色的纸箱，不禁把眼睛深深一闭。十八层接，跌下去只有一个结果，跌进十八层地狱。他把头缩回来，张开眼睛，探索着有没有椅子、凳子一类可以垫脚的东西靠在窗口下。他把窗花关了，上锁。

4.陈老走进房间，拉开抽屉，拿出一罐药丸，端详着。标签上说明，勿放置在小孩儿能触及的地方。药名是安眠药。他用力把罐盖转紧，拉一把椅子，把药罐放在衣橱的最高处。

5.陈老走进厨房，在碗柜旁拿了一瓶清洁剂。想起住在乡下的时候，隔邻的一个青年喝了杀虫剂，在地上打滚挣扎呼号呕吐的痛苦样子，他不禁打了一个冷颤，连忙把清洁剂收在壁橱的最高层。

6.小宝睡的摇篮一定要稳固。万一摇篮掉下来，这可不是闹着玩的。陈老就只有这么一个孙子。

7.小宝整天往厨房跑，小手爱抓东摸西，要是扭开煤气炉的开关，火又熄了，煤气不停地排出来，这可不是闹着玩的。陈老就只有这么一个孙子。

8.小宝最好奇，如果爬上椅子凳子，小脑袋往窗口一探，一失足倒栽下去，这可不是闹着玩的。陈老就只有这么一个孙子。

9.小宝嘴最馋，要是把抽屉里的安眠药当糖吃，一口吞下几粒，这可不是闹着玩的。陈老就只有这么一个孙子。

10.小宝最好玩，喜欢含一根吸管吹泡泡，万一把清洁剂当泡泡液，一口一口地吸进去，这可不是闹着玩的。陈老就只有这么一个孙子。

★.陈老试了摇篮，关了煤气筒，锁了窗花，也把安眠药和清洁剂收在高处。这些都无法说服儿子，让小宝留下来。儿子的理由是：不担心小宝的肉体受到伤害，只担心小宝的精神受到折磨。儿子决定把小宝带走，带到远远的西方去。

陈老的尸体被发现乱七八糟地堆在公寓的楼下。查案人员发现一个很不寻常的现象：陈老的房里有煤气筒一个、安眠药一罐、清

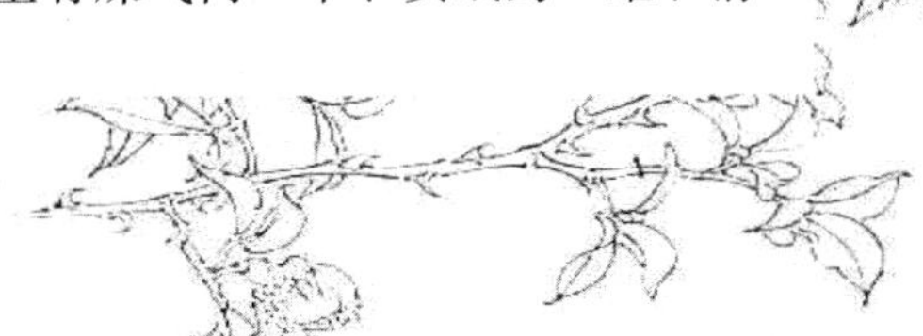

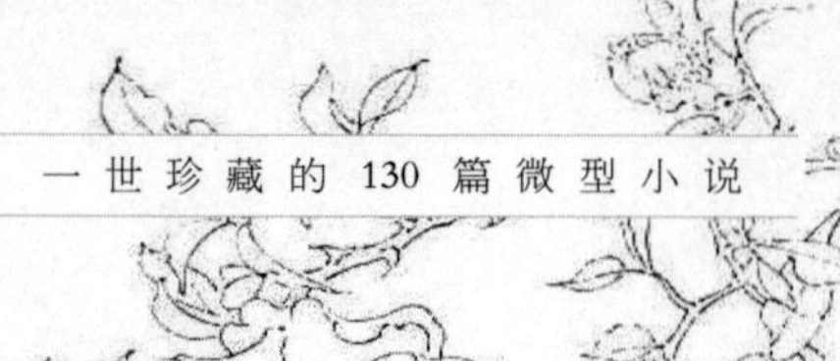

洁剂一瓶、尼龙绳一环，窗开着，窗口下靠墙的地方有椅子凳子数张。

陈老的死，是肉体受到伤害，还是精神受到折磨？没有结论，判为悬案。

［新加坡］　周粲

梯　　子

年轻的爸爸和他的儿子一起在后花园放风筝。小小的园地，小小的风筝。

小小的风筝飞呀飞的，就飞到了墙头上。墙头上的野花，把风筝紧紧地缠着。

于是爸爸说，必须去拿一架梯子来，然后爬上梯子，取下墙头上的风筝。

爸爸要爬上梯子，但是儿子说："爸爸，让我来吧！"

爸爸看了看他9岁的儿子，想了又想，终于说："也好，让你来就让你来。"

猴子一般地，儿子爬到梯子的最高一级了。

儿子转过头来，嘻嘻地笑。他的笑声，像用早晨的牵牛花吹出来的。

解开了风筝绕在野花上的线，正要下来，爸爸却用一只大手和一个声音制止了他，爸爸说："慢着！"

儿子停住了，望着爸爸，用眼睛问爸爸："怎么啦？"

爸爸说："我先讲个故事给你听了，你才下来。"

于是儿子笑得更开心，他一手抓住梯子，一手拿着风筝，等爸爸讲故事，爸爸讲的故事，没有一次不好听的。

爸爸说："从前有个爸爸，告诉他那个站在一架很高很高的梯子上的儿子说：你跳下来！你一跳下来，爸爸一定会在下面把你抱住。听见爸爸这么说，儿子很放心，就像游泳时跳进水里去一样，纵身一跳。哪里知道当儿子就要投进爸爸的怀抱里的前一秒钟，爸

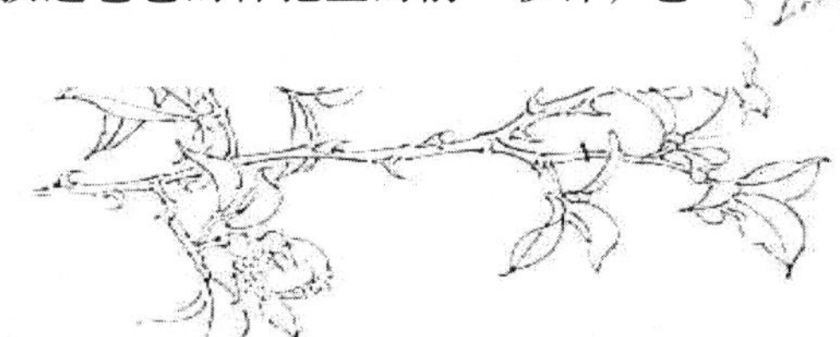

爸的身体一闪，站在一边。儿子扑了个空，掉在地上，屁股差一点就开花。哭哭啼啼地站起身来，儿子问爸爸：为什么要骗他，爸爸说：我要给你一个教训，连你爸爸的话都靠不住，别人说的话，更不必说了。”停了一停，爸爸继续说：“我们也来照着做一次好不好？”

儿子一听，脸都变白了。

爸爸说：“不要怕，勇敢一点，你只要跳那么一次就行了。我要你留下深刻的印象，免得你以后长大了，容易上人家的当。”

但是儿子显然并没有被爸爸的话所说服。他脸上惊愕的表情，丝毫没有消退。然而他还是不敢违抗命令。他站在那儿，动也不敢动。

爸爸开始发号施令了：“听着啊，我喊一二三，喊到三的时候，你就跳下来，然后我就把伸出去假装要接住你的手缩回来，让你跌一个屁滚尿流！”

站在梯子上，儿子的脸像一粒还没熟透的橘子。

爸爸喊了：“一……二……三！”

咬紧牙根，忍着泪，儿子从梯子上跳下来了。他等待着自己的身体像一个南瓜，扑的一声，摔得支离破碎……

然而，好奇怪，爸爸的手竟然没缩回去，他的身体也没移开。他还是定定地站在原来的地方。他把掉到他两手中的儿子，牢牢固固、结结实实地接住了，抱住了。

儿子虽然不曾受伤，但是他的神情，比刚才还要疑惑。张大了眼睛，他问：“爸爸，你为什么骗我？”

爸爸笑出声来，爸爸说：“爸爸要让你知道：即使是别人的话，有时也是可以信任的，何况是爸爸的话呢！”

所有的玫瑰花，都回到儿子脸上。他搂住爸爸，不住地吻爸爸的双颊。

爸爸和儿子拉着风筝，向后园的一角跑去。

［新加坡］　洪生

它们如何演绎爱情

我的身上，就留着他俩专心致志下镌刻的心形。

长椅：

我一眼便觉察出，两人是情侣。双方那么火热，没有数星星，没有说梦话，就不断地嘴对嘴厮咬着。

终于也说话了。但不投机，没两句，便吵了起来。话题好像是美国某歌星的唱腔是否带有磁性。

女的气冲冲立起，如一株傲然的仙人掌。她悻悻了一阵，渴盼男的会示软，站上来赔不是。

男的摆出一副任由你，叉开双脚和双手，无所谓得像漂浮在水面的海星。

于是，女的扬长而去，男的仍那么无所谓。

男的继续无谓，两眼则如探照灯，在黑夜中巡逻着。

大树：

长椅匍匐整日，目光只投射在3尺距离内，它如何了然？

我相隔几丈，他俩的轨迹早就落在我的扫描领域里，他俩的事我能如数家珍。

两个钟头前，他俩还是陌路。男的是带正电荷的原子核，女的是带负电荷的电子，一靠近，便互相吸引住了。

那男的嘴角一勾，甩出一声“嗨”来。那女的也投桃报李嘴唇一翻，拖出一声“嗨”。于是，便依偎在一起了。

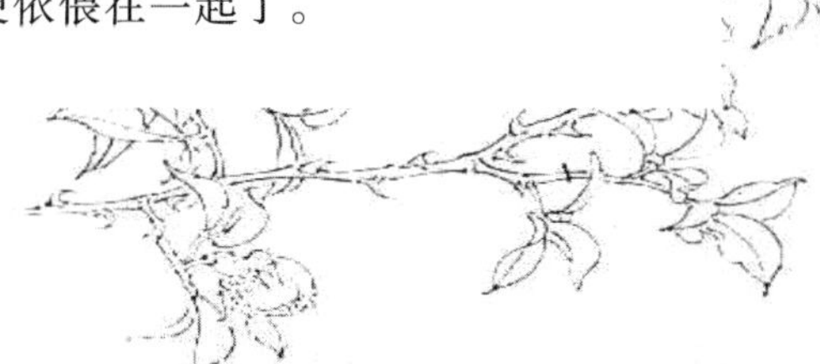

就是这么简单。

巨石：

不会吧，大树老眼昏花，冯京马凉一番乱套。我是巨石，最不知情为何物。但当他俩在我身前信誓旦旦时，我都为之动容。

那情，可以令地老天荒；那情，可以令海枯石烂；那情，可以令宇宙在刹那间静止不动。

我的身上，就留着他俩专心致志下镌刻的心形。那两颗心，仍温暖着、律动着，并泛着无限的情和爱。

至今，我尚激动着，激动得无以平复。

小径：

你们都是五十步和百步，虽是亲眼所见，但各有局限。哪像我，自始至终都在仰视着他俩。就是稍颦微嗔，惊喜暗悦，我都能接收到、感觉到。

我知道，他俩一直是快乐着。在这之前，在这之后，她和他以外的他，他和她以外的她，也有过诸如这样的历程。

我敢说，他俩从没出现过沸点与冰点。

明月：

我高高在上，一览人间无余。自亘古以来，数不清的情人就以我为证。

因而我不断地阴晴圆缺。

我是月老，我是嫦娥；我寄相思，我照沟渠；我迎归人，我送过客……

别再追问我了。虽然我一览人间无余，虽然数不清的情人以我为证。但我早已阴晴圆缺得一塌糊涂了。

［新加坡］ 董农政

机会难逢

今天真是见鬼了，从大巴窑兜到大坡，一个搭客也没有，那些搭客还天天投诉搭不到的士。

说起那些搭客，真不知道他们是怎么样想的，大家都是找口饭吃的，投诉这投诉那，大家脸上过不去嘛！

最气人的，就是说我们没有礼貌。唉，像今天，大半天见不到半个搭客，心情坏死了，谁会记得什么是礼貌。就便挤出笑容，也是死人相，有什么意思。

可是那些搭客，偏偏要我们讲究礼貌，真是见鬼了。

哈！生意上门了，有人向我招手呢！

咦！是个跛脚的，年纪很轻，个子也很大，不像残废的，会不会是假装的，会不会是……

我缓慢地把车子停在那个跛脚的身边。他以手示意我把车窗旋下，之后，他说：

“你可以帮我开门，再扶我上车吗，我的手和脚都不灵活。”

这小子，可以去SBC应聘演电视剧了，连说话也那么有气无力的。

当然啦！我知道怎么做，这是机会。我用很好的语气说：

“当然可以，当然可以。”

然后，我下去，开门，扶他上车。

这小子，重得像只猪，哪像是残废的，看来我的猜测不会错了。

“先生，你要到哪里去？”

他说出了地名，可能是偏僻的地方吧，我可还真不知道那是什么地方呢！

“那边靠近什么地方？”只好问他。

“在樟宜尾那边。”

哗！樟宜尾，这里可是大坡呵，那么远，不合算，没办法，机会难逢。

一路上，他一句话也不说地坐着，大概在观察我吧！

我忽然之间，觉得自己已出现在电视里边，得意洋洋地接受着访问。

哗！太妙了。

千千万万的人在电视前看我，有多美妙啊！

想着，想着，不禁偷瞟了他一眼，他好像也正在看我呢！

我是最佳人选了，错不了。

“请你转右。”

“再转右。”

“转左。”

“转右。”

天啊！七转八转的，满地都是泥，收车的时候可要洗上大半天了。

没办法，只好忍着，机会难得。

“到了到了。”

他叫，我停车，他付钱。我开车门，扶他下车，等着他向我出示证件，他却一跛一跛地走了开去，我急了，他像不当一回事，我大叫着追上去：

“喂，你不是ROV派来遴选最有礼貌最乐意助人的的士司机吗？我是最佳人选嘛！”

“你弄错了，我不是。”

骆宾路

老祖母为什么想起儿歌

15岁半的杨玲娜因为吸毒与藏毒被送进教导所。

杨玲娜的爸爸气得砸烂了一张三千八百元的玻璃茶儿。

杨玲娜的妈妈先是怔了一怔，随后像泼妇骂街似的数落了女儿坏了杨家的声誉，骂个没完没了，直到做丈夫的砸烂了那张三千八百元的玻璃茶儿，弄得一地玻璃碎片，还划伤了手腕，她才吓得收了张嘴，不敢再“放一声屁”。

最痛心的还是杨玲娜的祖母，眼巴巴看着孙女一步步堕落成这个样子，自己一点办法也没有。

“我早就担心有此一天哪。”她的内心虽然是这么埋怨，但此刻也不敢在自己儿子、媳妇面前出个声气。难道找上门挨人家抢白。做奶奶又怎样？自家的儿子都不买她老人家的账，几时轮到她老人家插把嘴去教训这80年代的刁蛮孙女？

做奶奶的埋怨儿媳妇只会相夫，不会教女。

做妻子的私下抱怨做丈夫的只顾做生意，冷落了家庭，所以女儿亲朋友，也不亲父母。

做儿子的却责怪做奶奶的不会帮忙照看这个家。

做女儿的又有什么积怨呢？奶奶是老朽；爸爸像外星人，跟这个家根本就不沾边；妈妈像只母鸡，有蛋下“咯咯，咯咯”的叫，没蛋下也是“咯咯，咯咯”的乱叫。

话不投机半句多。做只笼中的“金丝鸟”还不如做只自由自在的麻雀。

“做麻雀，当心让老鹰叼了去！”

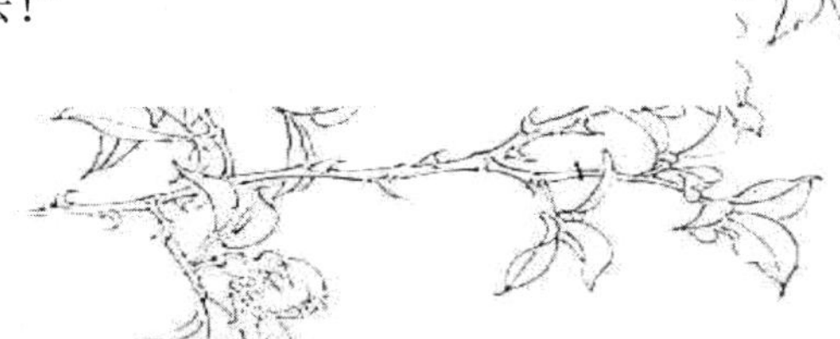

做奶奶关切地说。

“做麻雀，贱骨头。这样一个家哪一点配不起你？”

做母亲的“呱哒，呱哒”地教训道。

“你少到外面惹是非。”

做爸爸的不会拐弯抹角，也认为无须拐弯抹角。一家之主，说一就是一，这是中国人四五千年来的传统。

杨玲娜嗤着鼻子，像只麻雀飞出去。

虽说她不是像奶奶说的被老鹰叼了去，而是自己飞入火坑中。

这年头歌儿到处唱，最要紧的是好玩。

吸毒食丸子，不也是刺激好玩么？

坏女孩的歌儿唱遍天涯海角。

所以，做乖乖女，闷死人！

谁懂得什么叫做黄鼠狼给鸡拜年？

老祖母想起自己唱过那首被孙女（那年她才5岁）嗤为“老土”的儿歌：

老狐狸敲着小羊儿的门，亲亲热热地拉开嗓门唱道：

> 小羊儿乖乖，
> 把门儿开开，
> 快点儿开开，
> 我要进来。

小羊儿在屋里唱道：

> 不开不开不能开，
> 母亲不回来，
> 谁来也不开。

每当老祖母想起这儿歌，心里总享有说不出来的家庭上下之间相互关怀的温馨。

56年前，学校里教唱歌的老师教她们唱过这首儿歌，那年她是

6岁。

20年后，她唱给5岁的儿子听，儿子还天真地问妈妈："小羊儿开了门又怎样?"

小羊儿开了门又怎样？小羊儿没有开门，老狐狸去敲小白兔的门，依旧旧调重弹：

小白兔乖乖，
把门儿开开，
快点儿开开，
我要进来。

小白兔高高兴兴在门内应道：

就开就开我就开（小白兔开了门）。
可怜小白兔，一去不回来。

而今小羊儿长大了，做了人家的爸爸，有了自己的小羊儿，却让自己的小羊儿跑进虎口里去。

老祖母想起了儿歌。……

老祖母从儿歌联想起小孙女的不幸。

又从小孙女的不幸联想起一年到头在商店的玻璃橱窗常会看到的字句：

大清货，要钱不要货！

要钱，不要□□□。

要钱，不要□□□□。

要钱，不要□□□□□（任君填上）。

老祖母想起儿歌。但这是个不唱儿歌的社会。

这是个商业社会。

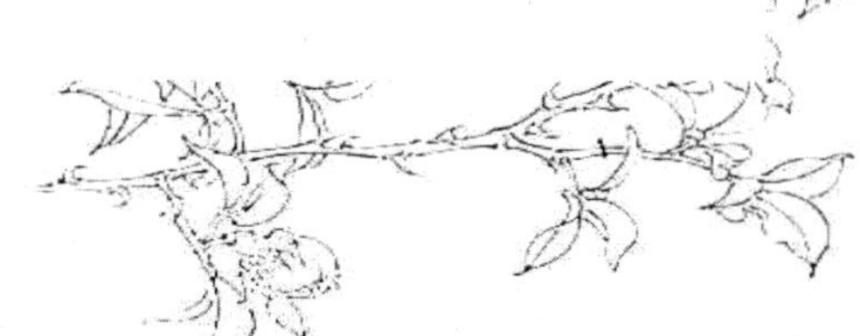

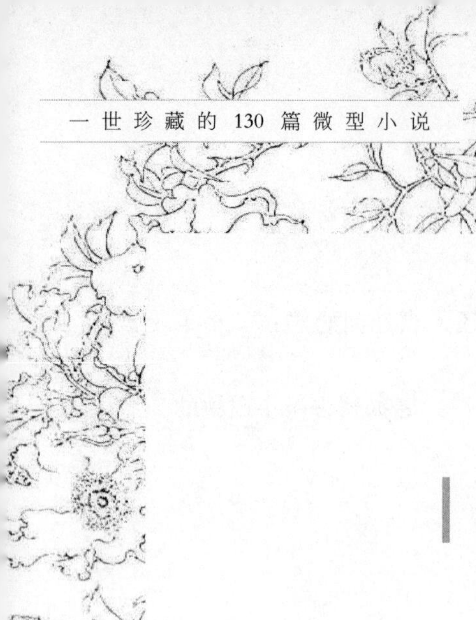

海辛

掌声

一

暴雨似的掌声，夹杂“安哥”“安哥”“太好了！”的喝彩……随着那四雌之家，迁到隔壁那层空房子后，它顿然充实热闹起来。而我们这一个邻居——五口之家，生活也随之“充实热闹”，特别是每天傍晚，强烈而响亮的掌声、欢呼声，自隔屋的窗口传来……我和妻、3个儿女，仿如置身大会堂音乐厅，听到某名家表演精彩之际，观众如痴如狂地报以掌声和喝彩声。烦恼的是现在乃黄昏向晚，我和妻在学校工作一整天，需要清静休息或看点书报消遣；而3个读书的孩子，也要做功课。我想，那每天黄昏爆发掌声之家，就是楼上楼下的芳邻们，也吃不消吧？事实他和她们常在升降机碰面时诉苦，乃至谩骂。楼下会计师朱先生还愠怒说：“打过电话报警，但警员说7点多8点钟，各户住客有权看电视，收听各种节目，乃至打麻雀！”

妻说她曾故意串门，走去做睦邻功夫，希望她们关掉专门播放掌声的扩音机。但那60多岁的白发女主人慕容婉兰女士，一个过气歌唱家，穿睡袍，总是像寐睡般半躺在摇椅上，摇摇摇，摇摇摇，根本不理邻人。女佣斟茶来，两个亭亭玉立女儿告诉妻，她们读大学，为妈妈的掌声困扰邻人而道歉。长女说：“对不起，我妈每天傍晚不听掌声和喝彩声，就失眠患病！”次女说：“我妈妈靠掌声娱乐，也以此支撑生命！她以前是个著名歌唱家。”

二

每个星期日早上，例必有白发高瘦、穿黑干湿大衣的斯文汉子，口咬烟斗，捧一束鲜花来到这四雌之家的门口，按铃。照例很久很久都没人来应门，他，有如橡胶般的耐性，按了一次又一次，就要按出一个人来，如长女、次女、或女佣。她们跟他很熟络，也表示同情，接过他的花束，但不许进门，总说："她还不肯原谅，你走吧!"老汉叹口气，转身走了。

这个星期日上午，他叹气走去升降机时，我故意和他一起，做长舌的查问者。他慨叹说："我是唱片公司主脑人！又是这个家的一家之主！那个晚晚听掌声的过气歌唱家是我妻子！我太爱她了！归隐后，她晚晚听自己最后收山演唱与观众拍掌喝彩的录音声带，既使邻居讨厌，也使我做丈夫的吃不消……一次，我故意洗掉录音声带，当洗掉大半，让她发现，暴怒地把我推倒，马上搬到这里来住，我苦苦求饶，她不理睬！我究竟犯了什么罪?"

桑　妮

为你疯狂

司马娜忘不了那掌声！

她第一次登台，唱了第一首歌，台下反应冷淡，竟没有人为她鼓掌，弄得“再来一首”便没有了一个顺当的借口，司仪阿M不得不出来打圆场，面对着台下那一围一围的听众，口沫横飞地说：

“我们的司马娜小姐从×埠来，特地为我们香港的歌迷演唱她几首风靡了许多年轻人的最新爱情歌曲。她很喜欢香港……让我们用热烈的掌声，欢迎司马娜小姐为我们再唱一首，她最拿手的《我为你疯狂》！”

这，掌声才稀稀落落地响起来了。

第二首歌唱毕，听众的掌声开始为她鼓了！看来都是发乎内心的。她大感兴奋。

第三首，掌声又热烈了些……

从夜总会出来，已是午夜12时过后。司马娜的男友截了辆的士送她回家。

在车上，男友不客气地：“娜，你今晚唱得真糟。”

“怎么？”司马娜说，“你是说我第一首歌吧？我明白，唱得不好。可香港的听众，也太没礼貌了，一点反应也没有，你叫我能唱得起劲吗？”

“你唱得不好，怎能怪人家？”

“第二首第三首歌唱得比第一首好。你明白其中奥秘吗？”司马娜说。男友摇摇头。

“我十分情绪化，客观反应对我很重要，我很需要掌声，那是一种刺激。”

司马娜初次登台，听到掌声，兴奋了一夜不得入眠。半夜她从床上爬起来，站在大镜面前唱了一首歌。她想象着镜子那边就是台下，几百名夜总会客人在那边听着。然后，她幻想如雷掌声哗哗响起来，她闭上眼睛，陶醉着，兴奋着，灵魂好似飞上云端。

然而乐评界对司马娜的歌艺不但不敢恭维，且兼有极尖锐的批评。司马娜不读报，什么都不知道。

又上了几次台，司马娜终于病了，医生诊断结果，是太兴奋导致。而司马娜明白是掌声引起。在台上，热烈的掌声一起，她的心脏就跳得十分剧烈；掌声越疯狂，她更不能自制，感情放浪，竟终于嘶哑变音了。

最疯狂的是最近一晚，司马娜刚登台，口都还未张开，掌声忽然如雷暴一样爆发，还渗进了口哨和狂喊。司马娜兴奋过度，晕死过去。男友赶忙跳上台去，脱下西装，覆盖在她那薄如蝉翼，不着胸围的透视装上面……

陶然

昨夜星辰

他该送她去的。可是，糟糕！早上一睁开眼睛便感到天旋地转，胸口发闷，好像随时会呕吐一样。他看了看手表，已经8点多钟，他听她说过，10点钟她就会赶到红磡火车总站，经深圳再转车回上海去。

上海？这个似乎毫不相干的城市，一下子竟然就变得那么亲切起来，而且仿佛不再遥远了。他当然去过上海，那是10年前的事吧？外滩、黄浦江、大世界……他都有点印象，但都是模模糊糊，如今竟一下子记忆回涌，立体得好像就在眼前，甚至自己便置身其中。可是此去关山重重，提着那么多件的行李，一个女的，要孤身一人去挤火车、过海关，想想都不可思议。昨晚在餐厅饯行，他就有些为她担忧："六大件，你怎么提呀？——有拖行李的小车也不行，过海关要检查，万一给你来个翻箱倒柜，你一个人怎么对付？"

但她只是微微一笑，很温婉却很自信地一笑："总会有办法的。"他熟悉她的这种笑容，他在这个国际学术会议上邂逅她，也只不过是两个半星期吧？但她的这种很有内涵的笑容，却很快便吸引了他。幽暗的餐厅里，桌面上的烛光闪烁，这到底是为了重温，还是为了惜别？他也有些搞不清楚了。他未必喜欢吃西餐，想来她也不会喜欢，但这里却胜在情调，坐在这里，心境自然会柔和起来。台上的男歌手一面弹着电子琴，一面用忧郁的歌声唱着保罗·安卡的"黛安娜"，让人的心一下悠远空濛起来。她悠悠地叹了一口气："我曾经屈着手指数日子，老是盼望着会议赶快结束，离开香港回去……香港？香港当然很好，很美丽，要看什么电影都可以看到，要买什么东西也都买得到……可是，我总觉得，在这里并没有我的位置，我想找的位置是在上海，在我的家乡，虽然比起香港来，条件要艰苦得多，我还是急着回去，因为那里有我的分量……”柔和的昏黄烛光在她那带着笑容的脸上摇曳，他却读出隐藏在她眼眶里的闪烁的泪光，只听她顿了一顿，忽地轻轻笑出声来，短暂而急促：“可是后来，越接近离开的日子，我就越感到舍不得，真有点奇怪。”

“要是时间再长一点就好了……”他接着说。但心里不禁又想，再长一点又怎么样，不也一样终须一别？

终须一别，就像留恋得再晚餐厅也总是要打烊一样，就像骚劲的梦终于迎来命定的别离一样。他已经说好了，送君千里，终须一别，他不要去送行，让那分手的场面太过戏剧化地出现，又何必呢？但今早他有些改变主意，只是为了再见她一面，但他却已有心无力，他双腿酸软，早已自顾不暇。勉力提起电话打去，他听到她的声音依然带笑：“我这就走了……”他听到室内几个人的谈笑声传来，她又说：“他们来送我，你多多珍重……”

几句歌词滑进他的心田：“……今天且有暂别，他朝也定能聚首，纵使不能会面，始终也是朋友……”嗯，是昨晚在餐厅所听的最后一首歌“友谊之光”呢。昨夜仰望夜空，星辰寥落；这寥落的几颗，此刻又遗落何方？

席以文

宝宝不哭了

敲门的声音又响起来了，仍是这么急促的、响亮的、催命似的。

她抱着宝宝，飞扑向门口，用力地抵着门，急喊：“不要进来，给我滚。”

门声依然响亮，依然急促，依然催命。

“给我滚。”她竭力地喊，额上冒汗，她转过身，以背挡门，觉得这样稳妥些、有力些，她急促促地用手掠一掠额前的被汗水沾湿了的发，那只手又匆匆地回去挡着门。

门声越急了、越响了，她的双手、背部，甚至每根神经，仿佛被门的那边的一股力量震荡着，她更慌张，泪水涌出，含糊地喊：“滚吧，滚吧，求求你……”

“不可以让他进来，不可以。”她的手听到了心的指使，更用力抵住门。

她永远记得那一次，3年前？5年前？忘记了哪一年，那又有何相干？总之有一次，她像今天那样，关上房门，静静地哄宝宝睡觉。她的心里只有宝宝，才9个月大的宝宝，最听她的，最爱她，最乖……只有宝宝令她觉得人生还有点希望、有点温暖、有点留恋。是的，她早已不再留恋，自从丈夫冷落她、打她、骂她，把家用拿去赌钱，赌输了又打又骂。

结婚之前，她已知他爱赌，但从未想象过他赌输后所暴露的凶相是如此骇人，从未想象过曾经对她又哄又疼的男人会粗鲁地打她骂她，从未想象过他可以在出粮之后一星期内把薪金输光，向她要钱，从未想过的事情太多太多了，结婚才4年啊。

她要离婚，但又发现怀了孕，老人家劝她忍忍吧，为了孩子忍忍吧。孩子要还是不要？她心里犹豫着，丈夫知道她怀孕的消息后，性情好像好转了，少骂她了，也少打她了，钱还是要赌，他说手风顺了，是胎儿的福气。于是，她也相信，丈夫变好了，家庭和谐了，是胎儿的福气。她便把希望寄托在胎儿身上。

可是，胎儿啊胎儿，你的福气何以这么短，才7个月，他又故态复萌了。他说："你怎样搞的，怀着胎也不旺旺丈夫。"他很凶呀。他又输钱了，他又骂她了，他又打她了，有一回打了她后不顾而去，她动了胎气，由邻居送她进医院。胎儿保住了，她却弱得很。

她常胆怯，无故虚惊，她要妈妈陪着、保护着。妈妈不在的时候，她便关上房门，不要让他进来，她怕他，尤其在他输钱之后。

不知道多少次了，她独个儿睡在房中的时候，在夜阑人静的时候，她听到拍门声，急促的，响亮的，门外是骂声，一个赌徒输钱后的怒吼。她不应门，也不开门，让那门声自动静止。一轮咆吼之后，它自会无力地静止。

有一些晚上，她会在睡梦中听到狂怒的敲门声，惊醒过来是一片黑暗的沉寂，她便会用手抚摸挺起的大肚子，轻声地问："宝宝，你怕不怕？宝宝，你别怕，妈在。"也许，就是从那时开始，宝宝已有了生命，宝宝最爱她，最听她，最乖。

宝宝终于在敲门声的幻觉中哭着来到她的生活里，宝宝像她：瘦瘦的身子，苍白的皮肤，还有，像她一样爱哭。

从此，她孤独的房间里多了哭声，孩子的哭声。好一阵子，她不再关门了，妈妈在身边照料了3个月，丈夫说宝宝旺了他，他手风顺了。他经常哄宝宝，亲宝宝，妈妈放心了，回家去了。

他又忘了她似的，忘了宝宝似的，整日不知去了哪里。她照样日间工作，晚上到妈妈处把宝宝抱回家，差不多每次，她都是独个儿来，独个儿去。

她又开始怕了，他又经常赌输了，回到家里又是吵吵闹闹，他不只要拿家用，还要拿她的首饰。她不给，又是打又是骂，她把首

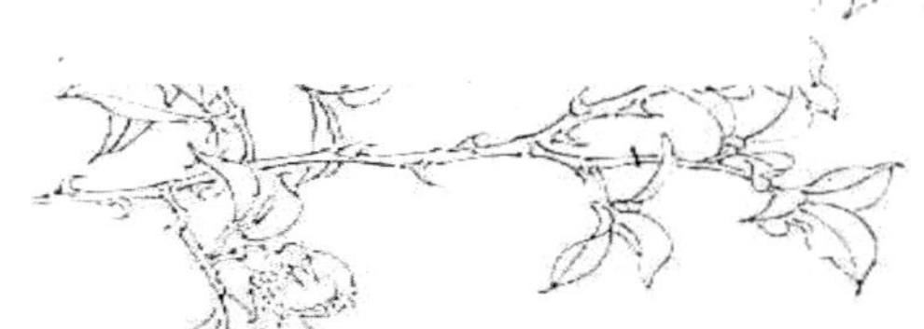

饰都关进保险箱里去。

她又开始关门了，她要宝宝好好地睡，她不要宝宝听到爸妈的吵闹声。

敲门声又响了，她抱着宝宝，正要哄他睡。那急促的、响亮的、催命似的敲门声，发了狂般怒叫："开门，我收拾行李，走了以后不进来。"

她紧紧地抱着宝宝，不语。

"再不开，我要撞门了。"门外凶巴巴地叫着，随之而起是撞门声。

她抱着宝宝拦在门前，以背顶着门，流着汗，流着泪，手在颤，身在抖。宝宝在哭，哭得越急，她的手抱得越紧。让他的脸紧紧贴在胸前，让他的双脚径自乱踢。

门外的怒骂声、打门声像狂潮，将要淹没门内的小草。她的心急跳，她的手像抽搐般扯紧。宝宝哭，宝宝的手在抓，脚在踢……

宝宝不哭了，手不抓了，脚不踢了。

打门声停了，叫骂声止住了，门开了。

她看见有几个人走进来，有绿衣的、有白衣的、有丈夫、有妈妈。有人哭了，有人叫了，有人跟她说话，有人要抱她的宝宝。

她搂着宝宝，呆呆地坐着，静静地问："宝宝，你怕不怕？宝宝别怕，妈在，乖。"宝宝软软地，沉重地坠在她的双手里，闭上眼睛，淤了脸色，不哭了。"宝宝不哭了，真乖，妈疼你。"

她抱着宝宝，一边哄着，一边随着人们走出房间。她看见身旁的妈妈哭了，笑对宝宝说："嘻，宝宝都不哭了，婆婆还哭。宝宝丑婆婆。"

她满足了，在这个白色的房间里。宁静，干净，最重要的是有宝宝在，宝宝也乖了。他不哭，老是静静地睡觉，多乖。可是，她还经常听到敲门声，和门外的怒吼。

淡　如

珊　珊

不要是她，绝不要是她！

看着案头散乱的文件，我就这样一动不动地呆坐了整个下午。今早出门时，心情还是患得患失的，但现在我就好比铅块一样，无法移动丝毫半分。

警局今早来的电话说，他们找到了一具与我形容近似的少女尸体，希望我能去走一趟。我心里就是这么祈求，不要是她，绝不要是她！但白布底下躺着的，正是那张熟识苍白的脸。

……

“你叫什么名字？”

“珊珊！”她不经意地答着。

“今年有多大？”

“15。”

苍白、瘦小的她，默默地站在我面前，长长的头发底下，收藏了一双倔强的眼睛，她总是咬着下唇。每问她一句，她便以最简短的方式回答，这便是她——珊珊两年前给我的第一个印象。

中学毕业那年，作文的考试题目是《毕业后》。当时很多同学也说老师幽默，“毕业后”大伙便也名正言顺地“失业了”，还有什么可写！最后各人还是乖乖地填上自己的志愿，而我写的便是——社会工作者。

“郭生，我很想跟你谈谈珊珊的问题。”

“谈？小姐你没看见我在打牌？没空！也没什么可谈！”

“但是她在‘鱼蛋档’里被捕，难道你一点也不关心，还有，

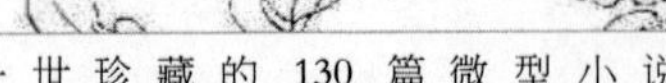

她染上吃‘丸仔’的习惯，这些你都知道吗?”

“死女包！有钱食‘丸仔’也不拿钱回家，你知吗？她每月只拿鸡碎那么多钱回来，还不够我买口仔Q呢！重学人做忽得妹，叫佢去死啦!”

“郭生，她到底是你女儿，你怎可……”

“闸住！我姓郭，她姓叶。我这便宜老窦把她养得这么大，总算对得起她死鬼老母了，喂！你完了没有，里面三缺一，我真的没空跟你扯!”

“郭生，郭生……”

这便是跟珊珊后父的第一次对话，也是最后客套的一次了。往后的日子里，他简直不愿跟我倾谈，有时甚至连骂带赶地把我轰出门外。

几经辛苦才替珊珊找到份时装学徒的工作，希望自此以后她能慢慢走上正途。基本上这小女孩的内心是善良的，她对我的态度也日渐在改善。

珊珊的后父经常到厂里吵闹要钱，只要珊珊交不出，他便大骂“死忽得妹”、“死鱼蛋妹”的，没完没了。最初厂里的同事对她境况也略表同情，后来吵多了，大家的态度渐变，甚至开始冷言冷语，平时有倾谈的也不再理睬她了。这份工作，珊珊只做了5个月。

“姐姐，我已经几天没吃饭了。”珊珊出现在我办公室门外，这是她第一次主动找我。

“姐姐，为什么除却你，便不再有人关心我、爱我。爸爸一早就死了，不料妈也不再要我。那衰人常打妈，是他把妈打死的！还逼我要钱，我没钱！我真的没钱了。”

珊珊这夜就睡在我家，但睡梦中的她，竟也在哭泣！

后来，不见了珊珊。

她经常出入的“机场”，和她那些朋友的“卖口”我也找过了，还是找不到她，甚至不应到的“鱼蛋档”我也去了，她还是如石沉大海一样，失去了踪影。珊珊已经失踪3个月了。

“小俞，算了吧！我们并非救世者，只要大家尽了力便行了。有些事是无法改变的，也许‘死’对她而言并非坏事呢!”

“主任，你怎可这样说，她还这么年轻，有什么不可解决，要走上这条路，我不懂，真的不懂！”

“我很明白这两年来你跟珊珊建立的感情，但事情应该终结了。早点回家休息吧，明天还有很多事做呢！”

一切便真的随着档案的终结而告结束。但明天，明天还有多少个珊珊出现，而我又能为她们做些什么呢？珊珊的死是否对这畸形社会作无声的抗议，到底又有多少人会给予她新生的机会，还是她真的到了无路可走的地步?!

记得珊珊曾很稚气地问我：“我能不能叫你姐姐？要是你真的是我姐姐……”

林清玄

送一轮明月

一位住在山中茅屋修行的禅师，有一天趁夜色到林中散步，在皎洁的月光下，他突然开悟了玄妙的佛法的真谛。

他喜悦地走回住处，眼见到自己的茅屋遭小偷光顾，找不到任何财物的小偷要离开的时候在门口遇见了禅师。原来，禅师怕惊动小偷，一直站在门口等待，他知道小偷一定找不到任何值钱的东西，早就把自己的外衣脱掉拿在手上。

小偷遇见禅师，正感到惊愕的时候，禅师说："你走老远的山路来探望我，总不能让你空手而回呀！夜凉了，你带着这件衣服走吧！"

说着，就把衣服披在小偷身上，小偷不知所措，低着头溜走了。

禅师看着小偷的背影穿过明亮的月光，消失在山林之中，不禁感慨地说："可怜的人呀！但愿我能送一轮明月给他。"

禅师目送小偷走了以后，回到茅屋赤身打坐，他看着窗外的明月，进入空境。

第二天，他在阳光温暖的抚触下，从极深的禅室里睁开眼睛，看到他披在小偷身上的外衣被整齐地叠好，放在门口。禅师非常高兴，喃喃地说："我终于送了他一轮明月！"

席慕容

老　　黄

前几年，我们这个位于淡水山坡上的社区，野狗为患。居民委员会特别为这件事开了一次会，决定择期请人来捕捉野狗，还写了一张大大的公告张贴在社区入口的地方。

日期到了，约好的捕犬车也来了。可是，那天整个山坡上却是鸟喧花静，空无一“犬”。除了被主人特别禁闭在院中的家犬之外，平日那些在巷子里熙来攘往，携儿带女的流浪族群却一只也不见。最后，捕犬车也只好空车回去了。

事后，我们的主任委员只好开玩笑地说：

“不该在大门口贴公告的啦！人会看，狗也说不定会看啊！这不就一只只都去避难了吗？我们又抓得到谁？”

不过，后来在大家全力防卫之下，社区里的流浪狗倒真的是越来越少，只偶尔零星地出现两三只，也就构不成什么威胁了。

“老黄”应该就是其中的一只。它开始只是在东家或西家的门口安静地站一站，摇着尾巴要点儿东西吃。后来和中间巷子C妈妈家养的黑狗“快乐”有了交情，就总在快乐吃饭的时间里准时出现，C妈妈心软，就会多喂它一些。平常老黄好像是隐居在什么角落里，不吵也不闹的，社区里的邻居也就睁一眼闭一眼了。

寒假，我女儿在家，常常往C妈妈家去逗快乐玩，玩着玩着，老黄就出现了。它其实长得很可爱，一身蓬松的黄毛，两只又黑又深情的眼睛，紧紧注视着你。这下就把我女儿的心给抓住了，有事没事就会从家里拿点东西去喂它。有时候晚上从台北回来，她还会从书包里变出一条温热的热狗，先不进家门，非要去给快乐和老黄

吃点宵夜不可。

快乐是家犬，有它自己的责任，走不开，最多只是在它家门口陪我们女儿玩玩而已。老黄可不同，它是自由身，所以宵夜吃完之后，这只满心感激的狗就开始睡到我们家门口来了。

我们家院子很小，家里又有两只老泰国猫和一只年轻力壮的大黄猫，已经够热闹了，我可不想再收留一条莫名其妙的流浪狗，所以就常常赶它走。它也很知趣，只要我一出现，马上安静地夹着尾巴走开了，一直要等到晚上女儿回来，它才又假装着忘记了似的，兴高采烈地跟着跑过来。

我拿它没什么办法。这只狗好像知道我并不是真的不喜欢它，只是不能随便收留它而已。于是，一方面小心翼翼地尽量不触怒我，一方面它也在安全距离之外静静地观察着我们这一家的生活。

春天来了。太阳好的时候，三只猫都会闹着要出去，好在，它们也只是在近处走走，只要我们一开口呼叫，这三只胖猫都会乖乖地走回来。

听说老黄对社区里的野猫深恶痛绝，总是会吠叫追赶绝不容情，可是对我们家这三只猫在草地树丛间的散步，却一点儿也不表示意见，只远远地蹲伏在墙角，冷眼旁观。

有天早上，丈夫赶着要去学校上课，放出去的老猫都叫回来了，独独还有那只年轻的大黄猫不见踪影。

家里没人，上课时间又快到了，丈夫有点儿着急，一眼看见老黄跟在身后好像很关心的样子，灵机一动，就转身对它发出指令：

"猫咪！去找猫咪！"

我们家老爷本来是抱着姑且一试的心情，想不到，指令刚下，老黄马上开始在草丛和花池间嗅闻起来，然后就对着屋子后面的方向，像箭矢一样飞奔前行。（我们后来都猜想，在那个时候，它一定在心里暗暗欢呼："好啊！机会终于来了！"）五秒钟之后，就从那片邻近沼泽边缘的荒地上，草长得最深最密的地方把大黄猫赶了出来。

大黄猫并不情愿，所以，老黄几乎是以牧羊犬的身段和技术，左驱右赶地把猫咪赶进家门，然后，它就很知进退地守在门外一尺的地方，一面向我丈夫摇尾示意，一面还微微地喘着气。

丈夫后来对我说，他就是从那一刻开始，深深地爱上了老黄的。

那几天我刚好出国。等我回来，老黄已经洗好澡，打好预防针，戴好了项圈，微笑着坐在大门口了。

丈夫说：

“它好可怜，医生推测应该有五岁，可是恐怕从来也没人照顾过它，身上连小狗时的乳毛还在，真不知道它这五年的日子是怎么混过来的？”

好一出“苦儿流浪记”！也许就是这样的五年，才造就出这么一只既懂得察言观色，又能够把握机会的狗儿来的吧。

如今，老黄已经在我们家住了三年，可是，每次去看兽医的时候，我还是常常向医生解释说这是我们收养的“流浪狗”。女儿有一次纠正我，不应该再把它看待成流浪狗，它应该早就是我们的家犬了。

可是，我想，我这样的称呼也许有点儿道理。一方面是因为它五岁之前的生活状况也许会影响它的健康，有必要向医生说明；而另外，我心但确实是有点儿尊敬它的意思。

这是一只流浪了多年的小狗，终于凭借着自己的努力得到了一处还算温暖的栖身之地。它是比所谓的家犬还要更好上那么一点儿的吧，对不对，老黄？

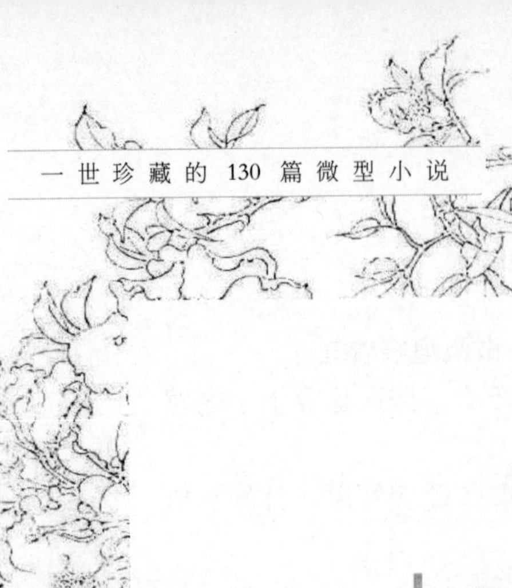

许地山

难解决的问题

我叫同伴到钓鱼矶去赏荷，他们都不愿意去，剩我自己走着。我走到清佳堂附近，就坐在山前一块石头上歇息。在瞻顾之间，小山后面一阵唧咕的声音夹着蝉声送到我耳边。

谁愿意在优游的天日中故意要找出人家底秘密呢？然而宇宙间底秘密都从无意中得来。所以在那时候，我不离开那里，也不把两耳掩住，任凭那些声浪在耳边荡来荡去。

辟头一声，我便听得，“这实是一个难解决的问题……”

既说是难解决，自然要把怎样难底理由说出来。这理由无论是局内、局外人都爱听底。以前的话能否钻入我耳里，且不用说，单是这一句，使我不能不注意。

山后底人接下去说：“在这三位中，你说要哪一位才合适？……梅说要等我十年；白说要等到我和别人结婚那一天；区说非嫁我不可，——她要终身等我。”

“那么，你就要区罢。”

“但是梅底景况，我很了解。她底苦衷，我应当原谅。她能为了我牺牲十年底光阴，从她底境遇看来，无论如何，是很可敬底。设使梅居区底地位，她也能说，要终身等我。”

“那么，梅、区都不要，要白如何？”

“白么？也不过是她底环境使她这样达观。设使她处着梅底景况，她也只能等我十年。”

会话到这里就停了。我底注意只能移到池上，静观那被轻风摇摆的芰荷。呀，叶底那对小鸳鸯正在那里歇午哪！不晓得它们从前也曾解决过方才底问题没有？不上一分钟，后面底声音又来了。

“那么，三个都要如何？”

“笑话，就是没有理性底兽类也不这样办。”

又停了许久。

“不经过那些无用底礼节，各人快活底同过这一辈子不成吗？”

“唔……唔……唔……这是后来底话，且不必提，我们先解决目前底困难罢。我实不肯故意辜负了三位中底一位。我想用拈阄底方法瞎挑一个就得了。”

“这不更是笑话么？人间哪有这么新奇底事！她们三人中谁愿意遵你底命令，这样办呢？”

他们大笑起来。

“我们私下先拈一拈，如何？你权当做白，我自己权当做梅，剩下是区底份。”

他们由严重的密语化为滑稽的谈笑了。我怕他们要闹下坡来，不敢逗留在那里，只得先走。钓鱼矶也没去成。

沈从文

早上——一堆土一个兵

天欲发白。一切皆静静的，这分沉静便孕育了稍后一时金铁齐鸣的种子。

老同志伏在山地土沟边如一只狗，身穿破棉袄儿，见得多，听得多，胆量稳稳的，心沉沉的，不怕冷，不怕饿。

为的是会那么一手，有了经验，到时候天空中燕子似的钢铁飞窜，“来，×你的娘，炸你个七块八块！”一下子把那个黑沉沉的玩意儿，向远处抛去，訇——一堆烟子，一堆石头，一堆泥土，向上直卷。一口猛劲的犁，一只瞧不见的大手，这么一下翻起多少东西！那大腿，那手指，那点撕碎拉长的内脏；起花的肠子，水蛇似的肠子。“来，×你祖宗，再来一下！”又再来了一下。

在那时节老同志是半疯的。空中的一切声音皆使他发疯。

“来，×你……”便又再来了一下。每一个动作相伴而来的是个粗俗的字眼，这包含了一种力量，一分气。

老同志可没有死，天知道这是谁出的主意，勇敢人照例就不会轻易死。枪子儿常常赶人背后穿，你想跑，只一下子你便完事了。你不跑，你不会在冲过来的毛子以前完事。

嘘——一颗流弹；一只紫色的鸟儿打头上飞过去，一个信号，暴雨中第一滴雨点。来了，昨天的事又快来了。同天明一样，黑夜一走终究要来的。

一切过去了，黑夜和沉默皆已过去了。远处有了机关枪声音一阵，过后又异常沉静了。

天已亮，好像再不会有什么事。

老同志把手在空虚里抓了一把，看看风向什么方面吹。老同志身边有一个小同志，一个学生，那顶圆圆的钢盔搁在头上，代为说明他来到这儿还不多久。那学生哑哑地说：

“老同志，别开玩笑，小心一点儿。”

“小心一点儿？小心你做皇帝的命！你是来干吗的？我问你。”

那一边便无回嘴声音了。

过一会儿，那戴了钢盔的学生却说：

“老同志，老同志，到了一万顶钢盔，今早冲锋时可不怕机关枪了。”

人年轻了一点，话说得那么傻，真像机关枪子儿单拣脑瓜子钻，别一处皮肉不兴穿过似的。故老同志听到这儿时笑也不笑。后面的人要买帽子爱国，前面的可不要。他们要大炮小炮，要机关炮同向空中飞机瞄准的高射炮，向谁去要？从学生看来这老同志正有点傻，像那么勇敢，那么猛，不是傻子谁作得出这件事。看看地面各处已现出了淡淡的轮廓，壕沟如一条黑色带子，向高处爬去。学生问：

“老同志，老同志，你为什么到这儿来？”

“我为什么到这儿来？鬼明白。你为什么到这儿来？我问你。人明白的都不来，来的就不大明白。大家都想搬了宝贝向南边跑，不要脸，不害羞，留下性命做皇帝，这块土地谁来守？”

“你有家……有土。”

“我有田土舍不得离开吗？我有坟土。毛子来了，占去咱们的土地，祖宗出了多少力，流过多少血，家门前一块肥土让他们拿去，不丢丑？读书人不怕丢丑我可怕丢丑。站不住了，脑瓜子炸了，胸脯瘪了，躺到那炮弹犁起的坑里去，让它烂，让它腐。赶明儿有人会说：‘老同志不瘪，争一口气，不让自己离开窄窄的沟儿向宽处跑。他死了，他硬朗，他值价。’”

那学生一句话不说，也把手在空气中捞了那么一下，想爬过来一点，似乎要亲老同志一下，老同志说：

“伙计，小心点，不是玩的。”

“得啦，我让你去做皇帝。我把你这个。”他想脱下那顶帽子，

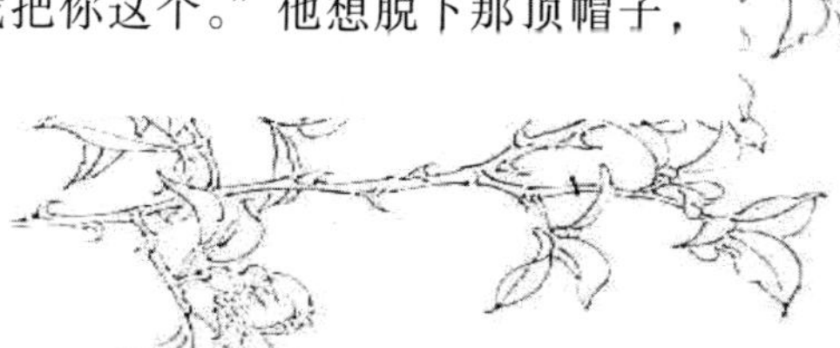

这帽子让他害了羞。

呦——

一下子小雏儿完了，放翻了，一个滚便转到壕沟里泥水中去了。一顶钢盔留在老同志身边。

“发明这玩意儿帽子？”老同志道，“天空中落雪子时，戴它到头上去，挡一阵雪子。送来一万顶，好像全望着别炸碎脑子，枪子儿赶别处进，把受伤的填满一个北京城，让人知道抵抗了那么久，伤了那么多，就来讲和似的。妈妈的，你们讲和我不和，我怕丢丑，我们祖宗并不丢丑。”

稍远处有了枪声，左边有了枪声，右边有了枪声。老同志摸摸身边，身边有一十七个炸药作馅的铁棒槌。寒气中一切皆结了冰似的。空气结了冰，铁也结了冰。

汪曾祺

陈小手

我们那地方，过去极少有产科医生。一般人家生孩子，都是请老娘。什么人家请哪位老娘，差不多都是固定的。一家宅门的大少奶奶、二少奶奶、三少奶奶生的少爷、小姐，差不多都是一个老娘接生的。老娘要穿房入户，生人怎么行？老娘也熟知各家的情况，哪个年长的女用人可以当她的助手，当“抱腰的”，不需临时现找。而且，一般人家都迷信哪个老娘“吉祥”，接生顺当。——老娘家都供着送子娘娘，天天烧香。谁家会请一个男性的医生来接生呢？——我们那里学医的都是男人，只有李花脸的女儿传其父业，成了全城仅有的一位女医人。她也不会接生，只会看内科，是个老姑娘。男人学医，谁会去学产科呢？都觉得这是一桩丢人没出息的事，不屑为之。但也不是绝对没有。陈小手就是一位出名的男性的产科医生。

陈小手的得名是因为他的手特别小，比女人的手还小，比一般女人的手还更柔软细嫩。他能专治难产。横生、倒生，都能接下来(他当然也要借助于药物和器械)。据说因为他的手小，动作细腻，可以减少产妇很多痛苦。大户人家，非到万不得已，是不会请他的。中小户人家，忌讳较少，遇到产妇胎位不正，老娘束手，老娘就会建议：“去请陈小手吧。”

陈小手当然是有个大名的，但是都叫他陈小手。

接生，耽误不得，这是两条人命的事。陈小手喂着一匹马。这匹马浑身雪白，无一根杂毛，是一匹走马。据懂马的行家说，这马走的脚步是“野鸡柳子”，又快又细又匀。我们那里是水乡，很少

人家养马。每逢有军队的骑兵过境，大家就争着跑到运河堤上去看“马队”，觉得非常好看。陈小手常常骑着白马赶着到各处去接生，大家就把白马和他的名字联系起来，称之为“白马陈小手”。

同行的医生，看内科的、外科的，都看不起陈小手，认为他不是医生，只是一个男性的老娘。陈小手不在乎这些，只要有人来请，立刻跨上他的白马，飞奔而去。正在呻吟惨叫的产妇听到他的马脖子上的銮铃的声音，立刻就安定了一些。他下了马，即刻进产房。过了一会（有时时间颇长），听到哇的一声，孩子落地了。陈小手满头大汗，走了出来，对这家的男主人拱拱手：“恭喜恭喜！母子平安！”男主人满面笑容，把封在红纸里的酬金递过去。陈小手接过来，看也不看，装进口袋里，洗洗手，喝一杯热茶，道一声“得罪”，出门上马。只听见他的马的銮铃声“哗棱哗棱”走远了。

陈小手活人多矣。

有一年，来了联军。我们那里那几年打来打去的，是两支军队。一支是国民革命军，当地称之为“党军”；相对的一支是孙传芳的军队。孙传芳自称“五省联军总司令”，他的部队就被称为“联军”。联军驻扎在天王庙，有一团人。团长的太太（谁知道是正太太还是姨太太），要生了，生不下来。叫来几个老娘，还是弄不出来。这太太杀猪也似的乱叫。团长派人去叫陈小手。

陈小手进了天王庙。团长正在产房外面不停地“走柳”，见了陈小手，说：

“大人，孩子，都得给我保住！保不住要你的脑袋！进去吧！”

这女人身上的油脂太多了，陈小手费了九牛二虎之力，总算把孩子掏出来了。和这个胖女人较了半天劲，累得他筋疲力尽。他迤里歪斜走出来，对团长拱拱手：

“团长！恭喜您，是个男伢子，少爷！”

团长龇牙笑了一下，说：“难为你了！——请！”

外边已经摆好了一桌酒席。副官陪着。陈小手喝了两盅。团长拿出二十块现大洋，往陈小手面前一送：

“这是给你的！——别嫌少哇！”

“太重了！太重了！”

喝了酒，揣上二十块现大洋，陈小手告辞了：“得罪！得罪！”

“不送你了！”

陈小手出了天王庙，跨上马。团长掏出枪来，从后面，一枪就把他打下来了。

团长说：“我的女人，怎么能让他摸来摸去！她身上，除了我，任何男人都不许碰！这小子，太欺负人了！日他奶奶！”

团长觉得怪委屈。

高晓声

摆渡

有四个人走到了渡口，要到彼岸去。

这四个人：一个是有钱的，一个是大力士，一个是有权的，一个是作家。他们都要求渡河。

摆渡人说："你们每一个人，都要把自己最宝贵的东西分一点给我，我就摆。谁不给，我就不摆。"

有钱人给了点钱，上了船。

大力士举举拳头说："你吃得消这个吗？"也上了船。

有权的人说："你摆我过河以后，就别干这苦活了，跟我去做一点干净省力的事儿吧。"摆渡人听了高兴，扶他上了船。

最后轮到作家开口了。作家说："我最宝贵的，就是写作。不过一时也写不出来。我唱个歌儿你听听吧。"

摆渡人说："歌儿我也会唱，谁要听你的！你如实在没有什么，唱一个也可以。唱得好，就让你过去。"

作家就唱了一个。

摆渡人听了，摇摇头说："你唱的算什么，还没有他（指有权的）说的好听。"说罢，不让作家上船，篙子一点，船就离了岸。

这时暮色已浓，作家又冷又饿，想着对岸家中，妻儿还在等他回去想办法买米烧夜饭吃，他一阵心酸，不禁仰天叹道："我平生没有作过孽，为什么就没有路走了呢？"

摆渡人一听，又把船靠岸，说："你这一声叹，比刚才唱的好听，你把你最宝贵的东西——真情实意分给了我。请上船吧！"

作家过了河，心里哈哈笑。他觉得摆渡人说得真好，作家没有真情实意，是应该无路可走的。

到了明天，作家想起摆渡人已跟那有权的走掉，没有人摆渡了，那怎么行呢？于是他就自动去做摆渡人。从此改了行。

作家摆渡，不受惑于财富，不屈从于权力；他以真情实意飨渡客，并愿渡客以真情实意报之。

过了一阵以后，作家又觉得自己并未改行，原来创作同摆渡一样，目的都是把人渡到前面的彼岸去。

莫言

马语

像一把粗大的鬃毛刷子在脸上拂过来拂过去，使我从睡梦中醒来。眼前晃动着一个巍然的大影子，宛如一堵厚重的黑墙。一股熟悉的气味令我怦然心动。我猛然惊醒，身后的现代生活背景悄然退去；阳光灿烂，照耀着三十多年前那堵枯黄的土墙。墙头上枯草瑟瑟，一只毛羽灿烂的公鸡站在上边引颈高歌；墙前有一个倾颓的麦草垛，一群母鸡在散草中刨食。还有一群牛在墙前的柱子上拴着，都垂着头反刍，看样子好像是在沉思默想。弯曲的木柱子上沾满了牛毛，土墙上涂满了牛屎。我坐在草垛前，伸手就可触摸到那些鸡，稍稍一探身就可以触摸到那些牛。我没有摸鸡也没有摸牛，我仰脸望着它——亲密的朋友——那匹黑色的、心事重重的、屁股上烙着“Z99”字样的、盲目的、据说是从野战军里退役下来的、现在为生产队驾辕的、以力大无穷任劳任怨闻名乡里的老骒马。

“马，原来是你啊!”我从草垛边上一跃而起，双臂抱住了它粗壮的脖子。它脖子上热乎乎的温度和浓重的油腻气味让我心潮起伏，热泪滚滚，我的泪珠在它光滑的皮上滚动。它耸耸削竹般的耳朵，用饱经沧桑的口气说：“别这样，年轻人，别这样，我不喜欢这样子，没有必要这样子。好好地坐着，听我跟你说话。”它晃了一下脖子，我的身体就轻如鸿毛般地脱离了地面，然后就跌坐在麦草垛边，伸手就可触摸那些鸡，稍稍一探身就可以触摸那些牛。

我端详着这个三十多年没有见面的老朋友。它依然是当年的样子：硕大的头颅、伟岸的身躯、修长的四肢、瓦蓝的四蹄、蓬松的华尾、紧闭着的不知道什么原因盲了的双目。于是，若干的情景就恍然如在眼前了。

我曾经多次揪它的尾毛做琴弓，它默默肃立，犹如一堵墙。我多少次坐在它宽阔平坦的背上看小人书，它一动也不动，好像一艘搁浅了的船。我多少次为它轰赶吸它鲜血的苍蝇和牛虻，它冰冷无情，连一点谢意都不表示，宛如一尊石头雕像。我多少次对着邻村的小孩子炫耀着它，编造着它的光荣的历史，说它曾经驮着兵团司令冲锋陷阵，立下过赫赫战功，它一声不吭，好像一块没有温度的铁。我多少次向村子里的老人请教，想了解它的历史，尤其想知道它的眼睛是怎样瞎的，无人告诉我。我多少次猜测它瞎眼的经过，我多少次抚摸着它的脖子问它，马啊马，亲爱的马，告诉我，你的眼睛是怎么瞎的，是炮弹皮子崩瞎的吗？是害红眼病弄瞎的吗？是老鹰把你啄瞎的？——任我千遍万遍地问，你不回答。

“我现在回答你。”马说。马说话时柔软的嘴唇笨拙地翻动着，不时地显露出被谷草磨损了的雪白的大牙。从它的口腔里喷出来的腐草的气味熏得我昏昏欲醉。它的声音十分沉闷，仿佛通过一个曲折漫长的管道传递过来的。这样的声音令我痴迷，令我陶醉，令我惊竦，令我如闻天籁，不敢不认真听讲。

马说：“你应该知道，日本国有一个著名的关于眼睛的故事。琴女春琴被人毁容盲目后，她的徒弟，也是她的情人佐助，便自己刺瞎了眼睛。还有一个古老的故事，俄狄浦斯得知自己杀父娶母之后，悔恨交加，自毁了双目。你们村子里的马文才，舍不下新婚的媳妇，为了逃避兵役，用石灰点瞎了双目。这说明，世界上有一类盲目者，为了逃避，为了占有，为了完美，为了惩罚，是心甘情愿自己把自己弄瞎了的。当然，我知道你对他们不感兴趣，你最想知道的，是我为什么瞎了眼睛……”马沉吟着，分明是让这个话题勾起了它的无限辛酸的往事。我期待着，我知道在这种时刻说什么都是多余的。

马说：“几十年前，我的确是一匹军马，我屁股上的烙印就是证明。用烧红的烙铁打印记时的痛苦至今还记忆犹新。我的主人是一个英武的军官。他不仅相貌出众，而且还满腹韬略。我对他一往情深，如同恋人。有一天，他竟然让一个散发着刺鼻脂粉气息的女

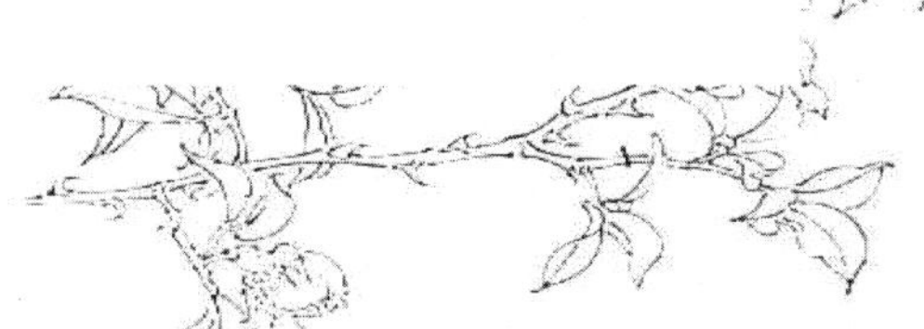

人骑在我的背上。我心中恼怒，精力分散，穿越树林时，撞在了树上，把那个女人掀了下来。军官用皮鞭抽打着我，骂我‘你这匹瞎马!’……从此，我决定再也不睁开我的眼睛……”

“原来你是装瞎!”我从麦草垛前一跃而起。

“不，我瞎了……”马说着，调转身，向着那漫漫无尽的黑暗的道路，义无反顾地走去。

贾平凹

武松杀嫂

要我说，武松是这样杀的嫂。

潘金莲，淫荡妇，你既是嫁给了武家，恁狠心就同奸夫害我哥哥？武大无能却有武二，我岂能饶了你这贱人！今日你睁眼看看，这把钢刀白的要进去，红的要出来，割你的头祭我哥哥，我还要戳了你的胸腹掏出心来，瞧瞧天下的女人心是怎么个黑法！

她怎么不声不吭并没吓软？贱雌儿竟换上了娇艳鲜服，别戴着颤巍巍一朵玫瑰，仄靠了被子在床上仰展了。哎呀，她眼像流星一般闪着光，发如乌云，凝聚床头，那粉红薄纱衫儿不系领扣，且鼓凸了奶子乍得老高。以前她是嫂嫂，不能久看，如今刀口之下，她果真美艳绝伦，天底下有这样的佳人，真是上帝和魔鬼的杰作了！天啊，她这是临死亡之前集中要展现一次美吗？

啊，这么美的尤物，我怎么就要杀了她呢？她是害死我哥哥，哥哥实在是与她不般配，一朵鲜花插在牛粪上，她是委屈了。武松若不是武二，武二若没有个太矮的哥哥，我也会是同情这女人的，也会是不满意这门婚姻的，可武大毕竟是我的哥哥，一个奶头掉下来的同胞，我哪能不维护亲生的兄长呢？哼，杀人者偿命，你就是九天玄女，是观音菩萨，武松若不杀你，武松算什么英雄武松！

她笑了，无声而笑，不是冷笑，也不是苦笑，笑而摄魂，这女人，怎么我要杀她，她还以为这又是同那一个雪天她与我接风的酒桌上一样吧？这女人是对自己有过感情的，扪心而想，我何尝没有爱过她呢？现在我真的要杀了她吗？如果那一天我接受了她的爱，我也被爱所冲动，那我会怎么样呢？今日要杀的除了她难道没有我

吗？正因为我武松是英雄，才避免了一场千古谴责的罪恶，可正是我成了英雄，才将她推到了西门庆的贼手里吗？

武松呀武松，你这是想到什么地方去了，现在哥哥的灵前，灵堂阴气凝重，哥哥屈死的灵魂在呼唤着你来伸冤，你怎能就要饶了狠毒角色？是的，你个潘金莲，就是不爱我的哥哥，你可以再嫁他人，嫁谁都可以，却偏偏是同那个泼皮西门庆？同了西门庆也还可以，竟合谋害了哥哥性命，我武松放过了你，别人又会怎样议论我呀！一顶绿帽子戴给了哥哥，也戴给了景阳冈的英雄。或许更有人说武松不杀嫂，是嫂曾经爱过武松，我一个英雄会在人们眼中是个什么形象呢？

杀吧，杀吧，潘金莲，武松真格要杀你了！

刀怎么提不起来，这般重呀？那么一刃，一代美色就灭绝了吗？世上少了潘金莲，多少人为之丧气了，我武松是不是心太硬了？哥哥，哥哥，我该怎么办呢，我已杀了西门庆，咱就放了这个尤种吧？

咳，咳，这是个景阳冈的老虎就好了。

罢了，罢了，由她去吧。可是可是，我不杀她，她能老老实实在武家守节吗？她一定又要另嫁他人，或许又会与别的不三不四的恶徒勾搭，那这么鲜活的小兽与其他人猎去，还不如我武松杀了她。杀了她，看着殷红的血怎样染红白瓷般的胸脯，看着她睁开了杏眼在咽气前的痉挛，岂不是更使人刺激吗？我不能成全她爱我，却可以让她死在所爱的人的刀下，不是于她于我都是一场最合适的解脱办法吗？好了，好了，潘金莲，那我就这么杀你了！

于是，武松就把潘金莲杀了。

冯骥才

大　回

大回姓回，牛高马大，手大脚大嘴大耳朵大，人叫他大回。叫惯了大回，反倒没人知道他的名字。

大回是能人，专攻垂钓。手里一根竹竿子，就是钓鱼竿；一个使针敲成的钩，就是鱼钩；一根纳鞋底子用的上了蜡的细线绳，就是鱼线；还有一片鸽子的羽毛拴在线绳上，就是鱼漂。只凭这几样再普通不过的东西，他蹲在坑边，顶多七天，能把坑里几千条鱼钓光了。连鱼秧子也逃不掉。

甭管水里的鱼多杂，他想要哪种鱼就专上哪种鱼；他还能钓完公鱼钓母鱼，一对对地往上钓。他钓的大鱼比他还沉，钓的小鱼比鱼钩还小。

人说钓鱼凭的是运气，他凭的全是能耐。

钓鲫鱼用的红虫子，又小又细，好赛线头，而且只有一层薄皮儿，里边一兜儿血红的水。要想把鱼钩穿进去，那可不易，弄不好钩尖一斜，一股红水出来，单剩下一层皮儿了。可人家大回把红虫子全放在嘴里，在腮帮子那里存着。用的时候，手指捏着鱼钩，张开嘴把钩往里边一挂，保管把那小红虫漂漂亮亮穿在鱼钩上。就这手活儿，谁会？

他无论钓什么都有绝法，比方钓王八。

钓鱼时钩到王八，都是竿儿弯，线不动，很容易疑惑是钩上了水下边的石块。心里急，一使劲，线断了！大回不急，稳稳绷住停了会儿，见线一走，认准那是王八在爬，就更不急着提竿。尤其大王八，被鱼钩钩住之后，便用两只前爪子抓住水草。假若用力提

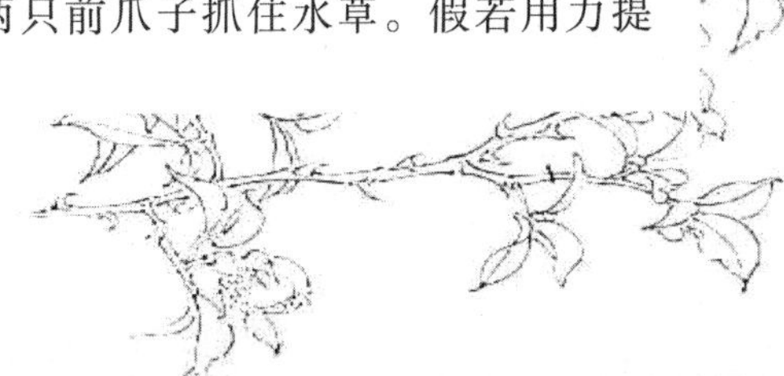

竿，竿不折线断。每到这时候，大回便从腰间摸出一个铜环，从鱼竿的底把套进去，穿过鱼竿一松手，铜环便顺着鱼线溜下去。水底下的王八正吃着劲儿，忽见一个锃亮的东西直朝自己的脑袋飞来，不知是嘛，扬起前爪子一挡，这便松开下边的草。嘿，就势把它舒舒服服地提上来！

这招这法，还在哪儿见过？

天津卫人过年有个风俗，便是放生。就是把一条活鲤鱼放到河里去。为的是行善，求好报。放鱼时，要在鱼的背脊上拴一根红绳，做个记号。倘若第二年把这鱼打上来，就再拴一根红绳。第三年照样还挂一根。据说这种背上拴着三根红绳的鲤鱼，放到河里，可以跳龙门。一切人间的福禄寿财，就全招来了。

可是鲤鱼到处有，拴红绳的鱼无处弄到。鱼要是给鱼钩钩过一次，就变得又灵又贼。拴一根红绳的鲤鱼在鱼市上偶尔还能看见，拴两根红绳的鲤鱼看不见，拴三根红绳的连撒网打鱼的也没瞧见过。你想花大价钱买，他会笑着说："你有本事把河淘干了，我就有本事把它弄上来。"

怎么办？找大回。天津卫八大家都是一进腊月，就跟大回定这种三根红绳的鲤鱼了。

大回站在河边，看好鱼道。鱼道就是鱼在水里常走的路，大回有双神眼，能一眼看到水里。他瞧准鲤鱼常待的地界，把一个面团扔下去。这面团比栗子大，小鱼吃不进嘴，大鱼一口一个。但这面团里边决不下钩，纯粹是扔到河里喂鱼，一天扔一个。开头，那贼乎乎的大鱼冒着危险试着吃，一吃没事，第二天再来一个，胆儿便渐渐大起来，最后见了面团张嘴就吞。半个月二十天后，大回心想差不多了，用鱼钩钩个面团扔下去。错不了——一条拴红绳的大鲤鱼就结结实实绷住了。

可是这法子最多只能钓到拴两根红绳的鲤鱼。三根红绳的鲤鱼决不上钩。这三根绳的鲤鱼已经给钓到三次，就是吃屎也不敢再吃面团了。使嘛法子？就用小孩的㞎㞎做鱼食！大回是不是把鱼琢磨透了？

南门外那些水坑，哪个坑里有嘛鱼，哪个坑里的鱼大小，哪个坑里的鱼有多少条，他心里全一清二楚。他能把坑里的鱼全钓绝了，但他也决不把任何一个坑里的鱼钓绝了。钓绝了，他玩嘛？故而，小鱼不钓，等它长大；母鱼不钓，等它下子。远近钓者都称他“鱼绝后”，这可不是骂他，是夸他。

这外号并不好——

辛亥革命后的第三年，夏至后转一天。大回钓了一天鱼，人困力乏。多半辈子，整天站在坑边河边，风吹日晒，身子里的油耗得差不多了。他在鼓楼北的聚合成饭庄，吃饱肚子喝足酒，提着一篓子鱼摇摇晃晃回家。走不动就靠墙睡会儿。他家在北城根儿，这一段路不近，他走走停停直到午夜，迷迷糊糊就趴在大街上了。这时街上走过来一辆拉东西的马车，赶车人在车上睡着了。但就是醒着也瞧不见他——凑巧这段路的几盏街灯给风吹灭了。这真是该活死不了，该死活不了。马车从他身上轧过去时，车夫那老家伙睡得太死，居然也没觉出来。转天天亮才叫人发现，大回给车轧成一个片儿了，赛张纸似的贴在地面上。奇怪的是，人轧瘪了，鱼篓子却没轧着，里边的鱼还都活着。等巡警一追查，更奇怪的是，那车上拉的东西，竟然是一车鱼！这事叫人听了一怔一惊，脖子后边冒出凉气来。

有人说，这事坏就坏在他那个外号上了，“鱼绝后”就是叫“鱼”把他“绝后”了。但也有人说，这是上天的报应，他 辈子钓的鱼实在太多了，龙王爷叫他去以命抵命。可事情传到东城里的文人裴文锦——裴五爷那里，人家念书的人说的话就另一个味儿了。人家说：能人全都死在能耐上。

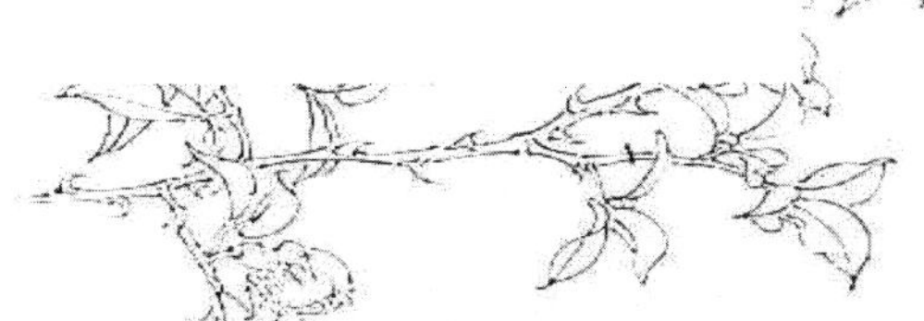

蒋子龙

看　护

孤傲清高的庄教授，终于耐不住寂寞，不觉忿忿然了。他是名牌大学的名教授，到国外讲学时生了病都未曾受到这般的冷落！高级知识分子名义上享受高级干部的待遇，可他这个“高知”怎么能跟对面床上的“高干”相比呢？人家床边老有处长、科长之类的干部侍候着，间或还有一两位年轻漂亮的女人来慰问一番。床头柜和窗台上堆满了高级食品，有六个小伙子分成三班昼夜二十四小时守护着他。医生、护士查病房也是先看那位财大势大的所谓王经理，后看他这个不是毫无名气的化学系教授，如果检查经理的病情用半小时，检查他最多用十分钟。他的床边总是冷冷清清，儿子在几千公里以外搞他的导弹，女儿在国外上学，只有老伴每天挤公共汽车给他送点饭来，为他灌上一暖瓶热水。系里更是指望不上，半个月能派人来探望他一次就很不错了。人一落到这步境地最没有用的就是学问、名气和臭架子。庄教授偏偏放不下他的身份，每天冲墙躺着，对王经理床边的一切不闻不问不看。鬼知道这位是什么经理？现在“公司”遍地有，成千上万的大单位可以叫“公司”，一两个人也可以戳起一块“公司”的招牌……

这一天，王经理突然病势恶化，医生通知准备后事。他床边围着的人就更多了，连气宇轩昂的刘副经理也来了，他不愿假惺惺地用些没用的空话安慰一个快死的人。先沉默了一会儿。然后说了几句很实在的话，询问经理有什么要求，还有什么不放心的事情，刘副经理对垂死者提出的所有问题都满口答应。该说的话都说完了，便起身告辞，着手去安排经理的后事。看护王经理的人忽啦都站起身，撇下病人，争先恐后地去搀扶刘副经理，有的抢前给开门，有的跟在身边赔笑，前呼后拥，甚是威风。刘副经理勃然大怒：

“我又不死，你们扶着我干什么？”

庄教授破例转过脸来，见孤零零的王经理奄奄待毙，两滴泪珠横着落在枕头上，他庆幸自己是“高知”不是“高干”。

陈忠实

扶不起的弟弟

作家习惯于夜里工作，天明时入睡，午时醒来。这天，他刚醒来，弟弟来了。弟弟从老家山区来，肩头挎着一只早已过时的那种仿军用黄色帆布包。

作家看见弟弟的第一眼，当即想着自己兜里还有多少钱。他的兄弟姊妹全都生活在尚未脱贫的山区，凡是找上门来的，总得给些钱。

弟弟坐下就坦然直言："哥，你心里别慌，我不要你钱。我知道你名声很大，可是还是没钱。"作家听了有点儿摸不着头脑。

弟弟更坦率了："我想搞一个运输公司，先买一辆公共汽车，搞长途客运。你想想你能有多少钱给我？你把我嫂子卖了也买不来一辆汽车……"

作家弹了弹烟灰，大声呵斥说："凭你这号货能搞长途客运，你是不是昨晚做梦还没醒？"

弟弟并不恼："我知道你瞧不起我，不相信我。事没弄成之前，谁也不信；弄成了，人又给你骚情了。你前多年没成名时，谁把你当一回事？我那时候看你整天写稿，没人登，我咋看你都不像个作家，而今我咋看你都像个作家……"

作家还真被堵住了口，无可奈何地笑笑："行啊！你想买一列火车搞运输我都没意见。你搞吧！"

弟弟笑了："我还得求你，不要你的钱，只要你给刘县长写个条儿，让他给银行行长说句话，我就能贷上款。刘县长是你的哥们儿……"

作家忍不住放声大笑，笑出了眼泪：“你还真让我给说准了，昨日晚上你做的就是这个好梦。你还真动了脑子，把我的朋友关系都利用起来了……”

弟弟说：“你不过就写一张字条儿嘛！”

作家笑着，给刘县长写了字条儿。

过了两天，作家感到某种说不清的隐忧，于是就给刘县长挂了长途电话，很内疚地说明来龙去脉，最后才点破题旨：“你知道我这个弟弟是个什么货！我给他讲不清道理，推到你手里，你随便找个什么理由把他打发走算咧！”

刘县长笑了：“你的电话来晚了。你弟昨日后晌就来了。我把他介绍给农行行长了。”

刚放下电话筒，铃又响了，是弟弟打来的：“哥呀我在县农行，贷款没问题。刘县长一句话，农行行长照办，我要贷5万。他连一个子儿也不敢少给。”

作家心里沉了一下，真要是贷下5万元，这个家伙把钱给捣腾光了，谁来还贷？他对这个弟弟是最不放心的。听着他狐假虎威的口气，愈加疑虑：“你可得考虑还贷能力……”

弟弟说：“这事你甭操心，现在人家贷款要财产抵押，我想来想去，咱们兄弟姊妹就你日子过得好。你给我当担保人。”

作家冲口而出：“那就把我押上。”

弟弟哈哈哈笑起来：“谁敢押你这个大作家啊！行长倒是给我出主意，把你那本书押上。”

作家心里轻松了。行长给弟弟出的这个主意，分明是游戏。自以为聪明的弟弟正在农行行长的圈套里瞎忙。作家说：“我的那本书早都卖给出版社了。版权在人家出版社，不属于我了，押不成了。”

弟弟显然不懂出版法：“你写的书怎么不由你呢？那你得给我想想办法，哪怕编个谎话，先让我把钱贷下。”

作家再也缠不过，便说：“我只有一支钢笔，永生牌的。你作押吧！”说完，“啪”地挂断了电话……

一月后，作家和他的朋友刘县长相聚在一起，海阔天空聊天，

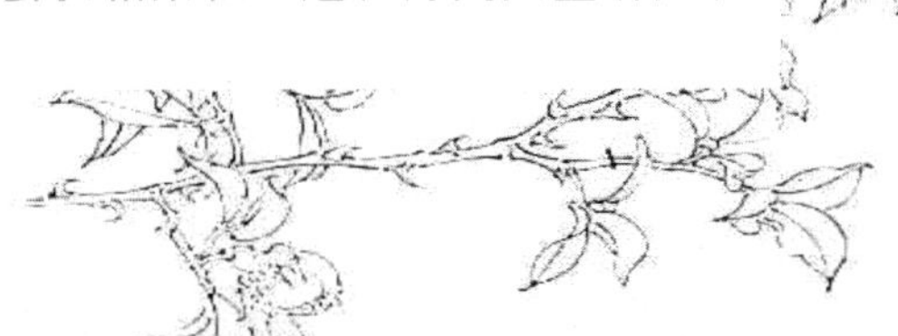

突然想起弟弟贷款的事，便问刘县长："后来那货还缠没缠你?"

刘县长也是多喝了几盅，听了便大笑起来，笑毕，讲给作家一个可以作为小说尾声的故事——

你弟弟从我那儿走时，要借我的自行车，机关给我配发的一辆新型凤凰车。咱们那个小县城，用汽车接送上下班，我嫌扎眼，让给头儿们配一辆自行车。他把我的自行车骑走了，三天后给我还回来，交给传达室了。传达室老头交给我的时候，我都认不出来了，车铃摘掉了，车头把手换上一副生锈的，车子的瓦圈和内外胎都换成旧的了，只剩下那个三角架……真是凤凰落架不如鸡了……

作家"啊"了一声，想骂也骂不出来了。

刘县长说："我看着这个自行车，突然就想起你常常出口说的'这个货'！我忍不住笑着就说了你的话，'这个货'……只有这称呼好！"

次日，作家回乡去看望父母，顺便也去看望这个弟弟。弟弟正蹲在窑门口抽烟。显然，汽车运输公司没有办起来，那辆自行车倒是撑在窑门前的场院里，除了三角架是脱漆锈斑的旧架子，其余部件都是崭新的，在阳光里闪亮。寒暄之后，作家就指着自行车说："你太丢人现眼了……"

弟弟却哈哈笑起来："这算个屁事！也不是刘县长自己买的，公家给他买的嘛！公家给他再买一辆就成了嘛！哥你跟他是哥们儿，我沾不上大光沾这点小光……权当'扶贫'哩嘛……"

作家瞅着嘻嘻哈哈的弟弟，想说什么说不出来，就走出了窑院，面对这弥漫着柴烟的村巷，还是忍不住在心里呻吟起来，我的亲人们哪……

高建群

一吻三十年

八岁红是某市晋剧团的当家花旦，在晋陵一带颇有名气。

八岁红八岁上唱红，这以后，古戏新戏，文戏武戏，又演过许多角色，算起来有三四十个，不过大家认为她演得最好的角色还是“文革”时期从京剧移植过来的那个《红灯记》。在《红灯记》中，八岁红自然演的是李铁梅。记得当时破四旧，没有年画可卖，于是印刷部门将八岁红演铁梅的定装照印成年画，许多人家中都贴过这画。

好汉不提当年勇，或者说“美人迟暮”，上面说的都是当年的旧事了。如今八岁红已年过六旬，退休在家。漂亮的人不经老，她当年那绷得紧紧的白嫩面皮，如今已经松弛下来，尖下巴也变成了双下巴，黑白分明的两只大眼睛，那黑的地方如今也不甚黑，白的地方也不甚白了。

八岁红在家闲着无事，于是想到要余热利用，办一个少年戏剧学习班。这学习班说说容易，办起来却难，需要的启动资金，说多了得三十万，说少了也得三万。

八岁红于是四处化缘，希望能够筹到资金。有人出了个馊主意，让八岁红重出江湖，演上几场戏募捐资金。然八岁红如今已人老珠黄，年轻一代更喜欢那些港台明星之类，谁会来看这个“老怪物”的戏？

八岁红的孙女是个大学生，她心疼奶奶，劝八岁红不要跑着去筹钱，她说她有现代手段。啥叫“现代手段”？原来，女大学生是要在互联网上发消息。

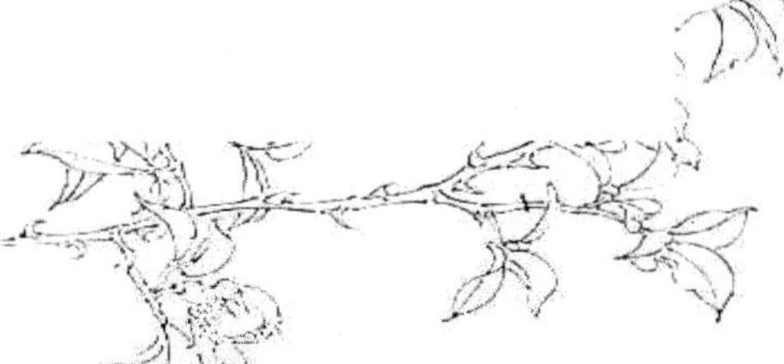

那互联网上的消息这样写道：八岁红欲振兴地方剧种举办少年戏剧学习班，万事齐备，只缺资金，盼有识之士解囊相助云云。

消息在互联网上发出后，不几日，八岁红正在家中闲坐，突然有人敲门。门开处，进来一个老板模样的人。老板进来，先眼睛直勾勾地瞅着八岁红看一阵。演员天生一张脸就是让人看的，八岁红从小卖蒸馍，啥事没经过，那脸早被人看得能结上老茧了。可是这一辈子没有害羞过的八岁红，面对这男人的注视竟有些害羞，脸像小姑娘一样地红了。

男人意识到了自己的失态，赶紧收回了目光。

男人细致地询问了办班的情况，最后将腋下的黑皮包放到桌上，拉开拉链，从里面一沓一沓取出一堆钱来。

男人将钱在桌上码好，对八岁红说，这是十万，我刚刚称过的，一万元是一市斤，十万元是十市斤，我从保险柜取出时称过，刚好十斤。这十万元算第一批赞助，余下的二十万元陆续到位。

这简直是天方夜谭，瞅着眼前的这一摞百元大票，八岁红简直像做梦一样。她拿起一沓钱来，戴上老花眼镜去看。那男人见了，笑一笑，有些居高临下的味道，但又极为友善地说，不是假钱，你放心。

一桩让八岁红千难万难的事情，就这样轻易解决了。这事确实有些奇怪。八岁红问那人的名字，那人笑一笑：不必问了，普通老百姓一个。又问他的公司，那人又说，这是他的个人行为，与公司无关，因此就不必问他公司的名字了。

“那你一定是个狂热的晋剧迷吧？”八岁红这样问。谁知那人又摇了摇头，说他过去喜欢美声唱法，现在喜欢流行歌曲，对于晋剧，他从来就没有产生过兴趣。

“那究竟是为什么呢？谁也不会钱多得拿去打水漂。你来赞助，一定有你的道理，如果你说不出个道道儿来，这钱我就不能收！”八岁红说完，真的将钱又推到了那男人的跟前。

“真的要我说明原因吗？世界上有些秘密本来就不该说的，不过你既然要我说，那我就说吧！”

“我曾经为你坐过牢，从二十岁到三十岁，人生最美好的一段年华。你不要惊异，你不会知道这件事的，因为这纯粹是我个人的事。”

来人继续用一种徐缓的追忆口吻说：“那是三十年前的事了。那时我是一个工厂的青工。还记得你扮演李铁梅的那张剧照吗？我们集体宿舍的墙壁上，就贴着这么一张。”

“那时你多么年轻呀！”来人瞅了一眼已经老态龙钟的八岁红，叹息一声，继续说，“我们宿舍的八个小伙子都喜欢你崇拜你，而最喜欢你的是我。我那时做了一件傻事，这事让我现在想起来都脸红。”

来人停顿了一下，又瞅了八岁红一眼，继续说：“每天上班时，我都是最后一个离开宿舍。最后离开的原因是为了和你告别。而那告别仪式是亲吻一下你的嘴唇——当然是张贴画上的嘴唇。”

“这事后来被同室的人告发了。那嘴唇经过成年累月的亲吻，颜色已经退去，因此很容易被人怀疑。最后，有一次在亲吻的时候，门被推开，我被当场拿获。后来，以流氓罪而判刑。”

这真是一个奇怪的故事。如果不是来人这样说出，八岁红即使有再丰富的想像力，也不会想到在她身上竟然发生过这样的故事。此刻她感到自己的嘴唇也有些发烫，于是赶紧害羞地用手捂住。

八岁红收下了那人的赞助款。随后“八岁红艺校”就红红火火地办了起来。而后来，那人答应过的二十万元赞助，也分两批汇到了学校的账上。

那天在告别时，曾经发生过一件事，就是接吻。八岁红将那人送到了门厅，握手告别时，她突然有一个愿望，就是给那人一个吻。那男人似乎有同样的想法，四目相对，他们互相注视着，迟疑地、试探着走近对方，接着四片嘴唇胶在了一起。

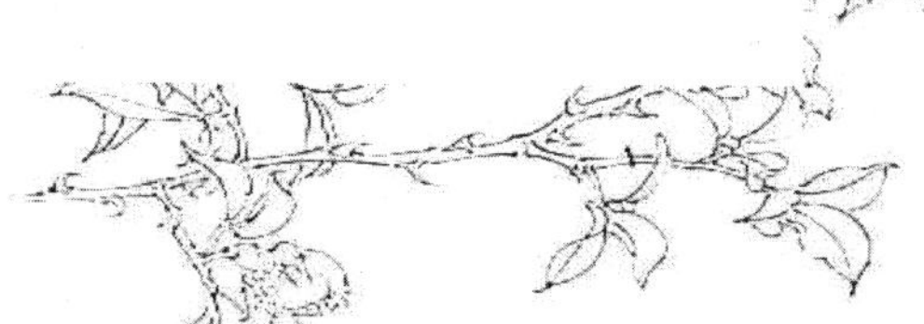

迟子建

与周瑜相遇

一个司空见惯、平淡无奇的夜晚，我枕着一片芦苇见到了周瑜。那个纵马驰骋、英气逼人的三国时的周瑜。

因为月亮很好，又是在旷野上，空气的透明度很高，所以即使是夜晚，我还是一眼认出了他。当时我穿着一件白色的睡袍，乌发披垂，赤着并不秀气的双足，正漫无目的地行走在河岸上。凉而湿的水汽朝我袭来，我不知怎的闻到了一股烧艾草的气息，接着是鼓角相闻，我便离开河岸，循着文革的味儿和凛凛的鼓角声而去，结果我见到了一片荒凉的旷野，那里的帐篷像蘑菇一样四处皆是，帐篷前篝火点点，军马安闲地垂头吃着夜草，隐隐的鼾声在大地上沉浮。就在这种时刻，我见到了独自立在旷野上的周瑜。

我没有貂蝉的美貌，周瑜能注意到我，完全是因为在这旷野上，只有两个人睁着眼睛，而其他人都在沉睡。那用眼睛在月光下互相打量的两个人，一个是我，一个就是周瑜了。

因为见到了我最想见到的一个男性，所以那一瞬间我说不出话来，我见到亲密的人时往往都是那个表情。

周瑜身披铠甲，剑眉如飞，双目炯炯，一股逼人的英气令我颤抖不已。

“战事还未起来，你为何而发抖?”周瑜说。

我想告诉他，他的英气令我发抖，只有人的不可抗拒的魅力才令我发抖，可我说不出话来。

我不知道又有什么战事要发生。这么大规模的安营扎寨，这么使周瑜彻夜难眠的战事，一定非同一般。短兵相接，战前被擦得雪亮的军刀都会沾有血迹。只有刀染了血迹，战争才算结束。多少人的血淤积在刀上，又有多少把这样的刀被遗弃在黄土里，生起厚厚的锈来。

周瑜并没有在意我的发抖，而是将一把艾草丢进篝火里，我便明白了艾草味的由来。可是先前所闻的鼓角声呢？

周瑜转身走向帐篷时我见到了支在地上的一面鼓，号角则挂在帐篷上。他拿起鼓槌，抑扬顿挫地敲了起来，然后又吹起了号角。他陶醉着，为这战争之音而沉迷，他身上的铠甲闪闪发光。

我说："这鼓角声令我心烦。"

周瑜笑了起来，他的笑像雪山前的回音。他放下鼓槌和号角，朝我走来。他说："什么声音不令你心烦？"

我说："流水声、鸟声、孩子的吵闹声、女人的洗衣声、男人的饮酒声。"

周瑜又一次笑了起来。我见月光照亮了他的牙齿。

我说："我还不喜欢你身披的铠甲，你穿布衣会更英俊。"

周瑜说："我不披铠甲，怎有英雄气概？"

我说："你不披铠甲，才是真正的英雄。"

我们不再对话了。月亮缓缓西行，篝火微明，艾草味由浓而淡，晚风将帐篷前的军旗刮得飘扬起来。我坐在旷野上，周瑜也盘腿而坐。

我们相对着。

他说："你来自何方？为何在我出征前出现？"

我说："我是一个村妇，我收割完芦苇后到河岸散步，闻到艾草和鼓角的气息，才来到这里，没想到与你相遇。"

"你不希望与我相遇？"

"与你相遇，是我最大的心愿。"我说。

"难道你不愿意与诸葛孔明相遇？"

"不。"我说，"诸葛孔明是神，我不与神交往，我只与人交往。"

"你说诸葛孔明是神，分明是嘲笑我英雄气短。"周瑜激动了。

"英雄气短有何不好？"我说，"我喜欢气短的英雄，我不喜欢

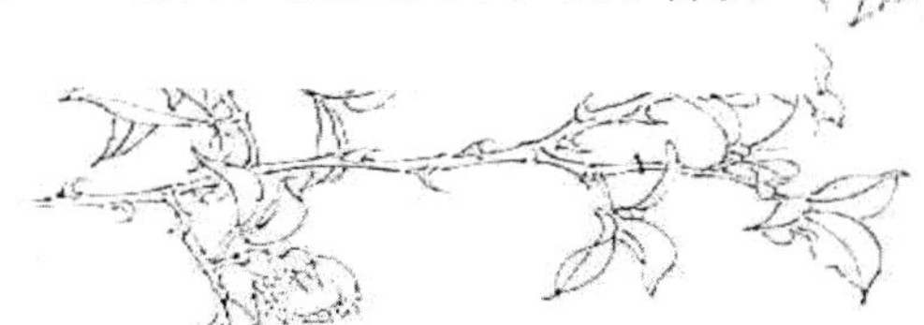

永远不倒的神。英雄就该倒下。”

周瑜不再发笑了，他又将一把艾草丢进篝火里。我见月亮微微泛白，奶乳般的光泽使旷野显得格外柔和安详。

我说：“我该回去了，天快明了，该回去奶孩子了，猪和鸡也需要食了。”

周瑜动也不动，他看着我。

我站了起来，重复了一遍刚才说过的话，然后慢慢转身，恋恋不舍地离开周瑜。走前我打着哆嗦，我在离开亲密的人时会有这种举动。

我走了很久，不敢回头，我怕再看见月光下周瑜的影子。快走到河岸的时候，却忍不住还是回了一下头，我突然发现周瑜不再身披铠甲，他穿着一件白粗布的长袍，他将一把寒光闪烁的刀插在旷野上，刀刃上跳跃着银白的月光。战马仍然安闲地吃着夜草，不再有鼓角声，只有淡淡的艾草味飘来。一个存活了无数世纪的最令我倾心的人的影子就这样烙印在我的记忆深处。

我伸出一双女人的手，想抓住他的手，无奈那距离太遥远了，我抓到的只是旷野上拂动的风。

一个司空见惯、平淡无奇的夜晚，我枕着一片芦苇见到了周瑜。那片芦苇已被我的泪水打湿。

周 涛

过 河

这时我才发现，我骑了一匹极其愚蠢的马。一路走了20多公里，它都极轻快而平稳，眼看着在河对岸的酒厂就要到了，它却在河边突然显示出劣根性：不敢过河。

它是那样怕水。尽管这河水并不深，顶多淹到它的腿根；在冬日的阳光下，河水清澈平缓地流着，波光柔和闪动，而宽度顶多不过十几米。但是它却怕得要死。这匹蠢马，这个貌似矫健的懦夫！它的眼睛惊恐地张大，前腿劈直，胸颈往后仰，仿佛面前横陈的不是一条可爱的小河，而是一道死亡的界线或无底的深渊！

我怀疑这匹青灰色的马对水一定患有某种神经性恐惧症。也许在它来到世间的为期不算很长的岁月里，有过遭受洪水袭击的可怕记忆，因而这愚蠢的畜牲总结出了一条不成功的经验，像一个顽固的被捕的间谍似的，任凭你脚踢鞭打，它就是不使自己的供词跨过头脑中那个界线。

我想了很多办法——用皮帽子蒙住马的眼睛，先在草地上奔驰，然后暗转方向直奔河水，打算使其不备而奋然驰过。结果它却在河沿上猛地顿住，我反而险些从马头上翻下去。不远处恰有一座独木桥，我便把缰绳放长，自己先过对岸，用力从对岸那边拽，它依然劈腿扬颈，一用力，我又差点儿被它拽下水。

面对如此一匹怪马，我只好长叹：吾计穷矣！但今天又必须过河，我必须去酒厂；倘要绕道，大约需再走20公里。无奈之下，只得朝离得最近的一座毡房走去，商量先把马留在这里，我步行去办完事再来骑走。

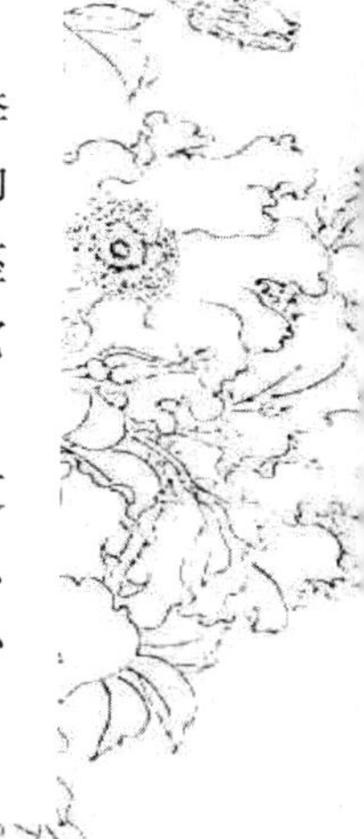

一掀开毡帐我就暗暗叫苦，里面只有一位哈萨克族老太太，卧在床上，似有重病。她抬起眼皮，目光像风沙天的昏黄落日，没有神采；而那身躯枯瘦衰老，连站起来也很困难似的。看样子，她至少有80岁；垂暮之年，枯坐僵卧，谁知哪一刻便灵魂离开躯壳呢？可是既然进了门，总不好扭头便走，我只好打着手势告明她我的困难和请求，虽然我自己也觉得等于白说。

她听懂了——其实是看懂了。摆摆手，让我把她从床上搀起来，又让我扶她到外边去。到了河边上，她又示意让我把她扶上马鞍。我以为老太太的神经是不是也不对劲儿了，她连路都走不稳，瘦弱得连躺着都叫人看着累，竟然“狂妄”地要替我骑马过河，这不是拿我开玩笑吗？我这样年轻力壮的汉子尚且费尽心机气喘吁吁而不能，她能让这匹患有神经性恐水症的马跨进河水？我无论怎样钦佩哈萨克人的马上功夫，也不能相信她眼前这种可笑的打算。

可是当我刚把她扶上马背，我就全信了。她那瘦小的身躯刚刚落鞍，那马的脊背竟猛然往下一沉，仿佛骑上来一个百十公斤重的壮汉，原来的那种随随便便满不在乎的顽劣劲儿全不见了，它立得威武挺直，目光集中，它完全懂得骑在背上的是什么样的人，就如士兵遇上强有力的统帅那样。这马不愚蠢，倒是灵性大得过分了。它当然还是不想过河，使劲儿想扭回头，可是有一双强有力的手控住了它，它欲转不能。它小蹄朝后挪蹭的劲儿突然被火烧似的转化为前进的力，嗒嗒地跃进河中，水花劈开，在它胸前分别朝两边溅射。铁蹄踏过河底的卵石发出沉重有力的声响，它勇猛地一用力，最后一步竟跃上河岸，湿漉漉地站定。

我把老太太扶下马，又把她从独木桥上扶回对岸，然后在她的视线里牵马挥手告别（我不敢当她的面上马）。她很弱，在河对岸吃力地站着，久久目送我。

此事发生在1972年冬天的巩乃斯草原，而天山，就在老人的身后矗立，闪闪发着光。

毕淑敏

紫色人形

那时我在乡下医院当化验员。一天到仓库去，想领一块新油布。

管库的老大妈把犄角旮旯翻了个底朝天，然后对我说："你要的那种油布多年没人用了，库里已无存货。"

我失望地往外走，突然在旧物品当中发现了一块油布。它折叠得四四方方，从翘起的边缘处可以看到一角豆青色的布面。

我惊喜地说："这块油布正合适，就给我吧。"

老大妈毫不迟疑地说："那可不行。"

我说："是不是有人在我之前就预订了它？"

她好像陷入了回忆，有些恍惚地说："那倒也不是……我没想到把它给翻出来了……当时我把它刷了，很难刷净……"

我打断她说："就是有人用过也不要紧，反正我是用它铺工作台，只要油布没有窟窿就行。"

她说："小姑娘你不要急。要是你听完了我给你讲的这块油布的故事，你还要用它去铺桌子，我就把它送给你。

"我那时和你现在的年纪差不多，在病房当护士，人人都夸我态度好技术高。有一天，来了两个重度烧伤的病人，一男一女。后来才知道他们是一对恋人，正确地说是新婚夫妇。他们相好了许多年，吃了很多苦，好不容易才盼到大喜的日子。没想到婚礼的当夜，一个恶人点燃了他家的房檐。火光熊熊啊，把他们俩都烧得像焦炭一样。我被派去护理他们，一间病房，两张病床，这边躺着男人，那边躺着女人。他们浑身漆黑，大量地渗液，好像血都被火焰

烤成了水。医生只好将他们全身赤裸，抹上厚厚的紫草油，这是当时我们这儿治烧伤最好的办法。可水珠还是不断地外渗，刚换上布单几分钟就湿透。搬动他们焦黑的身子换床单，病人太痛苦了。医生不得不决定铺上油布。我不断地用棉花把油布上的紫色汁液吸走，尽量保持他们身下干燥。别的护士说，你可真倒霉，护理这样的病人，吃苦受累还是小事，他们在深夜呻吟起来像从烟囱中发出哭泣，多恐怖！

“我说，他们紫黑色的身体，我已经看惯了。再说他们从不呻吟。

“别人惊讶地说，这么危重的病情不呻吟，一定是他们的声带烧糊了。

“我气愤地反驳说，他们的声带仿佛被上帝吻过，一点都没有灼伤。

“别人不服，说既然不呻吟，你怎么知道他们的嗓子没伤？

“我说，他们唱歌啊！在夜深人静的时候，他们会给对方唱我们听不懂的歌。

“有一天半夜，男人的身体渗水特别多，都快漂浮起来了。我给他换了一块新的油布，瞧，就是你刚才看到的这块。无论我多么轻柔，他还是发出了一声低沉的呻吟。换完油布后，男人不做声了。女人叹息着问，他是不是昏过去了？我说，是的。女人也呻吟了一声说，我们的脖子硬得像水泥管，转不了头。虽说床离得这么近，我也看不见他什么时候睡着什么时候醒。为了怕对方难过，我们从不呻吟。现在，他呻吟了，说明我们就要死了。我很感谢您。我没有别的要求，只请您把我抱到他的床上去，我要和他在一起。

“女人的声音真是极其好听，好像在天上吹响的笛子。

“我说，不行。病床那么窄，哪能睡下两个人？她微笑着说，我们都烧焦了，占不了那么大的地方。我轻轻地托起紫色的女人，她轻得像一片灰烬……”

老大妈说：“我的故事讲完了。你要看看这块油布吗？”

我小心翼翼地揭开油布，仿佛鉴赏一枚巨大的纪念邮票。由于年代久远，布面微微有些粘连，但我还是完整地摊开了它。

在那块洁净的豆青色油布中央，有两个紧紧偎依在一起的淡紫色人形。

马金章

血型符号

那天夜里，熄灯号悠长的颤音像一只无形的手，一下揪住了他的心，揪得他七慌八乱，离凌晨五点仅剩七个小时了呀。

“娘，您路上劳累，就先歇吧。”他截断娘绵长无尽的话，抓起军上衣，想赶紧在左口袋上沿儿缝上部队代号、姓名和血型。

娘把军衣从他手里扯过去。“让娘缝。”

“我会缝。到部队一年，我连被子都会缝呢。”

“会归会，娘在跟前，就该娘缝。”

“是缝字。”他知道娘大字不识一个。

“你用笔写上。依着样儿，娘还能描花绣凤哩。”

他掏出钢笔，在口袋上沿儿一笔一画写上“33702　张强根O型”的字样儿。

“衣上缝字干啥?”娘一边穿针引线，一边问。

“战友这么多，一色一式衣服，缝上字，不易串换，丢了好找。”说这话时，他舌头有点打拐发硬。

娘嗯了一声。她沉默了一会儿，停下手中的针线，看着他问：“根儿，离家一年了，想娘不?”

他心一紧，但还是用平静的口气说：“想娘时，合上眼，娘就到跟前了。”

娘笑了。娘心中盛不下的甜蜜正从她那眯细的眼角溢出来。

他入伍离家的那天晚上，娘摸着他的头说：“根儿，到了部队，若想娘，就合上眼，心里轻轻喊声娘，娘就到你跟前了。”他当时以为娘开玩笑，可到部队一试，果真灵验，后来，他就把这法儿传给了战友，战友们试了都说灵。他们戏称这法儿为“强根定理”。可这定理的发现者不是他强根，是娘呀。

他端详着娘：娘的头发已由去年的灰白变为银白，脸上的皱纹也加深了一些，像一道道反画的抛物线。娘今天突然来部队，莫非听到了什么风声，还是意外巧合……强根想了想，试探着问：“娘也想儿吧？要不，这么远来……”

娘咧嘴笑了。“儿是娘身上掉下的肉，想不想，你说呢？”

强根嘿嘿笑了。笑过，心一沉，嗫嚅地说：“娘，前一段，我参加了部队高校统考，但没考上，孩儿无能，这辈子，恐怕不能穿四个兜儿的军服给娘荣耀了。”说过这些，他不安地看着娘。

娘停住针，用异样的眼光审视儿子一会儿，说：“根儿，娘送你到部队，不图你混个一官半职，只求你出息个人样儿。”

娘的话，似一股清潾潾的泉水在儿子心头漫过。强根感到清爽爽、甜丝丝的。

娘这时已缝到“O”字，缝着缝着，娘的手哆嗦起来。娘慢慢抬起头，意味深长地打量着儿子：“根儿，这是血型符号吧？”

他惊愕了，娘怎么认识血型符号？

“根儿，你有事瞒着娘。抗美援朝时，送你爸上前线，我给你爸缝衣眼，你爸衣服上，就有这么个圈圈儿。”

娘的声音发颤。

听了娘这话，强根心头一阵滚热，欣喜和愧疚的泪水夺眶而出，他觉得再也不能隐瞒娘了，他抹着泪水说：“娘，天一亮，我就要随部队奔赴前线保卫边疆了。”

娘听了什么也没说。

在娘手里，绿军装上红色的圆慢慢合拢了。

“娘。”他一下扑到娘的怀里。

娘紧紧地搂着儿子。

这时，世界上一切声音都不复存在了。他听到的，只有娘嗵嗵的心跳声。

马金章

秀穗

一阵小风吹过，地里的麦苗泛起一道道银亮的光波，光波刺得刘旺家的流出了眼泪。她用衣袖揌了眼泪，昏花的老眼仔细在麦海绿浪中寻索。啊，看到了，看到那死鬼的坟头了。

谷雨时节的阳光真好，好得像小娃娃细嫩温柔的小手，抚在脸上，让人从心里在外舒坦。身上的棉袄被晒出一股好闻的太阳味儿，太阳味儿刺激得她打了一个喷嚏。她看着坟头说：是你来迎我吧？清明节，我没来上坟，那几天我病了，我让侄儿给你捎来了钱。

她说着走到坟前。坟头的野草中有几片白净的冥钱腐在坟头上。

刘旺家的目光停留在坟头右侧：左为上，右为下。她死后，这个位置便是她的了。女人是男人的仆人，死了也要男人掌管着，统治着。想想，就有点冤屈。这辈子甭说大福大贵，连个正经名字都没混上。

前段她病时，儿子在外打工，是妹妹将她送进了医院。由于是急诊，没挂号进的妇科，医生问她叫什么名字，她摇头。医生将询问的目光转向陪同她的妹妹，妹妹眼中透出一种茫然，她自小管姐姐叫姐，在妹妹的印象中，姐姐好像从来都没有名字。

她的确没有名字，或说她的名字都是从别人身上派生出来的，没有一个真正属于自己的名字。听说，哥哥是碰的名儿。碰名儿是当地古老的习俗，娇养的孩子由父亲为儿子碰名儿，碰见谁了，就请这人为儿子起名儿。如碰不上人，又碰见什么动物，便给儿子起这动物的名字。哥出生那天，是个飘大雪的日子，父亲踏着半尺深的积雪走了三四里地，不要说碰上人，连牲畜都没有碰上。正在爹灰心丧气的当儿，在邻村的村头碰上了一头猪，爹如释重负地给这猪磕了个头就回家了。哥哥的名儿叫小猪。小猪哥没活到两岁便夭折了，之后，娘生下她，爹一看是个女孩，不要说去给她碰名儿，连给她起名儿的兴趣都没有，便喊她小妮儿。她有了妹妹后，爹娘将她的名儿升了一级叫大妮，爹娘就这样一直喊到她出嫁。不，一直喊到他们死去的时候。她嫁了刘旺后，街坊邻居叫她刘旺家的。待她有了儿子小栓，也有人喊她小栓娘。

刘旺家的感到这辈子活得实在太屈，太没出息，七十岁了，连个名字都没有混上。在医院那天，她碰到一个长得妖气、打扮洋气的女娃。这女娃竟有好几个名字，医生叫的一个名字，先后几个男人又叫她小翠、小芬什么的。她挺羡慕这女娃。这女娃要能匀给自个儿一个名字多好呀。刘旺家的自言自语地将这想法说出了口。医生待那女娃离开诊室，神色怪怪地对她说，干那活儿的，名儿不多行吗？她没琢磨透医生的话，她只羡慕那女娃有好几个名字。

听说城里人家养的狗、猫都有好听的名字。可自己呢？她悲哀得连病都不想看了。可想死没死成，没死成人们还得叫她刘旺家的。活着，跟他受苦遭罪；死了，还得埋在他的下首。想到这里，她心一横，松了腰带，褪下大裤腰棉裤，她要在刘旺的坟头尿一泡。尿水一边哗哗响，她一边狠狠骂：我就在你头上拉屎拉尿，在你头上拉屎拉尿。尿过提裤子时，坟头上的棘棘牵着了她的裤腰。她摘下棘棘，将几个绿色的圆球棘棘甩在坟头上说：你这骚鬼，拉我做啥？我跟你受了一辈子苦，这会儿还拉扯我，嫌我死得慢？

或许他在阴间很孤单。她心里又可怜起他来，说，你在那边孤单，我活着也孤单。要不我咋来看你？你甭等不上，说不定，我今晚脱鞋，明早就穿不上了，就来陪你了。

想到这里，她一阵心酸，身上一点劲头都没有了，便干脆坐在了身下的麦棵子上。麦棵子在屁股下一阵喀啪啪脆响。看到被自己坐倒的一片麦子，她突然想起另一片麦苗在她身下脆响的情景。那年成立人民公社，有个男工作队员，穿蓝色中山装，干净利索，让

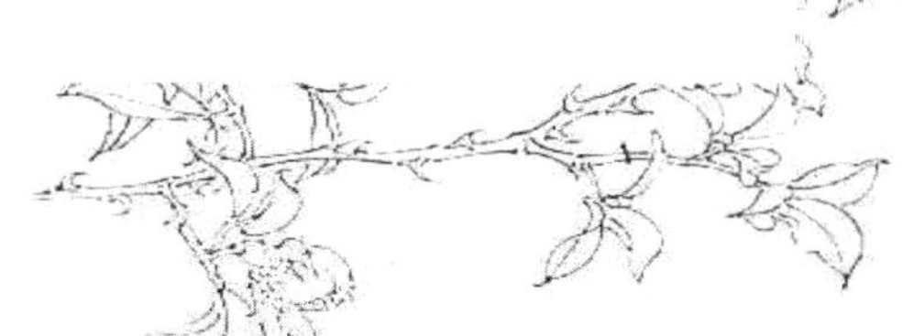

她心动。她叫不上他的名字，可心里却爱上了他。他也看上了她。也是这个时候，两人中午相约在一个洼地的麦田里。他问她叫什么名字，她摇头。当知道她没名儿时，他看着正孕穗的麦苗说：你叫秀穗吧。后来，他们俩忘情地翻滚在麦田里，身下麦棵子便喀啪啪一阵脆响。他一边与她亲热，一边连连喊她秀穗、秀穗……

想到这里，她心里一阵激动：我有名字啊，我有名字。她轻轻地叫了声：秀穗。叫过，她苍老的脸上竟有了羞涩的红潮。她胆怯地环顾一下四周。四周除了孕穗的麦海什么也没有。

她恨自己：怕啥，我叫自个儿的名儿，怕啥？

她对着丈夫的坟头数叨：刘旺，你听着，我叫秀穗。明儿个，我死后，在阴曹地府见了面，你得叫我的名儿秀穗。你不叫我秀穗，我就不理你。

她鼻子一酸，禁不住哭出声来。

赵　玫

只有一条路

过去他们总是吵嘴。为一些最无足轻重的小事翻天覆地。他认为在他与她的生活中没有对错，所以不必斤斤计较，而她却坚持必须一切是非分明，认真对待。于是他们吵嘴。他们为此很疲劳。每一次她都会伤心落泪，而他则气得暴跳如雷。久而久之，男人终于无奈地说，我们分手吧。

这一次男人是认真的。男人说他太累了，他讨厌这种在他与她之间动不动就犯规的生活。他也很忧伤，他原以为只要有了爱，他们的日子该是和谐宁静美好如阳光般的。

女人不停地流泪。女人说，分手就分手。女人开始从衣柜里搬出她的衣物，她把她的衣服在双人床上堆起一座高高隆起的小山。他就站在旁边看着她做这些。他说你要想好，但他并不阻止她。他抽烟。他任凭她在房子里搬来搬去，把房间弄得支离破碎。女人一边劳作一边流着泪说，我没有家了。女人这样说的时候就更觉委屈和忧伤。而男人一支接一支地吸烟，将房间渲染得烟雾弥漫，他听之任之，脸上没有表情，直到女人一意孤行地做完那一切。她一直以为他会来阻拦她，但是他没有。然后女人说，帮我把我的东西送回我爸妈的家吧。他说好吧。他甚至来帮她捆绑。你居然说好吧？直到此刻女人才知道分手并不是说着玩儿的。她惊恐地看着男人的眼睛，她听到他再度说，这样的生活，你我确实都太累了。

她哭着。她独自坐在角落里。她不能想象真正分手，她一想到分手，心就会疼痛地缩紧。那么她被谁牵念心疼？那么她为谁奋斗追求？那么她把电话打给谁？她又为了什么祈求欢乐和幸福？女人

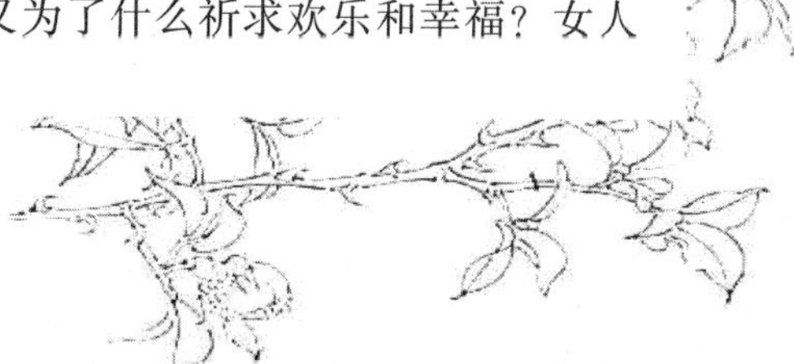

一直以为她本是最最幸运幸福的女人，难道那些区区小事足以毁了她的爱和她美好的生活吗？

而男人坚定。他不理睬她。他做一切他在家中该做的事情，神色泰然，俨然家长。他任凭她独自一人在小屋里哭。他不讲话。但他的意思可能是让她自己好好地想一想。后来女人走出来，走到男人身旁轻声地说，我想了，其实我并不想分手。女人是鼓足勇气这样说的，她抬起头便遇到男人严肃而有点失望的目光。他依然沉默，依然什么也不说。她问他，难道你真的不爱我了？其实无论怎么争吵，我从未改变过对你的爱。他看着她，最后他终于说，如果爱的生活是这样的话，我宁可不爱，你知道吗？人生只有几十年。

他们是两种性格，所以差异很大。而差异很大又要呆在一起，那么，似乎就只有彼此宽容这一条路可走。不知道他和她是不是慢慢了悟了这一点。

总之后来她只好又一件一件地把衣服收回衣柜，他问她，你这样搬来搬去是不是很累？是不是想检阅一下你究竟有多少衣服，有些衣服你自己是不是都已经忘记了？女人笑了，她以为一切和好如初，但男人却保留地说，那好吧，我们试着重新开始。这可能就是男人的方式，至少是他的方式，最后屈从的还是女人。男人们不动声色，而女人们却已经为了小事中的真理和她们永恒不变的爱把她们自己的衣服搬来搬去，劳作很久了。

后来很久以后男人说他当时并不是不难过。他说这是何苦，既然我们是那么深深相爱。从此他们不再吵嘴，因为他们确实已经意识到了，他们是生怕彼此失去的。

李功达

老　许

老齐有个爱好，就是同在智力上或者学历上或者经验上甚至体质上不如自己的人交谈。

这天早晨，他从他的落地式收音机的短波广播中听到了一则消息：中国四川成都一带发生水灾。一下子，他变得非常自信。一到办公室，他就和坐在对面的老许谈了起来。

“喂，伙计，听说了吗?”这是他的开场白。

老许，是个又瘦又矮的中年人，一年到头坐在办公桌前的椅子里，安分守己地打发时光。他老实巴交，不爱说话，一向孤陋寡闻，同时又很虚心，因此多年来，他一直是老齐的好朋友和忠实听众。

“什么事?”老许非常热心地侧过半边脸颊，好让耳朵处于最佳收听位置。

“四川发大水啦！大，淹了四川多一半！”老齐说，表情丰富。

老许咂咂嘴，点点头。

中午，来了当天的报纸。老齐用手指一弹载有四川水灾新闻的报纸，说：

“怎么样？登出来了吧！”那神态，仿佛这洪水是他一手策划的。

过了几天，老许病了，生活中的弱者连体质都是弱的。强者老齐决定去看看他。

老许确实病得厉害，躺在床上，不思茶饭。这没有什么可奇怪的，老齐印象中的老许一直是这样病恹恹的。使老齐感到奇怪的

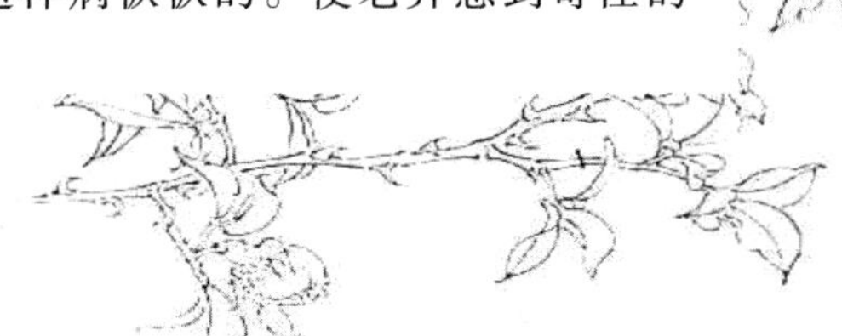

是，老许床边坐着一位英俊青年。这个青年人眼熟得很，可是老齐一时半会儿怎么也想不起在哪里见过这个小伙子。

老许介绍说：“这是我的侄子，演员。”

噢！老齐想起来了！这是一位电影新星。最近新出的几部故事片里都有他露面，还演过几个主角，晚报上还专门介绍过。他一边和影星握手，一边为老许居然有这么个侄子惊诧不已。

他们开始交谈。从旧影片的评价，到新影片的摄制，谈得很热烈。影星热情地向他介绍了几部正在拍摄的影片，又那样漫不经心地谈到了一个又一个影坛名流的名字：谢添啦、式常啦、晓庆啦、心刚啦、秀明啦、国强啦……

老齐听着，心里颇不得劲。他还是第一次这样干巴巴地听别人口若悬河；瞅个空子，他也说起几部外国影片，以便使交谈的天平尽可能平衡一些，自己不要显得太轻了。

老许紧张地旁听，额角冒汗。他一会儿想用目光制止侄子的口若悬河，一会儿又担忧地观察老齐面部表情的细微变化……

自那天以后，老齐变得郁郁寡欢，仿佛自己的尊严被人扫荡干净了。过了大约一个星期，他的情绪才见好转。

又过一周，老许康复了，即回单位上班。老齐又忙着给老许补课，讲了不少这段时间积累起来的新闻：某部长微服私访，某会计贪污，某医院火灾……

老许听得很起劲，如饥如渴。

临结束时，老齐想起了什么，补充说：知道最近要拍什么电影吗？听我告诉你。那天，我遇上一个当演员的朋友，我们不错，他说最近要拍……

老许一阵哆嗦，脸色苍白，仿佛旧病复发。

老齐走出办公室，进了食堂，刚要买午饭，猛然想起那些影界消息都是来自老许那个可恶的侄子，不禁一阵脸红。

吴金良

醉人的春夜

“再遇到人，一定开口。”陈静想着，抬眼望了望胡同里昏黄的路灯。夜深了，到处是一片片黑黝黝的怪影。“唉，这倒霉的自行车!”她从心底发出一声无可奈何的喟叹。

身后传来一串自行车铃声，陈静只来得及“哎”了一声，骑车的小伙子已经一掠而过。

咦！骑车的小伙子又回来了。陈静心里却紧张起来：“这么晚了，他……”“您刚才喊我?”小伙子跳下车。“啊，没。”矜持和自卫的心理占了上风，她语无伦次了。“是车子坏了吧?”一双似笑非笑的细长眼睛望着她。陈静稍稍镇静了一下：“链子卡在大套里了。”她讷讷着，低着头，心里升起一线希望的光。“那，我也爱莫能助了。没工具，谁也拆不开大链套呀。”陈静心里又是一片黑暗。“你家远吗?”“我家?”她没了主意，下意识地推着车子往前走了几步。“这样吧，胡同口外边往左，有个车铺这会儿可能还有人，你去看看吧!”小伙子在她身后跨上车子，边说边飞快地骑跑了。“这号人!”陈静差点哭了。11点了，哪家的车铺这时候还有人?她心里咒那小伙子：“骗人！叫你今晚做个噩梦。”

不信归不信，出了胡同口，陈静忍不住真朝左手方向看了一眼。便道上，果然有间小屋还亮着灯。她踌躇地站住了，小屋里走出一位20来岁的姑娘，冲着陈静喊：“同志，来吧!”哎呀，真是车铺！陈静觉得周围一下子亮了起来，沮丧、恐惧，一古脑儿没了。

这是间临街筒子房，通里屋的门关着。外面这间，只有一桌一

床和一辆自行车。一个年轻人正蹲在桌边翻看什么。“请进，就是地方小了点。”年轻人站起身，手里拿着把改锥。陈静一愣：“是你？”“是我。”年轻人笑了：“我说有人嘛，还能骗您？”他狡黠地眨了眨细长的眼睛。“我哥送我嫂子上夜班，回来就急火火地把我叫起来，说有要事，原来是……”跟在陈静后面的姑娘说话像是放机枪。“还是有个体户好。”陈静心里想着，感激地冲着那姑娘笑了笑：“太麻烦你们了。”“没什么，我哥怕您不敢来，才让我起来招呼您。其实您也是胆子小，我就不怕。”说得陈静怪难为情的。

会者不难，车很快修好了。“多少钱？”陈静打心里希望这个伙子多收她点儿钱。“钱？”小伙子一愣，旋即笑了：“给5块钱吧。”一只大手，满是油污，伸到陈静面前：“5块?！敲诈！”陈静心里一惊，却又无可奈何地掏出钱包。“哥——”快嘴的姑娘拉长了声音叫着，“这么晚了，你还开玩笑！”她娇嗔地把那只油污的手打下去，转头对着陈静：“同志，您别多心，他就这样，跟谁都瞎逗。我们又不是开业修车的，哪有帮帮忙就要钱的？”姑娘有点不好意思了，脸上泛着红潮。“好了，不开玩笑了。”小伙子搓了搓手，咧开嘴笑着，露出一排洁白整齐的牙齿。

一路上，微风吹着陈静的长发，拂到脸上，怪痒痒的，又很舒服。她觉得今天晚上的路灯格外地亮，亮得耀眼；空气中，也仿佛有种醇美的甜味。

呵，你这醉人的春夜！

张　林

大钱饺子

那是动乱的第二年吧，我被划进了“黑帮”队伍里。我在那长长的“黑帮”队伍里倒不害怕，最怕的就是游斗汽车开到自己家门口，这一招太损了。唁，越害怕还越有鬼！有一次汽车就真的开到了家门口。那八旬的老母亲看见了汽车上的我，嘴抖了几抖，闭上眼睛，扶着墙，身子像泥一样瘫了下去。妻子竟忘了去扶持母亲，站在那儿，眼睛都直了，跟个傻子一般。

我担心老母亲从此会离我而去。谢天谢地，她老人家总算熬过来了。

那年除夕这一天，竟把我放回家了。

一进家门，母亲用一种奇怪的眼光打量我，然后，她一下扑过来，摸着我的脸。最后，她竟把脸埋在我的怀里，呜呜地哭起来。妻子领着孩子们只远远地站着，也在那儿哆哆嗦嗦地哭。

“媳妇，快包饺子，过年！”母亲对妻子说。于是，一家人忙起来，剁馅、和面……一会儿。全家就围在一起开始包饺子。这时，母亲忽然想起一件什么事，说：“哎呀，包个大钱饺子吧，谁吃了谁就有福！”

为了使母亲高兴，我同意了，而且希望母亲能吃到这个大钱饺子。我要真诚地祝福她，愿她多活几年。

母亲从柜里拿出个蓝布包，从包里掏出一枚道光年间的铜钱来，她颤抖地把这枚古钱放在一个面皮上，上面又盖了点馅，包成一个饺子。这就是大钱饺子了。母亲包完这个饺子，用手在边上偷偷捏出一个记号，然后，若无其事地把它和别的饺子放在一起。但我已经清楚地记住了这个饺子的模样了。

饺子是母亲亲自煮的，饺子要熟了，像一群羊羔一样漂上来。我一眼就看见那个带记号的大钱饺子。

母亲在盛饺子的时候，把这个大钱饺子盛在一个碗里，又偷偷把它拨在紧上边，然后把这碗饺子推到我面前："吃吧，多吃，趁热吃。"我觉得心里一阵热，鼻子也酸疼起来。我想应该让母亲吃，让她高兴高兴。但我一时想不出办法，因为母亲认识这个饺子。

我想那就给妻子吧，她跟我生活了20年，现在已经是快半百的人了。为了我挨斗，她心血都快要熬干了。我趁妻子上厨房去拿辣椒油的工夫，偷偷把大钱饺子拨在她的碗里。谁知，妻子从厨房回来，看了看碗，又用一双深沉和感激的眼睛望着我，眼圈都红了。啊！她也认识这个大钱饺子。

妻子没有做声，她吃了几个饺子，忽然说了声："都快粘在一块了。"说着，就把所有的饺子碗拿起来摇晃，晃来晃去，就把那碗有大钱饺子的放到了母亲跟前。母亲显然没有注意，边看我边吃饺子，突然"啊"了一声，大钱饺子硌了牙。

"奶奶有福！吃到大钱饺子了！"妻子像孩子般喊着。

"我……这是咋回事？"母亲疑惑着。这时，当啷一声，一个东西从她的嘴里掉在碟子里，正是那个大钱。

于是，我领着老婆孩子一齐欢呼起来："母亲有福！"

"奶奶有福！"

"……"

母亲突然大笑起来，笑着笑着，流出了一脸泪。我和妻子也流了泪。

鲍　昌

桃花三月天

他来了，正是桃花三月天。

他入了梦，也在桃花三月天。

桃花很盛，庭院很深，整天里没几个人来往，花瓣悠悠落在地上。

那张脸正像一朵桃花，因为羞怯而时常发红。黑布鞋，白线袜，朴素的蓝布大褂，只知道干活，低头干活。

墙壁太古老了，缀满暗绿色的爬山虎。房屋也太古老了，朱楹丹柱的漆皮大都剥落，只有隶书的楹联仍很清晰：“纵老岂容妨痛饮，抱病仍未废新诗。”

抱病的人真老了，70个春秋织在花白胡须里。酒使他忘记一切——东瀛留学、武昌首义、北伐星霜、内战烽火。酒也使他愤恚一切——妻妾不和、儿女不肖、家计日窘、国运日衰。

只有桃花能解酒。他爱桃花，一如晚生的女儿。

夜阑人静，青灯如豆。她跪在藤椅前为他捶腿，他在幽光中攥着诗集睡去。

室内是燃着一支芭兰香吗？但它比不上桃花的清香。

作为他的儿子，他也爱着桃花，一如自己的恋人，在暗中，在心上。

只有一次，他在月色凄迷的后院里截住她，吻了一下那温香的、迷人的花瓣。震惊、恐惧、羞涩，使这样的机会永远失去了。

深深的庭院啊，深深的怀念。只要当时自己有更多的勇气，桃花是不会失去的。

权势者总会有偏见，嫉妒者又会造流言，惟有那质本无瑕的不幸者，知否不幸就在眼前呢?

庭院里又滋出了小草，紫红的桃蕾又将绽开粉颊，但古都的郊垌已经响起了炮声，这一切都化为春梦。

一个哀婉的、缠绵的梦，一个漫长的38年的梦。

梦醒了。他来了。但他又被扯进新的梦里。

看见了新的桃花似的人面，却不见了旧日里盛开的桃花。

听见了几十台缝纫机哗哗地响，却失去了蝉声悠扬的寂寞庭院。

岁月太飘忽，人生也太波折了。他问讯那桃花是否已碾为香尘，看到的却是一双双抱歉的眼睛。

可是这一双双抱歉的眼睛，又迸射出异常的热情："请问，您是从哪里来的?"

眼眶发湿了。他用呓语一样轻的声音说："台湾。"

方英文

太 阳 语

我的书房处在一个大深坑里的一排二层砖楼的底层中间。这排房子东西走向，阴暗潮湿，底层的居民多半都患上了关节炎。尤其是四周的楼房冲天而起之后，这排房子几乎再也见不到阳光了。这样倒也有个好处：门庭冷落，安静自在，是个读书写作的绝佳境地，只是大白天浪费些电而已。

早点过后，走进书房，读一读，写一写，自以为没有比这更快活的事了。累了乏了，就喝口茶，点支烟，抬头看窗外的楼群，和那逼仄的一线天空。一天早晨，我正写到妙处，窗纱忽然穿进一束强烈的光芒，如探照灯般绕来绕去，把个宁静的斗室弄得一片光明，宛若火光四溅的铁匠炉子。我刚站起来，那束阳光就钉住我的脸，动也不动，使我无法睁开眼睛。我有点气恼，猛地举起拳头，那束阳光一下子不见了。我睁开眼，却是一团黑洞。过了一阵子才隐约发现，那是个孩子，晃着小圆镜，玩太阳呢。我也不去计较，坐下来继续写作。刚写了一句，那束阳光又跑了进来，在我的额上锯过来锯过去的。

我愤怒了，就起身出门，快步上完几十级台阶。我要教训教训那个顽童。然而，一见我来了，那孩子却一脸愉快的表情；而我也不好发作的，因为他是个瘫子。我冲他笑了笑，依然回到书房，写作起来，以免灵感走失。

可是，一连几天的早晨，只要我一坐到书案前，那束阳光便跳跃进来，如小猫捕鼠，东闪西蹦。它虽无声响，却有一种吵闹烦人的效果。我想我应该跟孩子谈谈：有意打扰别人的工作是不礼貌

的，缺乏教养的。我知道这个不幸的孩子，父母只管他的吃穿睡，其余就不过问了；他们上班时，就把轮椅推到门外，让孩子晒太阳，看楼房。

“瓦片，”我叫着孩子的名字，“你干吗要往我房间里照太阳呢？”

“我跟你说话呀，叔叔。”

我惊讶不已。

“我天天看你，好长好长时间了。人家都是一伙儿一伙儿地上班去了，只有你是一个人，在黑房子里。我天天看你的头，头低着——你在里边哭吧？可怜的，又没人和你说话。我让妈妈给我买个小镜子，她说：‘男孩照镜子，多丢人！’爷爷从乡下来了，我才请他给我买了一个……叔叔你干吗哭了？你别哭呀，只要出太阳，我天天早上都给你说话，你不会急死的……”

这是我生平第一次知道了阳光还有一种语言功能。而告诉我这一知识的，竟是一个下肢瘫痪且一字不识的八岁的男孩！我深感羞愧和渺小，就发愤学习，不耻下问。在那束每天早晨降临的、时断时续的阳光的陪伴下，我慢慢领悟了人类的美好和人类的渴望。终于，我的一部作品引起了广泛的共鸣。

那天清晨，电视台来了两个人采访我，问我是怎么成功的。我说：“走，到我的书房后，你们就明白了。”我领着客人下到我那霉而黑的房间。然后，我坐到书案前，请他们安静，安静地观赏那束定时出现的阳光。可是，十几分钟过去了，却没一点动静。我忍不住了，就跑出去找那孩子。只见他手里拿着小圆镜，所不同的是，小圆镜被一块白手绢包得严严的。

“瓦片，你今天干吗不跟我‘说话’呀？”

“我，我今天，”孩子露出灿烂而幸福的微笑，“今天有他们跟你说话，我就用不着照太阳啦。”

身后的记者早将这一切录入镜头，而我却丝毫没有感觉。

杨瑞霞

一只羊其实怎样

对于我来说，我的生命就无意中为我存留了一些印迹，一些人或者事情。另外，还有一只羊。

在我七八岁的时候，家里有过一只羊，是一只绵羊。

它肯定是在很小的时候被买来的。可我完全不记得它小时的样子。在我的印象里它是一只很大的羊。它健壮、肥硕、高傲、沉稳，一副成年人的模样。在我小的时候，我分不清一个人和一只羊有什么本质上的不同。我把它当成是家里的一口人，而且是一个大人。当时粮食很紧张，父亲42元钱的工资，养活全家6口人。在这种情况下，一只羊能长成那样的特例，除了一家人，当然包括羊在内的相濡以沫之外，似乎不可能再有别的什么解释了。

我家的这只羊，在我的思维定势尚未形成时走近了我，我没有那些现有的经验，所以我觉得它所有的作为都浑然天成，非常自然。

首先，它绝不逆来顺受。当然，如果确实是它错了，它会沉默着听你教训，可是如果错的是你，是你无缘无故地欺负了它，它不会善罢甘休，用现在的话说，它是一定要讨个说法的。记得有一次，我二哥牵着它去地里吃草，二哥当时的思维还沉浸在头天晚上看的电影《地雷战》里，他捡了一根棍子，叉开腿对羊做了一个日本鬼子劈刺刀的动作，同时喊了一声“八格亚鲁”，他太轻视了一只羊有可能对这个动作做出的反应。绵羊当时发了一下怔，不知它头天晚上是不是也和二哥一起看了那场电影，反正它当即判断出了这个动作所具有的侮辱性质，它把头一低，义无反顾地冲了上去。

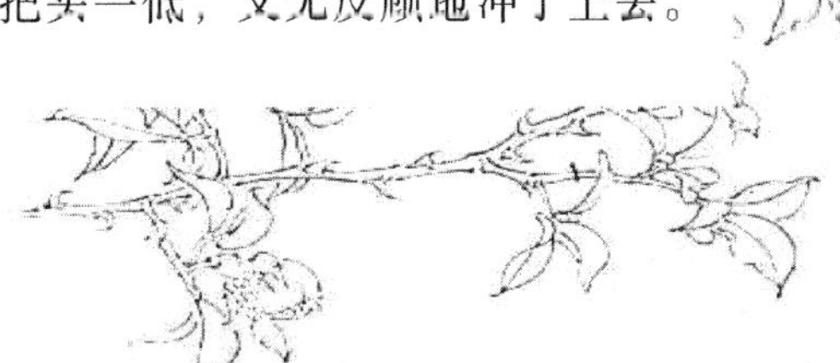

二哥见它来势凶猛，吓得转身就跑，它在后面奋力直追，一直追出三四里地。最后二哥向它举手投降，它才和二哥和好如初。还有一次，邻居家的小伙子在手心里放了很小的一点干粮渣，然后非常夸张地招呼它。它不想辜负别人的好意，走了过去。等它弄明白发生的事情，它选择了轻蔑地离开，在离开的过程中却又出乎意料地转身给了正在得意的那人一个教训，使他记住了捉弄一只羊会得到什么样的报应。同样它的行为也导致了围观者的一片大惊小怪。是呀，一只羊怎么可以有这么强的自尊心呢，怎么可以张扬自己的个性呢。

在一个风雪交加的夜晚，一向沉默的它突然放声大叫，低沉的声音表达着一种焦虑，父亲出门一看原来大风吹开了院门，家里刚买的半大山羊跑出了院子。是大绵羊的警觉使家里避免了一笔不小的损失。所以你同样也没见过会看家的羊吧。另外还有它的聪明，它的聪明不但让幼时的我觉得非常神秘，即使到今天，我还感觉到几分诡异。

有天中午，我妈有事出去，把羊关进了羊栏，还在羊栏的出口处挡了一块菜板，把我关进了屋里，然后锁上了院门。和羊单独相处的时候，我从不敢擅自到它跟前去，所以我一个下午没有出屋。后来大概羊和我一样等得不耐烦了，要不就是它想知道我在做什么，只听哐啷一声，羊抵碎了菜板自己把自己放出来了。然后它直奔房门，用头一下下撞门。我知道它是过来找我了，我当时的反应是赶紧找个地方藏起来。于是我撩起床单，钻到了床下。过了一会儿，听不到撞门声，我从床下探出脑袋朝外张望，忽然看见大绵羊正把前腿搭在外面窗台上，抻着头朝屋里张望。可能是它的脸太长了，影响了视线，它竟然把头侧过去，用一只眼紧贴窗玻璃，所以它的姿势和表情看上去都格外的怪异。我在这只羊的窥视下绝望地哭了起来。

当初买这只羊，肯定是要养大后卖掉补贴家用的，可它的种种不同凡响，让它一次次拖延了离家的时间。然而一只羊的最后结局总难摆脱，那是它的宿命。而对于我来说，与它相处的经历，则是一种缘分。我想，如果有一天，我碰到一只羊，它非常体面地走过来，用流利的汉语或者英语同我打招呼，我会很自然地同它交谈，而且一点都不会觉得奇怪。因为在我很小的时候，我就已经知道了，一只羊其实是怎样的。

茨园

山那边的景致

返乡的日子里，我常对着茨园山庄背后的犊牯山发呆。

三百多年前，山那边并没有发生过什么天灾人祸，可我祖上却在三百多年前的某一个夜晚从山那边迁了过来。

“山那边不好吗?”我童年时不止一次这样问爷爷。爷爷却只是笑，什么也不说。于是，在我童年的思维里，就有了这样的推理：山那边是什么样子，我爷爷的爷爷也未曾跟我爷爷说过。

我祖上的坟都是在山那边的。听爷爷说，每有先人作古的时候，总是叮咛子孙把他的尸骨抬到山那边安葬。但不知是淡了祖籍的概念还是子孙们懒惰了，从我爷爷的爷爷那辈开始，坟就在庄边不远处的坡地里。

而今我已过了好奇的年龄，却对祖上为什么要迁徙依然好奇。

一个人若是不知道祖上为什么要抛家别舍从一个地方到另一个地方是一种悲哀。起码我这样认为。

我曾经有几次萌生了去山那边看一看的念头，可与几个同龄的伙伴说了，却没有一个人愿意和我结伴而去。

我是不惯于孤独的，于是也就终未成行。只是，我对山那边始终充满了好奇。

在我的视线里，一个笑意在嘴边、在眼角的老人赶着一群羊从山那边过来了。这群羊，十多只，一只比一只肥。

山庄与山庄之间，的确是放羊的好去处：有沟有坡。坡上草绿，沟中水清。

看到他，我就想从他嘴里知道些山那边的情况，于是就主动过去与他搭讪。

“喂，大爷，怎么称呼？”我迎着他，笑问。

“随你叫好了。”老人连正眼看我一下也不，随口道。

我愣了一下，想不出该再说些什么才好，但又不愿放弃了解山那边的机会，于是就一声不响地蹲在了他身边，拿眼瞟着他看。老人的脸上布满了核桃壳似的皱纹，腰间挂个葫芦，清漆漆的那种，油津津的，阳光下闪亮着微紫的光泽，很好看。

老人取下葫芦，拔下塞子，“噬”了一口。

“大爷，你喝的是酒吧？”像是找到了话题，我又问。“是吧。”老人说。

“怎么你脸一点儿也不红？恐怕是水吧？”我故意这么说一句，希望能听他说一句多一些单字的话。“是吧。”老人却仍是极简洁地答了句。

看得出老人是不怎么喜欢说话的，我也就不再顾忌什么，问：“大爷，山那边好吗？”“好。”老人说。“怎么个好法？”我问。

老人忽地扭脸看着我。眼睛里，分明是一种嘲笑我问得奇怪的眼神。“就这么个好法。”老人挥手指了指四野，说。

我下意识地四下望了望，也就不再说什么，只是默默地陪他蹲着，和他一起看他的羊“咩咩”地叫着吃草，听他不时“嗞”他的葫芦。

天黑了，炊烟包裹的山庄里传来唤我回去吃饭的声音。我站起身，看了看仍蹲着的老人，说：“大爷，晚上住俺家里吧。”

“不麻烦了。”老人说一句，却没有丝毫感激我的意思。

“晚上你怎么住？”我忍不住多了句嘴。

“羊怎么住，我怎么住。”老人指了指他那些勾头吃草的羊，津津有味地“嗞”了口葫芦。

老人住在山庄东边的一个破窑里。住了三五日，我走的那一天，他也走了。

老人赶着他的羊，和我一起向背山的地方走了。

坐上车，当车轮上过钢轨，把我从乡间往城市运的时候，我是那样的想家里的景致。

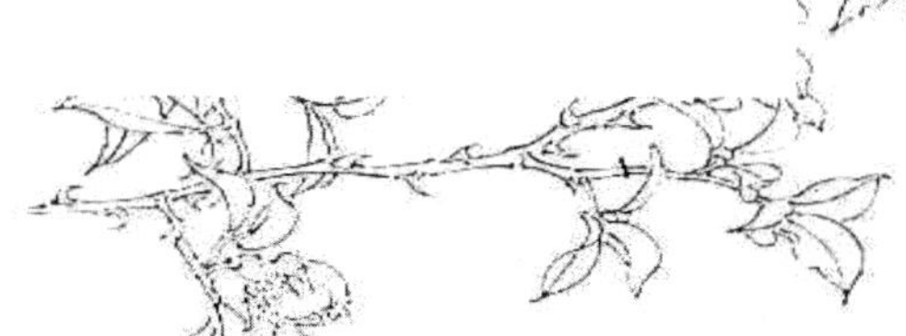

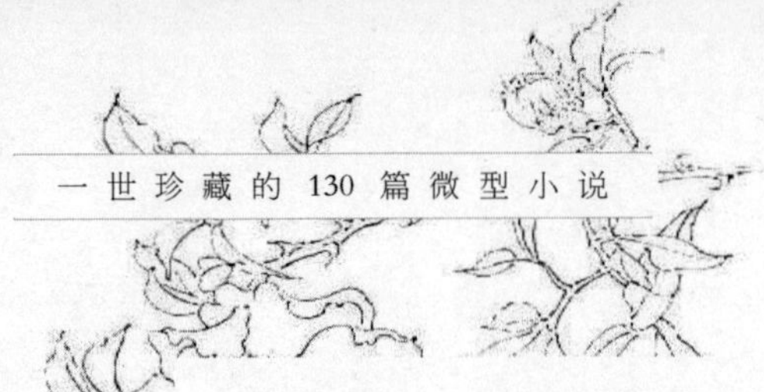

乍然间，隔窗望见那牧羊老人仍在走，我忽然感觉到了一阵从未有过的凄凉。

这世上难道没有能够留住他的景致吗？

张玉庭

女教师的特异功能

假如没有粉笔，你知道怎么上课吗？请准许我给你讲个故事。

这故事发生在一个偏僻的小村庄，村头有一个小小的学校。

有一天，上课必需的粉笔突然用完了，女教师便想了个办法，她找了杯清水，然后对孩子们说：“来，老师蘸着水在黑板上写，上课——”

孩子们懂事地点了点头，答应了。

于是，她一笔一画地写，孩子们一笔一画地学。

当然了，这需要速度——因为，只要教得慢了点，或者记得慢了点，那用水写的字就立刻干了，看不见了。

这以后，每当出现了这种局面，女教师就以水代笔，而可怜的孩子们，也便渐渐地适应了这种奇怪的上课方式。

一天，女教师哭了。她想起了鲁迅笔下的孔乙己。那蓬头垢面的孔乙己，为了教咸亨酒店的小伙计认字，曾用他的长指甲蘸着酒，在柜台上写过茴香豆的茴字，可是今天，她——一位亭亭玉立的女教师，却要用那仙女般的纤纤玉指，蘸着水在黑板上写字，在冰凉冰凉的黑板上耕耘了！

可她想想，又笑了。磨秃了自己的手指头，却丰富了孩子们的心灵，值得。

她从容，坦然，她一如既往。

又一天，她走进教室，正准备上课，突然发现杯子里的水已全部漏完——也难怪，那盛水的杯子太陈旧了，陈旧得能让人想起这个古老民族的沉重的历史。

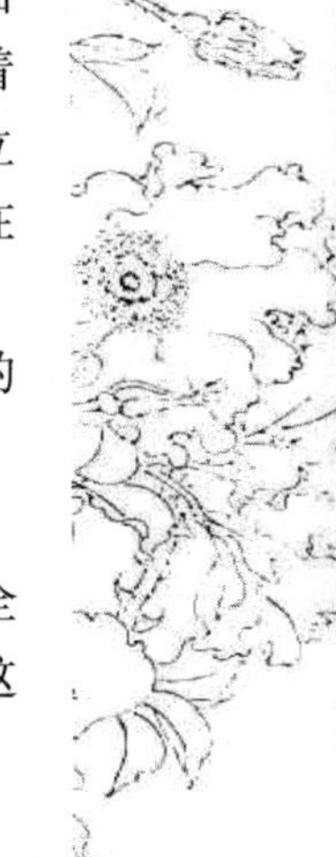

没水，怎么板书？

没水，怎么上课？

也就在这山穷水尽的时候，女教师突然感到，从她右手的手指尖上，正在不断地渗出亮晶晶的水珠——

水！水！

有水就能上课！

女教师猛地转身，在黑板上滔滔不绝地写了起来。

她写得飞快。孩子们也记得飞快。

当然了，每当她转身板书的时候，那指尖上的水珠也就恰到好处地冒出来。

天！她从此有了特异功能！

日复一日。年复一年。

这种古怪教育的奇异结果，便是造就了一帮可以高速理解、高速记忆、高速运算的神童，也正是由于这种神奇的高速度，他们被一所著名的大学破格录取了。

后来，有人专门研究过这批神童，发现他们都具有特异功能，即凡是被泪水浸泡过的地方，他们都能准确地断定，这里曾经发生过什么，是悲剧，还是喜剧。

那么，从女教师的手指上奔涌而出的那些液体，究竟是什么呢？

有人化验过，那水，与泪水的化学成分一模一样……

凌鼎年

了悟禅师

自了悟禅师到海天禅寺后，海天禅寺的平静就打破了。

僧人们无论如何不明白，法眼方丈怎么会要求了悟禅师住下来，更不理解他为什么会容忍了悟的反常行为。

别的不说，这了悟自在海天禅寺住下后，竟从来没扫过一次地，从来没关过一次门。若轮到他值勤值夜，其他和尚总有些放心不下。

众僧都不甚喜欢这位新来的了悟禅师。所谓先进庙门三日大，比了悟先进庙门的，自认为比他有资历，也就不把了悟放在眼里，时不时斥责他，骂他是懒和尚。

了悟不气不恼，一笑了之。过了几天，众僧突然发现了悟在门口贴了一副对联，上联为“空门岂用关”，下联为“净土何须扫”。

众僧看得呆了，一时竟无法驳斥了悟的这种奇谈怪论。有人去禀报了法眼方丈。法眼方丈闻听后，微微颔首，面露赞许之色。他传下话去：“了悟对禅的理解，已非你辈皮相之见，好好向他学道吧。”

僧人们都认为法眼方丈在偏护了悟，甚至认为他法眼有私，多少有些不服。

法眼方丈终于向众僧们说出了压在心底的一件事。那就是半年前的一个黄昏，他匆匆赶回海天禅寺时，因山雨刚止，河水暴涨，木桥已被冲毁，有一年轻山姑为无法过河正发愁呢。法眼方丈见此，考虑再三，他卷起裤管，折一树枝，以树枝当手杖，一面探底，一边蹚过了河。法眼方丈想：男女授受不亲，僧人戒色首先要

远离女色，自己这样做，既给她做了示范，又不犯寺规，也算尽到普度众生之责了。然而，那位山姑不知是没有领会法眼方丈的暗示，还是胆小，依然站在河对岸干着急。天渐渐暗下来了，一个山姑过不了河，那如何是好？正这时，走来一其貌不扬的和尚，和尚上前向山姑施礼后，就抱着山姑过了河，和尚把山姑放下地后，满脸通红的山姑一脸羞涩地向和尚道了谢。和尚说了声："阿弥陀佛，善哉善哉！"就一声不响地继续赶路了。

法眼方丈忍不住上前问："这位和尚，出家人应不近女色，你怎可抱一个姑娘呢？"那和尚哈哈大笑说："我早把那姑娘放下了，你怎么反而老放不下呢？"法眼闻之大惭，始悟遇到得道高僧了，就极为邀请了悟禅师到海天禅寺住下。

这件事对法眼方丈震动很大，他深感了悟禅师道行深厚，有心好好观察，让之熟悉海天禅寺后，再作打算。

不久，清兵南下，发生了"扬州十日"、"嘉定三屠"等惨烈之事，善男信女逃难的逃难，避灾的避灾，寺庙的香火一下冷落了许多。

海天禅寺落入清兵之手是早晚的事，胆小的僧人离寺避到了乡下，了悟却天天在大殿念经打坐，仿佛不知大军压境之事。

一个阴霾之天，清军一位大胡子将军率军士冲进了寺庙，其他僧人全逃了避了，惟了悟禅师依然不慌不忙、不紧不慢地念他的经，对大胡子将军的来到熟视无睹。大胡子将军见这和尚竟敢如此蔑视自己，火不打一处来，厉声喝问："好大的胆子，竟敢如此目无本将军，你知道不知道本将军杀人如刈草一般。"

了悟正眼也没瞧大胡子将军一眼，朗声回答说："将军你大概还不知道寺庙中也有不惧死的和尚吧，既然死都不怕了，还有什么好怕的呢！"

本来大胡子将军想大开杀戒，烧了寺庙，但听了了悟的回答，又从心底里佩服这位和尚的豪气与胆识，遂下令撤退。

海天禅寺就这样免于了兵灾。

法眼方丈因此有了把方丈之位传给了悟的念头，了悟闻知后借口自己乃闲云野鹤，执意谢绝了法眼方丈的美意，终于又云游四海去了。临走时，他留下一谒语：“泥佛不渡水，金佛不渡炉，木佛不渡火，真佛内里坐。”遂头也不回地走了。

法眼方丈与众僧们都默默念着这谒语，各人参悟着。

邵宝健

永远的门

江南古镇。普通的有一口古井的小杂院。院里住了八九户普通人家。一式古老的平屋，格局多年未变，可房内的现代化摆设是愈来愈见多了。

这八九户人家中，有两户的长住人口各自为一人。单身汉郑若奎和老姑娘潘雪娥。

郑若奎就住在潘雪娥隔壁。

“你早。”他向她致意。

“出去啊?”她回话，擦身而过，脚步并不为之放慢。

多少次了，只要有人有幸看到他和她在院子里相遇，听到的就是这么几句。这种简单的缺乏温情的重复，真使邻居们泄气。

潘雪娥大概过了四十了吧，苗条得有点单薄的身材，瓜子脸，肤色白皙，五官端庄。衣饰素雅又不失时髦。风韵犹存。她在西街那家出售鲜花的商店工作。邻居们不清楚，这位端丽的女人为什么要独居，只知道她有权利得到爱情却确确实实没有结过婚。

郑若奎在五年前步潘雪娥之后，迁居于此。他是一家电影院的美工，据说是一个缺乏天才的工作负责而又拘谨的画师。四十五六的人，倒像个老头儿了。头发黄焦焦、乱蓬蓬的，可想而知，梳理次数极少。背有点驼了。瘦削的脸庞，瘦削的肩胛，瘦削的手。只是那双大大的眼睛，总烁着年轻的光，烁着他的渴望。

他回家的时候，常常带回来一束鲜花，玫瑰、蔷薇、海棠、腊梅，应有尽有，四季不断。

他总是把鲜花插在一只蓝得透明的高脚花瓶里。

他没有串门的习惯。下班回家后，便久久地耽在屋内。有时他也到井边，洗衣服，洗碗，洗那只透明的蓝色高脚花瓶。洗罢花瓶，他总是斟上明净的井水，噘着嘴，极小心地捧回到屋子里。

一道厚厚的墙把他和潘雪娥的卧室隔开。

一只陈旧的一人高的花竹书架贴紧墙壁置在床旁。这只书架的右上端，便是这只花瓶永久性的位置。

除此以外，室内或是悬挂，或是傍靠着一些中国的、外国的、别人的和他自己的画作。

从家具的布局和蒙受灰尘的程度可以看得出，这屋里缺少女人，缺少只有女人才能制造得出的那种温馨的气息。

可是，那只花瓶总是被主人擦拭得一尘不染，瓶里的水总是清清冽冽，瓶上的花总是鲜艳的、盛开着的。

同院的邻居们，曾经那么热切地盼望着，他捧回来的鲜花，能够有一天在他的隔壁——潘雪娥的房里出现。当然，这个奇迹就从来没有出现过。

于是，人们自然对郑若奎产生深深的遗憾和绵绵的同情。

秋季的一个雨漾漾的清晨。

郑若奎撑着伞依旧向她致意：“你早。”

潘雪娥撑着伞依旧回答他：“出去啊？”

傍晚，雨止了，她下班回来了，却不见他回家来。

即刻有消息传来，郑若奎在单位的工作室作画时，心脏跳搏异常，猝然倒地，刚送进医院，就永远地睡去了。

这普通的院子里就有了哭泣。

那位潘雪娥没有哭。眼睛委实是红红的。

花圈。一只又一只。那只大大的缀满各式鲜花的没有挽联的花圈，是她献给他的。

这个普通的院子里，一下子少了一个普通的生活里没有爱情的单身汉，真是莫大的缺憾。

没几天，潘雪娥搬走了，走得匆忙又唐然。

人们在整理画师的遗物的时候，不得不表示惊讶了。他的屋子里尽管灰蒙蒙的，但花瓶却像不久前被人擦拭过似的，明晃晃的，

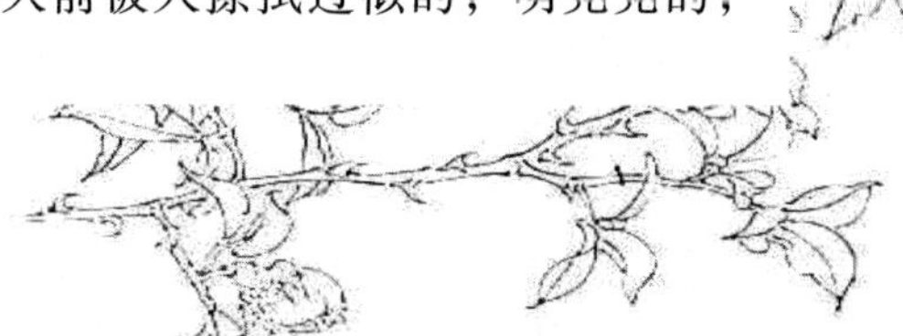

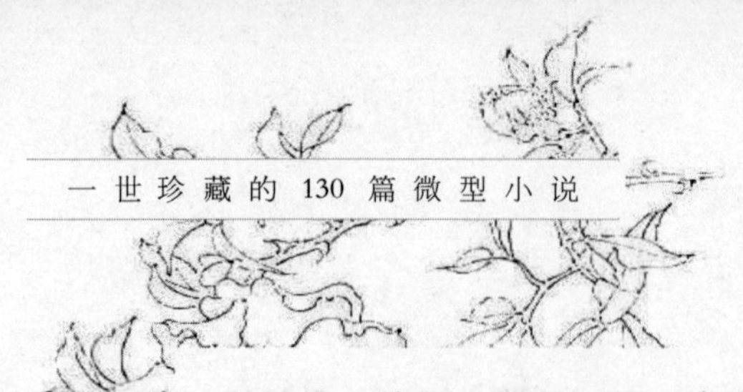

蓝晶晶，并且，那瓶里的一束白菊花，没有枯萎。

当搬开那只老式竹书架的时候，在场者的眼睛都瞪圆了。

门！墙上分明有一扇紫红色的精巧的门，门拉手是黄铜的。

人们的心悬了起来又沉了下去。原来如此！

邻居们闹闹嚷嚷起来。几天前对这位单身汉的哀情和敬意，顿时化为乌有，变成了一种不能言状的甚至不能言明的愤懑。

不过，当有人伸手想去拉开这扇门的时候，哇地喊出声来——黄铜拉手是平面的，门和门框平滑如壁。

一扇画在墙上的门！

文清丽

条　件

张局长跟老婆结婚13年了。13年后的一个春天，张局长认识了一位女记者，经过了一个多月的工作需要后，他第一次尝到了爱情的滋味，第一次在镜子里发现自己还能年轻得讨小女孩喜欢。他深刻地认识到好女人才是一所真正的大学，为了能补上爱情这一课，他要求老婆准许他离开她这个小学校，好让他能获得更高品位的爱情。张局长很注意自己的领导形象，他希望老婆看在多年夫妻分上，能私下解决。最后他很大方地说："你可以提出一切条件，我尽量满足你。"

老婆其实在她那个年龄看来一点也不显老，至少年轻10岁，而且还可以算做美人。这话是张局长当副局长时在一次酒会上当着很多人说的。在座的无论是先生还是小姐都认认真真地看了看他身旁的妻子一番。大家都在心里说：确实如此。妻子只是很礼貌地微笑了一下，就收住了笑容，专心地吃起饭来。她吃得很慢，总好像在吃一种她最怕吃的药。

现在妻子正在批改小学生的作文，在听了张局长的"条件"以后，毛笔上的一滴红墨水滴在了作文本上，她急忙掏出口袋里叠得方正如豆腐块的手绢贴在了那一滴墨水上，然后轻轻地摁了一下，取开，那红红的一滴像一颗红豆，灿灿地落在那方框的下横线上。她长长地舒了口气，把毛笔上的墨水轻轻地在墨水瓶沿刮刮，埋头看起来。张局长看妻子没反应又说："其实你挺好的，真的，为我做了不少牺牲，我都一一记着。你放心，离婚了我会把你的工作调整好。不要当娃娃头了，再说离家也特远。到市委办公室上班吧，

我相信你会干得很好的，凭着你当年在大学里的才华。再说这工作也是你大学毕业时就想得到的，只怪我当时自私，怕把你分去了，对我晋升有影响，就私下……”

妻子认真地把一页看完了，才淡淡地说：“不用。”张局长心里先是轻松了一下，马上就又沉重了：莫不是要钱？虽说张局长是局长，可他分管的是清水衙门的文化局，穷得只有稿纸是多余的。但是为了能早日享受爱情，他咬咬牙说：“你想要钱？好吧，说个数。”

妻子仍在改作业。借着日光灯的光源，张局长看见妻子头上有了几根白发，他觉得心猛然痛了一下，又说，咱们家的存款我全不要，女儿的一切费用我也出。除了这，你还可以再提个数，我会想办法给你凑齐的。只是咱们快点把手续办了，她那边闹得很凶。万一我现在倒台了，咱女儿考不上大学我也无能为力了。张局长觉得自己想得很周到。

妻子很长时间没说话，张局长仔细看了看妻子的脸，好像没有生气——有希望。他想趁热打铁：“现在的房子我也不要了。”女记者说过只要能和张局长结婚住草棚都行。还说真正的爱情是在一切物质之上的。听得张局长激动得以为他遇上了现代的祝英台。说完他掏出早已准备好的钱和离婚协议书走到妻子桌前。“如果你没有其他条件请收下这五万元，然后签一下字吧！”他觉得这样的条件她会满足的。

妻子放下笔，把一本改完的作业放在一边，一字一顿地说：“我的条件是……”她没有往下说，深深地看了张局长一眼，张局长立即觉得如坐雪山，眼前马上闪出“调动”、“房子”、“巨款”、“法院”，一时头有些昏。可是他听到的是：“我的条件是什么都不要，只是请你等我改完学生的作业再签字。”

张局长起初以为听错了，当对方再说一遍后，当他看着那漂亮的签名后就确信他没有听错。他兴致盎然地跑到情人家报告了这一喜讯，女记者当着家人的面立即搂住了他的脖子。羞得张局长赶紧把她拉进她的闺房。一阵电闪雷鸣狂风暴雨后，女记者边亲他的脸边说：“亲爱的，马上结婚可以，不过你得答应我三个条件：把我妹妹调到市委上班；帮我爸买座新房子；最后就是不准再给你女儿一分钱。”

张局长望着那陌生的脸，心里吹起一股冷风，说：“我也有个条件：请你不要再来找我。”说完他走出屋，望着人来人往的行人，忽然想到妻子现在睡了吗？

陈振寿

绝 技

金湾县古分四门，而有四街。东门街连着县衙，官绅士吏集居于此；西门街书香弥漫，住着诗礼人家；南门街一律开着药铺，街面上药味浓郁；北门街是条杂街，有米行、钱庄、当铺、道观、妓院……三教九流聚于此，异士高人隐匿其中，传奇轶事时有耳闻。

清乾隆年间，北门街出了一位捕青蛙高手，姓刘名天道。刘天道捕青蛙不用叉，不用网，用嘴。他嘴里模仿雄蛙发出一种奇异的声音，一发音，周围的青蛙竞相闻声而来，听凭他捕捉。俗语云：禽有禽言，兽有兽语。刘天道就凭着蛙语捉蛙。

每逢捉蛙，他提一只竹篓出门，走到附近的水田，口发异声，召集青蛙，随即从跳将过来的蛙群中捉住一只稍大的，折断后腿，丢往远处，然后便在聚拢来的青蛙中尽情挑选。看看篓里有两盘活物了，遂止住怪音，让青蛙四散跳开，绝不多贪。

刘家人视捕蛙为打猎。因猎法神奇，有赶尽杀绝之嫌，而且用人道的眼光看，更有极其残忍的一面。故此，刘天道猎蛙次数并不多，一年最多七次，而且只吃不卖。他还规定每次所捉第一只蛙必折断后腿放生。

这件事不知怎么传开了，当时就轰动了金湾县城。人们都知道北门街有个刘天道，能对青蛙呼来唤去，凭蛙语捉蛙，遂纷纷赶往刘家，希望一睹其捕蛙之神举。

更有那富家子弟，携了厚礼，登门拜师学艺。刘天道一一回绝，他从不在人前显示自己的绝活，更不忍广授门徒，传教此技。他深知这样做的后果将是整个蛙族的毁灭。

刘天道对此绝活极为保密，就连他的家人，也无人知晓根由。直到临终，刘天道才唤过一个最喜爱的儿子，亲授此技，并交代一代只传一人，切不可多传。又再三嘱咐：凭蛙语捉蛙，只准食用，决不能出售。

此后，刘家捕蛙神技便一代代往下传，光绪二十一年，传至第八代刘永贵手中。其时，西方列强入侵，国人民不聊生，刘家也穷困不堪。

刘永贵眼看日子愈过愈艰难，就决定在青蛙上打主意了。他打破祖传的凭蛙语捕蛙只吃不卖的规矩，开始捕蛙出售。他每日到水田里捕捉二十来斤青蛙，拿到菜市口出售，换回全家人的食用开销。

这样干了一个月，刘家的生活大为改善，不再处于贫穷的边缘，并且已囊有余钱。刘永贵开始觉得自己的祖辈真是太古板了，守着金饭碗讨饭。他可不能那样傻。

刘永贵开始担着箩筐在水田捉蛙。北门的田野里青蛙渐渐稀少，他又担箩筐到了西门。

靠山吃山，靠水吃水，刘家靠此绝技成了北门街的首富。第二年，刘永贵一不做，二不休，在北门街开了一家“蛙味餐馆”，专营蛙类菜肴。由于全县仅此一家，所以生意特别兴隆。县内的贪官污吏、纨绔子弟频频光顾，吃着炸的、炒的、烩的、清蒸的、红烧的各种色香味俱佳的青蛙，食客无不拍案叫绝。刘永贵的腰包也更加鼓起来。

七月的一日，知县老爷乘着一辆马车，带一位西班牙传教士来品尝蒸蛙，言明要刚从水田里捉来的方好。

刘永贵答应一声，手托大汤盘鼓腹而出，径到水田，口发怪音。良久，却没见到一只青蛙，寂静的水田只听到他模仿的蛙鸣。刘永贵心内一惊：这太奇怪了，难道蛙语失灵了？他百思不得其解。

刘永贵走到田野中央，调匀呼吸，再次口发怪音。还是没见一只青蛙！刘永贵知道不妙，丢了汤盘，拔腿就往回跑。但是，已经来不及了，只见四面八方跳跃着不计其数的青蛙，蛙头攒动，形成

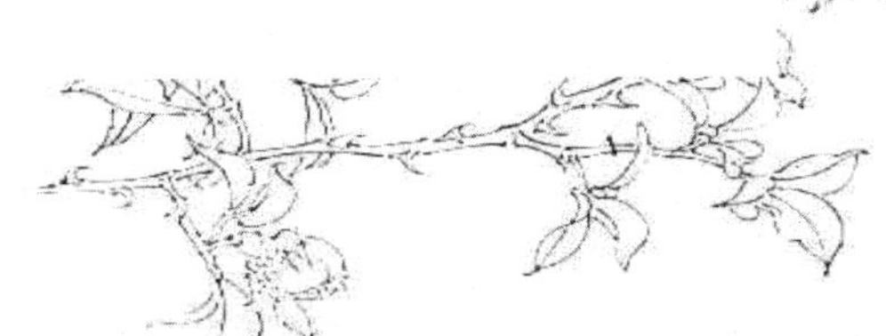

一片灰绿色的“蛙浪”，围住刘永贵“呱呱”大叫。刘永贵已经吓呆了。

只见一只磨盘大的巨蛙，后脚撑地，前腿指着刘永贵，口出人言，骂道：“贪心汉，灭绝天理的坏蛋！我们蛙类待刘家不薄，你却要把我们斩尽杀绝！是可忍，孰不可忍！今日，我们要你偿还血债！”巨蛙把前腿一招，数以万计的青蛙铺天盖地般涌上前，顷刻之间，刘永贵便只剩下了一副骸骨。群蛙随之隐去……

从此，刘氏捕蛙绝技便绝了种。

谢志强

陆地上的船

早晨，太阳刚刚升起，他便站在晒谷场上，一只手叉在腰间，一只手一挥，像一个指挥千军万马的将军，他喊：起锚，出航！

爹叹了一口气说，疯子的船又出海了。

我好奇地看着他。我没见过海，没见过航船。他迎着照进山坳里的阳光，穿着整齐的制服，很威武，很气派。阳光勾勒出他的剪影。

晒谷场周围是一块块水田，绿莹莹地连向山岭。接着，他开始踱步。我观察了好些天，他从晒谷场的东头慢慢地走向西头，沉思的样子。晒谷场铺着水泥。

我发现，他绝不多走一步，接近晒谷场的边缘，他又折回身，继续走。他的皮肤黝黑，不是山民那种黑。是海风吹出的黑，爹告诉我。我想象大海无遮无拦的阳光。

他走得那么准确。爹说他那条船跟晒谷场差不多大。那么大一条船，我想，一个移动的晒谷场，周围的绿田不是像平静的海水吗？

爹说，别去打扰他，可怜的船长。一个失却了船的船长。我对他生出敬意，他的身材魁伟，把那一身制服撑得板板直直，好像挂在衣架上边那样。

太阳在不知不觉升起，有一竿子高了，他仍重复着踱步——那是他在甲板上散步。我希望他脚下的晒谷场能够航行。他踱步的时候，晒谷场仿佛在飘移。他的制服衣襟在山风里猎猎抖动。

可是，天阴下来了，不知哪里钻出来了乌云，发酵似的膨胀，

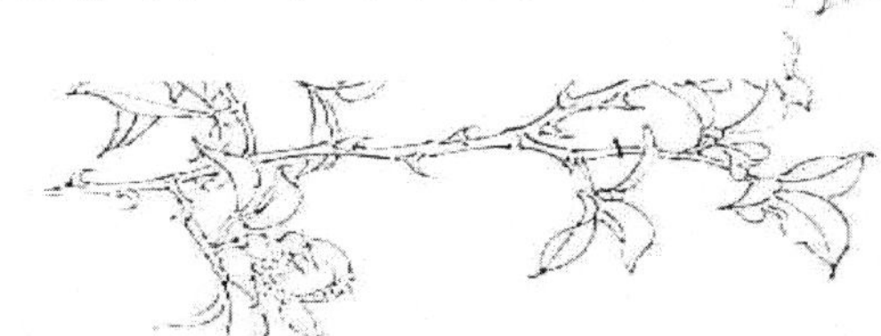

遮住了太阳。他停下脚步，四处张望，甚至，双手圈成两个圈，罩在眼眉前。父亲说那是他的望远镜。

爹示意我们——村里的几个小伙子都来了，他们想嚷嚷——不要出声。其实，我真想赶过去，登上他的船。

他举起双臂，说，全体注意，风暴来啦，各就各位，保持航速！

我们乐了。他焦躁不安地跑起来，跑到船头——晒谷场的东首，他用脚踢踢摊在地上的稻谷，说赶快采取措施，海水漫进舱里了。

他开始寻找什么，大概是桶之类的东西，舀海水。他忙乎着踢稻谷，金色的稻谷飞起。我的娘撩起围裙揉在手里，对我的爹说，你去劝劝他，这样糟蹋粮食。

他喊：快，水泵，都躲起来干吗！他四顾着，像是寻找想象中的船员。我们沉不住气了，真想赶过去帮他一把。

他冲着我们喊：胆小鬼，你们丢下船逃走呀！你们过来，我命令你们过来。大海可饶不了你们！

我瞧了一眼爹。爹低声说：别过去，他疯病发了，发过一阵就会好转呢。

我真想过去支援他，他需要帮手。我见他像热锅上的蚂蚁那样，在晒谷场上疯狂地奔跑。我真不忍他那么孤独，可能我们过去，能够安慰他——他是我们家族中唯一见过大世面的人物了，我曾替我这个二叔自豪，可是，他回来的时候，人家指着脑袋说他受了刺激。

他终于停下来，哭腔哭调地说：沉了，沉了，我们的航船，沉了，你们都逃吧，鲨鱼不会放过你们。

据爹说，他那条船，在一场海上风暴里航行了一天一夜，最后，接近了一个无名小岛，触了礁。

太阳钻出乌云。他的声音低下来，说沉了，沉了。似乎在念咒语，我看着环绕着小山村的山岭，好似晒谷场在下沉，下沉。

他走出晒谷场，朝我们走来——登上小岛。他的神色又恢复了正常，像经历了场海上风暴，现在，他的表情呆滞、淡漠。他根本没看我们一眼，似乎我们不存在，他穿过我们，径直地走进他的屋子。

我们踏上了他的航船——晒谷场，整平了踢乱的稻谷。我学着他的样子，在场上走，想体验当船长的感受。还是我出生以来看惯了的小山村——晒谷场，可是，刚才（每天他都要演绎一场出航的仪式，只是今天意外，出现了阴天）那场“沉船”的风暴就发生在这儿。大海无情，我想着遥远的大海，我长大了一定要去见识大海！

沈宏

走出沙漠

他们四人的眼睛都闪着凶光，并且又死死盯住那把挂在我胸前的水壶。而我的手始终紧紧攥住水壶带子，生怕一放松就会被他们夺去。

在这死一般沉寂的沙漠上，我们对峙着。这样的对峙，今天中午已发生过了。

望着他们焦黄的面庞与干裂的嘴唇，我也曾产生过一种绝望，真想把水壶给他们，然后就……可我不能这样做！

半个月前，我们跟随肇教授沿着丝绸之路进行风俗民情考察。可是在七天前，谁也不知道怎么会迷了路，继而又走进了眼前这片杳无人烟的沙漠。干燥炎热的沙漠消耗了我们每个人的体力。食物已经没有了。最可怕的是干渴。谁都知道，在沙漠上没有水，就等于死亡。迷路前，我们每人都有一壶水；迷路后，为了节省水，肇教授把大家的水壶集中起来，统一分配。可昨天夜里，肇教授死了。临死前，他把挂在脖子上的最后一个水壶交给我说："你们走出沙漠全靠它了，不到万不得已时，千万……千万别动它。坚持着，一定要走出沙漠。"

这会儿他们仍死死盯着我胸前的水壶。

我不知道什么时候能走出这片沙漠，而这水壶是我们的支柱。所以，不到紧要关头，我是决不会取下这水壶的，可万一他们要动手呢？看到他们绝望的神色，我心里很害怕，我强作镇静地问道："你们……"

"少啰嗦！"满脸络腮胡子的孟海不耐烦地打断我，"快把水壶给我们。”说着一步一步向我逼近。他身后的三个人也跟了上来。

完了！水壶一旦让他们夺去，我会……我不敢想象那即将发生的一幕。突然，我跪了下来：“求求你们不要这样！你们想想教授临死前的话吧。”

他们停住了，一个个垂下脑袋。

我继续说：“目前我们谁也不知道什么时候能走出沙漠，而眼下我们就剩下这壶水了。所以不到紧要关头，还是别动它，现在离黄昏还有两个多小时，趁大家体力还行，快走吧。相信我，到了黄昏，我一定把水分给大家。”

大伙又慢慢朝前艰难地行走。这一天总算又过去了，可黄昏很快会来临。过了黄昏还有深夜，还有明天，到时……唉，听天由命吧。

茫茫无际的沙漠简直就像如来佛的手掌，任你怎么走也走不出，当我们又爬上一个沙丘时，已是傍晚了。

走在前面的孟海停了下来，又慢慢地转过身。

天边的夕阳渐渐地铺展开来，殷红殷红的，如流淌的血。那景色是何等壮观！夕阳下的我与孟海他们再一次对峙着，就像要展开一场生死的决斗。我想此时已无路可走，还是把水壶给他们。一种真正的绝望从心头闪过，就在我要摘下水壶时，只听郁平叫道：“你们快听，好像有声音！”

大伙赶紧趴下，凝神静听，从而判断出声音是从左边的一个沙丘后传来的，颇似流水声。我马上跃起：“那边可能是绿洲，快跑！”

果然，左边那高高的沙丘下出现一个绿洲。大家发疯似的拥向湖边……

夕阳西沉，湖对岸那一片绿色的树林生机勃勃，湖边开满了各种芬芳的野花。孟海他们躺在花丛中，脸上浮现出满足的微笑。也许这时他们已忘掉了还挂在我胸前的那个水壶。可我心里却非常难受，我把他们叫起来：“现在我要告诉你们一件事。为什么我一再不让你们喝这壶水呢？其实里面根本没有水，只是一壶沙子。”我把胸前的水壶摘下来，拧开盖。霎时，那黄澄澄的细沙流了出来。

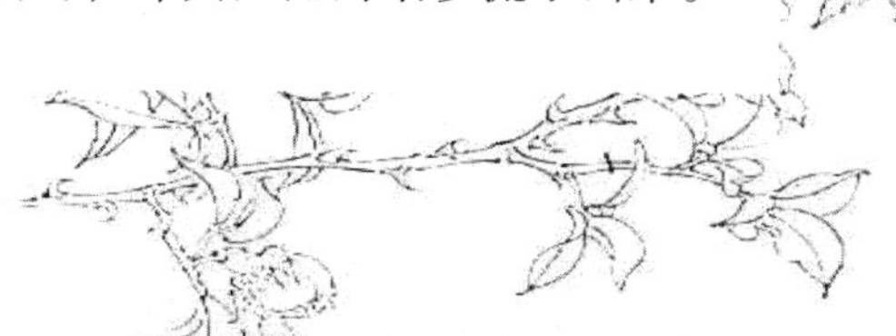

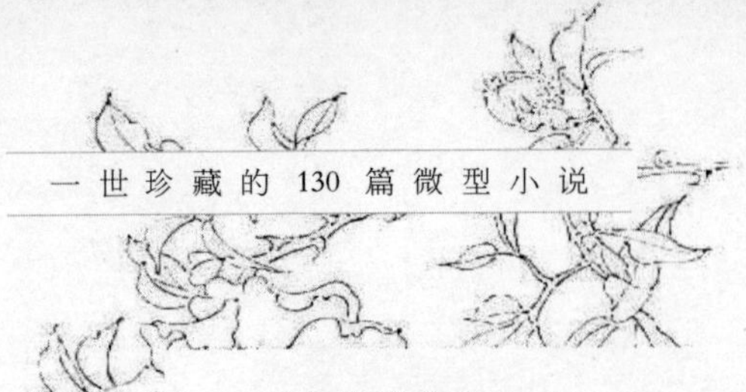

大伙都惊住了。

我看了他们一眼，沉重地说：“从昨天上午开始，我们已经没有水了。可教授没把真相告诉我们。他怕我们绝望，所以在胸前挂了一个水壶，让我们以为还有水。为了不被我们看出是空的，他偷偷地灌上一壶沙。事后，教授知道自己不行了，因为他已好几天不进水了，他把自己的一份水都给了我们。教授把事情告诉我并又嘱咐，千万别让大家知道这水壶的真相。它将支撑着我们走出沙漠。万一我不行了，你就接替下去……”

我再也说不下去了。孟海他们已泣不成声。当大家回头望着身后那片死一般沉寂的长路时，才明白是怎样走出了沙漠……

刘卫平

成　仙

和尚来山上的寺里修行已经九年了。

山叫龙山，寺叫龙山寺，和尚法号可能。

和尚修行，为的是成仙。

和尚知道，要成仙，就必须做好事，行善举。

龙山寺位于龙山山顶，一条山路如飘带一般，从山脚沿山坡逶迤拉到山顶，打龙山寺门前穿过，又从另一面山坡飘下去了。每天日出日落，陡峭的山道上总有三三两两的行人或挑担、或背包，从此攀登而过。

和尚来龙山寺修行的头九年里，每天天一亮他就下山了。他无数次地来到山脚下，迎接他修行路上的第一位施主。是挑担的，和尚就接过他的担子挑起来；是背包的，和尚就接过他的包裹背起来。施主在前，和尚在后，一前一后从山脚爬到山顶，到了寺门前，和尚再把担子或包裹交还给施主，目送施主下山。送走一位施主，和尚又回到山脚下迎接另一位施主。日复一日，年复一年，和尚已记不清自己挑过多少担子，背过多少包裹，送走了多少行人。一晃，九年过去了，和尚就想，自己也该成仙啦。和尚这样一想，成仙的机会就真的来啦。

这天，和尚迎来了他修行路上的一位非常重要的施主。开始和尚根本就没有觉察到这位老婆婆有什么与众不同。他像往常一样，从山脚下接过老婆婆的担子挑起来，老婆婆在前，和尚在后，一前一后向山上爬去。

老婆婆问：和尚师傅你姓啥？

和尚答：我姓可。

和尚肩上的担子加重一斤。

老婆婆又问：和尚师傅你姓啥?

和尚答：我姓可。

和尚肩上的担子又加重一斤。

老婆婆又问。

和尚又答。

担子又变重。

……

也不知老婆婆把同一句话反反复复问了多少遍，和尚反反复复答了多少遍，和尚肩上的担子已从五六十斤增加到二百多斤啦。

到了半山腰，和尚开始喘粗气，和尚开始打趔趄，和尚已经热汗淋漓了。

老婆婆还在问：和尚师傅你姓啥?

和尚气喘吁吁，口气就显得有点冲：我说姓可就是姓可!

和尚的话一出口，老婆婆不见了，地上摆着一张纸，上面写着四行字：

和尚你姓可，
心中就有火。
你是想成仙，
神仙就是我。

和尚立即就明白了，这是神仙来试探他的心。和尚知道自己错过了一次成仙的好机会。

错过了一次机会的和尚还是想成仙。和尚在他修行的第二个九年里，仍然像以前那样日复一日，年复一年地挑担子，背包裹，爬山路，送施主。第二个九年很快又要过去了。和尚就想，自己也该成仙啦。

和尚这样一想，他就看到了山脚下走来的那位老婆婆。和尚像往常一样，接过老婆婆的担子挑起来，老婆婆在前，和尚在后，一前一后向山上爬去。

老婆婆问：和尚师傅你姓啥？

和尚答：我姓可。

和尚肩上的担子没有变重。

老婆婆又问：和尚师傅你姓啥？

和尚答：我姓可。

和尚肩上的担子还是没变重。

老婆婆又问。

和尚又答。

担子又没变重。

……

也不知老婆婆把同一句话反反复复问了多少遍，和尚反反复复答了多少遍，和尚肩上的担子还是像开始那样五六十来斤的样子。

到了半山腰，老婆婆还在问：和尚师傅你姓啥？

和尚大声答：我说姓可就是姓可！

这一回，担子还在，老婆婆还在。老婆婆笑了，瘪着嘴大声说：和尚师傅，这一下我总算听清楚你的姓啦。

和尚立即就明白了，老婆婆是一个聋子。和尚隐隐约约意识到，自己也许这一辈子都成不了仙了。

意识到自己成不了仙的和尚在他修行的第三个九年里，还是像以前那样日复一日，年复一年地挑担子，背包裹，爬山路，送施主。

以前这样做，和尚是为了成仙，和尚感到很累很辛苦。现在他觉得这样做好事，行善举，本身就是一种快乐，一种神仙般的快乐！

第三个九年过去了。

第四个九年过去了。

……

九九八十一岁的和尚在送走他修行路上的最后一位施主后，在龙山寺突然圆寂。

接替可能和尚的是一位小和尚。

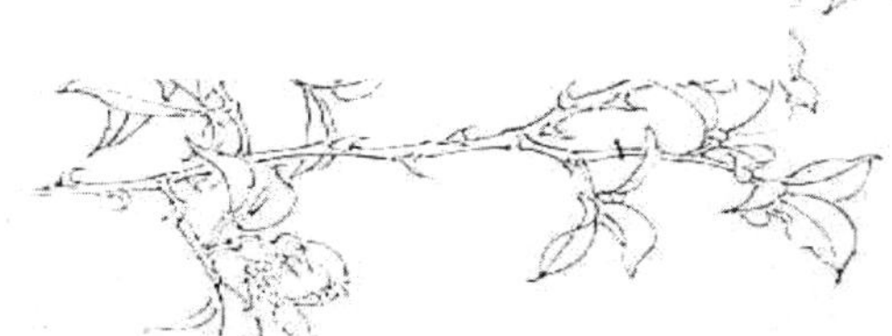

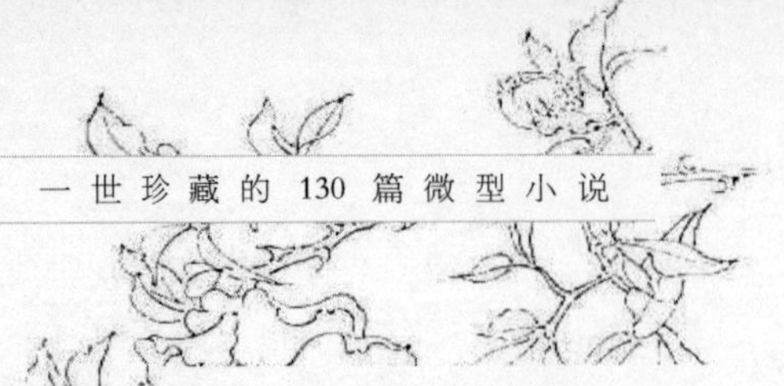

小和尚像可能和尚那样日复一日，年复一年地挑担子，背包裹，爬山路，送施主。

小和尚每接到一位施主，施主总会问：可能和尚呢？

小和尚总是答：可能师傅成仙了。

施主总会叹一声，说：可能师傅这样的好人早该成仙了。

袁炳发

作家与鹅

作家想到一个宁静的地方来完成他的长篇小说。

于是，作家就告别了城市的喧嚣，来到一个叫巴林的僻静幽雅的林区小镇。

作家下榻在一家个体小旅店。

夜里，从阁楼的小木屋内望天上的星星，星星就特别的硕大明亮，清幽高远。

这时，作家的情绪就特别的高昂。

这时，作家就立即抓起笔，开始伏案工作。

一夜过去，有阳光的辉煌漫进阁楼的小木屋。作家睁开疲惫的双眼，简单地洗漱，简单地用餐。之后，作家就又抓起笔，开始伏案工作。

写得挺入神时，作家又突然放下笔，皱着眉长叹一声。

作家笔下的人物汤四爷闯进大山遇到一条凶恶的野狼，就在这条野狼扑倒汤四爷，那很尖利的牙齿就要咬向汤四爷的喉咙时，作家才放下手中的笔，才皱起了眉。

作家不忍叫苦难了一生的汤四爷就这样被野狼夺去他的生命。

正值作家笔抵下巴费神之际，窗外传来店老板娘从河边牧鹅归来的吵叫声。

老板娘扭动着肥臀赶着鹅。

老板娘抬头看见了阁楼窗口的作家，就对作家笑笑。

作家也回之一笑。

一只跛腿的鹅落在老板娘的身后，老板娘回身就用牧鹅的柳枝

抽这鹅，骂道："你这没用的货，哪次你都落在后面！"

说完，就又用柳枝抽鹅，把鹅抽得"呱呱呱"地叫着。

作家的心一阵紧缩，就跑下阁楼，就对老板娘说："这鹅本来就有疾在身，你怎么还这样打？"

"打是轻的，过几天我还要宰它呢！"

作家就不语，就走回阁楼。

连续几天，作家也没再写出一个字来。

作家不忍叫苦难了一生的汤四爷就这样被野狼夺去他的生命。

作家这部小说卡壳就卡在这。

作家痛苦不堪。作家到阁楼下打来一盆水，准备洗一洗衬衣，然后返城。

作家把洗完的衬衣晾到阁楼下的衣绳上。返回阁楼，作家燃着一支烟。等这支烟吸完后，作家突然发现了手指上的那枚价值可观的金戒指不见了。

作家想：这戒指一定是刚才到阁楼下泼洗衣水时从手指上甩了出去。

作家就到阁楼下的院子泼水的地方去找。

老板娘见后，就问作家："找什么？"

作家说："不找什么。"

老板娘就又对作家笑笑，走了。

作家也就又回之一笑，走回阁楼。

丢了就算了。作家想。

翌日清晨，作家收拾行李刚要走，就见老板娘拎着切菜刀要杀那只跛腿的鹅。

作家就挎上旅行包慌慌张张跑下阁楼。

跑下阁楼的作家从衣袋里掏出一张伍拾元的票子，递给老板娘说："这鹅我买了！"

老板娘拿着这张伍拾元的票子，喜形于色地说："好，卖你，卖你！"

作家就怀里抱着这只跛腿的鹅走了。

老板娘扭动着肥臀把作家送到大门外。

作家就回首一笑……

到家后的作家，先是弄了饲料喂这鹅，可这鹅不吃，且神色蔫蔫，两只眼睛似张似闭。

许是这鹅想它的家，慢慢适应新的环境后就会好的。作家这样想。

然而，出乎作家的意料，这鹅只在这新的环境里生活了一夜后的清晨就死了。

作家很疑惑，也很惋惜。

作家就找来刀，给鹅剖膛查找致死的原因。

怎么也不会想到，作家竟在鹅的食道里发现了他丢失的那枚戒指。

是这鹅把戒指吞进了食道。作家明白了鹅死的原因。

作家把鹅送到郊外的树林中掩埋了。

回到家后，作家就很惆怅，就苦苦地想。

最后，作家拿起笔写道：

这条很凶恶的野狼扑倒了汤四爷，那尖利的牙齿就要咬向汤四爷的喉咙时，狼突然发现汤四爷那两只浑浊的双眼里有泪水流出。

狼先是挺惊愕，后就一步三回头地走了。

狼终于没有吃掉汤四爷。

后来，作家的这部小说终于没有出版。出版社的编辑认为，不吃人的狼能叫狼吗？

高宽

诈

温故和知新是对门邻居。温家富得淌油水，知家穷得丁当响。温故五十多岁，满脸络腮胡子，五大三粗的足有二百斤，那大金鹿自行车被他骑上，从后面根本看不见车座了，车子也被压得吱吱嘎嘎直叫苦。知新四十多岁，白面书生却骨瘦如柴，但瘦瘦地很机灵，他能像猴子一样，爬到树上，揪住一根树枝，一打秋千就攀上了另一棵树的树枝。

温故和知新都嗜棋如命。两个人的棋瘾都非常大，每到晚上，知新就来到温家，每每对弈，难分胜负。

温故在城东开了个油店，专门经营花生油，日进斗金。他决不是那种吝啬之人，知新每次来下棋，温故便拿出最好的茶招待他，并顺便吹上几句："这茶可是一千多块一斤哪！"有时备好茶，倒上酒，手拿着酒瓶子摇晃着："来，喝几盅，这可是地道的茅台呀！"

知新从不推辞，笑吟吟地享受着这好茶好酒，就像在自家一样随便，他酒喝多了以后，下棋总让着温故。有的时候也会有意无意地问一句："温哥，今天生意怎么样？"

温故往往把脖子向后一仰，哈哈一笑，一句"没说的"了之。

不知什么时候，知新鬼使神差，也在温故的旁边开了个油店。

温故心里骂骂咧咧的，但他表面上却装出万分高兴的样子，知新开张那天，温故派人送去一大箱子红花绿叶的鞭炮，嘴里还不住地打着哈哈："好啊好啊，有饭同吃，有福同享，在家是邻居，在这儿又是邻居，难得难得，哥们儿有缘分，清闲的时候，还可以杀上几盘嘛！”

温故亲手给知新家点上鞭炮，那鞭炮震天响，直响了整整一个中午。

晚上，知新仍来温家下棋，温故更加热情地招待了他。这一夜，两个人就像新交上的知心朋友，就着话喝酒，越喝越勇，直喝到两人都醉得不分你我了，才肯罢休。

第二天，知新请书法协会的同学，在店门口竖了块大牌匾，上面写道：本店经营花生油，质优价廉，保证全市最低价。又在电视台、宣传海报上打了几天广告，生意果然兴隆起来。知新咧着大嘴笑了，温故前来祝贺，也是开怀地笑了。

但不久，知新早晨上店，却看见门市的卷帘门上贴了张白纸，上面赫然写着几个大黑字：本店的花生油虽掺假百分之三十五，但价格全市最低。知新直愣愣地伫立在那里看了半天，他甚至已经怀疑到了这是谁在捣鬼，他咬牙切齿地正想发作，温故笑着走来了，他一见这条子，立即破口大骂起来：“这是哪个小子干的好事？他妈的，谁贴这条子，就让他在路上被车撞死，养个儿子没屁眼儿，娶个老婆是个歪嘴，养个闺女没有鼻子……”他越骂越气，上前一把将条子哗啦哗啦撕了个粉碎。围观的人啧啧地赞扬着温故水平高。

但知新经营的油掺假的消息不胫而走，刚开张不久的油店立即冷清起来，有时一整天也没个顾客光顾。虽是惨淡经营，但知新仍是笑得个小白脸开花，他有事无事，总爱拿着个苍蝇拍儿，在柜台上、茶几上拍来拍去，谁也不知道他店里到底有多少只苍蝇。

温故的油店越来越红火，有时买油的人竟在门外排了长长的队伍。不久，温故的门市里“守法经营者”、“质量信得过单位”、“先进个体户”等一块块大牌匾，挂了满满一屋子。

温故红光满面，而知新的脸色越来越难看。但清闲的时候，知新总过去跑来颠去帮忙。

腊月的时候，一场铺天盖地的大雪，纷纷扬扬足足下了三天三夜，大街小巷都被这场大雪罩得严严实实。温故一向热闹拥挤的门市，这才冷清下来，他关起门来，清库盘点，算盘打得噼里啪啦

响，让他大吃一惊的是：忙忙碌碌了一年，不但分文没赚，反倒亏损十几万元钱，温故不得不在门口挂了块木牌，上面歪歪扭扭地写着几个字："本店停止营业!"

牛高马大、身强力壮的温故，一下子病倒在床上，而且一卧不起。真是祸不单行，气火攻心的他，不久便被医生诊断为肝癌，而且已经晚期了。

知新心里总挂念着温故，有事没事总爱来温家讲故事，陪他聊天。

这天晚上，温故的精神显得特别好，他叫家人备了两个菜，不顾医生的劝告，竟也端起酒杯来和知新对饮起来。

两杯酒落肚，温故醉意十分，满脸通红，呼吸也急促起来，他拉着知新的手，眼泪哗哗地落在酒杯里。

"兄弟，我对不起你呀，是我贴了那张字条，把你的生意挤倒了，可到死我也不明白，我的生意那么好，却赔得倾家荡产呢?"

知新"咕咚"一声，灌了一大口酒，他也泪流满面，紧紧地握住温故的手说：

"哥哥，是……是我害了你呀。你还记得我曾到你家借过一次小磅秤吗?"

"记得，记得!"温故点点头。

知新抹去眼泪："其实我早在城西开了个油店，到你家买油的，大多数是我派去的。西边油店卖的全是从你家买来的油，那台小磅秤被我做了手脚，每称一斤，实际上油重却是一斤三两整啊……"

郑洪杰

家在老城区

接到她的电话，他一阵忐忑，拿不准该不该去那座富丽堂皇的宾馆。然而，当他被一只柔若无骨的小手牵着的时候，这个平时只被当做风景仰观的三星级宾馆，已礼貌地接纳了他。他的脚踏上了门厅里紫红色的地毯。

接着，他在迎宾小姐的微笑里，又被那只小手牵进了电梯，直达18楼。步出电梯，他感觉双腿很沉，如同在梦中被人紧紧地拽住。

她丢开他的手，打开门，又顺势将门里的“请勿打扰”的牌子挂在门外。这时，他茫然无措，惶惶地不知该将目光落在房间的何处。

“四年了，我总盼望着有这一天。”她兴奋得脸蛋漾着光泽。“来，先喝点什么。是威士忌还是XO?”她说着，走近五光十色的玻璃橱。

他没回答，他弄不清这些古怪的名称是什么，什么味道，喝了是解渴、镇静抑或头沉。他只好对着她细腻的脸蛋摇摇头，仍局促不安地站着。

“别站着嘛，来坐这儿。”她还是倒了一杯橙色的液汁放在茶几上。玻璃茶几与玻璃杯相映着，折射出炫目的光。她又拉住他的手说：“四年了，你还是老样子，就是越来越不爱讲话了。告诉我，她是谁？做什么？你过得快乐吗？要知道，四年来我从没忘记你……”她的眼里湿了。“来，说点什么吧。”她将他拉进沙发的怀里。松柔的沙发立即将他拥住。

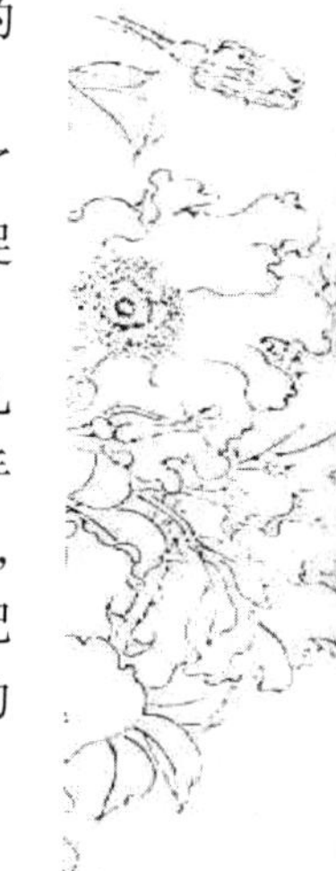

说什么呢？过去的已经过去了，现在的说了与她也无关联。可总得说点什么吧。

“她叫辛月，我们一个厂的，生活得很平凡，过得去。”他觉得能告诉她的只有这些了。

她一直没离开他的脸，波光一样的东西先在眼眶里闪动，很快聚成颗颗的泪，顺着她洁白的面颊淹湿了粉层，流成凄美的弧线。

她哽咽着：“原谅我，当初我嫁给克劳斯也是没有办法的办法。我需要钱，钱是一个女人在这世界上生存的最基本的东西。”她离开她的沙发，走近他，蹲下，抓过他的手在掌心里抚摸。“我知道你不会过得多好的。”

他抽出手，掏出手绢递给她，轻声说：“我不怪你，别说原谅。”

“不，我欠你的，欠你的感情，你的宿债。”她摇着头，后又认真地说，“让我偿还你吧，请给我这个机会。克劳斯去省城洽谈合资项目去了，一个星期。这是他专为我包的房间，没人打扰，一个星期的每天你都可以来。”她泪眼婆娑，冲动又企盼地盯着他的眼睛。随后她站起来，接连取下镶钻的项链、戒指和手链，一并放进他的手中，合上，说：“这些你带回去，给辛月。我还有。”说罢，她动手脱去珠光烁烁的套衫，脱去鹅黄短裙，又褪去薄如蝉翼的长袜。

望着她袒露的白皙的胸脯和浑圆的臂膀，他合上眼睛，轻轻地说：“别，还是别……”

她把唇在他的额上亲了一下，温柔地说：“稍等，我去冲浴，马上就过来。”

望着她进了卫生间，他感到胸闷和紧张。他起身来到窗前，撩起厚厚的法兰绒窗幔。

窗外灯光璀璨，霓虹闪烁。只有远处的一片，像被这座城市遗忘的角落，仍是沉沉的寂寥和幽黯，那就是他居住的地方，尚未改造的旧城区。他极力把目光漫过璀璨和辉煌，搜寻他居住的更确切的方位，甚至那平仄的屋脊。那里有他的妻子，有他简单的安宁和怡然的温馨，有他平常却有滋有味的日子。

卫生间开始传来哗哗的水声，白色的雾气已从虚掩的门缝蹿进房间，并弥漫出润肤沐浴露的芬芳和女人的肌香。

他抽了两下鼻子，慢慢地将目光从窗外收回，扫了眼房中宽大的床。他走过去按了按，松软无比。将手里沉甸甸的饰物放上去后，他来到门前，拧动把手，轻轻地说："再见了。"而后关上门，走向电梯。

感应玻璃门灵敏地敞开，又很快地合拢，将他隔在宾馆之外。

"辛月这会还没睡吧。"走下台阶时他想。

"才下岗，得好好开导开导她。"回家的路上他又想。

刘黎莹

端　米

泥结婚的头三天，还能老老实实地在家里守着水葱一般的新媳妇。三天后，泥就想找岔子闹一阵。泥结婚前喜欢钻窝子。柳村的人都把赌钱说成钻窝子。泥听赌友们说过，一开始就降伏不住老婆，这辈子就算完了。老婆就像一棵草，就是压在石头缝里，也照样黄了绿，绿了黄，是见风就长的东西。

新媳妇端米总是笑眯眯地做这做那，像捡了宝一样一天到晚就知个笑。小米饭熬好了，笑吟吟地问泥："稀哩？稠哩?"菜盛到盘子里，又总是先让泥动第一筷子，然后笑眉笑眼地问："咸哩?淡哩?"泥说："啰嗦个啥！做点子饭还要给你三叩六拜当娘娘一样敬?"

端米就拿筷子闷头吃饭。泥吃着吃着，又觉心里挺对不住端米。泥说："小米饭，黏哩。"端米不吭声。泥又说："菜，香哩。"端米还是不吭声。泥就摔了碗，用手抱住头，伏在饭桌子上，说："端米，我难受呀端米。"

端米抚一下男人的头，扫干净地上的碎碗片。

泥说："端米你不是一棵草。你就像个圆溜溜的皮球，让人想咬都没处下口哩。"

端米说："泥你想去哪儿就去哪儿。"

泥就又去钻窝子。输了牌就回家往外偷粮食卖。一次偷一布袋，瞅个空子扛出来。有一回脚底下走得急，绊在门槛上，摔青了半边脸。端米给他抹了红药水，说："你想往外扛就尽管扛。我不拦你就是。"泥就大了胆。泥后来干脆用盛过化肥的编织袋往外扛。

有时候泥一个人往袋子里装粮食挺费劲，端米就过来撑起袋子口。泥就一瓢一瓢往里装。嚓，一瓢。嚓，一瓢。快露缸底了。早先泥的娘活着时是从不让大缸底露出来的。娘对泥说过，这口大缸用了好几辈子了，还从没露过缸底。有时遇上灾年，就是吃糠咽菜啃树皮也不敢空缸底。泥拿瓢的手抖抖索索地像是抽了筋。端米提了一下袋子，说："还能装十来瓢哩。"泥真想一瓢头子砸在端米脸上。泥心里开始发毛。泥的手在媳妇脸前像秋风中的枯叶一样抖个不停。端米又提了一下袋子，说："还能装两瓢哩。"泥就把瓢摔在了地上，用脚踩了个稀巴烂。泥说："端米你干吗非要这样？我连村长都没怕过呀端米。"端米说："你看见别人打老婆手痒哩。"泥说："我往后再去钻窝子就把两只手剁给你看。"

泥跟着端米上地里拔草。柳村的人看奇景一般，说："我老天，泥也下地干活了，泥的媳妇竟有这等能耐！"

泥干了一星期的农活，就又开始手痒，趁端米回家扛化肥的时候，泥就从地里跑了。泥赌输了就回到家里找菜刀。泥说："端米我要剁手给你看。"

端米正在剥花生，连眼皮都没抬一下。

泥扔了刀，从门后头拾起绳子，就把自家喂的狗给捆上了。眨眼工夫就把狗的两条前腿的脚指头给砍了下来。

泥说："端米我要再去赌，就把我的两条腿砍给你看。"

泥还是管不住自己。泥再次赌输后，从菜板上拿起菜刀。泥说："端米我可砍腿了。我可真砍。"端米正蹲鸡食盆前拌鸡食。泥伸手捉住一只芦花鸡，削去了一条鸡腿。

泥也有赢钱的时候。这时候泥就会老老实实地把钱递到端米脸前，说："端米，你看，是不？树叶还有相逢时，岂可人无得运时？"

端米远远地退到天井里，说："怕脏手哩。"

柳村的人常说，好人不踩泥，好鞋不踩屎。就有好事的人问："端米，你好好的，干吗不跟泥散伙？"

端米说："人是会变的呀。"

"那你干吗不拦住泥？由着泥的性子去钻窝子。"

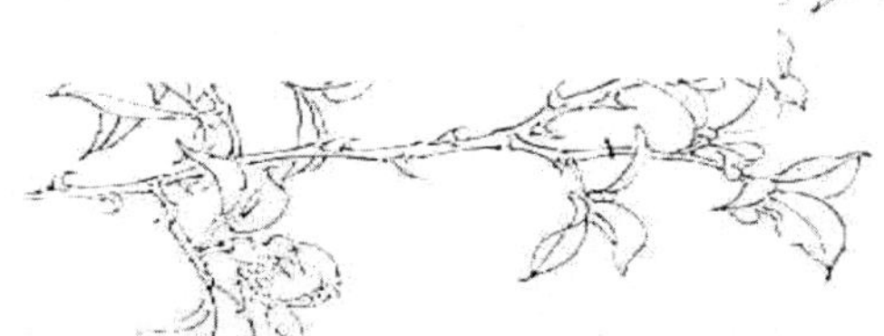

端米说："铁锁媳妇不就是因为拦男人被打残了胳膊？"

"你就不怕把家赌垮了？"

端米说："家垮了，我还有条命。泥就是铁人钢人我也要把他暖化。"

大伙儿就叹气，说："自古骏马却驮痴汉走，美妻常伴拙夫眠。"

一个下着麻秆子雨的黄昏，泥正守着空了的大缸发愣，端米摇摇晃晃地像只落汤鸡一样跑回家。端米从怀里掏出二百块钱递给泥说："你现在只能用我的命去赌了泥，直到赌干我身上最后一滴血。"泥接过钱，票子里夹着一张抽血单，泥的头皮轰地响了一下，泥像个疯子，用小蒲扇一样的大手猛扇自己的脸，直到把脸扇成了紫茄子。

春天的时候，花草到处抽芽、开花。转眼之间，山上、树林、屋角，全都变了样。泥在镇上开了个钟表修理店，端米开了个服装加工店。钟表店的生意挺红火。十里八乡的人都想来看看出了名的泥怎么说变就变了呀。端米的服装店更是热闹，好多女人想来看看端米是否有三头六臂。

就有人问端米有没有绝招，端米甜甜地笑笑，说："人这辈子要遇到好多难事，总不能事事都绕开走。只要豁上命，准行，说到底也就是一句话，水滴石穿罢了。"

邓洪卫

同　学

许攸跟曹操是老同学。两人打小趴在一张课桌上念书。有什么好吃的分着吃，有什么好玩的一起玩。两人关系很铁。许攸喜欢叫曹操“阿瞒”，“阿瞒”是曹操的小名。两人还经常在一起谈论志向。许攸说，我想做一名太守，治理好一个州郡。曹操说，我想做一名宰相，治理一个国家。曹操便戏称许攸为太守，曹操还让许攸叫他宰相。但许攸还是叫他阿瞒。曹操说，你怎不叫我宰相呢？许攸很难受地说，我叫你阿瞒已经叫顺嘴了，一时改不了口。曹操笑笑说，那你还叫我阿瞒吧。

多年以后，曹操果然做了宰相。许攸呢？在曹操手下做一个谋士。跟小时候一样，许攸还是称曹操为阿瞒。不光私下里这么叫，在许多公共场合下也这么叫。有一次，曹操为一件棘手的问题闹得焦头烂额，在相府开一个高级政治会议，参加会议的都是曹操手下的重要官员，气氛十分严肃。这时，许攸走到曹操跟前，拍着曹操的胳膊说，阿瞒，你怎么这么笨呢，简直是一头猪，你只需这么做，准能解决问题。一屋子的人都愣住了，很多人都面露不平之色。而曹操却哈哈大笑，没有丝毫的不高兴。

谋士程昱来见曹操。程昱说，我听说，一个人的小名，只有在他未成年的时候才能使用，而这小名应该由他的父母兄弟来称呼。许攸不过是您的一个同学，却多次在大庭广众之下，叫您的小名，无异于羞辱丞相。您为什么不怪罪于他呢？

曹操说，许攸不仅仅是我的同窗好友，而且是我的救命恩人。小时候，我特别顽皮。有一次，我爬到树上去摘桑葚吃，一不小

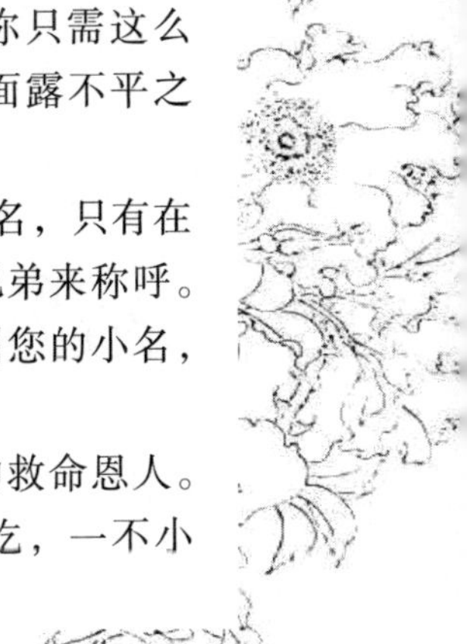

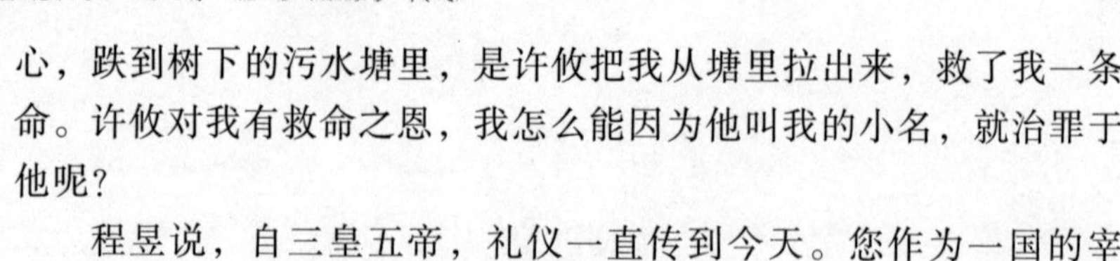

心，跌到树下的污水塘里，是许攸把我从塘里拉出来，救了我一条命。许攸对我有救命之恩，我怎么能因为他叫我的小名，就治罪于他呢？

程昱说，自三皇五帝，礼仪一直传到今天。您作为一国的宰相，一人之下，万人之上，有着神圣不可侵犯的威严。许攸虽然跟您交谊深厚，但他依然只是您的一个下属而已，下属理所当然应该尊重上级，而不能因为救过您的命就可以随意冒犯您的威严。请丞相尽快制止他这种行为。

曹操说，一年有四个季节，四季有它不同的特点。每个人因为自己的生长环境不同而形成不同的习惯。许攸叫我的小名，只不过是他的一个习惯而已，这丝毫不影响他给我带来许多有益的一面。我记得当年我与袁绍战于官渡，两军相持不下。当时，我的粮草只够维持三天，是许攸从袁绍那边过来投奔我，给我出谋划策，才使我一鼓作气打败袁绍，统一了北方。如果当初没有许攸的计策，我早已被袁绍所灭，就不会有我今天宰相的职位，更谈不上宰相的威严。与许攸的功劳相比，他叫我的小名是多么不足一论呀！

程昱不再说什么，只好退了出去。

许攸、张辽等许多武将也多次来找曹操，都被曹操一一劝退。

这一年，许都大旱，粮食歉收。曹操问许攸该怎么办。许攸说，一方面，老百姓没有粮食吃；另一方面，达官显贵的家里却用成堆的粮食酿酒，造成许多粮食浪费。当务之急，应该禁止这种浪费粮食的事情发生。曹操立刻传令，全城从即日起禁止饮酒，违令者斩。曹操还让许攸张辽等武将领兵昼夜巡城，如遇饮酒之人，就地正法。

晚上，曹操悄悄把许攸领进相府，说，别人不准喝，老同学例外，今日得闲，咱俩好好叙叙旧。

许攸点点头，好，好。阿瞒，你想得真周到呀。曹操端起酒杯说，来，干，一醉方休。

许攸晃晃摇摇离开相府，已是深夜。天空一轮明月虚悬。许都城的街道清清白白。许攸伸了伸胳膊，微风拂面，许攸关关节节都舒坦。

忽地，马蹄声疾。大将许攸奉丞相之命巡夜。

许攸令军校将饮酒之人拿下。

许攸叫，我跟阿瞒饮酒，何罪之有？

许攸抬手，长枪一抖，许先生像秋天的树叶，飘落在地上。

许攸的葬礼在一天清晨举行。全城百姓都聚拢来争看这位据说是绝顶聪明的丞相的老同学。响器班在哀伤地吹打，城中最好的歌手动情地唱着挽歌。曹丞相哭得最悲伤，几欲昏厥过去，旁边的侍从看他嘴在不停地嚅动着，终于努力听清他一遍遍念叨的是：今后还有谁叫我阿瞒呀！

曹操被侍从强行拉出灵堂，文武也跟了出来。

最后走的是行军主簿杨修。

杨修拍了拍许攸的棺木，叹道，你是最聪明的人，也是最愚蠢的人呀！

杨修还说，丞相的话，你怎么能当真呢？

杨修说着，背着手，摇头晃脑地走了出来。

王海群

断　桥

吕怀岁决定学京剧那天，带着一半欣喜一半痛楚。

以前，吕怀岁到了职工俱乐部，只是和几位老人在棋室下棋，或者看看报纸，聊聊天。小戏院与棋室近在咫尺，管弦之声不绝于耳，吕怀岁不太感兴趣，且听且不听。那天，吕怀岁去职工俱乐部时，碰见了一位25岁左右的姑娘，吕怀岁心里一“咯噔”，觉得这人好面熟，可怎么也想不起来。姑娘走过，吕怀岁盯住她的背影看，看她的脖颈儿，看她的腰肢，看她走路的姿态，看得眼睛昏花。

那姑娘进了小戏院，吕怀岁也不知不觉跟着进去了。

韩玉蛾来啦。有位老者对那姑娘打招呼。

来了，就排戏吧。又有老人说。

于是，就开始排戏了。

叫韩玉蛾的姑娘和其他人一样，忙着换装。

换好装，云板响，管弦起，开始排戏了。

戏为《白蛇传》之《断桥》一折。

那位韩玉蛾扮演小青。只见她腰佩长剑，身姿绰约，眉宇间有几分俏皮几分幽怨几分威严。手眼步法，处处传神；唱念做打，样样不凡。吕怀岁越看越入迷，越看越动心。小青的那双眼睛，让他越看越觉得熟悉，让他有些悸动，他觉得那目光一直探到了他心里。

当许仙上场与白素贞断桥相会时，小青刷地抽出长剑，怒目而视，挥剑刺向许仙，许仙吓得连连后退，白素贞奋力阻挡，小青的剑如白练，许仙吓得跪下向白素贞求情——

那一刻，吕怀岁的衣衫都湿透了，当小青的目光与他对视时，吕怀岁就低下了头，伸手去抹额上的汗。

韩玉蛾手中的那把长剑一下子为吕怀岁刺破了岁月的尘网——

在穷山恶水的牯牛寨，知青吕怀岁和女知青夏青相爱了。

回城时，吕怀岁的父亲，原浦江市市长吕原明平反了，重新走上了领导岗位。

女知青夏青也回城了。当吕怀岁向家人说出他将娶夏青为妻时，遭到了父母的反对，理由是夏青是普通工人之女。其时，夏青已有身孕。吕怀岁向朋友们诉说了自己的烦恼，朋友们没有一个赞成他与夏青分手。多少天后，吕怀岁约夏青去了黄山，二人上了天都峰。吕怀岁望着山峰间的流岚，有些痴情地说，夏青，我们只有以死抗争了……夏青泪如雨下，点点头说：怀岁，我们来世再做夫妻吧。说罢夏青便纵身从天都峰上跳下，吕怀岁却转身跑了。

时光无情催人老，不经意间，竟青丝染霜，夏青在他的记忆里一片斑驳。

而今扮演小青的韩玉蛾多像当年的夏青啊！

可是，因为他的绝情，夏青已永不再回人世了，而韩玉蛾和他有什么相干呢？

想是这么想，可吕怀岁仍不免天天朝小戏院跑。

他想见到韩玉蛾，又怕韩玉蛾，怕她手中的那支长剑。

而每次曲终人散时，他想起韩玉蛾责备的目光，心里反而感到有所慰藉。有时荒唐地想：要是韩玉蛾那支剑向自己刺来，把自己的心刺破，也许是一件痛快淋漓的事吧。

吕怀岁有了一个想法：学京戏。

吕怀岁找到了小戏院负责人，要求学戏。业余爱好，谁来学都行，你来吧。负责人说。

吕怀岁一阵激动。

吕怀岁的进步很快。

有一阵，扮演许仙的演员文德山病了，吕怀岁自荐要演许仙，戏友们说试试看吧。

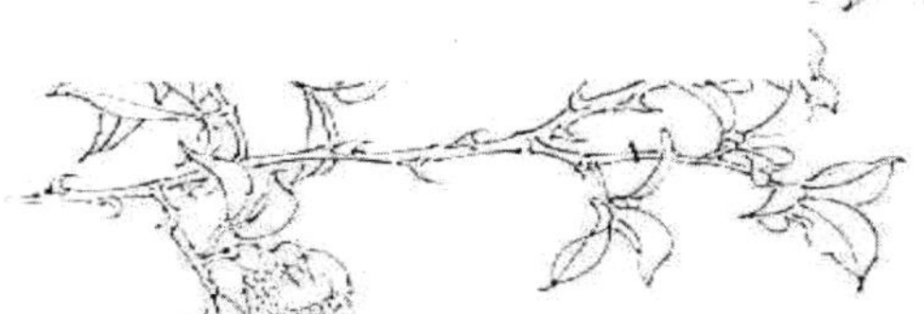

没想到吕怀岁演《断桥》时，很快进入了角色，将许仙受法海愚弄后的愤懑，见到白素贞时的愧悔，面对小青的胆怯，演得活灵活现。戏友都说，吕怀岁唱腔、演技确实不赖。

一日下午，吕怀岁在途中碰见文德山。文德山说他病已好了，明天下午就去小戏院了。吕怀岁说："那我跟你商量件事儿？"文德山问何事。吕怀岁说："以后，许仙就让我一直演吧？"文德山半真半假地说："这怎么能行呢？我岂能把白素贞让给你，她跟我许仙都有肚子啦！"

吕怀岁心里一慌，怏怏不乐走了。

第二天，《断桥》又排演了，白素贞的演员没换，小青也还是韩玉蛾扮演，吕怀岁演许仙。

白素贞腹中疼痛，胎儿将要分娩，却不见许仙之面，小青与白素贞相拥悲泣。

许仙上场。

小青见了。"许仙，你为何来此？"——一声怒斥，刷地抽出长剑。

许仙往后一退，却又停止，上前两步，迎着那剑撞去。

那剑竟刺进了许仙腹中！

小青愕然，拔出剑，剑上鲜血直滴。

许仙的腹部血如泉涌，对着小青笑，两行泪水滚滚而下，许仙叫了声"夏青——"，便扑倒在地。

一切发生在瞬间，那么突然！

待众人回过神来，抱起许仙时，许仙说道："别怪小韩姑娘，昨晚，是我把她的剑换了真家伙。这样……好……"

展 静

抠 牙

大王有一口好牙，两排牙整整齐齐，严丝合缝。他吃完饭从不塞牙，当然也不抠牙。

去年，因大王长得一表人才，风度翩翩，人也还好，脑袋还灵光，领导就把他调到公关科。这以后，大王的牙发生了惊人变化。

大王第一次赴宴会，吃完后，一男士像散烟一样散牙签。散到大王眼前，大王说：“谢谢，我牙好，不用牙签。”

那男士说：“抠抠吧，没事，抠抠吧。”

大王说：“抠什么?”

那人说：“抠抠吧。有什么抠什么。”

大王用手往外推，那人执意往他手中塞，样子极真诚，那意思是说你不接就失礼了。大王刚到社交界，不懂，怕失礼，只好接下了。

大王扫了一圈，只见一桌男男女女左手一根烟，右手一根牙签，成了双枪游击队。他们边闲聊边喷烟边抠牙，颇有风度。

有位男士边说话边含着牙签，那牙签插在牙缝里，顶起嘴唇，说出的话变声变调，气派极了。

有位姑娘，张开红红的小嘴，牙签在里头翻腾，看得他心惊肉跳。

有位男士还把抠出来的残肉又吧嗒吧嗒嚼起来，那津津有味的样儿真叫他流口水。

有位女士小手指翘着拿着牙签指着人说话，那姿态优雅极了。

有个老者抠出一大块残肉噗的一声朝贴花墙上吐去，吐痰一样，很有气势。他不得不佩服这位老者底气足。

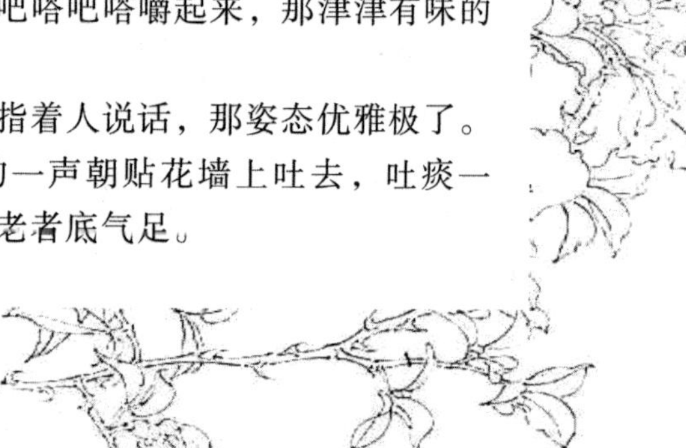

当然，其他人抠出肉来也像吐痰一样使劲吐去，他们个个吐得又狠又准还有声。噗的一声，那肉就像苍蝇一样飞出去，飞向墙上，飞向窗上，飞向吸顶灯上。

大王意识到要随大流，要学着点，要潇洒点，要气派点，要雅一点。

大王用牙签硬往牙缝里戳去，痛得他差一点叫出声。为了不失风雅，他忍着痛，抠呀抠呀，还果真抠出一点东西了。他也使劲朝墙上吐去，但不知吐哪儿去了。他叹自己功底差，土。

这以后，大王经常吃宴会，见了世面，受了锻炼，也抠上瘾了，抠出花样来了。

大王也学会了讲礼，见别人吃完了，就忙着递餐巾递烟递牙签。自己当然也拿一根牙签往嘴巴里戳，捣粪一样。他也把抠出来的东西往墙上窗上吸顶灯上吐，而且也吐得很准很响很有气势，当噗的一声响时，他的自我感觉最好。

他还学会了含着牙签说话，用牙签指指点点，自我感觉这姿态优美，潇洒气派，雅。

大王的牙缝原来藏不住肉，他把牙缝抠大以后，那些大牙缝仿佛每次也饿了似的，都要吃一大块肉。在家里没那么多肉吃，大牙缝就凑合吃些菜和饭。大牙缝还爱喝些稀饭，大牙缝还学会了喝水，以至大王每次喝完水后还要吸一下嘴。

大王妻子极爱干净，屋里收拾得一尘不染。大王每次饭后抠牙，要抠半两东西来。这半两东西往哪儿去，只好往厕所去。所以大王每次饭后，点上一根烟，找到儿子的冰棒棍，用指甲掰成两半，来到厕所卧式马桶边上，抠。约一顿大便工夫，抠完了，放水冲掉。干净。舒服。

有一次宴会后，大王抠出有指甲盖那么大一块东西，他含在嘴里试试分量，憋足了劲，运足了气，从桌的这边使劲向玻璃窗吐去。噗，那东西越过桌子，越过人头，直飞玻璃窗。“当”的一声好响。一桌人都惊呆了，这啥玩意儿，还带响。那玩意儿反弹回来，打在一男士的脑袋上，再蹦开擦过一老者的眼角，又亲在一女士的玉颊上，最后落在桌上，大家定睛一看——一颗大牙。

江　离

绝　活

南阳县屋保安团长，老百姓背后皆叫“烂梨”。因为此人脑袋长得怪：一是大如篓斗，二是不方不圆疙疙瘩瘩。

这就苦了剃头的。

剃疼了他骂人。活儿做完，他便在头上摩挲，要是划破点儿皮流点血，钱就甭提了，“啪!”一个耳光掴去，“他妈的!”扬长而去。

他要剃头得拿枪逼人去。城里的剃头匠只要见了“烂梨”，赶紧收家伙挑担子躲开。

保安团长有一绝——枪法。时常当着众人盒子枪一扬，“叭!”天上的雀儿应声而落。

这一年开春，城里来了个年轻的剃头匠。中等个儿白净脸膛，一袭毛蓝布袍，一角折起来掖在束腰的灰带子里。他的活儿绝。先是扯紧钢刀布，剃刀噌噌噌，钢两下。然后左手把头，右手将刀子明晃晃扔上去，稳稳地接了，在头发上“嚓——”一趟，“嚓——”一趟，直露出青白洁净的头皮。再扯紧钢刀布噌噌噌钢两下。如此绝活，胆小的怯，胆大的便招人看。

有好事者报告给保安团长。“烂梨”便摸摸长了的头发。

“走。”

吆喝两个马弁提起大步去了。

“让开，让开!”马弁撵走围观的人们。

正剃的主儿，一看来了穿黄军装的，吓得连忙站起来，作揖打躬地赔着笑一边立了。他的头才剃了一半。

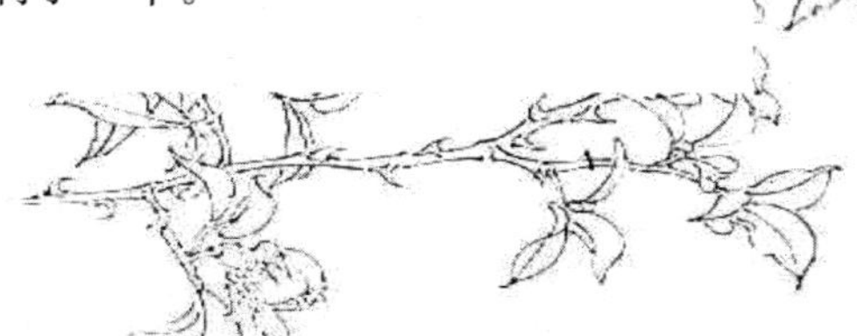

团长把盒子枪挂在剃头挑子上，一腚坐下。

剃头匠谦卑地一笑：

“老总，你这活儿难做吔!”

“十块光洋。”

“不敢。不过，你容我做活儿时多用些招儿，你得多担待。”

“好说。”团长倒是爽快。“剃不好你可别怨本司令不讲交情。”冷冷一笑。

“一言为定。”剃头匠按下团长的头在小铜盆里洗了，然后拿过剪子喀喀嚓嚓一通乱铰。

那头马上狗啃的一般难看。

人们轰地乐了。

团长便有点儿操气。

剃头匠从地上抓了一把头发渣，在团长头上一阵好搓。

人们又轰地笑开。

团长太阳穴的青筋毕露，欲要发作，又忍住了，只嘿嘿冷笑。

剃头匠又抓一把沙土在团长头上揉。

人们看着平素横蛮的保安团长被小小的剃头匠当众戏弄，又高兴又担心。

“笑啥!”马弁大怒。“咔咔”，掰开了两挂盒子的大机头。

人们更憋不住笑。

团长气得火冒三丈，两眼盯住了吊在剃头挑子上的盒子枪。

剃头匠这才不慌不忙地拿过刀。扯紧了钢刀布“嚓——”一趟，噌噌噌钢了两下。左手把头，右手将刀子明晃晃地扔上去，稳稳地接了，在头上“嚓——”一趟，团长头上便露出青白的头皮。

“啧，啧!”人们奇了。

团长觉得解痒，不由得斜挑起眼角儿，从怒到惑，从惑到喜。末了，像被抓挠的猪般哼哼地眯上眼。

活儿做妥，团长便问他用的什么高招。

“老总你这头在我们这一行叫——不说了。”剃头匠一脸正经，“做这活儿，先得逗你发火，气气你，气冲斗牛，头上的皮才好平展，再用刀就和平常人一样了。”

“哈哈哈，”团长大笑，“好！”

便摸一把光洋哗哗啦啦数出十块来，剃头匠伸手要接。

“慢。”

团长将剃头匠按在凳子上，十块光洋摞成一摞在剃头匠头上摆好，然后掂过盒子枪。

众人见过“烂梨”这一手，骇得立时作鸟兽散。

剃头匠却丝毫没有害怕的样子。

“叭！”上面的一块银元当啷落地。

剃头匠只微微笑。

九声枪响，九块银元落地。

剃头匠只微微笑。

只剩下了贴在头上的一枚了。

“叭！”那块银元带着铮响飞出20步开外。

众人哗地拥过来。

“好！”保安团长噱然大笑，扬起盒子枪，“跟司令我干吧！”

剃头匠并不答话。收拾起挑儿，撩起毛蓝布袍的一角在腰间灰带子上掖好了，飘然而去。

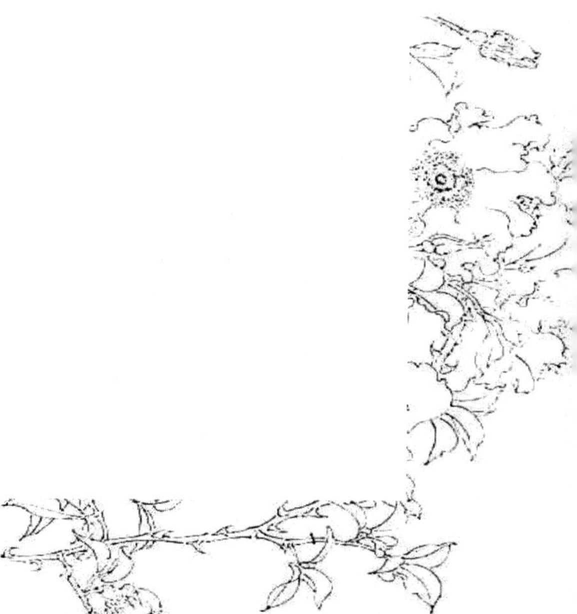

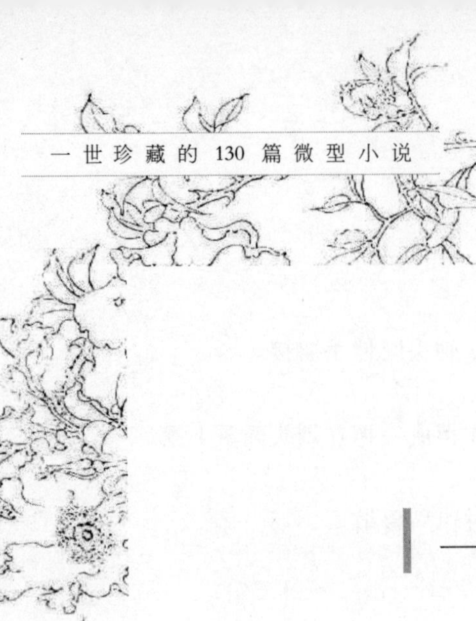

芦芙荭

一只鸟

每天清晨走进公园时，他总要在那位盲眼老头面前徘徊好久好久。盲眼老人是遛鸟的，一手拄着拐杖，一手提着只精致的鸟笼，笼里养着一只他叫不上名的鸟儿。鸟儿好漂亮好漂亮，一身丰泽的羽毛油光水亮；一双乌黑的眼珠，顾盼流兮，滚珠般转动着。特别是鸟的叫声，十分的悦耳。更重要的是，那只鸟有一个令他怦然心动的名字——阿捷。每次，盲眼老人用父亲喊儿子般亲昵的口气“捷儿，捷儿”地叫着那鸟儿，教那鸟儿遛口时，他的心就像发生了强烈的地震一般，令他不安。

他是个很古板的老头。退休这么长时间，除了每早来这公园里溜达溜达外，不会下棋，不会玩牌，对莳弄花儿、草儿，养个什么狗儿、鸟儿的也几乎没有一点兴趣。但自从他见了那个盲眼老头养的那只叫阿捷的鸟儿之后，他就从心底生出了一种欲望——无论如何也要得到这只鸟儿！

有了这种强烈的占有欲，之后的日子，他就千方百计地有意去接近那个盲眼老头。盲眼老头很友善，也很豁达。他几乎没有费什么力气，就和他成了很要好的朋友。

他简直有点喜出望外。

盲眼老头孤苦伶仃一个人。每天早晨他便很准时地赶到公园去陪老头一块儿遛鸟。他把盲眼老头那只鸟看得比什么都贵重。隔个一天两天，他便去买很多很多的鸟食，送到老头家去。他和老头一边聊着天，一边看鸟儿吃着他带来的食物。常常就看得走了神，失了态。好在这一切，那盲眼老头是看不见的。

有一天，他终于有点按捺不住了。他对盲眼老头说，让盲眼老头开个价，他想买下那只鸟。尽管他的话说得很诚恳，可盲眼老头听了他的话，先是吃了一惊，继而摇了摇头：“这只鸟儿，怎么我也不会卖的！”

“我会给你掏大价的，”他有些急了，“万儿八千，你说多少，我掏多少，绝不还价。”

“你若真的喜欢这种鸟的话，我可以托人帮你买一只。”盲跟老头说。盲眼老头的态度也极为诚恳。

“我只要你这只！”

可是，不管他好说歹说，盲眼老头还是不卖。他打定不到黄河心不死的主意，又去和老头交谈了几次。老头仍是那句话：“不卖！”这使他很失望。一次次失望，他就感觉到自己的心像堵了一块什么东西似的。他就病了。他心里明白自己是因为什么病的。儿孙们又是要他吃药，又是要他住院。他理也懒得理。

几天以后，那位盲眼老头才得知他病了。而且知道病因就出在自己的这只鸟儿身上。老头虽然不舍得这只鸟儿，还是忍痛割爱提了鸟笼拄着拐杖来看他。

“老弟，既然你喜欢这只鸟，我就将它送给你吧。”

躺在病床上的他，看到手提鸟笼的盲眼老人，听了这话，激动得差点掉下泪来。病也当下轻了许多，他一把握住老头拄着拐杖的手，久久地不丢。

“老弟，其实这并非是什么名贵的鸟。它不过是一只极普通的鸟。我买回它时，仅花了十多元钱。不过，这多年……”

“老兄，你别说了。我想要这只鸟，并没有将它看成是什么名贵的鸟。”

几天后，盲眼老头又拄着拐杖去看他，也是去看那只鸟。可是，盲眼老头进屋时，却没有听到鸟的叫声。盲眼老头忍不住了，问：“鸟儿呢？阿捷呢？”

许久许久，他才说：“我把鸟放了。”他没敢正眼去看盲眼老头。可他是能想象得出盲眼老头听了这话时那种满脸诧异的样子。

“什么？你把鸟放了？你怎么可以放了阿捷呢？”果然，盲眼老

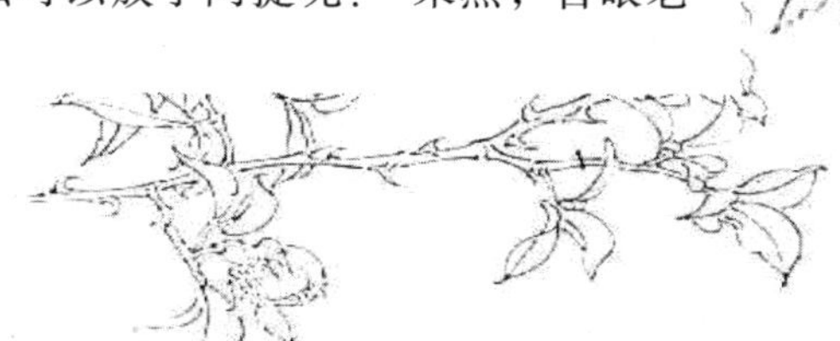

头说话的声音变得异常激动。

“是的，老兄。我把鸟放了。你不知道，我这一生判了几十年的案子。每个案子不论犯法的是平民百姓或是达官贵人，我都觉得自己是以理待人，判得问心无愧。现在细细回想，这一生，唯一判错的，只有一个案子。当我发现了事实真相后，未来得及重新改判，他就病死在牢狱里了。我现在已退下来了。这事也没有任何人知道。可自见了你提的鸟笼和笼中那只叫阿捷的鸟儿后，我的灵魂就再也不能安宁了。老兄，我错判的那个青年也叫阿捷呀！”他说着说着已是泪水扑面而下。他发现盲眼老头听了这话，竟然变得木木呆呆的样子，那双凹下去的眼也有泪水流了出来。但他始终没有说一句话。

几年后，盲眼老头先他而去了。他作为盲眼老头的挚友，拖着年迈的身体亲手为盲眼老头操办后事。办完后事，在为盲眼老头整理遗物时，他从盲眼老头的一个笔记本里发现了一张照片。照片上是一个身强力壮的后生。他看了照片一眼，又看了照片一眼。他真不敢相信照片上这个年轻的后生，与他记忆中的那个阿捷竟然是那样地相像。他不知道，照片上的后生真的就是那个阿捷呢，还是一种偶然的巧合！

李永康

修　壶　记

准确的题目应该是：记修自动电热开水壶。

我不想给厂家打免费广告，但我也不得不说家里有个这种电器还真方便，早晨起床打开，全天都有水喝。可是，好景不常，有一天，这水壶却对我大罢工——不流水。我东看看西瞧瞧，心想，这么简单的玩意儿，原理一定不是很复杂的。就自作聪明，寻了几样家什自己动起手来。哪知我将它拆开后怎么也装不还原。弄得满头大汗才勉强合上，盛满水后漏水不说，还照样滴水不给。不得已，只好将它送到和宁街一家修理铺。

师傅是一位中年男子，他简单地问了问情况，看也不看我一眼便漫不经心地说："等两天来取。"

我第三天去取，师傅正忙活。见了我他马上停下来，去门背后拿出我的水壶说："你这人还真老实，叫你等两天你当真过两天就来了，好在你这壶是用久了，水的沉淀物堵塞了管子，用清洁剂洗一洗就行了。"说完，他立即在柜台的最底格拿出一瓶像矿泉水般的玩意儿，在我面前晃了晃告诉我："这'一洗通'是进口的，不过，也不昂贵，就20块钱，十分之一的水壶价格。"没等我出声，他拧开瓶盖倒进了水壶。我掏出烟点燃，迟疑了一下又递了一支给师傅。

一支烟抽完，师傅说行了。他把刚才那个空瓶子递给我，要我接在水壶的流水口，他侧着水壶按住开关，就有浓浓的白色液体流出来。"这下保证你的水壶流畅。"师傅得意地说完，进屋去打了半盆自来水倒了进去，按开关，果然如他所言，只是水壶的漏水现

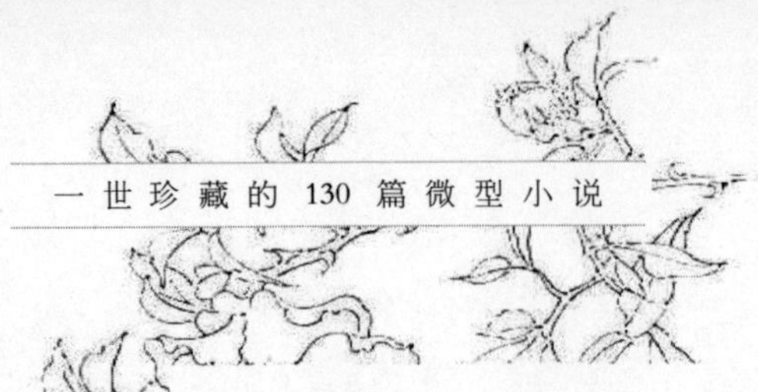

象依然如故。师傅皱了一下眉头说：“怎么会漏水呢？大概是‘内脏’出了问题，真是这样可就麻烦了，一时半刻修不好，你等不等着急用？如果不急的话，一个星期后来取。”我看他焦头烂额的样子，连忙说：“不急不急，慢慢修，不碍事。”

七天过后我去取水壶。师傅见了我就发牢骚：“你咋不早几天来嘛，你那是胆坏了，小修不补是不行的，要动大手术，胆要换，换胆还要送厂家，修得好修不好还要打个问号，修得好修理费肯定要高一点。”师傅说着说着态度温和了下来，“贵一点修好了算总账还是划算的，随便你修不修，如果不修，你就把清洁剂的成本费给了算了，不多，就20块。”师傅说得轻松，我却愣在那里不知如何是好。

是修还是不修呢？我真的没了主意。

伍中正

翻越那座山

那山窝窝里的亲事多由媒婆说成的。山窝窝里人坚信：天上无云不下雨，地上无媒不成亲。亲事成与不成，全在媒婆。

霍让媒婆说亲了。霍是这山窝窝里的标致后生。二十岁出头，就惹了媒婆的眼睛。媒婆问霍：后山有个俊俏的妹子，要不要？霍没说话。霍怕那俊俏的妹子看不上。

媒婆保证：后山的妹子看得上。你这么得体的后生看不上，看谁去？

霍没话了。

其实，霍已看上媒婆的女儿达达。霍几次想请媒婆说媒，怕媒婆不答应。达达生得眉清目秀，的确是山窝窝里的一朵花。达达心里也存有那份意思，就是霍没请媒婆来。达达心里还着急地等霍。

霍依了媒婆的。霍在媒婆约的日子里看亲了。霍的穿戴极为整齐。媒婆说，得翻过那座山。霍和媒婆就出门了。

山静极。山路极静。霍和媒婆进山了。

霍一路走一路问媒婆：对方怕看不上我？

媒婆鼓励霍：讲好了才来，人家妹子不要彩礼，不要嫁妆，要的是体面后生。

霍又说：体面又当不得饭吃。

媒婆一口“当得当得”。

霍的胆子才大了起来。

霍和媒婆已到半山腰。霍说：周婆婆，要是那妹子看不上我，咋办？

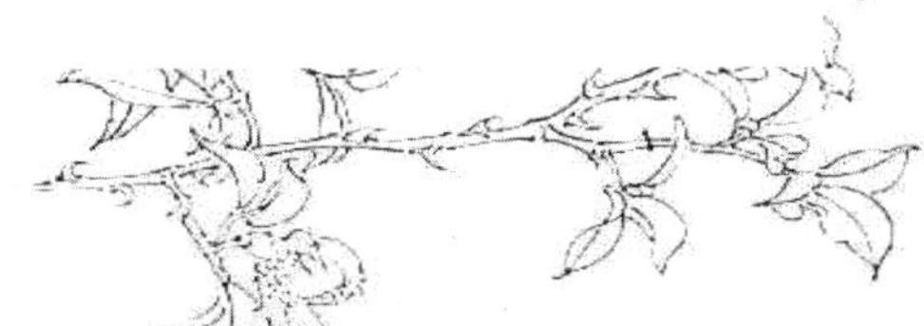

媒婆说：看得上的。

实际上，媒婆也有一种担心：什么事都说不准，说变就变的。要不变就好了，这趟亲事就成了。

霍便跟着媒婆走去。

翻完山，轮到下山了。霍和媒婆走得极为轻松。下了山，遇一河，桥已让前些日子的大水冲走了。霍上前连忙脱了衣服脱了鞋，背媒婆过河。霍当眼前是一个急着过河的人，并没有犹豫。

媒婆说：怕不合适吧？霍说：周婆婆帮了自己的大忙，背一回，也是应该的。你就是不帮我说媒，我也背您。

媒婆不好意思地到了霍的背上。霍双手托起媒婆的屁股。霍就在河里用脚探路，一步一步走向对岸，村庄就不远了。

媒婆让霍站在河边等。霍就站在河边等。媒婆就进村了。媒婆是高兴进村的。

媒婆出来脸色就变了。口里还几句：就个把星期光景，妹子的爹娘就变了心，收了人家的彩礼，人也不让我见了。杂种的，说变就变。

霍知道出了什么事。霍并没有耷拉脑袋。

霍知道媒婆的心里也难受。媒婆正一拳一拳地敲胸。霍劝：周婆婆，别悔了。回去，还是我背你。

霍又背媒婆过河。过了河，又上了山路。山路极静。山静极。

媒婆说：小霍，周婆婆做媒这么多趟，错拐不成的不多。今儿个也不白让你跑一趟，回家了我跟我闺女说说。

霍听明白了。

霍劝周婆婆：亲事没说成，我没见怪。常言道，肉在锅里炖，亲事算不稳，况且这还只是一个开头，不成就不成，算了。

媒婆经霍这么一劝就铁了心：霍儿，你若不嫌弃，达达那里我是说准了。

霍叫了媒婆一声娘。

从山下到山上，翻过来，再下山。霍和媒婆走得比先前还快。

霍觉得已经翻越了那座山。

没过多久，山窝窝里传出话来：有娘给女儿做媒的，还成了。

马宝康

老张的车

老张买轿车的时间是2002年末。

老张在机关做事，工作了十多年好不容易挣到个副科级。房改时他分到一套新房子，在郊外，每次骑自行车到单位时腿麻手麻屁股麻，头上的汗多得像挖了三亩地，老张确实需要一辆车。

正值岁末车市开始价格大战，于是老张有空儿就去车市转悠，结果还真开回一辆模样像轿车的车来。老张买下这辆车是看中它价格便宜，三万零九百元，金属漆的外观也不错。卖车的老板告诉老张说：这是全世界性价比最好的车，看车头像“林肯”，从后面瞧像“富康”，侧面望去完全就是一辆“雷诺”跑车了。现在只剩这最后一辆，实在想要，就优惠给你了。

老张问，这车牢实吗？老板说：这车车壳是高强度薄钢板，牢实得就像美国坦克。老张试了试车，除了方向盘没有助力，其他的都还合适，心想这关系不大，无非是费点力气。于是讨价还价，最后敲定两万八。付了车款，上了一个“1918”的牌照，这让老张想起从前的一部电影《列宁在1918》这数字有革命意义而且也吉利，“要久要发”，多好。

次日，老张把车开到单位，果然引起了轰动。但看到车牌号的数字时，同事都笑了，说：这是列宁同志坐过的车吧，还能开吗？老张立即掏出车钥匙来试驾。不料车钥匙又引来一片笑声：这车钥匙竟有六把，四扇车门各一把，尾箱盖一把，点火开关一把。同事边笑边说：老张啊，你拿着这么多钥匙不像是新车主，倒像是个“老地主”！老张听后。心里掠过几丝苦涩，但脸上露出的却是羞

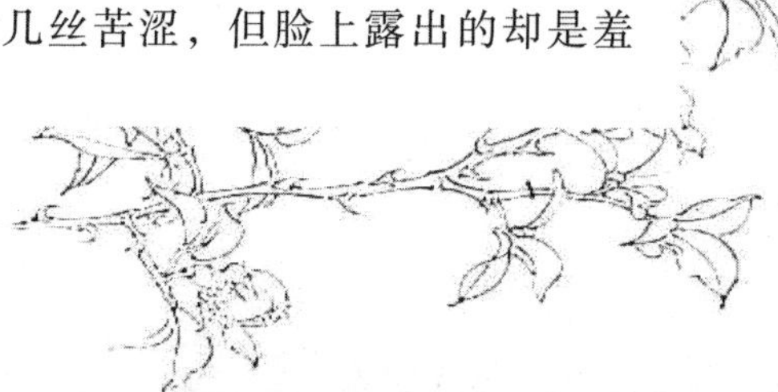

涩，说：门锁多了也好啊，贼就是想偷也进不去。可不久老张也烦了——车门很难开，每次开车门时，过往的行人都用怀疑的目光看着老张与车门搏斗，以为是个偷车的贼。

“五一”长假，老张开车回山区老家，带上老婆娃娃，后备箱里装进一个“锅盖”——卫星电视接收天线。老张回来了，小山村像过年一样热闹起来。老老少少先是围着车看，一致赞叹着认为老张在城里“当了大官”。当老张将“锅盖”装在房顶上，电视里的黑白雪花变成彩色图像时，村里人的赞叹就变成了惊叹。这个长假，老张过得舒心，过得扬眉吐气。返城时，老张车上装满了各种土特产，回家了！

有车的日子真好，遮风避雨，还挡烈日。老张每天送老婆上班，送孩子上学，都会忍不住边开车边哼小曲儿。但愉快的日子只过了半年，半年后麻烦就跟着来了。

先是车身漆开始东一块西一块地变黑，接着发动机开始漏机油，油路电路也出了问题；另外就是方向盘太重，每次开车都像跟一个壮汉在摔跤；更要命的是，有时候油门踏板踩下去竟回不过来。被惊出几次冷汗后，老张把车开进修理厂。这回，老张才知道自己这辆爱车全是旧材料拼凑起来的“多国部队”。

痛定思痛，老张就想跟这辆车说“拜拜”。好不容易有了一个买主，可开出的价却让老张差点儿背过气去：两千！就在老张一筹莫展之际，一位熟人给他支了一招儿：你不是还买了保险吗？车丢了保险公司也要赔啊！一句话让老张开了窍。自此，老张就盼望着有贼将这辆车偷走。然而两个月过去了，无论将车停在哪里，那车都像条忠实的狗，静静地趴在原地等着老张。老张很有些失望。眼下那些该死的贼都干什么去了？

这回还是那位熟人给他出了个主意：你要成心想丢车，就把它开乡下去，下马村，那儿贼最多。于是，老张就把车开到下马村，停放在一个空地上，然后义无反顾地离开了。三天后，当老张再到那地方时，车果然被偷了，不过只偷了四个轮子，车身还在。老张倒抽了口冷气，车轮丢了保险公司是不赔的。走近一看，车门上只留下几个愤怒的脚印，最让老张生气的是，也不知是什么人，在后窗玻璃上画上了几个字：狗不理。

牛传综

漂亮的金狮车

修理工梁师傅下岗后，开了一个自行车修理铺。梁师傅手艺好，信誉好，人好，修理铺的生意自然就好。梁师傅的修理铺不仅修车，还兼卖车，各种型号、款式的自行车都有。

某日，一中年男子带着他的女儿，推一辆自行车来修。梁师傅一看，天哪，这车锈迹斑斑不说，推着走丁当作响，骑上去它满身都哆嗦，实在没有修理的价值了。

“帮帮忙，女儿每天骑它上学呢。”那中年男子说。

“骑这样的车上路要闯祸的，还是买辆新的吧。”梁师傅面露难色。

“暂时……凑合凑合吧。”中年男子喃喃道。

这是一辆老式的“永久牌”，大轮圈，市面上已经很少见了，链条、踏板、刹车、坐垫等部位都有问题。梁师傅费了好半天工夫才算把这辆“老坦克”整治得可以上路了。那中年男子千谢万谢，说道：“这下我女儿上学又有车骑了。”

“就是她?”梁师傅望了望旁边的小姑娘。

“对，我女儿可能干了，她小时候我每天骑这辆车送她上学，上了初中她就能自己骑车去学校了。”中年男子颇为自豪地对梁师傅说。

“还是给她换一辆小点儿的吧，这车你女儿骑怕不合适。”

中年男子没说话，只点点头，跨上车带着女儿走了。

过了几个星期，那中年男子又来梁师傅的修理铺，但不是来修车，他在那一排新车前一辆一辆地看。末了儿，他在一辆红色的金

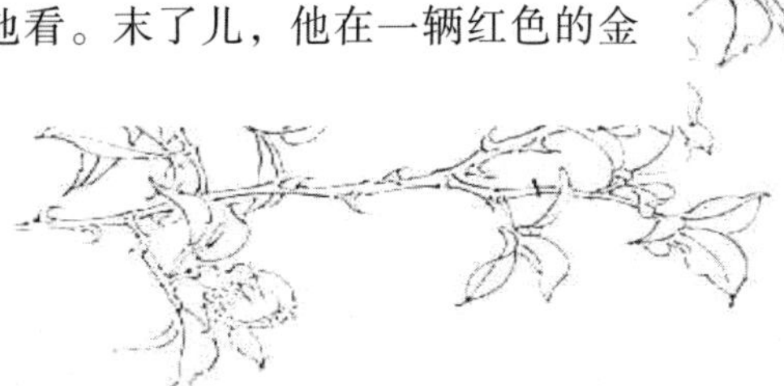

狮牌女式小轮自行车前站住了。

“怎么样，下决心买一辆？”梁师傅认出了他，走过去问道。

“多少钱？”他问。

梁师傅报出车的价钱，中年男子嘴角动了一下。

“诚心想买，给你打个九折。”梁师傅补了一句。

“我……看看，只是看看。”中年男子有点尴尬地嗫嚅道。梁师傅觉得这人并非真心想买车，就随他在车铺里转悠，自己继续修车去了。

中年男子刚走，旁边来修车的一位阿姨说：“可怜，真可怜。”

“谁？谁可怜？”梁师傅抬头问。

“喏，刚才这个人呀。”

“怎么了？”

“老婆有心脏病，生女儿的时候就去世了，他一个人把女儿拉扯这么大，去年又发现自己得了胃癌。唉，一个下岗工人，要治病，又要供女儿上学，真不容易。”阿姨连说带叹。梁师傅听了，心里也一起一伏的。

大约三个月后，一个小姑娘推辆自行车来修，外胎扎进了一块玻璃碴儿，得补胎。梁师傅一眼就认出眼前这辆“老坦克”，他边拆边问小姑娘：“你爸爸呢，他怎么不来？”

“……我爸爸上个星期去世了。”小姑娘眼圈儿红了。

“啊！”螺丝刀一下扎破了梁师傅的手指，鲜血立即滴下来。

车胎只一个小小的口子，梁师傅却补了很长时间。补好后，小姑娘推车要走，被梁师傅突然叫住了。他从车铺内推出一辆崭新的红色金狮牌女式小轮自行车，对小姑娘说：“孩子，看我这记性，这是你爸爸早就买好给你的，今天你就骑走吧。”

小姑娘张着大眼，望望梁师傅，又转向眼前漂亮的金狮车。

“你爸爸要一辆红色的，当天没有。付钱的时候，说改天陪你来取车。”梁师傅走过去抚着小姑娘的肩，说，“这样吧，把这辆旧车先放我这里，你就骑这辆新车回去，等一会儿我把旧车送到你家，好吗？”

小女孩点点头，满脸是泪。她推着漂亮的金狮车一步一回头地走着，渐渐融入了人流。

望着远去的小姑娘，梁师傅觉得心里洋溢着从未有过的甜蜜。

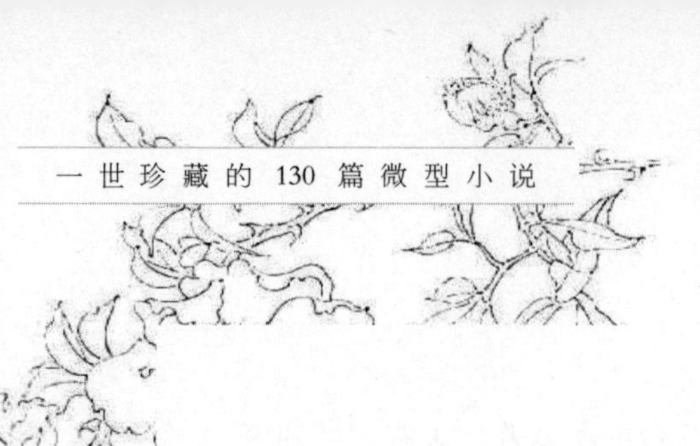

朱占强

当一回县长

离下班时间还有半个小时……

“笃、笃笃……”县长办公室的门被敲响了。

进来。县长说。

张奎推开门，哈着腰走进屋里。

县长问：有什么事？

张奎说。您是侯县长吧！我叫张奎。是这样，咱农村不是已经费改税了吗？现在我们那儿还是乱收费。上个月收建校费，说是捐，每位村民二十元。

县长说：张奎，你不捐不就是了。

张奎说：不捐不行，谁不捐村主任用喇叭吆喝谁的名字。村主任还说，谁不捐，收回谁承包的责任田。

县长问：张奎，你捐了吗？

张奎说：捐了。俺一家四口人，八十元……心里虽然不愿意，还是捐了。

县长说：你们的村委主任真是无法无天。他有什么权力收回农民耕种的责任田？你回吧张奎，明天我去你们村解决乱收费问题，收的钱全部退还。

谢谢县长！

张奎哈着腰退出了县长办公室。

“笃、笃笃……”县长办公室的门再一次被敲响。

进来。县长说。

马跃进推开门，哈着腰走进屋里。

县长问：有什么事？

马跃进说：您是侯县长吧！我是堤角乡寨沟村小学校长马跃进。我们学校的教室有一半是危房，阴雨天无法正常上课。我向有关部门反映了许多次，每次都答复“快了”。请问县长，“快了”究竟是多长时间？

县长说：马校长啊！你们提角乡去年上报县里的年终工作总结材料上写得明明白白，全乡教育设施已100%达标，怎么会有危房呢？如果你反映的情况属实，我以我的人格担保，半年内给你们建一座教学楼。

谢谢县长！

马跃进哈着腰退出了县长办公室。

“笃、笃笃……”县长办公室的门第三次被敲响。

进来。县长说。

钱富贵推开门，哈着腰走进屋里。

县长问：有什么事？

钱富贵说：您是侯县长吧！我叫钱富贵，是县政府新办公楼建筑工地的民工。我们民工辛辛苦苦干了半年多，工程马上要竣工了，至今还没有领过一次工资。

县长拍案而起，气愤地说：真是岂有此理！关于解决拖欠民工工资问题，是我们政府工作的重中之重，也是关系到社会稳定的焦点问题，我保证——

门“砰”的一声被撞开，张奎慌慌张张地闯了进来，张奎压低嗓子朝“县长”喊：侯三，别闹了，工头儿来了！

走廊里响起脚步声，有人叫骂着走过来：下班不去工棚吃饭，你们日弄啥哩！如果误了政府新办公楼的工期，谁也别想领一分钱的工资！

侯三一手拿锤子一手拿钉子从县长办公室里走出来。钱富贵把椅子扶稳，侯三踩上去，给“县长办公室”的门牌补上一根钉子，冲走过来的工头儿笑说：这不，活儿还没干完嘛！

工头儿领着民工们朝楼下走，到了楼梯拐弯处，侯三回过头，恋恋不舍地朝县长办公室的门牌望了一眼。

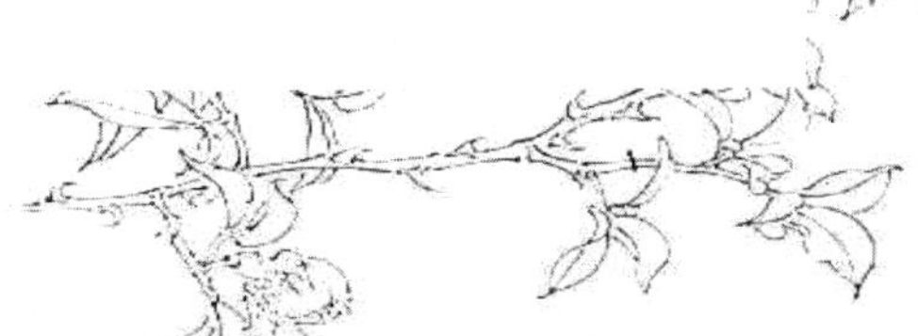

侯德云

我的大学

第一次高考落榜以后，我流下了很多眼泪。爹用他那一双粗糙的大手擦去我脸上的泪水，对我说："儿呀，咱不哭。咱好好复习复习，明年考上去，啊!"

第二次高考落榜以后，我流下了很多眼泪。爹用他那一双粗糙的大手擦去我脸上的泪水，对我说："儿呀，咱不哭。咱好好复习复习，明年考上去，啊!"

第三次高考落榜以后，我流下了很多眼泪。我对爹说："爹，我不考了。我笨，我太笨了，我永远也不会考上大学的。"

爹用他那一双粗糙的大手擦去我脸上的泪水，对我说："儿呀，咱不哭。咱好好复习复习，明年考上去，啊!"

爹说完这话，就蹲在地上哭了起来。他一边哭着一边说："儿呀，你不笨。你像你妈，一点儿都不笨，你一定会考上大学的。"

我妈确实一点儿都不笨。她厌倦了小山沟里的穷日子，一个人悄悄地走了，连声招呼都不打。爹却从来没有责怪过妈，他说："儿呀，都是爹不好，爹没钱给你妈治病，她才撇下咱们走的。"

那几年的日子简直糟透了。爹为了凑齐我复读的学费，起早贪黑到处打零工，舍不得吃，舍不得穿，头上的白发越来越多了。他的手掌像砂纸一样，摸到石头上，能发出沙沙的响声；摸到桌子上，也能发出沙沙的响声；摸到我的脸上，沙沙的响声没有了，我的脸却会火辣辣地痛起来。

我的情况并不比爹好多少。我的心情跟我的学习成绩一样，越来越坏。我对高考产生了一种恐惧感。我有时候会很羡慕我妈，她一个人静静地躺在山坡上，啥闹心事也没有，多么好啊。

今年，今年我必须考上大学。我不敢不考上大学。如果我考不上大学，我爹会受不了的，他也许会死的。

可是，我真的能考上大学吗？

听说高考的分数下来了，我赶到学校去看。只看了一眼我就昏倒了。老师和同学把我送到医院，舞弄了很长时间我才醒过来。我号陶大哭。我想我再也没脸去见爹了。我想我肯定是天底下最大号的笨蛋，复读的时间越长，高考的分数越低。我想我干脆死掉算了。

傍晚的时候我回到家里。爹做了一桌很好的饭菜，还买了一瓶白酒。他肯定把家里的那只大公鸡杀掉了。至于他从哪里弄到一条鲤鱼，我就猜不出来了。

我不知道爹为什么要整这么一桌饭菜。不年不节的，搞什么名堂呢？

爹打开酒瓶，倒了满满两杯酒，对我说："来来来，咱爷儿俩好好喝两杯。"

我一声不吭，接过酒杯一饮而尽。

爹说："儿呀，今年考得咋样？"

我脱口而出，说了一句连自己也感到吃惊的话："挺好的，差不多能考上。"

爹咧开嘴巴嘿嘿地笑了起来。他说："我找算命先生看过了，他说你能考上。我琢磨着，你肯定能考上。来来来，咱爷儿俩再喝一杯。"

又是一饮而尽。我的泪水下来了，在脸上流得一塌糊涂。

爹笑嘻嘻地说："儿呀，你这是咋的啦？"

我用手胡乱抹了抹自己的脸，说："我，我是高……高兴的。"

高考的录取分数线下来了，我装模作样到学校周围转了一圈儿，连学校的大门都没有进就回来对爹说："我的成绩比录取分数线高了不少，兴许能考个好大学。"

爹笑着点了点头，说："好，好。"

随着时间的推移，我的谎言也在继续。我不敢把真相告诉爹。

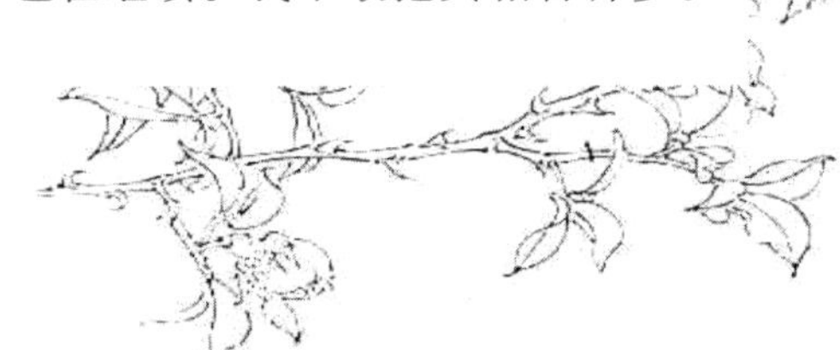

我怕把真相告诉他以后，弄不好就能要了他的老命。

又过了一段时间，我的大学录取通知书到了。真不赖，我考上了辽宁大学。通知书是我在县城的打字社里打印的，印章是我自己用土豆刻的。我在同学那里见过不少录取通知书，觉得自己造假的本领还不错。

我在心里打定了主意，再过几天我就假装去上大学，实际上是出去打工。我不会让爹给我寄学费的，我会说我在沈阳半工半读挣了不少钱。我甚至还会每个月都给爹寄一点儿钱回来，我不能再让他过以前的苦日子。我最后要做一件事，是四年以后，花钱买一个假毕业证，在爹的面前晃一晃，打个马虎眼就行了。

我把录取通知书拿给爹看，爹高兴极了。他挨家挨户把我考上大学的的消息告诉村里的父老乡亲。爹以前是个不爱说话的人，那几天他却变成了一个碎嘴子，见到谁都爱说话。

我看见爹对两个不懂事的孩子说："你们要好好学习，将来像我儿子那样，到沈阳上大学。"爹的表情太严肃了，两个孩子听完他的话，小眼睛滴溜溜地转了几转，突然哇的一声哭了起来。我心里很难过，真的很难过。我恨自己！几天后，我来到沈阳，我找到了辽宁大学，我在辽宁大学门口照了一张相。是请附近一家影楼的摄影师照的，为此我多花了两倍的钱。

我把照片寄给爹，然后就到劳务市场找工作去了。

我的"大学时代"终于开始了。

林锡胜

我的媒人

说不清为什么，我大学毕业出外闯荡了许多年，竟仍然是“快乐的单身族”。当然，我也处过几个对象，但总是有缘无分。

我28岁那年，来到了一家中外合资鞋厂工作，我在企管部，与我坐对面桌的是一位三十出头的女士，我叫她辛姐。科室的人说她是一个挺傲的女人，丈夫在国外，她下班后便在家里与电脑做朋友，文笔挺优美的。我这个单身族，为了打发寂寞竟也喜欢上了舞文弄墨，也别说，有时还在报刊上登个“豆腐块”什么的，弄个百儿八十块。每当这时大家便嚷着要我请客，我喜欢热闹，请客就请客呗。

辛姐对我的“作品”很感兴趣，对我说她每篇都“拜读”过了，说我还真挺有灵气呢！我谦虚一番，请她提提意见，她倒也不客气，真的对我指点了一番，俨然我是她的学生。不过，有了她这位“老师”，我的稿子见报竟越来越多了，我愈加佩服她了。

半年多后，我的《关于在城市近郊扩大销售的方案》搞出来了，该方案竟受到了总经理的赏识，并给予我通报表扬。大家都说我真是“人才难得”，辛姐也很赞赏我，这让我美得合不拢嘴了。

周末，下班后，我和辛姐没有走，随便聊了起来。辛姐问我：“都快30了，怎么还没有女朋友呀？”我哈哈一笑，说：“好的都让人挑走了，比如像你辛姐这样的，让我上哪儿寻呀！”

辛姐脸一红：“说真的，我给你介绍一个像我这样的，好不好？”

我笑道：“辛姐，你不是跟我在编戏剧吧？”辛姐说：“真的，

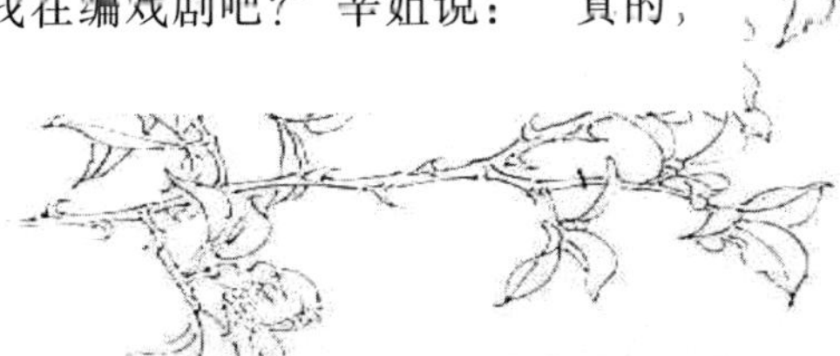

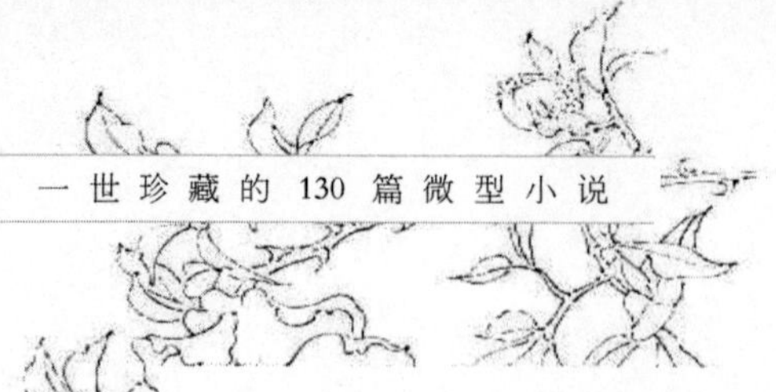

我有一个同学长得跟我几乎一样，不知道的人还以为我们是双胞胎呢。你如果愿意娶个姐的话，我给你当介绍人，好不好？”

我以为辛姐不过是说说而已，没料到，星期一下班后，辛姐找到了我，将那女子的情况给我做了介绍，并拿出了那个署名萍子的女子在报刊上发表的文章给我看。那些文章写得可谓文笔优美，比我写的东西还有深度呢！辛姐跟我约好，第二天傍晚在一家咖啡馆见面。

那天，我和辛姐先后到了咖啡馆，边聊边等待着那女子，不知为啥，那女子却迟迟没有来。约好了不来，这女子可真够差劲儿的。辛姐见我不高兴的样子，便说：“我会好好训她的，不过，要找一个称心的对象，就得好事多磨啊！”

辛姐很快便跟我解释了那女子失约的原因。原来，那女子是个离婚的单身女人，当她知道辛姐没把这事跟我说清楚的时候，便没有来。辛姐对我说你如果不嫌弃她离过婚的话，这个周末还在这家咖啡馆里会面。

我惊愕地睁大了双眼，她怎么会是离过婚的呢？我一个小伙子，难道要找个比自己大的且离过婚的女人为妻？

我陷入了苦恼之中。辛姐看出了我的心思，对我说：“也许，我不该给你当这个介绍人，但那女子的确能成为你的知音，你是个挺现代的年轻人，寻对象怎么还那么‘传统’呢？你再好好想一想吧！”

辛姐说得对，我想起了曾跟自己处过对象的那几个姑娘，我们之间没有爱情的火花，自己不是不愿跟她们结合在一起吗？唉！我总感到自己挺现代的，怎么那些“传统”的意识也会藏在我的骨子里呢？

周末那天，辛姐带着一种让我捉摸不透的笑，对我说：“这些天，想没想通呀？如果你愿意的话，傍晚就还到咖啡馆见面吧，只是你可千万别勉强自己啊！”我想，像辛姐这样的女子可是可遇而不可求的，说啥也不能失去一个知音呀！下班后，我穿戴一新，来到了咖啡馆。

不多会儿，辛姐来了，辛姐特意盘了头，着一袭长裙，楚楚动人。我们一起聊了半天，那女子仍没有来。又聊了半天，那女子还没有来，我不悦地对辛姐道：“如果她没诚意的话，我们是不是该走了？”

辛姐却笑了：“她没有诚意，会在这儿陪你聊天儿吗？”

我惊讶极了：“怎么，是你？”辛姐笑道：“为什么就不会是我呢？”

原来，一个月前，她已同在国外变了心的丈夫离了婚，只是她没有跟任何人提起。我心里只有激动，同时也庆幸自己没有失去辛姐，我顾不得咖啡馆里有许多人了，走过去，将辛姐紧紧搂在了怀抱里……

我的介绍人就这样成了我亲爱的妻子。

曹乃谦

莜麦秸窝里

天底下静悄悄的，月婆照得场面白花花的。在莜麦秸垛朝着月婆的那一面，他和她为自己做了一个窝。

“你进。”

“你进。”

“要不一起进。”

他和她一起往窝里钻，把窝给钻塌了。莜麦秸轻轻散了架，埋住了他和她。

他张开粗胳膊往上顶。“甭管它，挺好的。”她缩在他的怀里说，“丑哥保险可恨我。”

“不恨，窑黑子比我有钱。”

“有钱我也不花，悄悄儿攒上给丑哥娶女人。”

“我不要。”“我要攒。”

“我不要。”“你要要。”

他听她快哭呀，就不言语了。

“丑哥。”半天她又说。

“嗯?”

“丑哥唬儿我一个。”“甭这样。”

“要这样。”“今儿我没心思。”

“要这样。”

他听她又快哭呀，就一低头在她脸上亲了一下。绵绵的，软软的。

“错了，是这儿。”她嘟着嘴巴说。他又在她的嘴唇上亲了一下。凉凉的，湿湿的。

“啥味儿?”

“莜面味儿。”

“不对不对。要不你再试试看。”她扳下他的头。

“还是莜面味儿。”他想了想说。

“胡说，刚才我专吃过冰糖。要不你再试试看。”她又往下扳他的头。

“冰糖、冰糖。”他忙忙儿地说。

老半天他们又是谁也没言语。

“丑哥。”

“嗯?”

“要不，要不今儿我就先跟你做那个啥吧。”

“甭，甭，月婆在外面，这样是不可以的。咱温家窑的姑娘是不可以这样的。”

“嗯，那就等以后。我回来。”

“嗯。”

又是老半天他们谁也没言语，只听见外面月婆的走路声和叹息声。

“丑哥。”“嗯?”

“这是命。”“命。”

“咱俩命不好。”“我不好，你好。”

“不好。”“好。”

“不好。”“好。”

“就不好。”

他听她真的哭了，他也滚下了热的泪蛋蛋，“扑腾扑腾”滴在她的脸蛋蛋了。

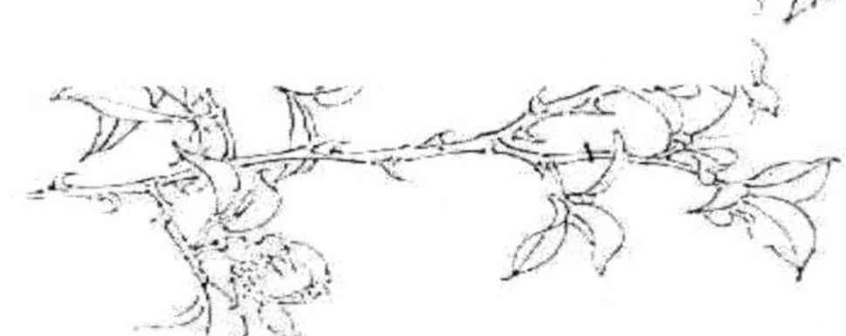